天矿

河南人高原创业记

张晓林 著

河南文艺出版社
·郑州·

图书在版编目(CIP)数据

天矿／张晓林著. --郑州:河南文艺出版社,2021.7
ISBN 978-7-5559-1139-5

Ⅰ.①天 … Ⅱ.①张… Ⅲ.①报告文学-中国-
当代 Ⅳ.①I25

中国版本图书馆 CIP 数据核字(2021)第 093373 号

策　划　陈　静　俞　芸
责任编辑　俞　芸
责任校对　梁　晓
书籍设计　吴　月
照片提供　王晓峰　赵晓东
书名题字　张晓林
责任印制　陈少强

出版发行　河南文艺出版社
本社地址　郑州市郑东新区祥盛街 27 号 C 座 5 楼
承印单位　洛阳和众印刷有限公司
经销单位　新华书店
纸张规格　890 毫米×1240 毫米　1/32
印　　张　12.375
字　　数　286 000
版　　次　2021 年 7 月第 1 版
印　　次　2021 年 7 月第 1 次印刷
定　　价　58.00 元

目　录

楔
子

义海图谱

　　到 2020 年底,义海公司在青藏高原已经走过十七年的创业历程,由呱呱坠地到即将步入成年,这之间的艰辛与坎坷,也只有义海人才能有刻骨铭心的体会。中原人到高原创业,不是一件简单的事情。

　　2019 年,在西宁举办"青洽会"期间,河南能源总经理田富军到木里矿调研时宣布:义海公司已经成为河南能源的"排头兵"和"顶梁柱"。义海走到今天,取得如此的成就,它的历史不能忘记。2017年初,段新伟出任义海公司董事长、党委书记后,要求对义海的创业历程进行一次系统的梳理。

　　2003 年 6 月,为响应党和国家"西部大开发"的号召,青海义海能源有限责任公司成立。当时隶属义马煤业集团。最初,只是接管了大煤沟的三个小煤窑,组成一个露天煤矿。同年 10 月,木里煤矿开工建设。木里煤矿为高原露天煤矿。当年义海公司产销煤不足七万吨。

进入 2005 年，大煤沟矿年产六十万吨的井工矿开工，第二年投入生产。至此，义海公司的规模基本形成，它下辖两个煤矿：一个大煤沟矿，一个木里矿。其中，大煤沟矿包括了一个露天矿和一个井工矿。义海公司总部设在青海省海西州德令哈市，原来租住在格尔木西路 8 号的海西州商业局旧楼办公。2011 年，义海公司办公大楼建成，由原址迁入长江路中段。

大煤沟矿海拔三千五百米，处于戈壁荒漠深处，方圆百里不见人烟。建矿之初，矿上吃水得到一百公里外的大柴旦去拉，有"吃水贵如油"的说法。2006 年 1 月，饮马峡至大煤沟矿的水管线路开通，结

大煤沟煤矿

木里煤矿

束了大煤沟矿拉水吃的历史。

　　木里矿处于海西州天峻县境内,海拔四千二百米,自然环境极为恶劣,终年大雪纷飞,狂风肆虐,不适合人类生存。建矿之初,山上没有通信讯号,不能打电话,不能看电视,一上山,即与外界隔绝,成了"方外之地"。直到建矿两年后,木里矿第一个简易移动信号塔才投入使用。

　　接下来的三年,义海公司步入平缓的发展期。2008年底,煤炭产销已突破百万吨。同年,大煤沟矿井工矿由当初的年产六十万吨扩建为年产一百二十万吨。义海公司开始投身于当地农村建设和社会公益事业,参加了海西州"百企联百村　共建社会主义新农村"活动,与共青团海西州委联手启动了"义海春暖工程"大型长效助学项目，获得青海省最具影响力慈善项目奖。

从2009年开始，义海公司发展进入快车道，连续三年煤炭产销量呈阶梯式增长，由三百万吨上升到六百万吨。其间，首届职代会、党委会召开，各项管理制度出台，义海企业文化体系形成。义海公司办公大楼竣工并投入使用。大煤沟矿荣获河南省"五优矿井"称号，成为首个获此殊荣的埠外企业。通过了青海省安全质量标准化和瓦斯治理示范矿井验收。组织三十九人的救援队赴玉树灾区赈灾，全国一百余家媒体进行了公开报道，义海公司企业影响力空前提高。

2012年，义海公司木里煤矿更名为天峻义海能源公司，并成功上市。同一年，义海公司获得"全国五一劳动奖状"。也是这一年，全国煤炭市场出现波动，产销量下滑。2014年，木里矿区环境保护提上日程，青海省委、省政府出台《木里煤田综合整治工作实施方案》，义海公司迅速响应，提出"采坑回填，边坡治理，植草复绿"设想并付诸实施。

从工业文明向生态文明迈进是人类的一大进步，作为特大型国有企业河南能源的下属企业，义海公司走在了前列。从环境整治的实施来说，到2017年底，义海公司投入八个多亿，在海拔四千二百米的雪域高原，大面积人工植草复绿工作取得巨大成功，被国务院七部委组成的联合核查组誉为创造了人间奇迹，青海省委、省政府给予高度评价，称之为"义海模式"，并要求在青海省推广"木里经验"。

段新伟来到义海公司的第二年，义海公司的主要经营指标刷新了历史纪录。河南省国资委主导，河南能源党委组织开展了"党旗飘扬在高原，主流媒体看义海"大型采访活动。《人民日报》驻河南记者站、新华社河南分社、《河南日报》等采编人员深入义海公司一线进行深度采访，写下一批广有影响的新闻稿件。

在 2019 年的青海省绿色矿山交流会上，段新伟做了一次总结："自建矿以来，义海能源在青海累计完成投资 40.78 亿元，累计上缴各项税费 45.23 亿元。实现产值 164.39 亿，营业额近 300 亿元。安置矿区从业人员 3600 余人，人均功效和人均盈利能力均位居青海省前列。"

不仅如此，在高原创业的十七年里，义海公司及所属矿井先后荣获"全国五一劳动奖状"、全国煤炭工业双十佳煤矿、全国煤炭系统文明煤矿、全国一级质量标准化矿井、青海省"十一五"建功立业先进集体等荣誉二百余项。2019 年 3 月，义海人被评为 2018 年度"感动中原十大年度人物"唯一一个集体奖。义海青年职工获得"河南青年集体五四奖章"。

这里只是义海公司高原创业的一个粗略轨迹，在写下这段文字时，我尽量做到客观而理智，要想真正深入了解这一群特殊的河南人，还请看正文。

金色世界里的煤田

传说和诗

这是一个童话般的名字,德令哈,翻译成汉语,就是"金色世界",一座美丽而神秘的高原小城。河南能源义海公司就坐落在这里。说德令哈是一个神秘的地方,是说多少年以前,外星人就曾光顾过它,在这里留下了他们的痕迹,也就是前些年颇受争议的"宇宙塔"。今天,外星人早不知去向,外星人遗址却已经成为德令哈著名的旅游胜地。

外星人遗址旁边,浩瀚的戈壁与苍茫的草原之间,遥相点缀着两个湖泊。紧挨着外星人遗址的那个湖泊叫托素湖,稍远些的那个叫可鲁克湖。

在蒙古语里,托素湖是"酥油湖"的意思。托素湖是典型的内陆咸水湖,湖面辽阔,浩渺无际,湖水随天气变换而变化。风平浪静时,水波不兴,在高原阳光的映射下,坦若明镜,与长天共为一色,蔚为壮

托素湖

观;如若狂风怒号,乌云翻滚,湖水就会汹涌起惊涛骇浪,浪花飞溅,拍打着四岸裸露的沙石,声若巨雷,荡人心魄。

可鲁克湖是淡水湖。在义海公司期间,我曾无数次在这里漫步。春天到来,德令哈的春天总是来得晚了许多,但毕竟是会到来的,湖水解冻,万物开始萌发,鸟儿们也开始在这里筑巢了。这里的春天很短暂,很快就进入夏季。这时的可鲁克湖,周围水草丰美,有成群的牦牛在这里吃草;湖里碧波荡漾,有渔家划小舟在湖里捞捕鱼虾。可鲁克湖的鱼虾生长缓慢,味道特别鲜美。到了秋天,四围碧绿的水草几乎是一夜之间变得金黄,就像一块巨大的碧玉镶上了金边,美得令

可鲁克湖

人窒息。这个时候，可鲁克湖成了水禽的天堂，成千上万只黑颈鹤、斑头雁、鱼鸥、野鸭等，或在水中嬉戏，或在湖面上浅翔，一派大自然的和谐景象。

有人称这两个湖为"褡裢湖"，但我更喜欢它们被叫作"情人湖"，因为这里面有着一个哀婉悱恻的传说。说这两个湖是由一对情人追求爱情遭遇挫折殉情变幻而成，男子化作了托素湖，而痴情的女子则化作了可鲁克湖。民间总喜欢赋予那些奇异的自然景观或哀婉或美丽的传说，从而使大自然具有了历史的厚度和文化的底蕴。

但是，真真切切，这里还发生过另外一出爱情悲剧，与"情人湖"的传说遥相呼应，使得传说和现实在这里重叠，并由此得出，任何一种传说在现实中都能找到它的影子，而并非空穴来风。

这就是著名诗人海子的故事。到德令哈后，我才知道，这儿还是一座浪漫的城市,这座城市的人们,无论是男人或是女人,个个都是歌手,都能唱出具有高原风情的歌曲来,粗犷、豪放而婉转,一如穿越城内的巴音河。我五音不全,天生与唱歌无缘,我在德令哈生活了一阵子后,一个当地的朋友告诉我,如果你学不会唱歌,你一定融入不了这个城市。直到这时,我忽然明白,海子为什么选择了德令哈。

"草原尽头我两手空空,悲痛时我握不住一颗泪滴,姐姐,今夜我在德令哈,这是雨水中一座荒凉的城。"因为这首诗,很多人记住了海子,记住了那段扑朔迷离而又成为永恒的爱情,也记住了德令哈。那个时候,德令哈无疑是一座荒凉的城市,但德令哈的雨,却是稀疏的,一块云彩飘来,就会稀稀疏疏地落下来几滴,云彩很快散去,雨也就跟着很快消失了。在德令哈,下雪的日子比下雨的日子多。海子的诗会给没到过德令哈的人一个错觉,德令哈是一个阴雨连绵的城市。其实并非如此,德令哈的雨下得次数多,散得也快,刚感到脸上凉凉的,一抬头,高原的烈日就毒辣辣射了过来,那阵雨早不知去向。雨下得快,蒸发得更快,这是一个干燥的城市。海子诗里的雨,也许只是他心情上的雨,与现实中的雨是有着区别的。

海子给德令哈增添了一段爱情传奇,让每一个读过这首诗的人都会对这座高原小城多出一些遐想,这是海子对这座城市的付出,也是对这座城市的贡献。德令哈也没有忘记海子,如今,在巴音河西岸,已经建成了海子诗歌陈列馆和海子诗歌碑林。也许,若干年后,海子的故事也会成为一个美丽而哀婉的传说了。

从海子诗歌陈列馆西行,走有大约三百米,就是义海公司总部的旧址了。这是一栋三层高的小楼,看上去灰蒙蒙的,非常陈旧和简陋。它原是海西州商业局的办公楼,新的商业局大楼竣工了,旧的便被闲置了下来，其时，义海公司还没有办公场所，便把这座旧楼租了下来。说是总部，2008年前后，在这里办公的并没有多少人，也就十几个人吧。部室也不完善，只有销售部、财务部、办公室等有限的几个部门。

早期的义海公司，下辖两座煤矿。一座是大煤沟矿，包括一个井工矿和一个露天矿；另一座是木里矿，2012年更名为天峻义海，为露天煤矿。最初义海公司注册资金只有九百多万元，年产原煤六万余吨，是个标准的小型企业，而且当时的处境也十分尴尬，正面临着被一家民营煤炭企业兼并的危险。因为没有更多的资金投资，也没有能力搞基本建设，就连办公场地也是租来的，所以，当地就有了传闻，说义海公司到这里就是来淘金的，等装满了口袋，一拍屁股就走人了，给当地留下的，却是生态的破坏和环境的恶化。一时间，当地人对义海公司充满了排斥，不被理解的痛苦笼罩着每一个义海人。时隔多年以后，一个老员工还心有余悸地回忆说，走在大街上，总感觉到背后有人指指戳戳，与人交谈，都不愿意说自己是义海人，时刻担心公司有被撵走的危险。

创建于2003年6月的义海公司，到2020年，在高原走过了17年的发展历程，这个金色世界里的高原煤矿，实现了第一次创业和二次创业的辉煌，注册资金由当初的900多万元提升到2亿余元，增长了20多倍；年缴税费由原来的14余万元提升到8个多亿，增长了5000多倍。固定资产总值增长量更是惊人，由原来的400多万元提升到57亿多，增长了1000余倍。"义海"企业品牌价值达到了57亿多，增长了1000余倍。在青海，义海公司受到了社会各界的广泛赞誉。

义海人在雪域高原所创下的奇迹，正在成为这个金色世界里

德令哈郊外的黄昏

最美丽、最动人的传说,成为德令哈这座高原小城一段新的历史传奇。

嘴唇上的硬币

有一个文学期刊的编辑朋友曾坐车到农村去,那个时候正是春天,透过车窗,看着田野里的景色,他便不禁赞叹道:"真是风景如画啊。"但他忽略了一个根本的问题:农民田间操作的辛劳,烈日或者严寒,暴风骤雨或大雪纷飞。

来到德令哈这个金色的世界,也同样面临着这样一个问题。如果你是一个过客,倘或一个旅行者,又是在德令哈最美的季节来到这里,夏天或者初秋,映入你眼帘的,那一定是一幅大美的画卷。也许你情感迸发,还会写出一篇优美的文章或诗歌来。

然而,你千万不要以为这里只有浪漫的传说和宜人的景色,倘若你在这里生活一阵子以后,你就会深切地体味到,还有种种残酷在考量着你:烈日、严寒、缺氧、干燥,初到这里的高原反应。这一切,都会让你深切地感受到高原的另一副面孔。

从中原来到高原,最初的日子里,最怕的是感冒。高原的感冒充满了凶险,和中原的感冒几乎是两个概念。一个身体棒棒的年轻人在中原感冒了,也许只喝白开水就能好,但在德令哈绝无可能。我2008年冬天第一次到德令哈时就感冒了,在海西州医院输了三天液后丝毫不见好转,美丽的女护士是南阳人,一个河南老乡,她私下告诉我,再输一天液,如果还不见好转,就尽快回河南去吧,也许过了兰州,不用吃药病也就好了。

果然如南阳老乡所说,火车一过兰州站,我的感冒顿时痊愈,这让我对德令哈不禁多出了一种敬畏,这种敬畏一直延续到今天。对于生存的意义,也有了更深的感受,这是在中原无法体味到的。

也是在这期间,我认识了胡建云,豫西建筑公司驻青海项目部经理,曾参加过义海公司大煤沟矿的早期建设。他对我说:"到大煤沟矿的那年冬天,气候似乎比现在要恶劣许多,大风整天地刮,干燥无比,嘴唇裂开了深深的口子,说话和吃饭都成了痛苦的事情,更不能说笑,一笑嘴唇上所有的裂口都会渗出血来。有一次,我上嘴唇的裂口处渗血不止,工地上实在找不到止血的东西,太令人恼火了,一摸口袋,摸出来一枚硬币,便把这枚硬币塞在了裂口处,干裂的口子恰容得下这枚硬币,可见裂口之深。说也奇怪,这枚硬币还真把流淌不止的血给堵住了。"

胡建云所说的大煤沟矿,是义海公司辖下的一处煤田,分为一个井工矿和一个露天矿。露天矿建矿较早,井工矿建成于 2008 年 6 月。大煤沟矿的前身是绿草山煤矿破产重组后的一家小煤矿,对于这一段历史,大煤沟矿穿爆队爆破班班长华复合是见证者。一天黄昏,在大煤沟矿东北角的一片废墟上,我见到了这位憨厚而略带腼腆的中年汉子。指着脚下两排尚能依稀可辨原来面貌的土砌房屋,华复合说:"大煤沟矿初期的建设者就住在这里,而义海公司接手这个煤矿之前,住的却是帐篷。"

我再一次注视着脚下,把它们称作房屋实在是有些勉强,又矮又狭窄,凹陷在一处天然的土坑中,让人能够想象得出,这是筑造者为了抵御高原狂风的侵袭而做出的无奈的选择。高原上的风,具有摧毁一切的力量,人的血肉之躯,在它的面前更是显得无比苍白和脆弱,不堪一击。为了生存,人类会被激发出无穷的智慧,这也是一切事物发展的根本动力。

华复合的矿工生涯,是从绿草山矿开始的。1987 年 3 月,他到大柴旦附近的绿草山煤矿当了一名矿工。那时的绿草山煤矿是当地有名的大矿,有矿工一千多名,因为开采方式落后,管理也跟不上去,产量不高,一年也就生产原煤七八万吨。尽管如此,当华复合领到第一个月的工资时,内心充满了按捺不住的喜悦,一百四十六元,放在那个时代,这是一个普通农村家庭半年的收入。

然而,随着时间的推移,这种喜悦逐渐冷却。到了 1997 年前后,绿草山煤矿步入低谷,生产出来的煤二三十元一吨都没人问津,连续两年矿上没有给矿工发过一分钱的工资。多年以后,华复合还颇为动情地说:"那几年不堪回首,矿区是三天停水,两天停电,连饭都是吃了上顿,下顿都不知道在哪里。一连五年都没能回老家探望过父母。没有了钱,想尽孝都不容易。"这段不算短的时间,华复合真正领会到了高原的残酷,他对高原一时充满绝望。

到了 2000 年,绿草山煤矿破产重组,华复合与四十四名矿工被派往一个新的煤矿,也就是后来的大煤沟矿。这里比绿草山煤矿环境更为恶劣,海拔三千五百米,四围是戈壁荒漠,方圆一百多公里杳无人烟。荒漠上除了紫红色的骆驼刺外,难得看到有其他植物生存,偶尔看见一棵矮矮的沙柳树,你一定会惊喜地喊叫起来。这个金色的世界里流传着这样一句话:"天上无飞鸟,地上不长草,氧气吸不饱。"就是这个煤矿的真实写照。

华复合说,他们刚到大煤沟矿的时候,满目荒凉,那时候,他们住的还不是这种低矮的土房子,而是四面透风的窝棚,没水没电,天一黑就无事可干了,躺在地铺上,听着荒野里传来的阵阵狼嚎,用思念故乡思念亲人打发漫漫长夜和无以言状的孤独。在他几乎坚持不住的时候,2003 年,河南义马煤业集团(现在的河南能源义煤公司)收购了这里,才令他看到了新的希望,他便留了下来。

首批从义马煤业集团北露天矿来到大煤沟矿的张占村,在 2009年的深秋,我第一次见到他的时候,他已经是大煤沟矿的机电科长了,他动情地说:"2003 年初,我与另外五名同志走进了大煤沟矿,这儿只是一座有着几十个人的露天煤矿,条件十分简陋。我们最初住在搭建的帐篷里,本来,我们认为帐篷搭建得够牢固了,可是夜里常

张占村接受电视台记者采访

常会被突然而至的大风刮翻，有几次夜半被冻醒，一睁眼，看到的却是满天星辰，头顶的帐篷早被掀落一边，只好裹着被子熬到天亮。高原上的气候，昼夜温差极大，尤其是冬天，夜里的气温常在零下二三十度，尽管裹着被子，也根本睡不着觉，只得起来将所有能穿的衣服都套在身上，仿佛置身于冰窟之中，寒风像千万根的牛毛细针，刺透了棉被，刺透了大衣，刺透了身上所有的衣服，刺进了骨髓，然后刺到了心脏的深处，于是，心脏就痉挛着缩在一起。"

接下来，张占村心有余悸地给我举了一个例子。有一次，半夜里的狂风再一次掀翻了不知搭建了多少次的帐篷，快黎明时又下起了大雪，大家想把被刮翻的帐篷胡乱地搭在钢架子上去，一名战友刚一触及钢管，就不由"哎呀"叫了一声，手好像被电烙铁烫了一下，急忙缩手，看时，手上的一块皮已经被撕了下来，紧紧地粘在铁管上。那个时候，他们还不了解高原的脾性。

张占村讲的这个故事，让我在德令哈采访期间，对高原，这个"世界第三极"，充满了敬畏和恐惧。

三个人的木里及其他

与大煤沟矿稍有差别的是，义海公司最初组建木里矿时，只有三个人。这三个是刘会远、徐敬民和盖丙国。刘会远在木里山坚守了十年，后来被提拔为义海公司副总经理，2013 年 3 月调回河南。徐敬民和盖丙国都坚持了下来，至今依然奋战在义海公司不同的工作岗位上。

在这三个人之前，木里山的煤已经有人开采了，只是开采的方式太过原始，几乎都是单人力开采。开采工也没有几个人，名义上虽然是个小煤窑，实际也就是个体户，各干各的，拿着洋镐、耙子之类，头上连顶安全帽都不戴，爬到工作面上，用手刨。刨下的煤归拢一堆，等车上去，卖给他们。

那时木里山几乎没有什么路，只要车能上去，也不过磅，就按车卖，一车煤大概卖一百元，五十元一车也卖过。卖来的钱刚好够他们的生活费。有时连生活费都没有了的时候，无论多贱他们都得将煤卖出去，不卖就得饿肚子。因为卡车能上到山上，实属不易。

如果卖煤能够有点结余，他们就将钱按人头平分掉，然后各自把钱压到枕头底下,每天晚上用手摸摸,面带微笑进入寒冷的梦乡。等春节到来,放假时把积攒的钱带回家去,贴补家用,借机改善一下生活,给老婆买一件新衣服,或者给孩子买一个花书包。

义海公司刚接手这个小煤窑的时候,可以说除了那一排破败不堪的老式土坯房外,便什么也没有了。但这没有什么好奇怪的,三个人都觉得这实属正常,因为原本他们就没有奢望。

但他们是富有的。那时的木里,就是他们三个人的木里,连牧民放牧都不去那儿。他们拥有了这么大的一片草原,起初很是兴奋,一切都是新鲜的,都是中原所从未见到过的景象。继而就陷入了极度的孤独之中,这里太过沉寂了,别说是人,连鸟的踪迹都不易见到。

盖丙国说,有时候,刘会远与徐敬民下山协调事情去了,或者回去招揽人马了,偌大的木里山就剩下他一个人。夜里睡不着觉,只能听山风呼啸,看星辰闪烁。高原上的风让人恐惧,就像千军万马在空中奔腾厮杀,似乎把一切都可以辗轧成齑粉。无风的夜晚,旷野则又寂寥无声,时有狼嚎和野马的嘶鸣声传来。

到了白天,盖丙国一个人守在土坯房子里,陪伴他的是灼人的孤独。这里没有任何信号,无法看电视,也无法打电话,连个可交流的对象都没有,只一个人呆呆地坐着,这时土坯屋内飞进个苍蝇都是令人欣慰的。

"舍不得打死,宁愿把它当宠物养着。"盖丙国说。

那时候,盖丙国体会到,孤独比草原上残忍的狼都可怕。

刘会远说,那时木里山处于原始状态,极为荒凉,没有电,到了夜里只能点蜡,那是当地产的一种土蜡,有十厘米那么粗,在老家时没见过这么粗的蜡烛,点燃以后根本不用插座,往地上一放,稳稳当当。

他说当时人少，有一次他在山上看矿，一连几天没见到过一个人影。憋闷得难受，只想发疯，就蹲到那个老房子西头的土堆上抽闷烟。忽然见山下起了一溜灰尘，知道有车上山了，心里的那个喜悦啊，怎么形容都形容不出来。他说我就站在土堆上踮起脚往山下看，和电影《甲方乙方》里面那个偷鸡贼差不多。你们没有经历过，体会不到。

刘会远、徐敬民、盖丙国之后，陆续又来了一些人。杨建庄、田红星、高继文、周岳汉等一批又一批人的到来，木里山才有了人间的生气。

第一个到木里矿的女工，是李秋红。李秋红来到这里，是为了爱情。自古以来，爱情的力量都是神秘而巨大的。她的丈夫张建军为着一个梦想来到了木里矿，而李秋红却是为了她的爱情。

与张建军的相识，充满了少女对爱情的憧憬。说出来也许令人难以置信，李秋红爱上张建军，竟然与张建军家的贫穷不无关系，因为李秋红相信，穷人的孩子早当家，贫穷可以改变，而关键是这个人，这个人值不值得自己去爱。嫁一个值得去爱的人，那无疑是一个女人一生最大的幸福。

李秋红与张建军的婚姻，遭到家人强烈反对，尤其是李秋红的父亲，竟然两年都不让小两口登门，也不让李秋红回娘家。照他的说法，就是不认她这个闺女了。他们两家都在北露天矿住，平时难免有见面的时候，但李秋红的父亲只要大老远看见他的这个女婿，扭头就走，连面都不和他照。他们的孩子都一岁了，还没有见过外祖父。

张建军知道，岳父嫌他穷，怕闺女跟着他受苦。

为了摆脱贫穷，让李秋红过上好日子，令老岳父另眼相看，更是为了自己的事业，张建军选择了义海，选择了木里矿。

丈夫不在身边的日子，李秋红每天都梦见他，思念他，眼见一天天憔悴，最后实在是坚持不住了，就把孩子安顿好，跟着来到了木里矿，成了这里的第一个女工。

李秋红的到来，给了张建军很大的慰藉。他可以安下心来从事他的工作了，虽然也想念孩子，但毕竟有至亲照看，不会让她受委屈。妻子在身边，等于家就在身边，张建军不用像其他职工那样，饱受思念之苦了，他可以为了他的梦想，为了摆脱贫穷，放胆地撸起袖子加油干，也好让岳父看看，女儿交给他也会有好日子过的。

有一次，因为矿上煤质参数没有弄准确，遭到了客户的质疑，张建军感到有责任澄清这些问题，就义务承担起了这件事。他建议矿上在天峻县给他租赁一间房子作为实验室，然后凑歇班时间，从木里矿背煤样下来研究。

从天峻县到木里矿的一百五十公里路，不是石头地就是沼泽地，中间还横着一条河。那时矿上没有车，来回得搭乘拉煤的顺路车。有时车陷进了沼泽地，张建军就得下来去推车，有时还得蹚着水过河，水寒彻骨髓，久而久之，膝盖就被冻坏了，治好后，落下了关节炎的后遗症。

因为矿上轮班时间不定，上山下山就没个定数，三天五天的都有，所以，每次出门，李秋红都要给张建军准备好足够的干粮。等煤样采下山来，不管是几点，张建军就开始化验，等一种煤的结果出来，再去采另一种煤的煤样，直至把煤质的参数规律找出来。在地质勘探的时候，有人就断言，这里的煤质根本没有规律可循。张建军不信这个邪，硬是凭着一股拼命精神，把规律给找出来了。

提起这件事，李秋红充满了自豪，她的丈夫是优秀的，她没有看错人。她还说，她的父亲也转变了以前的看法，认为女儿的眼光比他强。

在木里山第一个操办婚礼的，是赵海峰。2004年来到木里矿的时候，赵海峰是义海公司职工中年龄最小的，也就他还没有结婚。7月矿上停工，他回家相亲，8月这门亲事就定了下来。等到了年底回家，赵海峰把婚结了。

过了春节要返回矿上了，矿上的兄弟们打来电话，说一定要把媳妇带到木里山来，在这海拔四千二百米的高处再办一场婚宴，等于举行第二次婚礼。赵海峰知道兄弟们的盛情不好推却，就带着刚刚结婚的媳妇来到了青海。从天峻县上木里山，坐的是一辆拉煤的顺路车，整整坐了一个晚上，第二天天快亮时才到。赵海峰媳妇一夜未眠，加上高原反应，小脸蜡黄蜡黄的。

为迎接一对新人的到来，矿上专门腾出来一间屋子。事先还专门做了布置，可山上风大，尘土飞扬，等他们住进屋里，依然到处都是灰，也没暖气。赵海峰媳妇从小没出过远门，也没吃过苦，看到眼前的这一幕，新媳妇说我来收拾收拾，收拾着收拾着就哭了起来。

赵海峰心里明白，嘴上却问："咋哭起来了？"

新媳妇揉揉眼，说："没啥事。"

"没事你哭啥？"

"我心里委屈。"

说过这句话，赵海峰的媳妇哭得更厉害了。她哭着说着："你成天就是在这里上班的？真不知道世上还有这样的地方。"

赵海峰说："我是在这里上班。"停了停，又说，"现在是苦了点，但大家心齐，拧成一股绳地干，日子肯定会好起来的。"

新媳妇一下子将赵海峰抱住，哭得更厉害了。说："我如果不来青海,不知道你的苦,我来到了青海,便什么都明白了。这样的地方不适合人待,能早一天回去还是早一天回去吧。"

赵海峰宽慰媳妇道:"组织上有安排,在高原上工作,三年轮岗。等三年期满,我就回内地。"

但是,十几年都过去了,赵海峰至今依然坚守在高原,而他的第二个孩子都出生了,妻子在家勤勤恳恳地操持家务,再也没提过让他回去的事。

赵海峰心里明白,妻子是贤惠的,支持他的事业。

大煤沟地震了

蒙古语中,德令哈的意思是金色的世界,在我看来,与这里的树木不无关系。这里的树木多为杨树,房前屋后,路的两旁,田野里,溪水边,如果栽有树木,十之七八都是杨树。也许杨树最适应德令哈的土壤和气候,长得都是高大繁茂,青翠欲滴。当然,这是在夏天。

德令哈的夏天,来得急迫,去得也突然,几乎是一夜之间,它就消失得无影无踪了。同样,德令哈的杨树黄得也突然,昨天还是碧绿碧绿的,过了一夜,或者是一晌,它们突然就齐刷刷地黄了,黄得有些热烈,有些夸张,有些让人错愕和诧异,金黄金黄的,宛然一个金色的世界,好像童话剧中才会发生的事情,真的应了蒙古语对这个高原小城的称谓。

也是一个德令哈遍地金黄的季节,2008年11月4日,马树声从河南来到了这个金色世界里,出任义海公司总经理。马树声一直从事非煤产业工作,曾做过义煤集团非煤产业部部长多年,负责集团公司地面以上的生产与经营。来之前,他的职务是义煤豫西建设总公司总经理。所以,当研究马树声的人事变动时,会上就有了不同意见。有人认为,马树声没有从事过井下挖掘和矿山管理,把那么一个问题丛生、情况复杂的外埠煤矿交给他,让他独当一面,不知他能否胜任。集团公司的主要领导则认为,马树声能够把整个非煤产业搞得红红火火,效益连年攀升,有着丰富的管理经验,相信他完全有能力把义海公司管理好。

"出水才见两腿泥,不试一试,怎么就能断定他不行呢?"主要领导的这句话一锤定音。

有人担心也不是没有道理。2008 年 6 月,大煤沟井工矿落成,各项工作还没有完全就绪,让一个一直从事地面工作的人来主政一个井工矿和两个露天煤矿,而且还是远在两千公里外的雪域高原,的确让人捏了一把汗。马树声就是在信任和怀疑两种目光的交织中走马上任的。临行,也有朋友好心地劝他,那儿环境恶劣,不适合生存,去干个一年半载,就要想法调回来,为了工作,落一身病可不划算。马树声笑笑,什么也没有说。这就是他的性格,有些事自己心中有数就行了,没有必要什么都说得清清楚楚,什么都争论得水落石出,况且还是面对朋友的一片好意呢。

对于马树声的到来,高原给他送上了一份特殊的"礼物"。2008 年 11 月 10 日,也就是马树声到义海公司上任的第六天,海西州大柴旦地区发生了一场里氏 6.4 级的地震,而震中距离大煤沟矿只有十公里。在此之前,昆仑山区曾发生了一场里氏 8.5 级的地震,那是一场十分惨烈的地震,巨大而坚硬无比的石头被震裂,石屑漫天飞溅,但因为震中是在昆仑山口，那场地震并没有给人们留下太深的印象。这次就不同了，不但大煤沟矿震感强烈，就连德令哈，也感受到了这场地震的威力。

地震发生前，马树声正在距大煤沟矿一百六十公里的义海公司总部召开安全办公会。地震的那一刻，会议桌上的茶杯被震落在地，碎了；日光灯在屋顶剧烈地晃动，发出刺耳的"吱吱"声；玻璃窗瞬间裂痕累累。有的职工不由得站起来，脸上露出慌乱的神色。马树声依然坐在那里，显得冷静和沉着。他与党委书记赵少普迅速做了分工，由赵少普在德令哈处理突发事宜，他赶往大煤沟矿，指挥现场抗震工作。二人刚做了分工，这时，电话铃急促地响起来。

电话是大煤沟矿矿长段明道打来的："马总，大煤沟发生地震，有一百一十九名员工被困井下。"

顶住，不能倒

马树声已在驱车赶往大煤沟矿的路上,他在电话里给段明道下了指令:"要采取一切措施,全力以赴,确保井下每一个员工的安全。"然后又说,"一定要科学施救,我马上赶去。"然后,马树声将这一重大险情向集团公司做了汇报,得到的答复与他对段明道的指令如出一辙。与此同时,马树声还将大煤沟矿发生地震的情况向青海省及海西州的有关部门也做了电话汇报。

一个多小时后,马树声带着公司救援人员赶到了大煤沟矿。很明显,这里正在经历着一场灾难,映入眼帘的,是一派饱受摧残的景象。矿上的变、送电设施受损严重,职工食堂和刚刚建成的职工宿舍墙体多处开裂,有脚手架倒在地上。尽管如此,矿上并不见有丝毫的混乱,可见矿上的应急工作做得十分到位。马树声绷紧的神经得到缓解,迅速赶到救援现场:大煤沟井工矿巷口。

井下情况未明,然而一百一十九名矿工的井下处境马树声却能想象得到。

初冬的大煤沟矿,气温近零下二十摄氏度,如此寒冷的气候,井下一百一十九名矿工兄弟的生命时刻都会出现危险。生命大于天,这一百一十九名矿工的生命,就是一百一十九重天,马树声知道它的分量。这一百一十九条生命,更是对马树声初到义海的残酷考验,他也清楚随时有可能出现的后果。时间就是生命,决策则是生命的保障,哪怕有一秒时间的延误,或者一个细节的疏忽,都将造成不可预测的后果。如果有一名矿工不能顺利升井,生命出现了意外,到义海,也是到高原才六天的马树声,今后将如何面对义海的矿工兄弟们,将如何面对这片神秘的雪域高原!

在马树声的指挥下,人员火速分成四个救护小分队,急救供电小分队、急救供暖小分队、急救供水小分队和后勤保障小分队，明确职责任务，迅速投入救援之中。

"为了井下一百一十九名兄弟的生命，大家要分秒必争，科学施救。"马树声简短朴实而又充满真情实感的动员打动了救援现场每一个人的心弦，大家无不将生死置之度外，全力投入抢险之中。矿长段明道正患着严重的感冒，地震发生时，他拔去身上的输液管，站在井口，靠前指挥，将病痛转化为力量。大煤沟矿有一支训练有素、特别能吃苦、特别能战斗的矿山救护队伍，他们深入井下，为挽救每一个矿工兄弟的生命而争分夺秒。从义煤集团总医院委派到大煤沟矿的李医生，带着两个助手，一刻不停地为升井伤员处理包扎伤口。

五六个小时在一秒一秒的熬煎中过去。马树声站在高原的寒风里，与大煤沟矿矿长段明道一起，对救援的每一个细节都极为关注，丝毫不敢大意。太阳早已西斜，如果在内地，已经是黄昏了，马树声等人还没有吃午饭，炊事员将饭端了过来，劝他们吃上两口，垫垫饥荒，他们却没有一点儿胃口，哪里吃得下去？在矿工兄弟的生命面前，饥饿早被他们忘记了。

终于，最后一名矿工升井了。一百一十九名矿工全部获救。

马树声经受住了这场地震的考验，经受住了高原的考验。

地震再一次来袭

2009年8月28日9点52分，一场6.3级的地震再一次袭击了大煤沟矿。这一次震中也在大煤沟矿十余公里的地方，所以，矿上震感强烈。

现在已是大煤沟矿矿长的闫利经历了这场地震的全过程。那个时候，闫利还是大煤沟矿的生产科科长。那一天，他带着矿生产科的全部人员下到了井下，说是全部人员，也就五个人，有生产监督员王红勋，检查员王运通，另外三个人是刚从内地来的小魏、小李和小崔。

前一天，矿井井底车场的辅助运输线路出现故障，若不及时排除，肯定会影响到矿上的正常生产。所以，这天开过调度会后，闫利就带领部下全员出动，下到井底车场进行检查。等排除隐患后，返回到副井筒二车场时，突然之间，闫利感到脚下在剧烈地晃动，他站立不稳，打了一个趔趄。接着，就听到井筒顶板发出炸雷般的响声，顶板上的煤块、矸石块噼噼啪啪掉落下来，其中一块尖利的矸石扫过闫利的鬓角，他感到像火炙烤一般疼痛。

闫利瞬间明白，地震了。地震再一次袭击了大煤沟矿。

离大煤沟矿一百六十公里的德令哈，义海公司总部。马树声坐在办公室里，正与青海盐湖集团的负责人洽谈一个合作意向。这场地震对办公楼没有太大的影响，只有轻微的颤动感。就是这轻微的颤动，立刻让马树声警觉起来，不禁联想起去年大煤沟的那场地震。

果然，大煤沟地震的消息很快就传了过来。马树声向客人道别，喊上司机王小玉，火速赶往大煤沟矿。坐进车里，电话打给行政办主任杨秀昌，让他通知相关部室，带上救援物资，到大煤沟矿开展救援工作。想了想，又给杨秀昌强调说："让供应部带上足够的帐篷。"

就是这个时候，一件令马树声没有料到的事情发生了，供应部反馈说："帐篷没有存货。"这令马树声感到恼火，去年的那场地震，帐篷也是很晚才运到矿上，怎么没有从那件事上汲取教训？看来加强企业管理是迫在眉睫的事了。马树声电话里的语气严厉起来："务必想尽一切办法,天黑之前将帐篷送到大煤沟矿!"

刚开始的时候,闫利在井下感到了一丝恐惧,这种短暂的恐惧让他明白了生命的意义和价值。很快,他就冷静下来,他看到在F211040工作面施工的员工慌乱地向他所在的副井筒拥来,还有人喊着:"地震了,快到安全的地方去。"闫利站了出来,朝大家做着手势,冷静地说:"兄弟们不要慌,一个一个地进来。"又安慰大家说,"地震已经过去,短时间内不会有大的余震,兄弟们安全了。"

闫利的从容镇静稳定了大家的情绪,他一时成了大家的依靠和主心骨。大家相信他,有他这个科班出身的生产科科长在,没有什么好可怕的。大煤沟不是没有发生过地震,去年的那场地震他们大都亲身经历过,最后不还是被义海人战败了!大家的情绪渐渐平静下来,他们克服了恐惧心理,在精神上已经是胜利者了。

矿上调度室打来了电话,要大家尽快撤出井下,升井到地面上去。闫利和通风区副区长刘卫东主动充当起疏散大家撤退的指挥者。闫利说:"大家乘坐罐车先走,我和刘区长坐最后一辆罐车上去。"听闫利这样一说,大家自觉地排成了一条长队。有人曾说过,榜样的力量是无穷的,这句话在大煤沟矿得到了验证。

闫利和刘卫东乘坐最后一趟罐车升井时,与综采队的一个小伙子坐在了一起,综采队刚刚成立,那个小伙子也是刚刚从义马来到大煤沟矿,这是他下的第一班井。小伙子穿着崭新的工装,脖子里围着白毛巾,看上去十分精干。闫利问他:"刚才井下发生地震的时候,你害怕不害怕?"小伙子笑笑,腼腆而憨厚,他说:"第一天下到井下,正说要作业,就听到有轰轰隆隆的声音,还以为是采煤机的声音呢,根本没有往地震上去想。后来听同事们喊地震了，才知道是怎么回事，接着就撤出了工作面。"

小伙子的语气非常平淡，看不出刚刚经历了一场惊心动魄的生死考验，闫利被深深地感动了，大煤沟矿有了这样的员工，未来的发展也就有了希望。稍停，小伙子又说："在河南老家，只在电视上看过地震，没想到在大煤沟，自己竟亲身经历了，等下次回河南，与朋友们喝酒的时候，我要把这次地震讲给他们听。"闫利被小伙子的乐观逗笑了。

救灾帐篷运到大煤沟矿的时候，已经是深夜零点多，为了防备有可能发生的余震，马树声要求矿上连夜搭建帐篷。当时，考虑到综采队刚刚组建，人员又都是从义马各矿抽调来的，彼此都不熟悉，加上对高原的环境还不适应，有的员工高原反应强烈，头痛、呕吐、呼吸困难，矿上也就没有分配他们搭建帐篷的任务，把这项任务交给了通修队。综采队队长张高峰听说了这件事，带着综采队的全体职工，主动参加进来。原来预计天亮才能将帐篷搭建完毕，结果不到凌晨 4 点，二十五座帐篷全部搭建起来了，矿上的危房住户和各单位的职工都得到了妥善安置。

果然如马树声所预料的那样，较大的余震发生了。地震发生后的第三天，也就是 8 月 31 日的 18 点 15 分，大煤沟矿发生了 5.9 级余震。这次余震的震中离矿区更近，几乎就在大煤沟矿附近，对生命和财产所造成的威胁和危害与前两次地震相比，也是最大的。据闫利描述，地震之时，矿区的楼房、烟囱晃动厉害，出现不同程度的扭裂。余震还造成矿区四周山体滑坡，尘土飞扬，情景甚是骇人，其时还伴有狂风大雨，危房倒塌数间，好在危房住户事先搬进了所搭建的帐篷内,所幸没有造成任何人员伤亡。

这次地震,在与自然灾害的搏击中,大煤沟矿涌现了众多感人事迹。永兴公司第二项目部在大煤沟矿有二百多名员工,人员多帐篷少,项目部的经理们让职工住进了帐篷,他们与各组组长依然住在危房之中,当有人问及副经理刘喜军如果危房倒塌了该怎么办时,他回答道:"保证职工的安全,是我的职责,况且6.3级的地震,余震又能大到哪里去?"

董兴远是大煤沟矿生产科副科长,已患高血压多年,他这人有个特点,不能碰见让他紧张的事,一碰上就全身绷紧,血压瞬间升高。地震发生的那天,他不由得又紧张起来,一紧张就感到血脉偾张,天旋地转,他知道血压又上来了,便抱着头蹲在地上。恰逢矿长段明道在一旁,对他说:"去德令哈休息几天吧。"董兴远摇摇手,说道:"吃几片药就好了,我不想当逃兵。"

大煤沟矿副矿长李才也搬进了帐篷,和员工住在了一起。他知道,这个时候,从内地来的员工精神上需要一种支撑,心灵上需要得到温暖,只有思想工作做好了,他们的情绪才能稳定下来。李才就与大家谈天,拉家常。用李才的话说就是:"队伍不能散,职工不能乱。"

正是这各种力量汇聚在了一起,自然灾害才没有什么可怕的了。

到木里矿去

我还记得第一次跟随马树声上木里矿的情景。

临上车的时候,他看我一眼,说:"你穿这不行,太薄了,去找件棉大衣带上。"其时刚刚进入 10 月,若是在中原,早晚一个夹衣也就过去了,我真的不敢相信,到木里矿去,已经需要穿厚厚的棉大衣了。同行的董泽民告诉我:"木里矿五六月份还下大雪呢。"

猛然间,我醒悟过来,木里矿坐落在海拔四千二百米的木里山上,有"世界最高露天矿"之称,被人称作"天矿",那里的环境肯定是十分恶劣的了。但我毕竟没有身临其境过,对那究竟是一个怎样的世界尚没有一个明确的概念。

这次去木里矿,是在德令哈公司总部吃过晚饭以后动身的,因为第二天要在木里矿开安全工作现场会,计划当天住在天峻县,天一明即赶往木里山上的木里矿。天峻县当时不足一万人口,还不如内地一个镇子上的人多。在天峻县,木里煤矿设有办事处。房子是租来的,至于两年后建起了一栋集办公和宾馆于一体的八层高的大楼,那已经是后话了。

这样安排时间和行程,完全是根据工作的需要和木里矿的环境条件而定的。德令哈距离天峻县二百多公里,从天峻县再到木里矿,还有一百六十公里的路程,如果第二天从德令哈出发去木里矿,很显然,时间上无法保证。

尽管刚进入 10 月,因为是晚上,坐在中巴里,已经感到了浓重的寒意,我只得把带来的棉大衣披在了身上,也才意识到,没有马树声那句话的提醒,这一路上,还不知道该怎样应对呢。高原上的气候和中原不一样,有太阳的时候,走在阳光下,感觉就像夏天一般;一旦太阳落山,即刻成为严冬,昼夜温差可高达二十余度。

车在空旷的高原上行驶,四周寂寥无声,仿佛以动漫的方式遨游太空。西边天际挂着一牙新月,在高原上显得那样的遥远和渺小。

马树声兴致高昂，在手机上即兴作了一首诗，然后让杨建民朗读给大家听。那是一首充满激情的诗，风格豪迈，我还记得其中的两句：月挂中天夜风寒，车碾戈壁志气高。坐在后排的董泽民建议我和诗一首，那个时候我已经开始高原反应，头痛欲裂，呼吸也变得困难起来，额头有大滴的汗水流淌，十分难受，哪里还有一丝和诗的雅兴。

马树声要我到前面去坐，与安全生产部的一个同志换了一下位置。等我坐下，他便说道："你初来乍到，有高原反应也属正常。但你要从精神上去战胜它，不要被它击垮了。这里环境恶劣，要想在这里坚持下来，我们改变不了环境，那么我们就来改变自己的心境。今夜在高原穿行，有了什么感触，用文字记录下来，就是改变心境的一种手段。"

听了马树声的建议，看着车窗外的高原夜景，试图做出一首诗来，却依然没有丝毫作诗的欲望。也许是注意力的转移，高原反应所带来的痛苦得到了缓解。

马树声又问："去年六月，'义海杯'书画展期间，义马文联主席何宝贵带你们来，在青海湖边赋诗的情景还记得吗？"我回想起来了，去年从西宁到德令哈，途经青海湖，那蓝天白云映衬下的壮美景观，一下子令我们陶醉了。因我与何宝贵都是第一次来青海，自然不愿放过与青海湖亲近的机会，我们走下车，来到湖边。岸上的油菜花已经开放，金黄金黄的。蓝天、白云、碧水、黄花，真的是太美了。在这样的环境里，我们什么都忘了，只想作诗。

于是，我们都做了好几首诗。

我说："都还记得。"接着，我就把我作的那首诗吟诵了出来。忽然，我发现，不知何时，我的高原反应消失了。真不知道诗歌还有这种功能,可见精神的力量是何等的强大。我明白马树声作诗的含义所在了,高原,高不过人的精神。

到了天峻县木里矿办事处,矿长杨建庄已等候在那里。两句话还没有寒暄完,二人就开始谈工作了。马树声来义海还不到一年,义海就形成了这种朴素、高效的工作作风。

杨建庄说:"木里矿目前正式职工七十人,劳务工三百余人,尤其是近一年来,木里矿发展迅速,又按公司的要求,狠抓了安全生产,连续五年没有发生过轻伤以上事故。但是,现在的情况是,矿一级的领导太少,就我一个矿长,可以说是个光杆司令,2010年打造三百万吨矿区,要考虑给木里矿配三到五个副职。"

马树声点点头:"企业发展了,队伍自然会随着壮大。这次来主要说安全问题。目前全国煤炭行业安全形势吃紧,木里矿海拔高,自然条件恶劣,不能掉以轻心,要把安全隐患消除在萌芽状态。说说矿

木里矿区

上目前存在的安全问题。"

"现在存在的安全隐患，主要是一些项目施工单位投资不到位，设备陈旧老化得厉害，生产过程中小的故障时常发生。再有就是生活用水问题。一直以来，木里矿没有供水系统，饮用的都是地表水，取来的水因为浑浊，不能直接饮用，往往需要沉淀一到两天，也没有什么消毒设施，患肠道疾病的职工较多，而矿上没有诊所，一旦患病就硬扛，实在扛不过去才到天峻县或德令哈去治疗。"

"职工吃饭是个大问题。"马树声沉思后说，"企业的发展首先要让职工受益，职工饮食的安全问题要当作头等大事去抓。这个问题明天的安全现场会上我要重点强调，并列为今年给职工办的十件大事之一，现场落实到人，让有关部门迅速研究落实。"

杨建庄又说："建矿六七年了，一直连个正式的职工食堂都没有，现在终于有望解决了。还有一件小事，因为马总来义海时间不长，要忙很多大事，所以一直没提起过。"

马树声说："只要是矿上的事，你只管说。"

杨建庄说："七年来，木里矿职工没有在矿上洗过澡，因为矿上没有可供洗澡的地方。大家只能一个月下山一次，到天峻县城去洗，而矿上只有一辆车，还是矿山救护车，拉大家去洗一次澡，一百六十公里，因为没有一条像样的路，来回得一天时间，或者更久，如果这个时候矿上发生了事故，救护车无法第一时间赶到，无疑也会给安全生产带来极大隐患。还有爱干净的职工一个月想多洗一次，就得乘私车下山，木里矿去天峻县的路不好走，经常发生事故，前不久就有一辆小车路上遇见大风，被刮到山下去了。因此，职工的人身安全就成了一个难题。"

听了杨建庄的话，马树声有些激动，他克制一下自己的情绪，说："矿山安全说到底就是人的安全，职工的生命永远是第一位的。"停了停，马树声放缓了语气，"解决这些问题，是我们的使命。"

第二天往木里去的时候，我们的车坏在了离木里矿不远处，这种事情在高原上是经常发生的，不光人会缺氧，机器同样也会缺氧。马树声说："剩下这点路程，我们步行过去。"下得车来，我即刻被风噎了一下，呼吸又困难起来，走在矿区的路上——如果这还叫路的话，煤灰尘土立即就将鞋淹没了，每往前迈动一步，就像肩上扛了二十五公斤的东西那样艰难。虽然穿着厚厚的棉大衣，但木里山上的风就像万千根牛毛细针，瞬间就将身上的一切抵挡物穿透，直钻入骨髓里面去了。昨天已经消失的头痛，此刻重又袭来了。

这次的安全现场会开得很成功。马树声在会上说："能在义海坚

马树声董事长(中)在木里矿调研

持下来的都是英雄,这是一支特别能吃苦、特别能忍耐、特别能战斗的队伍,有了这样的队伍,义海的明天一定会更加美好。"他还说,"职工的饮食安全、职工的生活安全,将是公司所要解决的头等大事。"

在这里生存,靠的是什么

从海拔五百米的义马煤业所在地来到素有"世界屋脊"之称的青藏高原,来到海拔两千九百米的德令哈,来到海拔三千五百米的大煤沟,来到海拔四千二百米的木里山,谁都无法逃脱高原反应这一自然现象,缺氧、烈日,接踵而来的是入眠困难,头痛,胸闷,行走踉跄,空手而行犹如巨石在肩;还有一种倍受思念的熬煎,思念着亲人,被亲人思念着,作为人子不能侍奉父母长辈,作为人父不能儿女绕膝,以尽教养之责。他们抛却这一切,能在高原坚持下来,创造了一个又一个奇迹,靠的是什么?

马树声来到义海公司的这些日子里,一直思考着这个问题。他很快就找到了答案:靠的是一种精神。是啊,中原人在高原上生存、工作、创业,是得有一种精神做支撑。人无精神不立,同样,一个企业没有精神,也就没了灵魂,就不能持续发展。而这种精神,马树声把它叫作"义海精神"。

"义海精神",也是逐渐丰富与发展起来的,它经历了一个认识与锤炼的过程。

2009 年 1 月 8 日,义海公司首次召开了"大中专毕业生座谈会",三十六名应届和往届毕业生参加了会议,会议由纪委书记、工会主席张堂斌主持。那时,作为义海公司总经理的马树声,面对这三十多名刚刚加入或加入义海不久的年轻员工,动情地说:"义海公司已走过了六年的历程,这六年走得不容易,可以说每一步都荆棘遍地,充满坎坷,如果没有一个梦想,没有一种情怀,没有一种强大的精神做支撑,无论如何是走不到今天的。老一代义海人在高原创业的同时,也给我们留下了一笔巨大的精神财富,我们要去挖掘这座精神的宝藏,将这种精神发扬光大。"

"这是一种什么精神?"马树声对这批年轻的义海人解释说,"这是一种'舍小家,为大家'的无私奉献精神。"从中原来到高原,远离了家乡,远离了妻儿老小,舍弃了自己温馨的小家庭,来到义海创业,说到底为的是一个"梦"。响应国家"西部大开发"的号召,探寻义煤的生存和发展之路,使义海从弱小走向壮大和繁荣。在这个"世界第三极",如果没有这种奉献精神做支撑,你无论如何是待不下去的,更做不好这个"梦"。亲情与大业,在"义海人"这里二者不可同时拥有,我们注定要做出抉择。当你们选择了义海,就已经是选择了奉献,选择了责任和担当。一旦选择,无怨无悔。

是啊,只有到了关键时刻,我们才能明白选择的意义。

2000年前后,义马煤业北露天煤矿由于资源枯竭,实施了政策性关井破产,上千名员工的安置问题一时成了义煤的头等大事,如果不能妥善解决这个问题,无疑会给社会增添一些无法预料的隐患,到那时候,许多不安定因素将一触即发;而全部在义煤内部各矿消化这数千名职工压力又太大。因此,寻求新的出路迫在眉睫,也是不二的选择。

有的时候,历史就是一种巧合,或者说是一种机遇。与此同时,相距北露天煤矿一千八百多公里处的大煤沟矿,也正在四下探寻生路。大煤沟矿和北露天矿相类似,同样是一座露天矿,位于柴达木盆地东部,隶属重组后的草绿山矿务局。2000年,草绿山煤矿破产重组后,将大煤沟露天矿收入麾下。然而,屋漏偏逢连夜雨,刚刚组建起来的大煤沟矿紧接着就遇到了全国性煤炭市场的大萧条,生产出来的煤几十元一吨都卖不掉。连锁反应,煤卖不出去自然无法给工人开工资,付出了汗水,却没有相应的收获,一个月,两个月……一年,两年,时间一长,怨声载道,人心也就散了。

人心一散,企业的凝聚力也就散了,它只能走向没落和衰败,离破产也就不远了。大煤沟矿苦苦支撑两年后,大厦将倾,再无法支撑下去,摆在他们面前的只剩下了一条路,和北露天矿同样的命运:破产。为此,青海省海西州州委、州政府成立了专门的招商引资领导小组,来全力解决大煤沟矿的生死存亡问题。关键时刻,党和政府永远都是企业的坚强后盾和指路明灯。几经辗转,他们联系到了河南省委、省政府有关部门,寻求跨地区战略性合作。相关部门又将这一消息迅速反馈给了义马煤业。

其时,国家"西部大开发"战略刚刚实施,义马煤业党委认为,一个国有大型企业,应该积极响应国家西部大开发号召,有责任,有担当,投身于祖国这场伟大的建设之中;义煤也有这个条件,北露天矿有着丰富成熟的露天煤矿开采经验和技术,到高原作业应该不成问题;更重要的是,这次如果与大煤沟矿合作成功,不仅能极大地解决北露天矿的人员安置问题,还将为义煤的发展探索出一片新的空间。对于义马煤业和大煤沟矿,都是一次难得的历史机遇。

于是,义马煤业党委会同北露天矿党委做出决定,派王宏昭、赵少普、刘所林、张新国、王智荣、张占村等六人，前往青海大煤沟矿进行实地考察，看看究竟有没有合作的可行性。这六条汉子在荒漠中度过了新鲜而漫长的十余天时间。最初，有一种声音占了上风。这种声音说，大煤沟矿哪里是人待的地方？放眼望去，除了秃山就是荒漠，连鸟都不愿从这里飞过，离最近的居民点大柴旦也有一百公里之遥。矿上更是无水无电，没有通信讯号，甚至可以说连一条路都没有。如果说有，就是那条唯一能和外界连接起来的路的雏形，干旱天气走在上面，灰尘能将人的小腿淹没；如果是雨天，或者冰雪融化，那就成了一条泥浆的河流。常年在这里生活工作，和坐监牢又有什么区别？

但是没过多久，另一种声音就将这种声音压了下去。如果怕吃苦，当初就不应该选择来高原，既然来了，就别当逃兵，回去让人戳脊梁骨，人前人后都说不出话来，给子孙后代丢脸。大煤沟矿虽然环境恶劣一些，但资源储量丰富，煤层浅，宜开采，接手这里，青海省政府还将按招商引资政策，另外在天峻县境内的木里煤田配给 1.6 亿吨的露天煤炭资源。不要忘记我们来青海的初衷，

张占村观察种植草的长势

不是借西部大开发的东风,北露天矿的出路还不知道在哪里呢。天上不会掉馅饼,怕困难,永远都没有出路。

最后,大家选择了在高原放手一搏。

精神的力量是强大的,它无坚不摧,什么奇迹都可以创造出来。当最初的义海人选择了高原,选择了戈壁荒漠中的大煤沟矿时,就是选择了这种无私奉献精神。这种精神是义海人战胜高原种种困难的法宝。

这个时候,当初进驻大煤沟矿的那六条汉子,除了两人调离外,赵少普、王智荣、张新国、张占村依然奋斗在义海公司不同的工作岗位上。

他们是"义海精神"最鲜活的代表。

第二章

缺的是氧,不缺的是精神

高原风暴的魔力

一天黄昏,我打开微信,立即就被朋友圈里的一条信息牵住了目光。

这条信息是时任义海公司党委副书记李国强发出的,木里矿又刮暴风了。文字配发了一组图片,这组图片每一张都令人触目惊心。山头的信号塔被拦腰折断,铁皮房被掀塌扭曲成废墟,停靠在路边的汽车被飞来的巨大铁皮所掩埋,等等。

稍后,《义海快讯》刊发了义海作家王晓峰所写的通讯,题目是《12 级飙风袭木里,天峻义海忙自救》。这里的天峻义海,就是原来的木里矿,2012 年因企业改制,将木里矿改为了天峻义海,然而,人们口头上依旧还愿意把天峻义海称作木里矿。

从王晓峰所写的通讯里面,这场暴风的面目逐渐清晰起来。这场空前的暴风自 2018 年 12 月 2 日黄昏开始刮起,竟然马不停蹄地刮了三个多昼夜。到了 5 日的 10 点至 18 点，木里矿区的风力达到了 12 级。这是天峻县气象局的官方预报。

暴风过后，木里矿遭受巨大损失，十余间房屋倒塌；三十余间受损严重，墙体倾斜或开裂，房顶的石棉瓦不知所终；北生活区一处汽车修理厂被夷为平地；由于信号塔在暴风中折毁，矿区一时之间断绝了与外界所有的联系。

这时候，矿区的气温已降至零下三十多摄氏度，房屋受损，信号中断，义海员工在如此环境下所受到的考验可想而知。这就是木里矿的风。不是第一次，也绝不是最后一次。然而，义海人一次又一次经受住了狂风的考验，在一次又一次摔倒之后重新站立起来。

高原的风，尽管一年四季都在"呼呼"不停地刮，但大风多出没于秋冬之际。大风起时，还多夹裹着黄沙和碎石，尘土弥漫，三步之外

用钢管加固房屋

不辨人物。有时沙砾大如鸽卵,在风里如子弹一般飞。2010 年的秋冬之交,马树声从德令哈到西宁去开会,车行至木里煤矿东边的大水桥一带时,就遇到过一场大风。

后来,马树声将遭遇大风的经历写成了文章。在这篇文章里,他对这场大风做了详细的描述。狂风大作之时,车前的可视度只有五米左右,隐隐只能看得见公路中间的黄线。风中飞舞着的沙砾猛烈地击打着车窗,发出"毕毕剥剥"的响声,司机小王担心地说:"千万别把车窗玻璃击破了。"是啊,这样寒冷的季节,车窗一旦被沙砾击破,人身安全受到威胁与否尚且不论,仅吹进车来的寒风就能把人冻僵。

2012 年 11 月 2 日,一场狂风袭击了德令哈。那一天,我站在义海公司办公楼八层的一个房间里,目睹了这令人震惊的一幕。这场风确切地说是从中午开始刮起的,那时候大家刚刚吃过午饭,事先毫无征兆,突然之间风就起来了。起初是 7 级或者 8 级的样子,但是很快风就大起来,达到 9 级或者 10 级。到了这个时候,在我的眼中,德令哈这个金色世界一下子就变成一个灰蒙蒙的世界了。

刚开始,街道上还有行人和车辆,大风刮过一阵子,行人和车辆忽然间就不见了,都不知道消失在了何处。风的势头愈刮愈猛,树木一律疯狂般拼命摇摆着枝梢,甚至在摇摆中断裂。空中有各种无以名状的杂物在风中时隐时现,煞是诡秘。一个骑摩托车的汉子也许有急事要办,硬是在大风中前行,忽然就连人带车被刮到路边的沟里去了。

与大风相伴而来的,就是急剧的降温。到晚上 9 点多大风停息时,气温与风前相比,骤降 12 度到 14 度,一下子进入最严寒的冬季。

第二天，义海人依然像往常一样，按时打卡上班，只是走进办公室大家打照面时不由相视一笑，因为彼此的衣服和昨天相比，都加厚了许多。

马树声在他的散文《柴达木盆地的风沙》中，颇有感触地写道："柴达木的大风让我明白了大自然的威力和尊严，对大自然要有敬畏之心，只有遵循大自然的规律，人类才能与大自然和谐相处，才不会遭受大自然的报复和惩罚。"很显然，在义海公司的数年间，这一理念渗透到了他的工作之中。

有人曾开玩笑地说，自从义海公司入驻海西以来，海西的自然环境和条件一年比一年好，绿色的面积逐年增加，雨水逐年增多，干燥的气候得到了改善，变得湿润了许多，尤其是近两年，海西地区似乎也没有早些年那么寒冷了。看似玩笑，其实也有一些道理，这与义海公司绿色发展理念不无关系。

如今，在段新伟的带领下，木里矿区内，义海公司投资八个多亿种植的"义海草"已见规模，荒野秃山在逐年变成绿水青山，相信在不久的将来，暴风肆虐的现象一定会得到改观。关于这一点，义海老员工田红星显得颇有信心。他说："与我当初刚登上木里山那会儿相比，真的是好了许多，只要我们有信心，肯付出，木里煤矿的明天一定会更加美好。"

田红星几乎是 2003 年与杨建庄矿长同时进的木里煤矿。交谈中，他告诉我："刚来时，给人的感觉，木里山天天都在刮风，好像从来都没有停息过。将人刮得整天都是晕头涨脑的。风刮得多，空气就干燥。木里山还有一个奇怪现象，这里冬天不下雪，夏天反而雪多，年雨水量为 840 毫米，蒸发量却达到 1120 毫米，异常干燥，嘴唇上常

植草

裂出一道又一道的血口子，不敢高声说话，不敢笑，连吃饭都让人感到揪心、恐惧。冬天干燥的寒风吹在裂开的嘴唇上，就像锋利的刀片一次又一次地割剌着，钻心地疼。"

关于木里矿区的风，在这里工作了十余年的孙万新也有同样的感触。2013 年，我在木里矿见到他时，谈到那里的风。他说，木里矿的风，是河南老家从没有见到过的。刚刚还是晴空万里，忽然耳边一阵"嗖嗖"的锐响，不消说，这是大风的先遣队到了。紧接着，大风就裹挟着沙土和碎石席卷而至，在木里矿上下肆虐、逞强斗狠。任何一场大风过后，木里矿都会遭受不同程度的破坏，矿上的宣传牌被刮倒过，电线被刮断过，铁皮房的屋顶被掀开过等，不一而足。

在一次又一次的大风里，义海人学会了忍耐，懂得了顽强，建设美好家园的自信从来没有丧失过。每一次大风过后,他们都会变得更加的坚强,将刮倒的宣传牌重新竖立起来,把掀翻的屋顶重又修葺一新……接着,他们又投入紧张的工作和生活之中。

后来,"义海人"将这些归纳为"义海精神"的重要组成部分:缺氧不缺志气,敢与高原比高低。

一首诗里的三个故事

马树声到义海公司上任的当月,即 2008 年 11 月,就登上了白雪皑皑的木里山,到海拔四千二百米的木里矿进行工作调研。深入到职工之中,深入到坑口及采场一线,了解木里矿的生产经营情况和职工的生活状况。

一天紧张的调研结束了,他久久难以平静下来。这里的自然环境之恶劣,真的让人无法想象,空气稀薄,含氧量只有内地的百分之七十左右;寒风呼号,站在坑口的边沿,几欲被吹得凌空飞起来,让人感到呼吸困难,一阵阵窒息;11 月的木里山已经零下三十多度了,寒风又像无数根牛毛细针砭刺着人的骨髓,穿着厚厚的棉大衣感觉就像穿了一层薄薄的洋铁片。

返回德令哈的路上,虽然已经是夜里 10 点多钟了,马树声依然心潮难平,便将白天在木里矿的见闻写成了一首诗:

开天辟地战木里,群山深处听狼语。

布哈河里摸冰鱼,夜捉麻雀过元夕。

这首诗后来发表在当月的《河南日报》副刊,一时引起了不小的反响。初读这首诗,我便想到了唐朝诗人张继的《枫桥夜泊》。不知道为什么,我认为它们有某种内在的联系。我首先联想到的是《枫桥夜泊》的钟声。在义海公司木里煤矿,听到的却不是这种江南的夜半钟声,而是群山深处的阵阵狼嚎,这与姑苏城外的渔火钟声相比,该是对比多么强烈的两种场景啊!

　　2009 年 7 月,作为评委,我从开封出发远赴西宁,参加义海公司举办的"'义海杯'第二届全国书画大奖赛"的评选工作。在西宁街头一家小饭馆里,我第一次见到了木里矿矿长杨建庄。

　　这个被马树声称为"木里矿领头羊"的中年汉子,在海拔四千二百米的木里矿已经奋斗了六个年头,他对这里的一草一木再熟悉不过。更重要的是,他见证了木里矿从创业到发展壮大的整个过程。

　　见到杨建庄,我就想到马树声为木里煤矿写的那首诗。很自然,我们谈起了这首诗。

　　杨建庄说:"马总的这首诗,短短的四句,却写到木里矿发生的三个真实的故事。就说说'群山深处听狼语'这句吧。"杨建庄似乎陷入对往事的回忆之中。

　　接着,杨建庄开始了他的讲述。

　　大约 2003 年冬季,他从河南来到了木里煤矿,刚到矿上的那些日子,条件十分艰苦,所谓的木里矿,其实就是茫茫雪野中的一片土黄色,除了几间废弃的矮土屋,便什么也没有了。矮土屋根本无法住人,杨建庄带领几个人在已成废墟的矮土屋上砌起了几间简陋的小平房,但并不能完全解决住宿问题,于是,在小平房旁边又搭起了几处简易的帐篷。

杨建庄性格豪爽,豪爽之中又透着几分细心。白天,矿区附近常有野狼出没,深夜又有狼嚎阵阵传来。当地牧民多次向他提及,高原上的狼异常凶猛残忍而又狡诈无比,忍耐力超乎人的想象,为捕获猎物锲而不舍。而大家所住的小平房与简易帐篷连一个固定的门都没有,临时凑合起来的柴门根本挡不住高原野狼的攻击,白天还好说,到了深夜大家都进入梦乡的时候,野狼如果闯进来,那后果就不堪设想了。

为了这事,他专门召集大家开了一个会,会上,他要求大家夜里睡觉的时候,一律头朝里,脚朝着门口。为睡觉的朝向专门开一个会,这恐怕是古今会议史上最独特的一次了。

有个朋友一时没有理解杨矿长所说的睡觉朝向问题,不由问道:"为什么要头朝里啊?"

杨矿长笑了,他说:"你想啊,半夜里狼窜入屋里,大家劳累一天了,睡得都非常死,如果头朝外,狼一口咬下去,恐怕再也不会醒过来了;脚朝外,是因为大家睡觉的时候,一般都穿着厚厚的袜子,有的人干脆连鞋都不脱,鞋又都是防寒的皮棉靴,又厚又硬,这样狼即使咬上去,人也不会受到多么大的伤害。"

这话杨建庄矿长说得轻描淡写,但我却体味到了其背后所蕴含的沉甸甸的分量。

刚讲完这个故事,忽然响起豫剧《朝阳沟》栓宝的唱段,原来是杨建庄的手机响了。也许是乡音难忘,他把手机铃声设置成了豫剧唱段。接过电话,杨建庄便抱歉地说,他得连夜赶回天峻县去,第二个故事只有等待下一次再讲了。

然而,马树声那首诗里的第二个故事,"布哈河里摸冰鱼",并不是听杨建庄讲的,是后来我到木里煤矿,听那时还是矿长助理兼办公室主任的徐敬民讲的。同样是一个黄昏,不同的是我们已经吃过晚饭。高原上的黄昏是漫长的,我们围着一个煤火炉,烤着火,望着窗外高原的景色,其时,夕阳正在被山包一点一点遮掩。徐敬民开始了他的讲述。

　　那两年,木里矿上的一大难题,竟然是吃菜问题。员工们吃菜,没有什么专人去采购,靠的是矿上的领导从天峻县或德令哈市上来的时候捎来。夏秋季节还好说,到了冬春两季,木里矿方圆数百里风雪弥漫,加上山路崎岖,汽车上下一次很不容易,即便容易也不行,市场上蔬菜稀缺,拿着钱也买不到新鲜蔬菜。

　　有时好不容易碰上一种蔬菜,譬如土豆,就不顾一切地买上一袋子,只怕少买了。于是,接下来的五六天或更长时间,不管炖烩炸炒,还是煮熬烹煎,顿顿都是土豆了。

　　倘若拉上来的是芹菜,员工们心里就会生出几分欣喜。因为他们从艰辛的生活实践中,摸索出来几种吃芹菜的花样,从而给单调的矿上生活增添些许乐趣。

　　他们会先把芹菜叶小心翼翼地择下来,放到太阳下去晒干,接着把芹菜的茎根一分为三:嫩嫩的茎梢一截,稍嫩的茎秆一截,不嫩的茎根部分一截。吃的时候,也是按这个顺序去吃的。等把这些都吃完了,再去吃已经晒干或晒半干的芹菜叶。

　　吃芹菜叶,或用面拌一拌,放在锅里蒸着吃,或与其他的干菜掺和掺和,包成包子吃,这已经是很奢侈的了,再不就直接下进面条锅里一同煮,也强过白水面条许多。

无论哪一种吃法,大家都会吃得津津有味。

关于这吃菜的事,杨建庄矿长还发过一次不小的脾气。

有一年春节前夕,矿上一位员工的妻子来到了山上。她见大伙儿工作繁忙,就主动承担起了给大家做饭的任务。第一顿饭,她将已干得裂着大口子的剩馍馏好后,该炒菜了,她在简陋的厨房里转悠了两三圈,只见靠墙壁的一角堆了三四棵大白菜,除此再没有别的什么菜了。她只得走过去,把白菜拿起来,准备给大家做一道醋熘白菜。

等这位员工妻子把白菜拿在手里时,她愣住了,原来,白菜外面的一层早给冻坏了,她想都没想,就把冻坏的那层白菜叶掰下来,随手就扔到了厨房的外面。

下班时,杨矿长看见了被扔掉的冻坏的白菜叶,不禁粗声大气地问:"这是谁给扔掉的?"

"我!"这位妻子见杨矿长满脸生气的样子,一时没弄明白是咋回事,愣住了。

"这怎么能扔掉呢?"说着,他蹲下身来,把白菜叶一片片从地上又捡了起来。

"都是些坏叶子,没法吃了,不扔做啥?"这位妻子更加不理解。

杨矿长叹了一声,放缓了口气,说:"你是刚来矿上吧,这些和好白菜切在一起,照样好吃得很啊!"

这位妻子往远处看了看,好像明白了点什么,她咬着嘴唇不说话了,她的眼里,分明有两滴晶莹的东西在滚动……

十冬腊月,如果下上一场雪,木里矿也就基本上和外界隔绝了。在这种情况下,什么蔬菜啦,水果啦,鲜肉啦,也只有去梦乡见一见了。

断了蔬菜，人体也就断了维生素的正常来源。这样的后果就是指甲塌陷，头发脱落，体质下降。最后就"哭笑不得"了。这是我的一个在青藏高原当过兵的朋友所用的比喻。是说吃不到蔬菜，又缺水喝，加上高原反应，嘴唇会常年干裂，如果咧嘴大笑或撇嘴大哭，甚至高声说话都会付出"血"的代价。

2004年国庆节。这之前的几天，就下了场大雪，纷纷扬扬，阻塞了道路。矿上所能吃的东西，就只剩方便面了。到国庆节这一天，大家在山上已整整吃了七天的方便面，以至后来一听见"方便面"几个字，大家胃里就会一阵阵痉挛。

这天上午，杨矿长说："今天放假！"

大家一点儿都没有激动的样子。有人说："放假不还得吃方便面吗？"

杨矿长笑笑，说："今天改善生活。"

大家几乎是异口同声地问："真的？"眼睛都放光了，随即，这光就黯淡下来。拿什么改善生活呢？

杨矿长也不多说话，他带着大家来到一条叫布哈河的岸边，让三四个青年员工穿上厚厚的一层棉衣，外面又罩上一层皮衣，然后，穿上胶鞋，戴上皮手套，杨矿长对这几个青年员工说："砸开冰，下河摸鱼，今天过节，大家有鱼吃了。"

河里鱼果然很多。不长时间就摸了满满一袋子，大家都很高兴，可是做鱼的时候，都又犯愁了。

厨房里没有油，也没有任何调料，这鱼怎么个做法啊？

杨矿长对后勤小王说："把锅刷净，用水清炖！"

鱼炖上了。不久，鱼的清香就从铁锅里一缕一缕飘散出来。大家围着铁锅站了一圈,贪婪地大口大口呼吸着这醉人的清香……

鱼炖好了,大家每人盛了满满一碗,这只用清水煮出来的鱼,恐怕是当今世上最原始的吃法了,可在大家眼里,这已经是顶级的美味佳肴了。

大家吃得很慢,慢慢地嚼,慢慢地咽,慢慢地品,好像谁吃得快了,谁就不懂得珍惜这一份享受、这一份美好似的……谁忍心把这幸福时刻一下子咽进肚子里去呢?

后来,这一天,成了大家永远的纪念日。

关于第三个故事,"夜捉麻雀过元夕",我想给大家留下一个空间,让各自凭想象去完成它。也许这样比我写出来更有意思。

小红房子里的寂寞与坚守

凡是到过大煤沟矿的人们,或多或少都会听说过这座小红房子的故事,以至于到后来,这座小红房子就成了广袤戈壁滩中的一个传奇,让人对它充满无限的猜想。

这座小红房子就建在离大煤沟矿近三十公里处的戈壁滩上,也就是几十平方米的样子,墙壁和房顶都是红色的,远远看上去就像一团正在燃烧的火焰,蓝天白云下显得极为醒目,宛如印象派画家笔下的风景画,颇带有几分浪漫的气质。

而事实上,它一点都不浪漫,它只是大煤沟矿的一座水井房。里面有一眼井,井深六十余米,在高原荒漠中,这个深度能打出水来,也算个奇迹了。井口比中原常见的井口要大,用一块厚厚的水泥板盖

戈壁滩上的红房子

着,一旁有孔,抽水机粗大的铁管就从这里延伸到井里去。机器轰鸣,小红房子在轰鸣中震颤,人的心脏也随之震颤。白花花的水柱喷薄而出,然后流入小红房子外面的输送管道。这根输送管道的出口就在大煤沟矿。大煤沟矿的工业用水和全体职工的生活用水,就全依靠这根输送管道了。

这根输送管道是大煤沟矿的生命线,也是矿上所有职工的生命线。而生命线的源头,就是那座戈壁荒漠深处的小红房子。

除了一眼井,一台500马力的抽水机,小红房子里还住着两个人。老一些的那个,个子高高的,但背已经驼了,满脸纵横的沟壑中写满沧桑,那是高原的烈日和粗粝的西北风经年摩挲的结果。年少的那个,虽说矮老者那么一点,但看上去要结实许多,脸上还没有皱纹,却隐隐有了两坨高原红。

老者和少者,是一对父子。父亲被喊作老孙,名字反倒很少被人喊起了。儿子倒有一个响亮的名字,叫孙纪冬,大概出生于冬季,后来一问,果真如此。在这座小红房子里,到2018年底,父子二人已经住满八年,而且,老孙还想把小儿子也喊过来,在小红房子里来个父子三人大团聚。按老孙的说法,这叫上阵父子兵,再遇到黑狗熊扒门的事,也不会像原来那样害怕了。这里面有着一个故事,待下文再讲。

可以说,这八年之中,大煤沟矿所用的每一滴水,都是经过这父子二人的手输送过来的。因此,在大煤沟矿采访期间,每当吃饭的时候,我都会想起那座屹立在戈壁荒漠中的小红房子,想起那对忍受着寂寞的父子。对,这也是一座寂寞的小红房子,在它的周围,三十公里以内,再没有第二座房子与它做伴,哪怕是一间比它更小的茅草棚子。这里人迹罕至,除了十天半月矿上的人送来一些蔬菜和面粉外,极少有人光顾。当然,除了夜里望着灯光而至的野狼和黑狗熊之类的动物。

对大煤沟矿来说,吃水是件天大的事。因为大煤沟矿这个地方,轻易打不出水来,即使费尽九牛二虎之力打成一眼井,抽出的水也无法饮用,因为水中含氟量奇高。有人对这里的地下水做过化验,含氟量是正常值的十二倍,人如果饮用,会得一种叫氟骨症的病,关节变得僵硬,慢慢变形,到最后极易骨折,据说骨头都酥软了。开始的那几年,矿上吃水都要去一百公里开外的大柴旦去拉。天气好的日子,一去一回也得大半天的时间,如果是大雪天,时间就说不准了。有一次拉水车坏在了半道上,等车修好回到矿上,已经是下半夜,司机将拉水车停在了院子里,等第二天起来用水的时候,水箱里的水已经冻成一块冰疙瘩。大煤沟矿的冬天,夜里的气温常在零下三十几度。

当年,拉水车将水拉到矿上,是按人头分给职工们的,每人每天只能分到十五公升。分水的时候,每个职工从住处往拉水车汇集的时候,手里都拎着一个十五公升的塑料壶。塑料壶是矿上发给大家的,颜色和样式都一模一样,一律的白色。大家拿着相同的白色塑料壶聚集在一起,成了矿上的一道风景。当然,这道风景里缺少了一道暖色。

在大煤沟矿,凡是从那个时候走过来的老员工,都体会到水的金贵。那十五公升水领回去以后,很快就被分割开来,哪些用来做饭,哪些用来洗脸,哪些是刷牙用的,哪些是洗衣服用的,在心里早分得一清二楚。洗过脸,水还不舍得倒掉,留着第二天、第三天再用;刷牙,也是一杯水分作两次用,能够节俭的尽量节俭。

每当刷牙、洗脸的时候,大家都有一个企盼:哪一天能够畅畅快快地刷回牙,彻彻底底地洗把脸! 这个要求在物质财富高度发达的今天,让人感到有几分苍凉。

义海公司和大煤沟矿的领导时刻把职工的冷暖挂在心上,职工的愿望,就是他们的职责。马树声在公司的各类大小会议上坦言:"企业发展了,首先应惠及职工,让他们成为最大的受益者。"

大煤沟职工吃水难的问题终于得到了解决。经过专家勘探,在离大煤沟矿三十公里处的戈壁滩上找到了可供人饮用的水源。等井打好,小红房子盖起来,机器调试好,出水了,职工们的愿望变成了现实,洗脸刷牙再也不需要像以前那样盘算来盘算去了,他们体会到了有充足水可用的幸福。然而,另一个问题出现了,水源需要人看守,那样一个地方,谁愿意去看守呢?

在老孙父子之前,矿上派过几拨人,可是,在小红房子里待了一段时间,都无法忍受这里的寂寞,先后要求调到别的工作岗位上去了。

老孙找到了矿领导,说:"如果实在没人愿意去,那让我去吧。"

"你耐受得住?"

"我试试,无论什么活,总得有人干。"

矿领导点点头:"说得也是,但你要有个心理准备,只有超凡的忍耐力,才能守得住那座小红房子。"

谁都没有想到,老孙这一守,就守了八年。不仅如此,他还把他技校毕业的儿子通过招工的渠道也鼓动了来,和他一起守护这座小红房子,守护孤独和寂寞。

在戈壁滩守护的日子,每一天都是前一天的重复,单调而乏味。说不寂寞、不孤独,除非你是一个木头人,有血有肉的人做不到。虽有儿子的相伴,老孙也有孤独的时候,尤其在长夜漫漫的冬季。实在忍受不住这种孤独了,他会朝儿子发脾气:"面条下得这么淡,还半生不熟的,让人怎么吃?"

儿子嘴上没说什么,心里却有些委屈:"都煮大半天了,就是煮不熟,我也没办法。"

其实,老孙心里是明白的,在大煤沟这个地方,由于氧气稀薄,含氧量只有中原地区的百分之六十左右,水烧到七八十度就开了,怎能煮得熟面条?可老孙那个时候就是想发脾气,想压都压不住。发过脾气,老孙很快就后悔了,儿子能听他的话来到这荒漠深处,和他一

荒漠戈壁守井人

起守着这份寂寞,真是够孝顺的了,况且,他又没有做错什么,面条煮不熟不是他的事,自己发的是哪门子脾气?

住在这间小红房子里,不仅仅守候的是寂寞和孤独,有时候还会遭遇危险。

2014 年冬天的一个晚上,窗外有月光。孙纪冬在灯下翻阅《义海人》报,这是他排遣寂寞的一种方式。报纸每半个月随米面供给送来一次,虽说只有四个 4 开的版面,每期报纸来到,孙纪冬都记不清他会翻阅多少遍。正是通过这份小报,他了解到义海过去和正在发生的一切,知道了义海精神和义海人的崇高情怀,也由此与义海心心相通,融为一体。他正看得入神,忽然,老孙问他:"你听到什么声音了吗?"

孙纪冬的眼睛没有离开报纸:"除了风声,还会有什么声音?"

"不，好像有什么东西在扒窗户。"

"我去看看。"

凑着窗外的月光，孙纪冬看到了一只黑熊，熊掌在击打着窗户。那一刻，孙纪冬感到心脏在抽搐，玻璃窗在巨大的熊掌下震颤，随时有碎裂的可能。看着儿子恐惧的神情，老孙知道情况异常，也凑到窗前，等他同样看清那只黑熊时，急忙喊道："快把灯关掉！"

孙纪冬如梦初醒，急忙拉灭了灯。

那只黑熊又在窗外停了一阵子，才"拖踏拖踏"走掉了。父子二人出了一口长气，相互看时，见对方的额头都出满了冷汗。

后来，《大河网》记者祝传鹏采访孙纪冬时问他："在这样的环境里还准备坚持多久？"

孙纪冬回答："只要矿上需要，我会陪着父亲一直坚持下去。"

氧气与志气

凡从河南到木里矿的人，第一个要面对的，就是缺氧的问题。

如果按一个换算公式去套的话，木里矿的含氧量，能很快得出答案。这个换算公式是这样的：海拔为 0 米时，空气中的含氧量是 20.95%。海拔每升高 1000 米，空气含氧量就下降 1.6%。海拔高度为 1000 米的时候，空气含氧量下降 1.6%，为 19.35%，是零海拔含氧量的92.4%。木里矿海拔 4200 米，空气含氧量下降应该是 6.72%，为 14.23%，是零海拔含氧量的 67.9%。至于义海公司大煤沟矿的含氧量，可参照木里煤矿，一望而知。

也就是说,木里矿的含氧量还不到零海拔含氧量的 70%。面对这样一个数字,到木里矿工作的中原人会有什么反应呢? 尽管我在前文已提到,但在这里我还想再提一次,具体一些,详细一些。

初到木里矿,对于缺氧的感觉是直观的,头痛、胸闷、嘴唇发紫、睡觉夜半常常被憋醒,白天空手行走在矿区,犹如扛了一袋二十公斤重的东西。也有人说,脚下没根儿,总感到站不稳,像是踩在棉絮上,或者像腾云驾雾似的。

木里矿职工王美丹是个有心人,有着较高的文学修养,她来到木里矿的第一个晚上,一夜都未曾入眠。不管是睁着眼睛还是闭着眼睛,都没有丝毫的睡意。到了黎明,眼皮刚涩涩地有点发沉,不想就"咯噔"一下,睡意又消失得无影无踪了。

她谈了自己的感觉后,我觉得她谈到了细微处,便鼓励她将这一夜特殊的经历记录下来。很快,她就写了一篇题为《木里山的第一个夜晚》的散文,后来在《义海人》上发表了。

最终,王美丹还是选择留下来,留在了木里矿。

若干年后,我再次读到王美丹的那篇《木里山的第一个夜晚》,依然不禁为她的文学才华所折服。对于那一夜最初的感受,她这样写道:"两个小时过去了,我感觉我的头越来越痛,还是喘不过气来,呼吸更加急促,说话一点力气都没有,这时的感觉好像快死掉一样。我赶快给他打电话,说,我的心跳加速,都快要跳出胸膛了,十分的难受。还烦躁不安,都快要发疯了。我现在一刻都不愿意在这里停留,想连夜下山回河南去……"

这里的他,就是王美丹的丈夫。那一夜,他在矿上值班。

王美丹接着写道:"他说,天这么晚了,现在矿上一辆车也没有,山肯定是下不去了。这是典型的高原反应,别害怕。你再吃几粒我给你准备的红景天,缓解一下,然后打开氧气袋,把氧气吸上,很快就会好起来的。"

王美丹按照丈夫的说法去做了。那是她一生中第一次吸氧气袋,不免有些手忙脚乱。她便开始埋怨丈夫不近人情,只顾值班,竟然把自己一个人扔在这里,就不怕出意外?想到这里,她落下了眼泪。她原本想随丈夫一起来义海工作,不承想现在鼻子里却插上了吸氧气的管子,备受痛苦的熬煎。

"躺在床上,在高原万籁俱寂的夜晚,突然被一阵恐惧所攫,我还能活着走出木里山吗?还能回河南见到我的爸妈吗?还能见到我那活泼可爱的小女儿吗?还能听见她用稚嫩的声音喊我妈妈吗?"不知何时,王美丹脸上布满了泪水。吸上氧气一个小时后,王美丹感到心跳不那么快了,头也没有刚开始那么痛了,心情也好了许多。于是,她又想,我能挺得住,别人能在这里坚持下来,我为什么不能?

听说氧气吸的时间长了会产生依赖,王美丹想,那可不行,那永远就不能适应缺氧的木里环境。就坐起身,将吸氧管给拔了下来。氧气被拔去半个小时后,王美丹再次发生了高原反应。这次比上一次更厉害,头痛欲裂,胸口像压了一块巨大的石头,把她的心都快压扁了、压碎了。

王美丹说,我真的受不住了,再次打起了退堂鼓,想回家,想女儿。

已下夜班回来的丈夫对她说:"真不行你就回去吧,天一亮我就去借钱给你买车票。"

丈夫的这句话让王美丹鼻头发酸,并一下子击垮了她。自己来时的车票也是借钱买的。为什么要从河南来到这木里山？她心里再清楚不过了。家里目前欠有外债，不到一岁的女儿吃奶粉是一笔不菲的花销，上面还有年迈的父母。女儿快一岁了，还没有一件像样的玩具，看到别人家孩子的玩具伸着小手直哭，那情形让她这个做母亲的五味杂陈，心都是疼的。

想到这一点，王美丹再不说走了，她要留下来，与高原缺氧做斗争，战胜它。那一晚，抱着这样的决心，王美丹把氧气袋放在嘴边，难受了就戴上，稍有缓解就拔掉，她怕一直吸会对氧气产生依赖，那样天天吊着氧气袋还怎么工作？反反复复做了五六次，不吸氧的时间一次比一次长，由最初的二十分钟延长到后来的两个半小时，王美丹靠毅力熬过了来木里山的第一个夜晚。

这是 2009 年 2 月 19 日的一个夜晚。王美丹将它视作人生中最漫长的一夜，比万里长城还要长。熬过了这一夜，也就等于闯过了高原缺氧这一关。十天后，王美丹所有的高原反应全部消失。高原接纳了她。

留在高原，留在木里煤矿，王美丹有一种精神支柱，就是想把日子过得好一些，把自己的小家庭建造得更美满甜蜜一些。而王美丹所遭遇的一切，几乎是所有来木里矿的职工所遭遇的。

这还是最直观的高原缺氧反应。

因为缺氧，再加上严寒，在高原，什么事情都有可能发生。2003年的冬天，狂风大作，徐敬民从工作面收工回宿舍，碰见迎面走来的同事，想上前打个招呼，突然发现干张嘴就是发不出声音来。这令他感到吃惊和恐惧，用手拼命地在嘴上、咽喉部位揉啊、搓啊，好一阵子才能说出话来。

事后才知道,那是因为高原缺氧,加上那一天又特别冷,把嗓子冻麻木了。喉咙都被冻得失去知觉,这种冷的程度,是想象不出来的。

到 2013 年 6 月,徐敬民在木里矿整整坚持了十年。有一次,我曾问过他这样一个问题:退休后还准备回河南吗?

徐敬民想了想,说:"那是故乡,怎么能不想回去? 但是,等再过几年,回去已经不是简单一句话的事了。"

接着,他解释了其中的原因。

在高原的时间长了,人的生理机能慢慢地会发生一些变化,以适应高寒缺氧的生存环境。适者生存。不久前他做了一次体检,结果显示,徐敬民的心脏已经轻微移位,脾和肝脏也增大了数毫米,如果再等七八年,到退休时,这种情况肯定还会加重,如果那时直接回到河南去,身体肯定会受不了。因为已经适应高原的身体很难再适应中原的生存环境。

"那会出现什么现象?"我问徐敬民。

徐敬民说:"最明显的一点就是醉氧。成天昏昏欲睡,浑身无力。早两年,有一个河南人在青藏高原工作了一辈子,退休了想叶落归根,可回到中原后大小病不断,检查又检查不出病因,生活没有了乐趣,不得不又返回高原。"

"这种情况有办法解决吗?"

"也有办法,只是需要大费周章。譬如,若干年后我退休回老家定居,从木里山下去,得先在西宁生活个一两年,然后再到兰州生活个一两年,逐渐东移,慢慢适应,也许能解决醉氧这个难题。但这只是个理论上的概念,还没人这样实践过。"徐敬民笑笑。

告别徐敬民，回到住处，我一直在思考一个问题：是什么力量让他在这个高寒缺氧的环境中一干就是十年，而且还要继续干下去。尤其让我敬重的是，徐敬民已经检查出来患有高原病，他本可以以此为由，申请调回河南去，可他没有这样做。他好像没把这些放在心上，谈吐之间，依然流露出一种积极的乐观精神。

我走到窗前，往外眺望。不远处矗立着一块巨大的宣传牌，上面醒目地写着几个大字："义海是我家，建设靠大家。"不禁心头一动，想，这就是答案了。

徐敬民胸中一定装有一个坚强的信念，一种他所追求的理想，这无疑就是支撑他在高寒缺氧的木里山坚持下来的精神支柱。

木里矿的煤

木里矿素有"天矿"之称。有关资料显示，它是目前世界上尚在开采着的海拔最高的煤矿。木里山是个神奇的地方，神奇的地方常常会发生奇迹。

木里矿的煤就是一种奇迹。

木里煤田位于青海省海西蒙古族藏族自治州天峻县与海北藏族自治州刚察县的交壤处，东西长50公里，南北宽8公里，由江仓、聚乎更、弧山、哆嗦贡马四个矿区组成。截至2011年底，这里已探明的资源储量为35.4亿吨，占整个青海省煤炭储量的72%。这么巴掌大的一块地方，却撑起了青海煤炭储量的大半壁江山，不能不说是一种奇迹。要知道，青海省幅员辽阔，土地面积是河南的三个半大。

而木里煤田的煤，又全部是稀缺煤种，以四种煤为主，它们分别是肥煤、焦煤、气煤和瘦煤。其煤质尤佳，含硫量极低或者就不含硫的成分，是国内少有的炼焦煤炭之一。

"别的地方炼焦，煤往往进洗煤厂淘洗后才能使用，而木里矿的煤根本就不用进洗煤厂。"一个老矿工说，语气中带着一种自豪。

义海公司旗下的木里煤矿，涵盖了江仓、聚乎更两个矿区的部分采区，因此曾一度更名为聚乎更煤矿，后来因为配合大有能源公司的上市工作，又更名为天峻义海。义海公司木里煤矿至此已不复存在，应该说是被天峻义海取而代之了，但是，有相当一部分义海人依然喜欢把天峻义海喊作木里煤矿。

木里煤矿的煤有着一种神奇的魔力。有人竟然就是奔着它的煤质，而选择了木里煤矿。现在已经是大煤沟露天煤矿矿长的张建军，就是一个例子。

来木里矿之前，张建军已经是义煤集团北露天煤矿的一名中层干部了，而且已经组建了自己的小家庭。有一天，他突然提出要到远在青海的木里煤矿去。他的妻子李秋红不同意，说："孩子还不到七岁，你跑到那样一个荒无人烟的地方，让我们娘儿俩怎能放得下心？"这是 2003 年底的事情，张建军刚刚被提拔为副科长，矿上的领导自然也不愿意放他走。老矿长再三挽留他说："矿上提拔你，也是想重用你啊。"

张建军已经铁下心来，他的理由只有一个："木里矿的煤质太好了，就连教科书上都没有见过这么好的煤质，我是学选煤专业的，木里山上的煤我如果不去见识见识，我想会给我留下终身的遗憾。"在这之前，张建军曾多次和回来度假的义海职工聊起过木里矿的煤质。

李秋红见拦不住丈夫,将孩子安顿好,也跟着来到了木里矿,成了木里矿上的第一个女工。

等张建军来到木里煤矿,站在茫茫的雪原上,他才明白,木里矿的煤,是煤中的极致。那么极致的煤,也只能是木里山这么极致的环境才孕育得出来。木里山是一座什么样的山啊?刚到木里矿的那些日子,张建军算是真切地体会到木里山的不同寻常。

当地藏族同胞中流传着这样的谚语:"巍巍木里山,海拔超四千,冰冻又缺氧,百里无人烟。"这是木里山形象的写照。我曾数次登上过木里山,对此感同身受。

这里常年冰雪覆盖,放眼望去,整个白茫茫的世界,气候瞬间万变,五黄六月常常大雪纷飞,《窦娥冤》中的夏天飞雪被视为奇冤所致,现实生活中几乎是不可能发生的事情,在木里山却是家常便饭。令人惊奇的是,雨雪、冰雹天气恰恰多在夏天,冬天反而不常见到。

冬天多大风。大风呼呼一刮,气温骤降。能降到什么程度,2004年走进木里矿的赵海峰做过详细的描述。没有大风的日子,木里山的气温多在零下三十度左右,等一场大风过后,尤其是连续刮上一两天的那种,气温会降至零下四十度,这还是室内温度计显示的。而温度计上的数字只标注到零下四十度,至于实际下降了多少度,不知道,只能是一个未知数了。

虽然温度计上显示不出来,但活生生的人是能感受出来的。"那真是冷啊!"赵海峰回忆说,"刚到木里矿的时候,住的是简易房子和铁皮帐篷,白天还好说,人是走动的,到了夜里,冷得更是骇人,睡觉又没有暖气,全靠火炉御寒。"

"火炉能抵御这种寒冷吗?"

"聊胜于无吧。"

接着,赵海峰说到了一个细节:这种火炉,后半夜常常被冻灭。火炉一灭,温度就随之下降,火炉燃烧的时候室内墙壁上会挂一层水珠,这时就结成了冰。紧挨墙壁一面的被子被冻得粘在墙上,人在梦境中模模糊糊感觉到冷,开始拉拽被子,自然拉拽不动,倘若再用力,"刺啦",冻在墙上的被子就会被撕裂,时间一长,被子撕拽的全是一道道的口子。"我们早期在木里山上盖过的被子,全是这个结果,看上去和叫花子的行囊没什么区别。"

说着,赵海峰笑起来。

木里山最寒冷的季节是每年的12月到次年的1月,无论中午的阳光多么强烈,无论穿多厚,站在工地上,过不了半小时,前胸到后背全部被冻透,钻心地寒冷。脸也被冻得麻木,手掌扇在脸上都没有一点感觉。人一挨冻,就爱流鼻涕,但是鼻子早已被冻麻木,鼻涕流下来都不知道。那时候木里山上的人,胸前衣服上无一不是白花花的一片,全都是鼻涕滴落留下的痕迹。

夏天的木里矿,虽然不像冬天那样寒冷,但另外的麻烦却来了。夏天一到,草原上四处冒浆。木里煤矿离天峻县城一百五十余公里,2003年前后,这里还没有公路,草原上到处都是沼泽地,去一趟天峻县城,车得在沼泽地上穿行。夏天沼泽地冒浆,危机四伏,行车需要分外地谨慎小心,一去一回最快也得八小时,开车比人走路都慢。碰到翻浆冒泥地段,车是推一步走一步,这时候走上一天一夜都不好说。有一次,徐敬民到天峻县办事,车陷进冒浆的沼泽地里,竟然折腾了五个昼夜。好在是高原的夏天,要是冬天,人早给冻坏了。

木里矿的煤，就是在这样极致的环境中生产出来的。由此看来，义海人是多么英勇顽强，也是一群极致的人了。

2010年6月10日，以"开发合作、绿色发展"为主题的第13届青洽会在西宁开幕，义海公司作为海西州的代表企业参加了这次活动。在义海公司展馆，一块采自木里煤矿、重达1.5吨的巨大煤块矗立在显要位置。在这块完整的煤块上，雕刻着"木里英雄"四个大字，字体遒劲洒脱，出自义海公司董事长、党委书记马树声的手笔。

开幕式之后，时任青海省委书记的强卫走进了义海公司展厅，在刻有"木里英雄"的巨大煤块前停住了脚步，伸手抚摸着这块巨大的煤炭，动情地对陪同人员说："这分明就是一块'墨玉'啊。"在传统的词汇里，对煤炭的溢美之词多说"乌金""太阳石""黑金子"之类，强卫将木里煤炭称为"墨玉"，可见其煤质之优良。

"墨玉"之说，在义海公司引起巨大反响，激发了义海职工的斗志。马树声为此著文《"木里英雄"，"墨玉"之始》，认为这是对木里煤的最好评价，也是对义海公司的肯定。

青洽会结束以后，青海青藏高原自然博物馆找到义海公司，恳请要收藏这块雕刻着"木里英雄"的"墨玉"，以供来自各地的中外游客参观。义海公司将这块"墨玉"捐赠给了该馆。

后来，义海公司又从木里找来一块与"木里英雄"相仿的煤炭，马树声用行草书法题写了"墨玉"二字刻于其上，立于义海办公楼的一楼大厅。自古多有书法勒石之举，将书法摹勒于巨大的煤块之上，当自义海公司开始。

夏宏伟是义海公司党群工作部部长，走进他的办公室，我看见办公桌上很醒目地摆放着一块乌黑闪亮的原煤，这块煤的造型极具艺

墨玉

术感,很像一只扬帆远行的小船。夏宏伟告诉我,这块煤也采自木里煤矿,他去木里矿检查党建工作时,遇见了这样的一块煤,一下子就喜欢上了它。于是把它带回了公司总部,从网上按尺寸订购了底座,放在办公桌上,成为一道风景。

有人喜欢奇石,把它当作生活中的一种乐趣。夏宏伟没有这种爱好,他将木里矿的煤放在办公桌上,天天与它相对。按照他自己的说法,是出于对木里煤的热爱,是出于对义海公司的热爱,也是对大自然的敬畏,对大自然的馈赠心存感恩。

狼的嚎叫与狼牙的联想

在荒漠深处的大煤沟矿,只要是早期来到这里的矿工,私下交谈的时候,都会不约而同地说到高原上的狼。高原上的狼狡猾、残忍、有耐力,比蒲松龄笔下的狼更可怕。

张占村曾给我讲过一个真实的故事。2003年,他刚到大煤沟矿,住在工棚里,每天深夜都能听见狼的嚎叫。那时狼非常多,有时是一匹孤狼,有时是两三匹,多的时候能达到六七匹,围着工棚打转悠。无风的夜晚,能清晰地听到狼蹄子落在沙土上的声音,甚至狼的喘息声。白天,狼还有些怕人,一到夜晚,狼的胆子就大起来,被接收的小煤窑里有一个当地职工,深夜起来到户外大便,结果蹿过来一匹狼,在他屁股上咬了一口,撕咬下来一块皮肉。好在这个职工出门时手里攥了一根螺纹钢,拼死挥舞,大声喊叫,同宿舍的人赶来,才捡回一条性命。

后来,这个职工被送进医院,等伤口痊愈,就回老家去了,再也没有回到矿上。在德令哈住院期间,张占村去探望过这个职工,见他眼里充满恐惧,脸色暗淡,心里很不是滋味。那个职工对张占村说:"我不想为了几个钱,把命丢在这里。"张占村没有说什么,他觉得这个职工说的没有什么不对。

晚张占村几个月来到大煤沟矿的张书强,生于1964年8月。1981年技校毕业后,一直在义马煤业北露天矿采爆段工作。2003年6月18日,义海公司正式组建时,张书强来到了大煤沟矿,在生产技术科挖掘班任班长。那个时候,他这个班加上他也才四个人,住在一顶帐篷里,办公也在那里。2004年3月,大煤沟矿买来了两台电铲,按正常要求,电铲操作最少得两个人才合乎规范,但因矿上人手少,张书强就一个人操作一台。

工作强度可想而知,更何况是在高原,张书强每天工作都在十小时以上。有一天,已经是晚上9点多了,电铲出了故障,因张书强是个肯钻研的人,平时电铲出了问题都是他摸索着解决,所以,这次生产科又找到了他,要他去现场看看。张书强二话没说,披衣下床,跟着来人朝挖掘现场走去。

这个时候矿上还很艰苦,住帐篷不说,连个电话都没有,更别说电视了,用电靠的是柴油机发电。吃过晚饭想去散个步,日落后的风能把人冻僵,走路稍快一点儿就喘不过气来,无事可干,只有去床上躺着。

那一次,等找出问题根源,处理完故障,已经是凌晨3点多钟了,在返回宿舍的途中,张书强遇到了一匹狼。这匹狼拦住了他的去路,但并不发起攻击,只是用冷酷而贪婪的目光死死地盯着他。这一天的月亮特别圆,天上没有一丝云彩,澄澈的月光下,狼的眼睛发着幽绿的光,张书强对这一幕记忆特别清晰,因为他与那匹狼足足对峙了半个多小时,那是他一生中所度过的最漫长的时光。那天夜里,张书强赤手空拳,但他并没有感到恐惧,也没有慌乱,他与那匹狼,站在荒漠之中,月光静静地照射着他们,人与狼的目光,在寂静中殊死较量着,最终,那匹狼低垂着头离开了。

若干年后,张书强才醒悟,那匹狼是想在摧毁他的意志后,等他崩溃之际,一击而中。但是,人的勇气和智慧,如果没有畏惧,不应该输于动物,包括狼这种生性狡诈而残忍的动物。面对狼的威胁,有的人选择了退缩,有的人选择了面对,而有的人还能从中受到启发,悟出一些道理。

现在已是义德工贸公司总经理的王健,也是较早从北露天矿来到大煤沟矿的,来之前,他已经是机修段的工会主席了。电铲运进大煤沟矿后,出现了一个棘手问题,因为是高原,人缺氧,机器也同样缺氧,电铲大牙损耗厉害,与内地相比,仅此一项,每月得多开支近五万元钱。对当时的大煤沟矿来说,这是一笔庞大的开支,因为那时的大煤沟矿还很穷,资金短缺,一分钱恨不得掰开去花。当时大家都有一种观念:省下的就是赚到的。因此,如何延长电铲大牙的寿命,尽量减少损耗,将这笔钱节省下来,成为王健一时思考的主要问题。

因为这笔钱得从王健手中支出去,这让他感到心疼。此时的大煤沟矿,河南籍和青海籍的职工加在一起,也不过六十来人。人员少,矿上的机构设置也简单,只有三个科室:安全生产科、财务科和办公室。而王健,就是负责办公室工作的。办公室干的不光是迎来送往,安全生产和财务之外的事情全都得干,矿上所有买和卖自然也都归他管了。

一天深夜,王健失眠了。听着窗外狼的嚎叫,便奇怪地想到了狼的锋利的牙齿,由此又忽然联想到了电铲大牙,一道亮光划破夜空,这二者之间难道有什么关系吗?过了一段时间,王健到德令哈采购东西,见到一匹被猎人捕杀的狼,就蹲下来不走了,两眼盯着狼头琢磨起来。猎人问他:"想买下吗?"王健摇摇头,随即又点点头,说:"我只要狼牙。"

返回矿上后,王健开始对着狼牙寻找灵感,他惊讶地发现,大自然的造物太神奇了,狼牙既尖利又坚固,生长的角度和弯曲的弧度几乎达到了完美的程度。一道亮光,掀开了智慧的帷幕。王健想依照高原狼牙的原理来改造电铲,他把这个想法给技术人员说了,技术人员认为可以试一试。

于是,他们画出了电铲大牙和狼牙的对比图,依照仿生学的原理进行分析后认为,加长电铲勺斗拉筋,改变电铲切入岩层的角度,使电铲更符合高原作业的特点,这样能极大地降低电铲大牙的磨损速度。当然,从设想、实验到成功,这之间,王健他们经历了怎样的挫折,只有靠读者们去想象了。

电铲大牙的技术改进最终成功了。仅此一项技术上的革新,每月可为矿上节约四万余元。王健舒心地笑了。后来,关于这项技术革新成果的论文在一家煤炭专业刊物发表,先进经验被青海省一些露天煤矿所借鉴,都取得了不错的效果。

有关冰与水的记忆

在木里矿,有两种记忆是很难磨灭的。一是关于冰的记忆,一是关于水的记忆。

也许会有人认为,冰和水其实是一回事,寒冷到了一定程度,水也就转化为了冰;反之,冰又转化为了水。这纯粹是一种自然现象。然而,在木里煤矿却不完全是这么回事,冰与水的问题似乎要复杂得多,二者都上升到了生存的层面。

凡是早年来木里山的老员工,都有关于这方面的记忆。水和冰,毫无疑问都成了他们生命中的一部分，深深地嵌入他们的记忆深处，想忘都忘不掉。

木里矿的吃水问题，最早是靠一眼泉水解决的。矿区北边的山脚下，有一眼不大的山泉，也就笸箩口那样大吧，隐藏在山坳一拐角之处。泉水不是汩汩喷涌的那种，而是涓涓细流，大家在泉眼下面挖挖淘淘，将水聚集起来，等汇聚到一定的量，就可以取来使用了。一个时期，矿上职工生活用水的水源，就全靠这眼泉水了。

这眼泉水离矿区还有一段距离，跑管道肯定不现实，用水只能靠车拉。那时候矿上只有一辆皮卡，能坐得下五六个人，除此之外，后面的车斗里还可以放六个白色的大塑料桶。这六个塑料桶，就是专作拉水用的。皮卡先把人送到工地，连工具家伙一起卸下来。当然，每次都要留一个人在上面，同司机一起去拉水。

木里矿区吃的水都是这样拉来的

到了山脚下,把六个白色的大塑料桶在泉眼旁边一字排开,然后再分别打开盖子,用一个红色的塑料瓢从山泉中舀水往里面灌。刚到木里矿时,因为赵海峰年纪最轻,他被分配干这个活的次数最多,以至于后来他闭着眼睛都知道,多少瓢水能把一个塑料桶灌满。六个塑料桶之间也是有区别的,最初的一桶如果需要二十瓢的话,中间的也许就需要二十五瓢到三十瓢了,到了最后一个塑料桶,四十瓢能将它灌满,也就算是庆幸的了。泉小水细,积攒缓慢,这是没有办法的事情。

去山泉拉水,上午一趟六桶,下午一趟六桶,一天共十二桶。天天如此。

这还是说的夏天时的情景,一进入冬天,那就是另一番景象了。木里山的冬天,冷得出奇,如果你没有到木里山来过,你都想象不出那种冷来。

到了冬天,一过夜,泉眼给冻结实了,泉水也结了一拃多厚的冰。白天来取水的时候,车上得捎带着钢钎子,需要它把冰层凿开。不然,肯定得空跑一趟。

赵海峰刚来那会儿,还不知道木里山冷的概念。还是中午,因为矿上来客人需要接待,水不够用了,让他和司机去拉水。来到水泉旁边,泉水已结了厚厚的冰。赵海峰拿瓢捣捣,捣不动。

司机说:"去拿钢钎子凿。"

赵海峰起身去车上拿钢钎。

手刚摸住钢钎,司机就急忙喊道:"别摸!"

但是已经晚了,赵海峰已经将钢钎子抓到手里。旋即,只感到手心一凉,手已经粘到钢钎子上了。原来赵海峰在内地干活,没有戴手套的习惯，嫌不方便。接下来发生的事情让赵海峰感到后怕，等到在司机的帮助下把钢钎从手上取掉，手上的一层皮已经粘到钢钎子上去了。手上的皮厚，受伤还不严重，假若换成脸上的皮肤，后果就不堪设想了。

司机告诫他："到了冬天，铁东西可不敢赤手乱摸，它们可是会咬人的。"

可是有一天，这眼泉水消失了。

露天矿坑往北扩展，把它给挖掉了。这一处水源断绝了，得重新再找新的水源。在木里山这个地方，能供来饮用的水源不好找，有很长一段时间，都没有找到这样的水源。世间万物离不开水的滋养，人也不能例外。人可以三天不吃饭，但不可一天不饮水。找不到水源怎么办？只好去吃河里的水。

木里山的河流都属于季节性河流，夏天还能在犬牙参差的冰凌之间见到有水的流动，但只要一到冬天，所有的河流都会被厚厚的冰层冻得严严实实，好像披了一层刀枪不入的盔甲。冬天要想吃水，就得把厚厚的冰层凿开。凿开冰层可不是一件容易的事，锤子砸在钢钎上，连一个小白点都见不到。

还会有一种情况发生。等费尽千辛万苦将冰层凿开了，河床里却没有水，水全部结成冰了。碰见这样的事情，他们只能将巨大的冰块搬回去，想办法将冰块融化了，再行使用。

令这些冰块融化的方法有两种，一种就是冰块运回去后，倘若不急着使用，把冰块放在屋子里，室内的温度较高，可令它慢慢融化；要是急着用水，还有一种方法，就是将冰块装入铁桶，往火炉上一坐，炙烤它，这样融化起来就迅速得多了。这样做往往是会付出代价的，不小心会将铁桶烧坏。

说起烧坏铁桶的事情,赵海峰显得不好意思,他说,自己是个急性子,喜欢将冰块放铁桶里去煮化它,就将炉火捣腾得旺旺的,结果欲速则不达,冰还没有化开,铁桶倒先给烧坏了。有一阵子,他一连烧坏了三只铁桶,惹得矿上的领导不高兴了,批评他道:"铁桶也是公共财物,你就不会学得有耐心些?"受了批评,下次化冰块的时候,赵海峰果然耐下了性子。

冰块融化开,烧水或者做饭的时候,别睁眼看,那水中有很多小鱼小虾,还有一些叫不出名字的各色小虫子,大家彼此也都心照不宣,不去点透,如果一看一问,再往深处一联想,恐怕那样的水任谁都喝不下去了。大家都明白,除了这样的水,再没有别的水了,索性不闻不问,只管吃,只管喝。俗语不是说"不干不净,吃了没病"嘛!

对于木里矿的吃水问题,孙万新也同样深有感触。在一个黑色封皮的笔记本中,记录着数年前我对他的采访。孙万新原来也是义煤集团北露天矿的职工,单位破产后,为了生存,于2004年4月18日到了木里煤矿。这一天刻在了他的记忆里。那一年,孙万新三十一岁,他的孩子才刚两岁。撇下年幼的孩子远走西部高原,他经过了三个昼夜的思想斗争。

到天峻后,他碰到一个熟人,也是来自北露天矿的职工,正在等着拉煤的顺路车上木里矿去。那个人告诉孙万新,他高原反应强烈,上了两次木里山都没有上去,都是刚出县城不远又返了回来。这一次,他无论如何都要上山看一看。

他们到了山上,尽管心里早做了准备,但还是倒吸了一口冷气。山上除了那一溜儿矮土坯房,旁边又搭起了四五顶小帐篷。人逐渐增多,原有的房子已经不够住了。

那个人还是没能适应高寒气候,他说:"这真不是人待的地方。"就回内地去了。

孙万新留了下来。他知道,打点行囊走出家门时,妻子就开始有了一个期望。他回去了,妻子的期望也就破灭了。所以,他不能回去,即便这里是十八层地狱,也得咬牙坚持住了。男人,无论怎么都得有一点意志,不能让自己的女人感到失望。

到木里山接到的第一个任务,就是到矿区旁边的布哈河里砸冰取水。吃过早饭,孙万新借来一辆架子车,将那六个塑料桶放到车子上,出发了。也许是孙万新第一次取水,没有经验,那一天冰怎么砸都砸不开,虎口都给震裂了。他累得躺倒在冰上,觉得心都快跳出喉咙来了。

孙万新不愿空手而归。他在布哈河上坐了很长时间,才在当地一个牧民的指引下,找到了另外的一条小河流,这条小河更远一些,就在木里镇政府的旁边。

河里的水让孙万新大失所望,就像泡过麦秸的水一样,呈浅黄色。这样的水饮牲口,牲口都不一定喝,人怎么能饮用? 孙万新想。他此刻的心情是十分矛盾的,如果不汲取这条河里的水,今天注定要无功而返了。这是来木里矿所接受的第一项任务,那样会让别人怎样看自己? 在这样的矛盾心情中,孙万新把塑料桶一一卸了下来。

河里的水很浅,一次只能舀上半瓢水。等把六个塑料桶都灌满,太阳已经挂在西边的山头上了。

这次砸冰取水的经历,孙万新说,他一辈子都不会忘记。

2009 年的冬天,马树声去木里矿,车过布哈河,见矿上的两个员工正手持钢钎在河上凿冰取水,半尺厚的冰层一钎下去,只能凿出一个小小的白点。要想在这样的冰上凿出一个容得下水瓢大的窟窿,其难度可想而知。

马树声让司机小王停下车,走了过去。此前,他听说过木里矿吃水难的问题,今天目睹了这一场景,内心颇为沉重。

"一定要想办法解决矿上的吃水难问题!"马树声像是对两个员工,又像是对他自己说。

在木里矿,马树声又见到了一个叫孟建军的小伙子,穿一件绿色的棉大衣,看上去与他的身材极不相称,倒有几分"五四"时期文人的形象。衬衣不知道多长时间没有洗了,领子上黑黝黝的,像油漆一般闪着光泽。他人长得清瘦,脸显得又长又窄,尤其是他的那一头长发,几乎将整个脸都遮盖住了,只是打着缕,锈结在一起。

马树声不禁多看了他两眼。

一旁的杨建庄急忙说道:"近段小孟工作忙,有三个月没下过一次山了,山上没有澡堂,不能洗澡,也没人会理发。洗澡和理发都得去天峻或者德令哈。"

马树声便对杨建庄说:"给小孟放三天假,让他下山去洗洗澡、理理发、换换衣服。"

孟建军走后,马树声语调沉重地对杨建庄说:"职工的吃水和洗澡问题不是小事,得尽快克服一切困难解决。"停一停,又说:"大家来高原工作,我们应该提倡一种新的工作、生活方式,如何体面而有尊严地去劳动,真正体会到劳动是光荣的、是伟大的。这样,我们的员工才会感到工作是快乐的,才会保持一种工作上的激情。而做到这些,我们就应该从改善职工工作和生活条件开始。"

马树声的这一工作理念，后来得到了逐一实施。

天峻办事处与天峻县城

看上去，邱志胜颇有几分文人气质。这是邱志胜给我的第一印象。

邱志胜是 2003 年 9 月来到义海公司天峻办事处的。那个时候，天峻办事处刚刚成立。成立天峻办事处，是义海公司着眼于未来发展的需要，也是木里煤矿实际工作开展的需要。

随着木里煤矿人员的逐年增多、业务量的加大，与当地政府部门的联系也被提上日程。譬如，煤炭开采所需炸药的问题。煤炭的开采，在木里矿有个很特殊的现象，就是多在冬季进行。

夏季不宜开采。因为木里山一到夏季就四处翻浆，最初设备落后，技术也跟不上，一干活设备就打滑，根本干不成活。更难的是钻孔爆破。因为是露天矿，必须穿爆进行，夏天翻浆，炸药孔里面常常会存水，只要一存水，半个小时不到孔壁就被泡塌，孔眼被堵，炮就算是作废了，还需要重新再打孔。

天峻县对火工品的管理是很严格的，都是定量供应，而且各个环节的手续一丝不苟。夏天因为炮孔常常进水的原因，难免浪费炸药，致使炸药不够用的情况多有发生，因此，需要申请追加炸药以保证生产的正常进行。而要想追加炸药殊非易事，矿上与政府相关部门得反复磋商协调，才有望获准。

除此以外，还有水、电的问题，环保的问题，社会稳定的问题等，都接踵而来。每一个问题发生，都需要与天峻县政府的各个部门不止一次地打交道，一趟趟往天峻县城跑。从木里山到天峻县城，每跑一趟都不是一件容易的事。无论哪个环节出了问题，也绝非一次两次就能把问题解决彻底的。因此，更多时候需要住在天峻县城，等待问题的解决。

然而，那时候的天峻县城，找个旅店都是困难的，更别说像样的宾馆了。在这样的情况下，义海公司决定在天峻县城设立办事处。也同样是在这样的情况下，邱志胜被从内地动员过来，做了办事处的第一任主任。

最初，办事处也就是租来的两间小平房，条件虽说简陋，但和矿上比，自然是一个天上，一个地下了。邱志胜到达天峻县城后，吃住和工作都在这里。他和另外一个工作人员住了一间，一个办公桌两个人合伙用。另一间放了两张床，矿上有人下山来天峻县办事，就住在这一间里面。

2010 年 5 月，我去天峻县义海办事处采访的时候，邱志胜还没有退休，在他的新办公室里，我们做了一次长谈。这个时候，办事处的新办公综合大楼已经竣工投入使用，当年的那两间小平房早已不见了踪迹。

邱志胜讲述了他第一次到天峻县城时的感受。从内地来到义海，第一站到的是德令哈，公司的总部。到的时候已经是黄昏，在新世纪宾馆住了一晚上，第二天一早办公室就打来电话，让他收拾一下行李，准备出发去天峻县城。因为恰巧公司领导的车要到木里矿去，搭了趟顺风车。那时候，全公司就一辆桑塔纳，如果不乘领导的顺风车，就得坐公共汽车去。

邱志胜本想在德令哈多住几天,适应一下高原环境,因为头天晚上他一夜都没有睡好觉,高原反应得厉害。领导笑着说:"还是坐桑塔纳吧,我送你到办事处去。省得到了找不到地方,还得四处问路大费周折。"听领导这样一说,他也不好说什么了,坐上桑塔纳,就往天峻县出发了。

虽然刚进入9月,内地正是硕果累累、遍野飘香的季节,碧绿尽管变得深暗,但依然不减春夏。而高原,一路走来,无论是草原还是戈壁,都已经呈现一派肃杀景象。车过关角山,邱志胜忽然感到头痛欲裂,额头滚淌着大粒的汗水,呼吸也困难起来。同车的领导看出了他的异样,对他说:"这里海拔已接近四千米,是德令哈与天峻之间的最高峰,高原反应强烈一点也属正常。"

邱志胜只觉得痛苦万状,几乎连说话的力气都没有了。

同行的领导便宽慰他:"过了这道山,前边不远就到天峻县城了,那里海拔要低得多,反应自然就会缓解。振作一点,来义海首先要过的就是这缺氧关,只有过了这道坎儿,你才算得上是一个真正的义海人。"

到了天峻办事处,同车的领导把他介绍给一个年轻人:"这是小郑,以后你们就是同事了。"领导口中的小郑就是郑如意。说到郑如意,我就想把叙述停顿一下。

2009年9月,我到义海的时候,郑如意已经调到了德令哈,任义海公司财务部副部长,白白净净的一个小伙子。可是不久,听说因为常年缺氧,他的肺部已经纤维化,说得形象一点,就是如烂麻缕子那样了。又过了一段日子,就见公司门前聚集了一些人,一辆中巴上装满了东西。听人说郑如意调到内地去了,大家在给他送行。郑如意人很谦和,喜欢帮人解决困难,和谁都合得来,很多人舍不得他走,都落下了眼泪。

最难过的还是邱志胜,有好些天他都感到闷闷不乐。在天峻办事处期间,他和郑如意之间建立了很深的友谊。照他的话说,是战友加兄弟的关系。也对,郑如意是邱志胜来天峻后所深刻接触的第一个义海人,也是郑如意领着他转遍了天峻县城。

到天峻五六天之后,邱志胜的高原反应减轻了些,郑如意便对他说:"邱哥,今天周末,我领你逛逛天峻县城,顺便请你品尝一下当地风味。"那个时候,已经是吃晚饭时间了。只是高原上太阳落得晚,还高高地挂在西边天际。

邱志胜不相信地问:"这个时候去逛县城不晚吗?"

"不晚,走吧。"郑如意笑笑,说道。

果然不晚,他们前后只用二十分钟,就将天峻县城里里外外地转了一遍。

邱志胜的印象是,那个时候的天峻县城,只有极少数的二层、三层小楼,其余全是低矮的小平房。县城的外圈,是牧民们居住的土房子,比小平房还要简陋。至于县城的街道,更是显得寒碜。除了县政府门前的那条街铺成了柏油路外,其余的全是沙石路。街道的拐角处和较偏僻的地段,随处都是垃圾,各种粪便、杂物掺和在一起,散发着刺鼻的异味。

那一天,他们转遍了大小街道,竟然没有一家餐馆营业。后来,他们还是回到办事处,各泡一碗方便面充饥。

次日,像在老家一样,邱志胜早早就醒了,想起床到外面走走。郑如意劝他道:"这时候外面冷得很,一个人都不会有,不安全,你再睡会儿，我去弄早餐。"

到了上午 10 点，邱志胜接到木里矿打来的电话，让办事处到街上去采购一些矿上所需的东西。恰巧那时郑如意去办别的事了，邱志胜就一个人去街上采购货物。出乎意料的是，街上所有的商店都是铁将军把门，大街上冷冷清清，只有几个行人。

过了一段时间，邱志胜对天峻县城有了一个大致的了解。整个天峻县人口还不到两万，又大多集中在县城之内；全县的财政收入不足五十万元；因为经济危机的原因，企业萧条，八百多名工人下岗，政府工作人员一年只能发半年的工资，整个县城只有十几辆出租车。而且经常停电停水，民间有句话说得形象："三天不停电，不是天峻县。"

"那时的天峻县就是这么贫穷和落后。"邱志胜说。

2010 年 5 月的那个黄昏，在夕阳的余晖里，我站在义海公司天峻办事处综合办公楼上，目光投向窗外。眼下的天峻县城，仅仅过了几年光景，已经是高楼林立了。如今的大街小巷再也不见泥土路和垃圾堆，全都铺成了柏油路和水泥路，路面干净整洁。

"现在全县的出租车已经突破六百辆了。"邱志胜说，"这都是党的西部大开发政策给天峻县带来的红利啊。当然，义海公司的进驻，为天峻县的发展做出了巨大贡献。"

第三章

雪域高原上的中原人

雪中过日月山

清早起来,西宁的天空是晴朗的。天气预报说今天的气温要在零下九摄氏度左右,但走在西宁街头,并没有感到怎么寒冷,这或许与西宁干燥的空气有关。

头一天晚上,陪马树声去西宁福口街的一家小粥屋喝粥。这是一家名副其实的小粥屋,大概只有八九平方米吧。屋内摆放了三张小条几,四五个人就坐得满当当的了。这家小粥屋,是河南老乡开的,夫妻两个,算是夫妻店了。夫妻俩只经营两种粥:小米粥和大米粥。配粥卖的饼倒是有三种:葱花油饼、鸡蛋煎饼和玫瑰饼。玫瑰饼的名字很有几分诗意,但我一次也没吃过。那是一种甜食,是血糖高者的禁区。

我们两个人,要上两碗小米粥,再切上一斤葱花油饼,十几块钱,就能吃得很舒服了。福口街是西宁著名的小吃一条街,卖牦牛肉和羊肉者居多，开始来西宁的时候，还想吃个新鲜，时间一长，对这些具有西域特色的美食渐渐就兴味索然了。还是这粥和饼，虽说家常，却颇能咀嚼出些家乡的味道来。

人在高原，吃饭是一大问题。一是从中原来到高原，有诸多的不适应，一顿两顿不吃饭，连一点饿的感觉都没有；二是义海公司在高原创业，从董事长、总经理到一般员工，大多是只身一人，吃饭是东一家西一家，咸一顿淡一顿，饮食规律全在这儿被打破了。义海人在高原，要么把胃锻炼成"铜墙铁壁"，要么把胃吃坏，吃出一身的病来。

本来，这一顿饭，不吃也行，我们二人都没饿的意思，但这毕竟是一顿饭啊！吃吧。吃饭的时候，马树声说要我准备一下，明天一早赶回德令哈去，下午3点海西州要开人代会。马树声是海西州人大常委会常委，这个会他自然要参加的。

前两天，义马煤业公司总经理乔国厚来西宁和青海省主要领导洽谈义海发展事宜，马树声匆匆从德令哈赶来西宁，时隔一天，又要赶回德令哈去。德令哈距离西宁五百二十余公里，来回一趟，真的不是一件轻松的事。马树声说，来高原后，他的时间，一多半是在车上度过的。

喝过粥，原说陪马树声去散散步，可忽然间刮起了大风，满大街风沙乱舞，天气骤然冷了起来，散步只得作罢。

到了8点钟左右，马树声、我、司机小杨三人简单吃了早餐，便开车往德令哈出发了。

车过多巴，刚才还是晴天，这个时候，阴霾之气从山巅升腾起来，不久，便飘起了雪花。再往前走，就是日月山了，雪花越发密集起来。应该是早两天就下过一场雪的，整个高原，都是一个雪的世界。冬日的高原极其寒冷,覆盖在山川上的白雪,不到来年的七八月份,是不会融化的。上一场雪刚装点了西部的风光,这一场雪又纷纷扬扬、飘飘洒洒不约而至了。

等看到日月山的时候,雪下大了。这场雪下得壮观而豪迈,偌大的西部高原,漫山遍野,都是雪的精灵在飞舞,她们先是在空中呼啸着、翻卷着、回旋着、呐喊着,演绎出许多令人难以想象的瑰丽诗篇。然后,她们最终融入了大地山川,和以往的雪的家族共同铸造出一个粉雕玉琢的世界。车在雪上走,雪在车上飘,映入眼帘的,除了漫天的雪,还是漫天的雪。我真想好好地描绘一下这高原的雪,但很快我就放弃了,在玄奥的大自然面前,我顿感人类语言的苍白。

伟人毛泽东笔下的"千里冰封,万里雪飘"的北国雪景,和这眼前的西部雪景应该是没有什么两样吧? 我想应该是的,北国的雪和西部高原的雪,同是大自然对人类的馈赠。

前边不远处就是日月亭了。这等于说,汽车要爬坡了。日月亭是一个充满美丽传说的地方,文成公主入藏路经此地,曾稍作停留,为后世的作家、诗人们留下了丰富的创作素材。

日月亭渐近,雪是愈下愈大。忽然,一抬头,前边似乎是堵车了,一溜卡车一辆接一辆地停在路边。有几辆小轿车、越野车开始掉转车头,在高速公路护栏的缺口处折进逆行车道。小杨问其中一个司机前边的情况。那个司机摇摇手,意思是说前边过不去,车都堵成了一条长龙。

马树声对小杨说,转入逆行车道。

逆行车道上,从德令哈方向下来的车辆,因为是下坡,行走起来都是小心翼翼的。我目睹了一辆重型卡车,稍一打转向,后边一侧的两个车轮不是在转动,而是打滑着前行,让人捏了一把冷汗。因为是逆行,尽管我们的车是四驱,行走也很是缓慢。我们车前面,是一辆大客车,上坡很吃力,走不几步,它就打滑掉屁股,每当这个时候,男售票员就得跳下车来,手里握着铁锹,去公路的一边铲土往车轮底下垫。路边的土早已冻得铁板一块,挖出一锹土并不是一件容易的事。用土垫一垫,车就前行几步。然后再垫,再前行,直累得男售票员大汗淋漓。还有几辆货车,爬坡的时候,也是采取的这个办法。有一辆小轿车爬坡最为艰辛,车上没有备铁锹,两个乘客只得去路边用手刨土往车下撒。在高原砭人肌骨的寒风中,用手在雪地里扒土,想想都不寒而栗。

车爬上了山坡。迎面有一段时间没有车辆通过了,到了又一处护栏的开口处,马树声对小杨说:走顺行道吧。

高原上的高速公路是很人性化的,每行走一段,护栏上就会开一个缺口,一条道出了问题,可以开进另一条道上去。我想这与高原道路的特点有关,车辆少,人烟荒芜,如果车堵在路上,尤其是冬天,那后果是不堪设想的。这一点,与中原的高速有着极大的差别。中原的高速,护栏上绝少有开口的。

进入顺行道上,马树声给我们讲起了一件事。

有一年,他出差去天水,行至天水境内时,一路上都不见对面有车驶来,司机小王很高兴,在这样的路上开车,那真叫过瘾啊!可是,等行驶到大山里的拐弯处,看到前边的车已经堵成了一条长龙。本来晚上 8 点多到天水市,结果 11 点多才到,在路上堵了三个小时。

马树声说,越是恶劣的天气,不怕对面来车多,就怕对面不来车。我们之所以改道顺行车道,是因为我发现对面好长时间没有车辆过来了。

果然，车在顺行车道上行出一里许，就见刚才我们所走的逆行车道上，车已经堵了好长一大溜。我暗叫：好险！如果不改换车道，一旦堵了进去，还不知道什么时候才能疏散开来。

马树声的决策，使我们避免了一场在寒风冷雪中的等待之苦。由此可见，决策的正确与否是何等的重要了。对任何一家企业来说，也概莫能外。

过了日月亭，我们都长长地出了一口气，因为很快就要下山了。日月山，可是西宁至德令哈途中极为险绝的一段山路啊！过了日月山，也就把心放进了肚子里。这时，迎面走过来了一个交警，他一边走一边打手势，来到车前，"啪"的一声，向我们敬了一个礼，把车拦了下来。看那警察同志，脸已经在风雪中冻得通红通红，剑一样的浓眉上结了一层薄薄的冰霜，不知他在这风雪里站了多长的时间。我想，他为什么拦下我们？是想搭乘便车还是有什么别的意图？正疑惑间，警察同志说道："前边山阴处的一段路上结了冰溜子，要注意慢行，确保安全。"

我刹那间对这个警察同志肃然起敬，在心里默默地向他行了一个礼。

走过日月山，看看时间，已经是中午 12 点多了。原来中午的时候，马树声大都是在茶卡的一家小饭馆进午餐。今天因为下午有会，急着赶回德令哈，马树声说："午饭就不下车吃了。"

随后，马树声拿出一个塑料袋，里面装着三四个西红柿。这几个西红柿，是西宁办事处配给马树声的，在高原，如果不多吃一些水果，嘴唇会干裂出一道一道的口子。要回德令哈了，马树声怕这几个西红柿放在办公室坏掉,随身给带上了。

马树声说,这里还有馍片,每人吃几片,再吃两个西红柿,这顿午餐也算别有风味了。

这样的午餐,我知道,不是第一次;如果仍在高原上创业,也不会是最后一次。

他在海拔四千二百米高处度过了七个春节

在与徐敬民接触的几年间,他给我留下的印象是一个质朴的农家子弟的形象。我还记得第一次与他见面时的情形。

2010年的春天,我曾陪同马树声到天峻办事处,第二天有个活动要参加。

那一次,晚宴就是徐敬民张罗的,当时徐敬民已经是木里矿的办公室主任兼工会主席了。晚宴上,算是第一次结识了徐敬民。也是这个第一次,让我一下子就记住了他,因为晚宴结束,他被马树声叫到一旁狠狠地熊了一顿。

熊他是因为喝酒的事。给客人碰杯的时候,徐敬民有个习惯,高高地拎着酒杯,用酒杯的底端去碰客人的杯沿。这实在是个忌讳,但这个生活中的细节平时被徐敬民给忽略了。马树声批评他道:"这样做一个办公室主任不合格。"

之后再与徐敬民一起吃饭时,发现他已把这个动作给改掉了。

2013年11月,我陪河南大学文学院的刘恪教授去木里矿给职工做讲座。晚饭过后,在徐敬民办公室,我们进行了长时间的交谈。我隐约地记得,那一天是晴天,夕阳无比的灿烂。

在与徐敬民的交谈中得知,他是义海第三个走进木里山的人。那时的木里山,可以说还处在原始状态。徐敬民还是个文学爱好者,我读过他写的一篇散文《木里纪事》,文笔与他的人一样质朴,却又不乏田野间的那股清新之气,如果他去从事写作,说不准会成为一个优秀的散文作家。

有了这层因素在里边,对初上木里山的那段日子,徐敬民的感悟是独特而细腻的。

"那是一段炼狱般的生活。然而,一个人一生能感悟一下这样的生活,也未必就是坏事。"徐敬民这样说。他至今还清晰地记得刚上木里山那些日子里的感受。头整天都是蒙蒙的,走起路来脚下发飘,稍微干点体力活就喘不上气来。这是缺氧所致,木里山上的含氧量相当于平原的百分之六十八。

徐敬民是作为先遣人员到木里矿的,他之前,已经来了三个人。大家都是一个人顶几个人用,徐敬民白天要背着探测仪器来回翻几十里的山路,晚上回来把被雪水冻肿的脚放进被窝里慢慢地暖热,趁这个机会,燃上蜡烛,可以读点书。对他来说,这是最享受的时刻了。

因为人手少,他们难得下一次山。2003年,徐敬民六个月没出过木里山,山中无信号,与外界断绝了一切信息往来,等到12月相关部门来矿上检查工作,聊天时才知道伊拉克发生了战争,而且萨达姆被捉。那时的木里矿就是这样闭塞,因此有人戏称这里是"没有围墙的监狱"。徐敬民笑着说:"寂寞的时候,即使来个小偷,都会把他当朋友对待。"

在木里山,徐敬民发现一个现象,这里到处充溢着矛盾。譬如,木里山的天气，一进入冬季，就不再下雪了，或者说很少下雪了，只刮干燥的大风。木里山上的雪，大都集中在了夏天，一片云朵飘过来，一场雪就会接踵而至。上学的时候，读《窦娥冤》六月飘雪的故事，总认为夏天下雪是不可能的事，来到木里山后，才知道，这个世上，什么事情都有可能发生。就说这夏天下雪的事，在河南就绝无可能，然而在木里山，却成了常事。

再譬如，木里山这个名字，藏语中原为"火山"的意思，而这里的气温却常年在零下二十度左右，冬天可低至零下三十六七度。对于木里山上的冷，徐敬民是真切地领教过，"没有到过木里山的人，凭想象根本想象不出来"。

毫无疑问，木里山的这种环境，对来自河南的义海人来说，身体所遭受的影响是不言而喻的。前文提到的徐敬民的心脏移位、脾肺增大的问题，绝非个例。

与身体的磨炼相比，精神的磨炼更是考量着人的意志。那时的木里山上，人少，寂寞而孤独，没有电，没有电视，没有广播，晚上的娱乐节目就是喷瞎话，喷到无话可喷的时候，几个人就一起默默地听窗外的风吼与狼嚎，或者看夜空的流星划过，思念家乡的亲人。

说到思念亲人，徐敬民陷入了回忆，脸上开始露出痛苦的神情。2003年前后，木里矿连一部固定电话都没有，手机没有信号，成了道具和摆设。后来，矿上装了一部卫星电话方便职工和家人的联系，但通话代价较高，每分钟话费达到九块六毛钱。为了节省话费，矿上规定每人每月只有两分钟的通话时间，后来增至五分钟。

"三五分钟的时间，啥话都说不成。"徐敬民笑笑。

如果倒退到当年的那个场景中，估计徐敬民就不一定笑得出来了。

大家思念家乡，思念亲人，因此，每年春节来临，要放假了，每个人都归心似箭，都争先恐后地想往河南老家赶。但矿上的人不能全都走光，得留有人值班。徐敬民是办公室主任，安排值班的事自然落在他的头上，排值班表时，大家都私下里与他打招呼，请他高抬贵手。徐敬民能理解大家想与家人团聚的心情，因为他此刻的心情与大家是相同的。

徐敬民心软，尽量地照顾大家。可照顾来照顾去，总是忘记了自己，最后，春节留下值班的人员当中，都少不了他。从 2003 年起，到 2013 年的十年间，十个春节，徐敬民在木里山上度过了七个。说起这件事，徐敬民觉得最对不起的是妻子和父母。

徐敬民的妻子曾给他算过一笔账，到木里矿的前六年间，他回家

高原上的年夜饭

休假的总天数是一百八十天。这一百八十天里的每一天，他的妻子都一笔一画地标注在了日历上。他的孩子都上小学五年级了，他们相聚的时间总共不超过一百五十天。徐敬民的母亲七十多岁了，患有腰椎疾病，不能自己起床。这些事情，他不在家，全靠妻子一个人撑着。

但是，每次给父母、妻子通电话，他们总是说："放心，干好工作，家里没事。"

因此，交谈结束的时候，徐敬民对我说，义海的发展，也包含了许许多多义海矿工家属的真情付出，我们同样也不能忘记他们。

沙葱·溜煤眼·井底水仓

2009 年 11 月 23 日，我到大煤沟矿采访。

大煤沟矿的段矿长听说我来采访一线员工，非常高兴，安排我和部分员工进行座谈。在这次座谈会上，我认识了大煤沟矿生产副总兼生产科长闫利，他的直率坦诚给我留下了深刻的印象。以至于后来我向段矿长提出要写一写闫利的时候，段矿长说："是该写写闫利了，他不仅技术过硬，是矿上技术创新的标兵，更是爱矿如家的好典型，前不久一家个体小煤矿许以年薪三十万元的高额报酬，想挖他走，都被他一口谢绝了……"

听了段矿长的话，我更加想写一写闫利了。

与闫利交谈，知道他是个喜欢读书的人，这和我很投脾味。

闫利最喜欢读传统文化方面的书籍，尤其是儒家的经典著作。

我们侃侃而谈,涉及儒家学派的方方面面。其中就谈到了"孝"的话题。

闫利说,尽孝是一个人的天性,其根本在于"心"。

闫利 1970 年 5 月出生于河南省南阳市一个贫困的农民家庭,上下兄妹五人,都先后进了学校,这对于一个本来就不富裕的家庭来说,无异于雪上加霜。父母起早贪黑,用辛勤的汗水勉强供他上完了初中,懂事的闫利为了减轻家庭负担,替父母分忧,放弃了考高中上大学的理想,毅然报考了焦作煤炭工业学校,这是一所面向初中招生的中等专业学校,也即当时人们说的"小中专"。

结果,闫利以全乡第二名的成绩被这所学校录取了。说到这里,闫利笑笑说:"如果继续上高中的话,这一生说不定就与煤无缘了……"

我说:"你的这一选择,何尝不是一种孝心呢?"

1994 年 8 月,闫利中专毕业,被分配到义煤集团杨村煤矿生产科工作。后来,闫利结了婚,有了自己的孩子,组成了一个令人羡慕的小家庭。为了让父母过上舒心的日子,享受天伦之乐,他时常把他们接来与他一起生活。

2007 年底,义马煤业动员一批年轻有为,懂技术、善管理的业务骨干远赴青海,支持义海搞西部大开发,促进祖国西部落后地区的经济大发展。

闫利是一个有理想、有抱负的青年,他想到自己所学的专业知识在祖国的西部能更好地发挥作用,经过短暂的考虑后,毅然报名主动要求来到公司大煤沟矿工作。

我问他:"来之前遇到阻力了吗?"

闫利点点头,父母、妻子都不想让他去那么遥远的地方,特别是刚刚懂事的孩子,知道爸爸要出远门了,抱着他的腿不放,眼里的泪水直打转转。

　　但是,父母、妻子很快就想通了。

　　闫利叹了一口气,说:"我这才体味到了什么叫忠孝不能两全!"

　　其实,闫利时刻都没有忘记孝敬父母。每天工作之余他都要给父母发个信息或打个电话问候问候。休假回河南,他都是第一时间去看望父母,给父母买件衣服或者别的什么日常用品。

　　父母所需要的,就是这片孝心,而他们看重的,还是孩子们的事业。

　　有的时候,人的精神是脆弱的。2008 年 1 月,闫利来到了大煤沟矿。到矿区一看,他吸了一口冷气。这儿除了光秃秃连绵起伏的群山,就是只生着骆驼刺的戈壁沙漠了,那种荒凉,是他做梦都不曾想到过的。再有一点就是,他一下到井下,走出不几步远,就会大口大口地喘气。闫利犹豫了,自己能适应这儿的工作环境吗?

　　这个念头刚一出现,闫利就告诫自己,两千多公里跑这儿干什么来了? 就是接受困难考验的!

　　到大煤沟矿后,闫利接到的第一个技术活,就是设计 F11030 工作面。这对刚来大煤沟矿不久的闫利来说,无疑就是一次严峻的考验。为了提取现场有关资料,闫利得一次又一次下到井下去了解情况。这之前,他对井下的地形地况不熟悉,在井下只得摸索着前进。形象通俗的说法,就是深一脚、浅一脚,一点一点地熟悉井下情况。

　　大煤沟矿的冬天,气温常常是零下二三十度,井下尤其寒冷,巷道里只要是有水的地方,很快就结成了冰。在上面行走,一不小心

"嗵"的一声，就会重重地摔倒在石块与煤块混杂的巷道里。有时摔怕了，闫利就在巷道里爬着走。

在巷道里滚了一身泥，一身水，一出井口，经寒风一吹，泥和水马上就冻在了一起，衣服就成了硬邦邦的一块铁板，膝盖打弯都是困难的，只能像机器人那样行走。

皇天不负有心人。闫利终于掌握了井下的第一手资料，弄清了矿井下的地质构造情况，了解了井下的煤层赋存情况，如煤层的厚度、倾角、走向、长度以及煤层含水、夹矸、断层等情况。在春节即将来临的一个月时间里，闫利率领生产科的技术人员把 F11030 工作面设计出来了，向公司领导汇报后，得到了大家一致认可。

吃午饭时，我遇见了两个生产科的小伙子，又聊起了闫利。这两个小伙子对他们的科长很佩服，也不外气，亲切地称闫利为他们的老大哥。

一个小伙子说："闫科长对我们可好了，工作之余常和我们下棋打扑克。"

在这秃山深处，下棋、打扑克是员工们常玩的娱乐活动。

我问："闫科长下棋的水平怎么样啊？"

这个小伙子笑笑说："下得好，矿上很少有人能下得过他。"

另一个小伙子说："闫科长在工作和生活上对我们都很关心，谁有了困难，他只要听说了，都会想法帮助。有一次，一个新来的员工要为孩子交学费，可他还没有开工资，闫科长当即掏出五百元钱递到他手里，让他赶紧给孩子寄去。"

第一个小伙子接着说："我们和闫科长不分里外，有人去德令哈或大柴旦，回来买的牦牛肉或羊腿之类，都会拿到闫科长的住室，用锅煮上,煮熟了十多个人围在一起吃。"

他还讲了闫利和他们一起挖沙葱的故事。刚从内地来到高原,容易患高血压症。周末,闫利就带大家到附近的山上去挖沙葱。沙葱有"菜中灵芝"之誉,具有降血压、降血脂、开胃消食、治疗便秘之功效。因为日照充足,自然生长,也十分美味。

沙葱挖回来,闫利会亲自下厨,或炒,或凉拌,或做汤,每样做得都很拿手。

小伙子最后说,第一次吃到闫科长做的沙葱,味道似葱、似韭、似芫荽,同时还夹含着一种油香,一丝微甜,真是妙不可言。

可是,生活中随和的闫利,只要一涉及工作,立即就像变了一个人似的,要求十分严格,每项工作都精益求精。

就说他组织技术人员设计 F11040、F211050 工作面的溜煤眼这件事吧。溜煤眼,又叫煤仓,是装煤的地方。闫利为使设计的 F11040、F211050 溜煤眼更合理,更经久耐用,同时也为了使施工单位能够明白如何进行施工,他查阅大量的相关资料,并结合大煤沟高原矿区的特点,先后做了溜煤眼的纵剖图、横剖图、钢筋配比图、溜煤眼中心放线图等,使施工单位一看图纸就知道该怎么进行施工,从而保证了溜煤眼施工的质量。

闫利更注重根据实际情况进行技术革新,以解决工作中所遇到的实际问题。

大煤沟矿地处高原荒漠戈壁,这一地区又为地震多发地区,建井时的初步设计是外地某家设计院设计完成的,由于那家设计单位到现场提取的资料不足,忽视了大煤沟地区常常地震的自然现象,因而所设计的大部分巷道为砌碹巷道,易变形,难维修,成本也高,这显然不符合大煤沟矿的实际情况。

尤其是井底水仓工程的施工,进展缓慢。2008 年 11 月,距矿井竣工验收所规定的时间只剩五个月了,井底水仓工程还有四百多米没有施工。按这种进展速度,5 月份矿井竣工验收几乎是不可能的事。

怎么办? 增大副井的提升能力,解决矿井的提升运输问题!

闫利站出来了,他提出一个大胆的设想,在主副井之间增加一个运输联络巷,让井底水仓所出的煤及矸石,直接从联络巷上主井皮带。

这一设想得到了矿上领导的认可,并很快付诸实施,在短短不到

F11040 工作面皮带下巷

一个月的时间内，就解决了矿井的提升运输问题，为矿井的按时竣工验收赢得了时间。

在矿井巷道与井底水仓的施工方法上，闫利也提出了自己的改进意见。通过细心的考察，又经过理论上的缜密论证，他认为采用锚网锚索加喷浆的支护方法才适合大煤沟矿的施工实际。这一方法实施后，大大缩短了巷道和井底水仓的施工工期，减少了人力物力的投入，降低了成本，并使矿井的排水系统达到了行业先进水准。

后来，闫利根据这一实践情况撰写了一篇论文，题目是《锚杆、锚索支护在松软岩层水仓施工中的应用》，发表在 2009 年第 8 期的《中州煤炭》杂志上，得到业内一致好评。

闫利来大煤沟矿的第二年，由于长期伏案搞设计工作，又加上井下的操劳，他患上了严重的心肌缺血症。心口发闷，头晕目眩，走路的时候，脚下飘乎乎的。

矿上的领导多次劝他，让他去医院治疗一段时间，他都婉言谢绝了。大煤沟矿正处在艰难的建设时期，作为生产副总与生产科长的他，哪里能走得开啊！

有一天，他和一个在南方工作的中学时期的朋友打电话，谈到自己目前的身体状况时，那位朋友说："我正好和一个这方面的医学专家在一起，让他给你诊治诊治吧。"

在电话里，闫利把自己的病情向那位医学专家做了陈述。那位专家在电话里说："这属于缺血性心脑血管疾病一类。"

闫利问："吃点啥药好？"

对方在电话里迟疑一下，回答说："你在高原，吃益心康泰胶囊比较合适。"停了一下，医学专家又说，"这种药产地就在青海。"

后来,闫利打电话给公司的同事,让同事在德令哈给买几盒这样的药,可是同事跑了好几家药店也没买到。一问才知道,这种药德令哈没有,只有西宁有。

可是,闫利没有时间为专买这种药而去西宁。一天、两天……慢慢地,他几乎把买药的事给忘掉了。直到有一天,一个老家的同学出差到青海,说要来矿上看望他,他才想起了这件事,电话中让那个同学在西宁买十盒益心康泰捎来。

铁血汉子的柔情

再次登上木里山,走进木里矿,是去采访肖瑞芳。

前一天还在天峻时,杨建庄矿长就对我说:"你写写肖瑞芳吧,他是矿上的老人了。"

等见到肖瑞芳,还是让我略感意外,他和我想象中的肖瑞芳不大一样。想象中的肖瑞芳粗犷、豪迈,脸上有着刀刻般的棱角,说话时声若洪钟。而眼前的肖瑞芳却有几分憨厚、几分质朴,还有几分腼腆。他说话时面带微笑,声音不高,带着浓重的豫西口音。

我把他的腼腆当成了紧张,对他说:"不要慌,咱们随便聊聊。"

肖瑞芳笑笑说:"这有啥可慌的,在这之前,有很多媒体都来过了,如《经济日报》、《青海日报》、海西州电视台、集团公司的矿工报等。他们来采访,问啥我就答啥,没啥可慌的……"

又出乎我的意料,这可是经过大场面的人。

"采访发表的文章你留的有吗?"我问他。

肖瑞芳说:"听说记者回去都发了文章,但很少见到,即使见了我也不会留它,你说说,挖好煤就行了,留那干啥呀?"肖瑞芳看似腼腆,其实是个很豁达的人。

渐渐地,我与肖瑞芳聊得就很投机了。

肖瑞芳说,他原先是义马煤业北露天矿一名开电铲的技术人员。2004年5月,义海公司大煤沟矿急需电铲司机,他就去了。报到那天,矿上忽然通知他,让他改开挖掘机了。原来,大煤沟矿一个开挖掘机的师傅要退休了,一时物色不到合适的人选,肖瑞芳就成了替补队员。

俗话说,隔行如隔山,开电铲与开挖掘机是两码事。但肖瑞芳是个肯学习的人,他虚心地向那个老师傅讨教开挖掘机的基本技法与注意事项。老师傅见他心诚,就晚走了四天,手把手教他开挖掘机的技术。到第五天,情况又有了变化,正在那儿专注地摸索开挖掘机技术的肖瑞芳再一次接到通知,根据工作需要,调他去木里煤矿工作。与他同行的还有一位不太熟识的朋友,就是那台才和他相处四天多的挖掘机。

时至今日,肖瑞芳还清楚地记得,那是5月中旬的一天。那天早晨7点30分左右,他搭乘顺路车从天峻出发,前往木里煤矿去报到。一路上,他的心凉了又凉。那哪里叫路啊!到处都是鹅卵石、荒草、泥沙以及冰雪覆盖下的沼泽水坑。更多的时候,卡车是沿着河滩前行的。这时的车窗外,温度大概在零下二十度左右,肖瑞芳坐在驾驶室里,感到寒冷阵阵,砭人骨髓,他不敢合眼,尽管他感到很疲倦。他知道,一旦睡着患上感冒,麻烦就大了。

后来,卡车的后轮陷进了泥坑,司机费了好大的力气才将车开出来。司机擦一把额头的汗水,庆幸地说:"如果再陷得深一点,今天就别想到矿上了!"听了司机的话,肖瑞芳心里敲起了小鼓,思想上甚至有了几分的犹豫。

他们还算幸运,这天下午 6 点钟,肖瑞芳到达了木里煤矿。肖瑞芳不禁长长地松了一口气。可是,当他看到眼前木里矿的职工宿舍时,他的心又冰凉了,一溜八九间又矮又破的小平房,有的已不能住人。前几天下了场雪,房顶的积雪还没有融化,肖瑞芳似乎听到了小平房不堪重负的喘息声。如果再有大风袭来,这样的小房子还能经受得住吗?

肖瑞芳不愿再想下去了。是走,还是留? 肖瑞芳在这个问题上徘徊起来。最终,肖瑞芳选择了留下。他知道,面对困难选择逃避的人是懦夫! 而肖瑞芳不是。

创业阶段是艰辛的,这对任何一家企业来说,概无例外。肖瑞芳明白这一点。

肖瑞芳成了木里矿的一名员工,最初的那段日子,他的任务是参与修一条由天木路岔出到木里矿区的临时性公路。

木里矿有十余名员工参加到这项工作之中。这叫名副其实的"修路",因为这儿之前根本就没有路,有的只是泥坑、荒草和乱石滩。修路需要大量的石子、沙子和水泥,尤其是沙子,得到十里外的河滩里去拉。十余里的路,如果在平原,那实在是不值得一提的小事儿,可在这里,就难到天上去了。譬如,装了一车沙子,半道上陷进沼泽里去了,大伙儿就得放下手里正忙碌的活计去推车,实在推不动了,只有把装好的沙子再一锨一锨地卸下来。与十余名员工相匹配的,只有一台挖掘机,也就是不久前随肖瑞芳一起调配过来的那台。为

高原修路

了节省时间,合理安排人员的分工问题,矿上把十余名员工分成了两班。

肖瑞芳是他那个班里开挖掘机的司机。

肖瑞芳说,名义上是司机,其实在工作中并没有分那么清。就说遇到河道挖好后下管子这件事吧,同伴都站在河水里对接管子呢,自己总不能只坐在驾驶室看吧。这里的水和咱老家的水不一样,即使是在夏天,也是刺骨的凉。你想想,四五月份,站在水里那是个啥滋味。

说到水,肖瑞芳转变了话题。他说起了矿上的吃水问题。最初的一两年里,吃水都是大家轮流负责的,两个人一班,不管你想啥办法,只要保证大家有水吃就行了。路修好,已是当年的 10 月下旬,肖瑞芳随之加入轮番供水者的队伍。

第一回,肖瑞芳与伙伴去布哈河里背冰。十冬腊月,河里的冰冻得坚硬如铁,十字镐砸在上面,火星四溅,冰却连一丝炸纹都没有。好不容易装了两麻袋子的冰,背在肩上,走不几步,肖瑞芳就感到又闷又累,直大口地喘粗气。但是,为使大家有水吃,得咬牙坚持。

第二回,第三回……肖瑞芳慢慢地适应了。

背回来的冰块在零下十几度的气温里不会自动融化,往往要靠火烤才能化,可火一停,等下次吃水时,又冻成了冰坨坨,还得重新再用火去烤,很麻烦。

到了夏秋二季,就不用去背冰了,木里镇旁边,有一条叫哆嗦河的小河,汇入了山上融化的雪水,可供人们食用。

轮到肖瑞芳值班供水,他就与同伴开着一辆破旧的工具车,车上放着几个空空的大塑料桶,去哆嗦河里“刮水”。称之为“刮水”,是因为这条河里流水量很小,加上来取水的人多,供不应求。每次舀水,只能舀上小半瓢,一只大塑料桶,得舀多少次啊!

可拉回来的水当天又不能吃,哆嗦河里的水就像泡过麦秸一样,有些发黄,只有沉淀两三天后才见清澈,才能食用。因此,宿舍的走廊里,每天都有七八个塑料桶,专作沉淀哆嗦河河水之用,等水沉淀好了,再运到厨房食用。

现在吃上了专线供应的水了,可肖瑞芳和他的工友们依然忘不掉那七八个塑料大桶……

肖瑞芳从大煤沟矿调入木里矿,转眼间一个月过去了。这一个月的时间里,他还没来得及与家人联系。

这天夜里，他再也睡不着觉了。躺在被窝里，他想到了自己年迈的父母、正在上学的孩子和操持家里家外的妻子。

他来的时候，家人只知道他要去的地方是大煤沟矿，调到木里矿，他们还不知道。肖瑞芳忽然意识到他疏忽了一件事，自己无论如何应该给家里打个电话，告诉他们自己工作上的变化。现在，还不知道远在千里之外的父母、妻子该是怎样的焦急呢。尤其是妻子，心里装不下事，在夜深人静的时候，不知道悄悄地落过几场眼泪了！

肖瑞芳躺不住了。天一亮，他就向矿领导申请往家打一次电话。这时的矿上，仅有一部卫星电话，打电话需要申请排队，而且规定的通话时间只有五分钟。矿领导批准了他的申请。当肖瑞芳接过电话的时候，双手颤抖得厉害，越急越添乱子，在屋里打电话，怎么打都打不通，后来他拿着电话跑到屋后面的一座小山坡上，转着圈寻找到有信号的方向，才把电话打通了。

电话通了，肖瑞芳拿着电话，一时不知说什么好了，他的眼里贮满泪水。电话的那一头，妻子也是默然无语。忽然，妻子在电话里哭起来。妻子一哭，肖瑞芳也控制不住了，泪水顺着脸颊"吧嗒吧嗒"滴落下来，落在了脚下的雪地上。

五分钟过去了，妻子在电话里哭了五分钟。

冬天是矿上最寒冷的季节，最冷的时候可达零下四十度。冬天也是矿上黑夜最长的季节，漫漫长夜，大家睡不着觉，就会想看点闲书，或打扑克娱乐一下。而这些，都需要照明，而照明靠的是一台手摇式发电机。天气太冷，机器不好发动，常是几个人排成一队，轮着摇发动机。一个人摇，一个人还得站在旁边往机器里喷着启动液。漫长而寒冷的冬天，正是山上氧气最稀薄的时候，一个人摇不几下，就得大张着嘴巴，半天喘不过气来。

有一次，肖瑞芳摇发电机，由于机器太凉，没摇动，摇把却反弹过来，一下子就打在了他的脸上，他"哎呀！"一声捂着脸蹲在了地上，这一下，几乎把他打晕过去。过了一会儿，疼痛稍轻些了，同伴劝他回去，肖瑞芳摆摆手，说："不碍事。"

肖瑞芳心里明白，多一个人就多一份力量，征服眼前的这个铁家伙，大家伙儿就有了光明。

矿上人手少，几乎每个人都是全活儿。像肖瑞芳，他不但学会了开挖掘机，后来连推土机、钻机、装载机、翻斗汽车都会开了。

如果工作需要，他们是干一行精一行，也就是说，在任何一个行当，他们都是拿得起放得下的。

对于露天矿来说，剥岩层装炸药是一项要求极严格的工作。肖瑞芳说，钻孔、打眼、装炸药、放炮等都是很有讲究的。到了冬天，打眼炸冻土层尤其是件棘手的事，木里矿四周，草皮下两米左右就是冻土层，冻土层厚薄不一，有的地方三米五米，有的地方却十几二十几米不等。钻机是个吃硬不吃软的家伙，你越硬，它就越有精神。可对于又软又黏的草皮层，它就束手无策了。它发疯般地号叫着，一个小时也钻不了多少米。

装炸药更是马虎不得。如是三米五米的冻土层还好说，装上炸药引爆就行了。若是六米以上的冻土层，就不能一次性引爆了，那样炸出的冻土都是一大块一大块的，挖掘机不好挖，会给工程带来很多麻烦。碰上更深的冻土层怎么办？那就得分段装炸药，一层炸药，一层土；一层土，一层炸药。如此反复。引爆炸药，他们采用的是电力管起爆法。这种方法，在严寒的冬季，在海拔四千余米的木里山上，就暴露出了两个弱点:一是质量再好的胶布稍稍操作不当,就会立即失去黏性;二是公认的名牌电力管受到气压与寒冷的影响,也常常会失去功效。如果有这样的情况出现,大家就得用手一点一点地去翻,一点一点地去扒,找到哑了的电子管,重新进行引爆。……想想吧,在零下二三十度的气温下用手在水、泥、冰、石砾、枯草中寻找一段小小的电力管那该是怎样的一种滋味!

肖瑞芳沉默了一下,然后又说:"木里山环境恶劣,困难多,但大家精神不倒,都能一一克服,从精神上战胜困难是一大法宝。"

精神上解放了,工作实践中就能生发出许多智慧来。

肖瑞芳说起矿上拉煤这件事。开始时,如果客户来拉高质量的煤,煤质管理人员就朝开挖掘机的员工伸大拇指,低质煤伸中指,草皮煤伸小指。这种手势容易看错,后来杨矿长就想出个办法,把三种

几乎每天下班后,副矿长肖瑞芳(右一)都要到高原花房里找人杀两盘象棋

等级的煤制成三种不同颜色的卡片,拉什么样的煤就发什么样的卡片,这样一来,出差错的事就再也没有发生过了。

肖瑞芳最后说:"什么是困难? 困难都是自己给自己吓出来的。你不怕困难,敢于把困难踩在脚下,也就没有所谓的困难了!"

这话说得,还真有点哲学家的味道!

开锅羊肉与十八里相伴

窗外阳光灿烂。这样的阳光,在中原是很难一见的了。

2009年冬天的一天,我坐在大煤沟矿的一间办公室里,正与一个叫王红勋的煤炭汉子"闲聊"。说是"闲聊",其实是我采访的一种形式。这种方式不给被采访者以任何心理上的压力,有啥说啥,脑子里想到哪儿就说到哪儿。

在我看来,王红勋是一个不善言谈的人,这个还不到三十岁的青年人,脑膜之中透出几分英气,如果在大学校园里碰见他,你或许认为他是一个大学生或者研究生或者一个大学教师呢。

后来,随着谈话的深入,王红勋的话也渐渐多起来。这使我明白,人与人之间的沟通是多么的重要! 不要总说别人不理解你,那还是你们之间沟通不够所致。

王红勋祖籍河南省驻马店市上蔡县,祖祖辈辈务农为生。2001年,刚满二十岁的王红勋在义煤集团千秋煤矿综采二队参加了工作。

刚参加工作时,王红勋就有一个理想,要靠自己的双手、自己的劳动,在义马新市区买一套房子,然后谈恋爱,组建一个小家庭,再然后,把辛劳了一生的父母接过来,过一个幸福安详的晚年。

然而,理想和现实之间是有距离的。王红勋在综采队一干就是三年。这三年,他的工资在二百元左右徘徊。平时与朋友们在一起小聚一下,兜里的钱也就所剩无几了,在新市区买房子的理想也就成了一种幻想。

这个时候,王红勋已经谈了一个对象,她在义煤公司机电总厂制氧站工作,每月拿的工资比王红勋拿的还多那么一点,男子汉的自尊受到严峻挑战。恰在这时,一个熟人告诉他,义煤在青海有家公司,眼下正缺人手,那里工资较高,就是不知道你能不能适应那里的环境。

王红勋有些心动,只要能实现自己的理想,他不怕吃苦。

回家和对象及其家人一商量,大家都劝他,那儿太苦,去了未必受得了,再说,小小年纪,离家数千里,没个熟人在身边也不放心。但是,王红勋的心早已飞到了义海那片神奇的土地上。对象理解他,支持他到外面的世界去历练历练。

到了打点行装出行时,王红勋再一次感到了悲哀,他所有的积蓄,竟还不够西行的路费。还是对象雪中送炭,把一本存折递到他手上。那上面有三百块钱,那是对象的全部积蓄了。

2003 年 7 月,王红勋拿着只有三百块钱的存折走进了储蓄所,把三百块钱尽数取了出来,然后把存折一把撕得粉碎,狠狠地撒向天空,在空中撒出一道五彩缤纷的风景。

第二天,王红勋踏上了西行的列车。

2003 年 8 月,王红勋来到了木里矿。当时,这儿只有六条来自中原的汉子。那一年,他二十四岁。初到木里,王红勋只是做一些杂活,如为六个人做做饭、洗洗衣裳;再如有时也当一回司机,去天峻县买些油盐酱醋之类。那时去天峻县,路途还没建加油站,车上得带一个塑料壶,用来装汽油,以备急需,如果车因为没油而搁浅在路上,那份罪是可想而知的了。

有一次,他与同事谢海勤去西宁出差,从木里山往天峻县下,因汽车后面的玻璃碎裂,早晨4点开始出发,一路上尘土飞扬,不久前后玻璃就蒙了厚厚一层。小谢开着车,王红勋得不停地擦拭玻璃,等车到天峻时,已经是下午5点多钟了。再看两人,简直成了两个"土人"了。

木里矿上的生活是极为艰苦的。开始,六个人吃饭,只有一张饭桌,后来人逐渐多起来,还是这一张饭桌。有一年的初冬,王红勋与一位员工在矿上值班,夜里下了一场大雪,早起看时,四围成了一个冰雪世界。10月份下大雪,这在木里山上是很正常的事。

一下雪,矿上等于与外界隔绝了。接下来的几天,他们天天啃方便面,除了方便面,再没有别的食物了。以至后来一提"方便面"几个字,马上就没了食欲。实在没办法,王红勋去附近牧民家里买来几斤羊肉,准备美滋滋地喝一顿羊肉汤。

当时,矿上只有一口普通的铝锅,羊肉买回来,切成块,丢进铝锅里去煮。他们听当地人说,水一开,放进一些姜、葱、八角、小茴香等调料,就可以吃了,那味道,美得就甭提了。当地牧民还给它起了一个很有诗意的名称:开锅羊肉。

但是,大雪封山,矿上除了生活必需的盐、醋、酱油外,没别的调料了。王红勋他们吃的开锅羊肉,只能放进一些盐,醋和酱油都不能放。

水开了，王红勋用筷子捣捣羊肉，还不烂，于是又煮。煮一阵子，实在饿得不行，再等不下去了，就开吃吧。王红勋夹起一块羊肉送进了嘴里，使劲地嚼，牙都累疼了，就是嚼不烂，除了羊肉的膻味、盐的咸味，再没别的味道了，实在是难以下咽。

忽然，王红勋感到了一股血腥味，并有液体顺着他的嘴角流了出来。

一起值班的员工告诉他，那流出来的是血，鲜红的羊血。他们才知道，美其名曰的"开锅羊肉"，其实只是熟了表层的羊肉，一多半依然是生的。王红勋他们吃不习惯。

后来王红勋才知道，木里矿海拔高，水的沸点低，六七十度水就开了，羊肉根本就煮不熟。

2003年12月，王红勋接到通知，让他去负责天棚货场的日常工作。天棚货场在天峻县东18公里处，紧靠天峻县火车站，是木里矿储存煤与往外发煤的地方。

说是负责，其实这个货场上下只有王红勋一个人，真正称得上是一个人的货场。这个货场刚组建不久，可以说是要什么没什么。王红勋到任后，连一个办公场所都没有，他就在附近租了一间小平房。这间小平房，把王红勋的办公、吃饭、睡觉都承担起来了。

12月的天峻地区，任何事物都与一个词有关：寒冷。平常的日子，温度都在零下三十度左右，如果是阴天，刮点风或下上一场雪，温度马上就降到零下三十八度左右了。你如果往地上泼一点水，瞬间就是一层冰，变化之快，犹如变魔术一般，让人感到了大自然的神奇！

搬进小平房后，亟待解决的，是取暖问题。王红勋在小平房内盘起一个煤火炉，火生起来，有了几分暖意，人就可以在这样的环境下生活、工作了。

很快,新的问题又出现了。王红勋烤火用的煤,三分之一是弱黏结煤,这样的煤时间长了容易炼渣,白天还好说,隔一会儿用火棍捅捅,这个问题可以避免,可到了后半夜,王红勋还在梦乡,那边烤火煤就炼结了,一炼结,火就灭,第二天得重新再生,而生煤火用的材料却不容易找得到,因此,每生一次火都很麻烦。

当地人对他说:"去捡牛粪吧,生火好着,烤火有股香味。"

王红勋不以为然,牛粪是啥玩意儿,臭屎一摊嘛,烤火还有香味?打死也不相信!

有一天夜里,忽然刮起大风。风打着旋,咆哮着,撕咬着,铺天盖地而来。高原的风,粗狂而猛烈。室外温度骤然降至零下四十度左右。

黎明时分,煤火炉灭了。王红勋被冻醒,感到屋内像一个冰窖,寒气直往骨子里钻。站,站不稳;躺,躺不住。得赶紧把炉子生起来,否则,人非冻成冰棍儿不可。然而,王红勋找遍了角角旯旯,连一根用来生炉子的柴火毛都没找到。

屋子里愈来愈冷,王红勋实在受不住了,他的目光带着渴求在屋里巡视着。屋内,除了一张床,一个煤火炉子,再就是配来办公用的一张桌子和一把椅子。忽然,王红勋的目光停留在那张办公桌上。紧接着,他走过去,把几个抽屉都抽了出来,然后放在地上,找来一把锤子,舞动着一气猛砸,把三个抽屉砸个粉碎。王红勋用三个抽屉的木材重新生着了火炉,度过了一个寒冷难挨的黎明。

第二天,按照当地牧民的指点,王红勋就开始去捡牦牛粪了。牦牛粪烤火,开始还感觉牛粪的臭味直钻鼻孔,时间一长,特别是拖着冻得筛糠般的身体从外面回到屋内,感到牦牛粪火的温暖时,王红勋的感情世界发生了变化。他说:"每当这个时候,暖洋洋的小屋内,倒真的充满着芬芳的草香味儿呢!"

从这刻起,王红勋已经融入高原了。

2003年,注定是王红勋多故事的一个年份。这年年底,王红勋的对象千里迢迢、一路风尘地来探望他了。

对象来了,王红勋自然非常高兴。第二天一大早,他就带着对象搭乘便车来到了天峻县。一来他想让对象领略一下西部小城的风土人情、自然风貌;二来也顺便给对象买点东西,如牦牛肉干之类的土特产。时间过得真快,一晃,到下午4点多了。

那时的天峻县城,人口也才三五千人,连辆出租车都难得一见。况且一过下午4点,往天棚货场拉煤的车也基本上没有了,也就是说,像来县城时搭个便车都成了一种奢望。天峻县城到天棚货场,距离十八公里。如果当天要回到天棚货场,这十八公里的路,只能徒步去丈量了。

矿上原本在天峻县城设有办事处,办事处的同志说:"今天时间晚了,别走了,住在办事处算了。"

那时的办事处也很简陋,只租了两间平房做办公室。王红勋有些犹豫,不走吧,自己的工作岗位在天棚货场;走吧,又怕对象身体吃不消。于是,他不由得抬起头看了看对象。

对象很通情达理,她说,我们还是回货场吧,那儿晚上没人照看也不行啊!

王红勋内心很感激对象。他点点头,对对象说,如果运气好,我们也许能搭上个过路车;如果运气不好,那只能走着回去了。

对象笑笑，算是回答。

多日未见，这对恋人间有说不完的话，说着走着，倒也不觉得累。严冬的寒风侵袭着他们，王红勋奇怪地觉着，这风也似乎没有往日的寒冷了。

路上，王红勋又给对象说起捡牦牛粪烤火的事情。他说，捡牛粪还真有点学问呢，隔年的牛粪最好烧，时间再长就不行了。牛粪在风剥雨蚀中丧失了筋骨，不好烧了。秋季捡牛粪要到冬季牧场，冬季则要到秋季牧场去捡，这也算是一种逆向思维吧。

对象听得眼睛都睁圆了，她说：王红勋，你算得上是个高原人了。

王红勋说，还不仅这些呢，原来牧民放牧都是骑马，现在都骑摩托、开吉普车了。对了，这儿海拔四千米以上的雪山上，生长着一种鸡，叫雪鸡。这种鸡比家鸡小，尾巴上长着三根长羽毛，往上翘着，很美丽。这种鸡呢，专吃冬虫夏草，其他东西几乎不吃，所以很金贵，早些年四十元左右一只，现在都涨到七百多元了。也奇怪，越金贵吃的人就越多。做这种鸡，不需要任何作料，白水煮出来就有中草药的香味。

对象说，你可不许吃这种鸡啊！要保护动物，与大自然中的万物和谐相处。

王红勋笑笑："放心吧，咱不造那个孽。"

二人正说着，忽然传来一阵凄厉的嚎叫声。

对象害怕了，握紧了王红勋的手，问："这是啥在叫？"

"狼。"

对象的手有些颤抖。

王红勋说，不用怕，狼离咱还远着呢。狼这东西，是跟着羊群走的，羊群走到哪儿，狼就跟到哪儿，牧民放牧，夏天一般到深山里去，冬天才到县城边上，狼也就跟着过来了。

十八公里路，王红勋和他的对象走了五个小时。晚上9点多钟，他们才回到天棚货场。

这一路的交谈，使王红勋的对象做出了一个决定：如果需要，自己也愿意留下来，做一名义海人。

木里山上的夫妻诊所

木里山上，诊所的出现，是很久以后的事了。

在我的记忆里，义煤总医院向义海援助过医务工作者，三次或者四次，记不大清楚了。但他们去的都是大煤沟矿。给我留下印象的有两个医生，一个是李医生，另一个就是一起去玉树抗震且住在一个帐篷里的梁医生。援助义海的医生，一般是以两年为限。两年一满，他们就回内地去了。

与李医生算是旧相识了，我在义马市总工会工作期间，经常到义煤总医院搞活动，与很多医生都熟悉。我刚到德令哈时，李医生路过德令哈来看我，在我租住的房子里住过一晚上。那天晚上，我们谈至深夜才休息。

他劝我，在高原别超过三年，最好两年就回去，因为人到中年，很难再适应高原的环境了。时间一长，各种疾病都出来了，生命和生活质量都会大打折扣。李医生还向我透露，他在大煤沟矿即将满两年，按照总医院与他的约定，年底回去就不来了。而李医生说这话的时候,已经是深秋 10 月。

我相信李医生说这些话时是真诚的,他既没有撒谎,也没有唱高调。一个医者所遵从的,是科学和事实。

所以,当我听段新伟说木里矿有了自己的诊所,而且医生也是来自河南义马时,内心顿时充满敬意。后又得知他们是一对年过半百的夫妻,一个词语跳出我的脑海:医者仁心。刹那间,我对这个耳熟能详的词语又有了新的感悟。

这对夫妻医者,他们不仅仅有着共同的仁心,更有着共同的悲悯情怀和对生命的深度敬畏。果然,我的这种推想很快就得到了印证。

这对夫妻医生,丈夫叫赵国宏,妻子叫张荷玲。他们原来都在义煤公司华兴矿业工作,丈夫赵国宏还做过华兴矿业职工医院的院长,而妻子张荷玲是这家医院的医生,共同在这家医院工作了二十七年,生活平稳而有规律。他们舍弃舒适的工作环境,来到这艰苦的雪域高原,就是因为义海人"缺氧不缺精神"的英雄气概震撼了他们,他们想让英雄们在这恶劣的环境里顽强拼搏时,生命安全方面多上一层保护。在木里矿,最怕的是得病,哪怕是小小的感冒。

早些年,我曾听义海的老人谈起,一个员工在木里山上患了感冒,木里山上没有诊所和医生,使得这个员工的感冒很快恶化,竟发展成了肺水肿,急忙往天峻县城送,但半道上这个员工就停止了呼吸。如果放在内地,感冒真的是一个微不足道的小病,年轻人打两针或者吃几片药就扛过去了。但在海拔四千二百米的高原,它可以随时夺去一个人的生命。

张荷玲夫妇决定来义海,留在木里山,也是缘于一件让他们动容的事情。

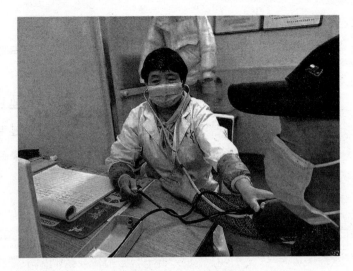

张荷玲在为病人测量血压

2011 年 4 月的一天,赵国宏夫妻来到了木里矿,他们来这里是探望一个朋友,顺便也饱览一番高原的风景。可是,在与朋友的交谈中,说到了矿上的医疗条件,赵国宏内心涌起了波澜。

木里矿竟然连一个诊所都没有!

不是公司的领导没有考虑到这一层。早在 2012 年 5 月,公司就在木里矿组建了医疗室,高薪聘来了一个医生和一个护士,负责全矿职工的健康。可是,不长时间,那个护士就辞掉了这份工作,至于辞职的原因,她没有言及。再去招聘,应聘者一看矿上的医疗条件,扭头就走掉了,一直没有招到人。又过了一段时间,也就是 2012 年年底吧,这个医生不顾矿上领导和职工的真诚挽留,也走掉了。

矿上职工再有了头疼脑热,就得往天峻县城跑。误工误时不说,天峻县城的医疗条件也极其有限。在这里,条件最好的要数天峻县人民医院了,这座三层高的公办医院里,职称最高的是副主任医师,而且只有三个。县城里也有几家私人开的医院和诊所,医疗设备更是简陋,像内地医疗最基础的胃镜、B超、心电图仪等,在这里都还没有普及。

因此,木里矿最急需的,就是要有一家自己的诊所。

在这样的条件下,赵国宏夫妻义无反顾做出了抉择,向组织上打报告,主动要求调到了木里矿,在海拔四千二百米的雪山上,组建了木里矿第一家夫妻诊所。很快,这对夫妻医生就成了全矿职工心目中的白衣天使,成了他们可以托付生命的人。

2014年2月4日上午8点,张荷玲接到一个电话:"煤质班的邓红伟突发疾病,急需救治。"张荷玲快速赶到邓红伟宿舍,见病人背靠床坐在地上,脸色苍白,满头的汗水,呼吸已显得非常困难。

凭着多年的临床经验,张荷玲断定这是心梗的症状,急忙给他服下速效救心丸,安排矿上的救护车火速赶来,然后打电话给天峻县医院,让120救护人员带上救护器械往木里山上赶,与病魔赛跑,为病人的生存赢取分分秒秒的时间。

张荷玲陪伴病人一同下山,密切关注着病情的变化,因为这种病十分凶险,意外随时都有可能发生。果然,矿上的救护车经过"大垭口"时,邓红伟的心脏忽然停止了跳动,脉搏也随之消失。张荷玲没有慌乱,迅速给病人打下强心针,让两个陪同人员往病人嘴里灌急救药。

几分钟过去,依然不见邓红伟有什么动静。

张荷玲脱掉棉大衣,开始为邓红伟做心肺复苏按压。这是一个耗费体力的动作,每分钟要快速按压一百次,年轻的男医生做这个几分钟都要大口喘气,而张荷玲整整持续了二十分钟,而且这是在海拔四千三百米的"大垭口"。所以,当邓红伟缓缓苏醒过来,张荷玲手一松,整个人瘫软下来,头发滴着汗水,袖口也早被汗水浸透了,就像一个"水人"一般。

救护车从"大垭口"再一次往天峻县城方向行驶。2 月的木里山,气温低至零下三十多度,这样低的气温给病人的救护带来了一个天大的难题,因为张荷玲发现,在给邓红伟输上液体之后,管子里的液体不久就结成了冰,继而整瓶都冻住了。

有个陪同的职工想用暖风机将冻住的液体融化,却又怕由此产生的冰碴子对病人不利,一时间大家都没了主意。而这个时候,危险再一次降临,邓红伟第二次停止了心跳。眼看着脸色乌青,嘴唇发紫,去摸静脉,静脉也没了搏动。

怎么办?

只有再一次做心肺复苏按压。

一个陪护人员看不下去了,说:"张医生,您在旁边说着,我们来做吧。"

张荷玲谢绝了他们。因为她知道,这是在高原,而且邓红伟已出现过一次休克,生命变得更加脆弱,现在哪怕是一丝一毫的疏忽,都会产生无法挽回的结果。

稍稍恢复一点体力的张荷玲再一次脱掉了棉大衣,靠顽强的意志和毅力,靠着对生命的承诺,又一次把邓红伟从死亡线上拉了回来。

到了天峻县医院,张荷玲陪着邓红伟做了检查,医生建议:"别耽搁了,快送西宁吧。"

下午1点10分，救护车又开始往西宁出发。张荷玲不顾劳累，又跟随救护车往西宁开拔。到西宁心脑血管疾病专科医院时，已经是下午5点了，张荷玲一口气也没有歇息，帮着邓红伟挂号、买药、领化验单，跑前跑后，就像亲人一般。邓红伟来时没有带钱，张荷玲二话不说掏出四千元钱，安顿好病人住上院，已经是深夜时分了。

次日的凌晨5点，邓红伟终于脱离了危险。病人家属也赶来了西宁。张荷玲这才深深地松了一口气，坐在病房的椅子上睡着了。而这个时候，她为了眼前的这个病人，已经与死神搏斗了整整二十个小时。

事后，邓红伟的主治医生听说病人是一路从木里山上赶往天峻县城，又从天峻县城赶来西宁的时候，不禁惊叹道：“病人能够活下来，真是个奇迹！”

这个奇迹无疑是张荷玲用一颗大爱之心创下的。

所以，邓红伟苏醒过来的第一句话，说的就是：“我的这条命是张医生救下的！”

说这句话的时候，这个五十多岁的义海汉子，两眼溢满了热泪。

骆驼刺与格桑花

段新伟董事长要我写写木里矿的七个女工，并称她们为木里山上的七朵格桑花。

说到格桑花，这让我想起了荒漠中的骆驼刺。在海西的数年间，我对这种植物有了深深的了解，它不抱怨生存环境的恶劣，忍耐着风沙、高寒和干旱，默默地生长着，坚韧不拔，百折不回，恪守着大自然赋予它的职责，一岁一枯荣，为荒漠带来一丝绿意和生机，为荒漠中的行人带来一缕希望和温暖。

骆驼刺，这种一簇簇低矮如灌木丛一般的植物，它的身上体现着一种精神，一种高原上所独有的精神。这种精神，与"义海精神"有某种相通之处。

有骆驼刺，必然也有格桑花。格桑花虽然十分美丽，看上去也非常的柔嫩，但它不娇贵，不怕烈日的炙烤，也不怕寒风的侵蚀，具有强大的忍耐力。

在高原，如果骆驼刺是男性的象征，那么，格桑花无疑就是女性的象征了。

骆驼刺和格桑花都是上苍对高原戈壁和荒漠的馈赠，缺少了哪一种都不完美。

当初，木里矿上是清一色的男职工，被附近的村民称为"和尚矿"。男人的一半是女人，缺少了女人，就像高原上只有骆驼刺而缺少了格桑花一样，是不完美的。

尤其是到了谈婚论嫁的年龄，天峻义海穿爆队的桑全就亲身体会过这方面的苦恼。桑全是河南籍职工，2006年来的木里山，那时全矿所有职工加在一起，还不足三十人，而且没有一个女职工，全是大老爷们儿。这一年，桑全已迈入三十岁的门槛，到了这个年龄，找对象成为他的头等大事。

然而，他的处境与遭遇却是十分的尴尬，木里山上没有男人的另一半，无对象可谈。休假回到河南，也是来去匆匆，没有谈对象的土壤和条件。他的父母也曾央求亲戚朋友给介绍过几个姑娘，但一提到青海的木里山,谈及木里山的工作环境,姑娘们无不立即沉默下来,接着,也就再无下文。

桑全面临着痛苦的选择。三十岁的他,如果继续在木里山上待下去,极有可能会耽误自己的婚姻大事。如果选择离开木里山,少了这份可观的收入不说,更重要的是自己做了逃兵,会被战友们所嘲笑,今后无论到什么地方,过多长时间,这都是他不光彩的一页。

"只要有男人的地方,终归会有女人的出现。"这句话是两年后进入木里矿的女工王秀丽说的。说这话的时候,她已经是天峻义海机电科配电组的组长了。同时,她还是段新伟口中的木里山七朵格桑花中的一朵。

与王秀丽同一年进木里山的,还有藏族姑娘沙卓吉。

沙卓吉的到来,桑全的爱情故事也就悄悄地开始了。

沙卓吉是天峻县本地人,她是经过熟人介绍进入义海的。到2019年,她在木里山上已经工作满十年,在这期间,她对义海充满感激,照她的说法,她在木里山上不仅收获了劳动的尊严,最直观的就是高额的工资回报,而且还收获了她的爱情。

来天峻义海之前,沙卓吉已经"南漂""北漂"多年,打工的岁月里,走南闯北,她换过许多不同的岗位,却都给她留下一个大致相同的印象,私企老板多追求利润和效率,从没有人顾及她作为藏族人的风俗习惯,这令她时常有一种被羞辱的感觉。

毫不讳言,刚上木里山的那阵子,她内心充溢着的是满满的失望,因为映入眼帘的是难以想象的荒凉:几排稀疏的彩钢房,露天的作业场地,几十个职工,没有澡堂,甚至连个像样的宿舍都没有。可是,一个月后,她还是决定要留下来。

令她留下来的自然不是以上这些,而是这里的人。无论这里的干部还是员工,他们身上都闪现着一种精神,蓬勃向上,团结友爱,坚韧不拔,遇见脏活累活,不是你推我躲,而是争着抢着去干。这里也不分什么干部和职工,都是兄弟,就好像一个大家庭。尤其对她这个少数民族女工,更是像对待小妹妹一样呵护她、关爱她,让她感动得多次落下眼泪。

她感到了尊严和温暖,这是在以往的打工生涯中从未遇到过的。

后来,她遇到了桑全,经过两年的恋爱,他们携手走进了婚姻的殿堂。2017 年,他们有了爱情的结晶,第一个孩子呱呱坠地了。现在说起当年选择留在木里煤矿时,她更是满脸的幸福,这些年下来,她越来越感觉到,义海就是她的另一个家了。

在天峻义海这个大家庭里,沙卓吉还结识了一个好姐姐,那就是王秀丽。

"只要有男人的地方,终归会有女人的出现。"这句话就是王秀丽说的。能说出这样的话来,这可不是个一般的女子。后来,她对她说的这句话做了诠释,无论多么艰苦恶劣的环境,只要男人能够生存下来,女人同样也能生存下来。

这是一种巾帼不让须眉的豪气。

从参加工作到如今,二十七年过去了,王秀丽始终从事着一件事:配电工作。这么多年始终从事一样工作,这需要何等的忍耐力!同时,这也是一种人格的体现。再回过头看王秀丽说过的话,我们也就不感到奇怪了。什么样的人,就会说什么样的话。

不仅仅只是说,这么多年来,王秀丽也是这样做的。

王秀丽对待她所从事的工作,像对待她的手掌和手背那样熟悉。

王秀丽(右)在进行"传、帮、带"

从天峻县木里镇到木里煤矿之间有条供电线路,简称木义线。到木里矿后,环露天煤矿架设的那条供电线路,简称环坑线。王秀丽能熟练地说出,木义线的总长是 6.13 千米,共有电线杆 53 根;环坑线的总长是 11.78 千米,共有电线杆 256 根。木义线与环坑线有着本质上的区别,前者是 35kv 的高压供电线路,后者却是 6kv 的低压输变线路。

专业方面,王秀丽更是有着丰富的实践经验和准确的判断力。同是短路引起的高压跳闸,6kv 环坑线和 35kv 木义线是有着区别的,这种区别王秀丽能很快鉴别出来。线路出了故障,那就需要根据经验来排查解决了。

有一次,她忽然听到操作室外有"呲呲"的异常响动,知道线路出了故障,便立即带领一个员工前往查看。他们先把 6kv 环坑线的 61 号变压器停电,"呲呲"声依然存在,王秀丽心中有数了,迅速让同去的员工把 35kv 木义线 1 号开关柜断开,"呲呲"声即刻消失。

能在很短的时间内把故障排查出来,加以解决,靠的是经验的积累。二十七年,王秀丽反复地去做一件事,做了成千上万遍,经验已经成为习惯。

也有人说配电工作是一种简单的劳动。王秀丽却不这样认为。

所以,王秀丽又说过另外一句话:"把一件简单的事做上一万遍不出差错,就是不简单。"

这句话同样也深富哲理。

段新伟希望我写写木里矿的七朵格桑花,我没有完成任务,因为这七名女工,每一个都是一篇大文章,不是一篇短文所能容纳下的,只好等待下一次机会了。

我倒希望能单独为这七名可敬的女工写上一本厚厚的书。

挖不走的司机

木里矿又起风了。

本来,每年的 3 月,就是木里矿多风的季节,因此,这个时候起风,一点都不奇怪。风一起,呼呼呼,你就会感觉有无数的刀片在空中飞舞,有无数根牛毛细针撒下。接着,天迅速阴沉下来,乌云在眼前奔跑,就像奔腾的苍驹。更多的时候,雪花也会随之漫山遍野飘落。

整个木里矿,放眼望去,也算是千里冰封,万里雪飘了。如果没有特殊的任务,大家就不再露天作业,因为此时的大地早已被冻成铁板一块。

2015 年 3 月 3 日这一天,刘新国驾驶着他的吊车,为的就是要去执行一项特殊的任务。我对刘新国并不陌生,他是 2008 年 5 月进入义海公司大煤沟矿的,先是在矿通风队做瓦斯检测员,因为有着过硬的驾驶技术和维修方面的特长,被调至义海公司总部小车班担任了班长。

刘新国是个有理想有追求的员工,他是一名退伍军人,在特种部队服役的时候,经常打交道的是战车和坦克,是空旷的原野和巍峨的群山。2011 年 8 月,他主动辞去小车班班长一职,要求到海拔四千二百米的木里煤矿,到矿机电队当了一名装载机司机。

有人不解地问他:"放着条件好的公司总部不待,却愿意来到这环境恶劣的木里山,你是怎么想的?"

刘新国笑笑,说:"我喜欢这里的荒野、雪山和辽阔的草原。"

在义海公司,刘新国是大家眼中的能人,因为他一个人竟然拥有装载机、推土机、起重机、双 A 驾照和指挥起重师五类特种作业证,成为义海公司驾驶类证照最多、技术过硬的员工。

我曾坐着刘新国驾驶的越野吉普在海西的荒原上穿行,所经之处,大都是人迹未曾到过的地方,山间的沟壑、荒废的河道、石砾遍积的沙滩,这些司机所恐惧的地方,刘新国谈笑之间便穿越了,让人瞠目之余,不得不佩服他驾驶技术的高超。

正是因为技术上过硬,矿上凡是碰到这方面的难题,第一个想到的就是刘新国。这一次同样如此,本来,刘新国正在河南老家休假,假期还没有满,就被"招"了回来。

原因是十天前,木里矿刮了一场大风,大风过后,矿上煤场一处挡尘墙上的挡尘网被吹落在地。这得尽快地安装上去,不然,再有风

刘新国和他的三一重工 75 吨汽车吊

刮来，煤尘飞扬，工作环境会极度恶化。此时正是春节长假期间，矿上只有留守人员，等留守的司机去开吊车的时候，可以说使尽了浑身解数，吊车就是无法启动。无奈之下，这个司机向矿上的领导做了汇报。

"这样的难题，只有刘新国能解决。"

于是，矿上通知刘新国提前返矿。刘新国是个闲不住的人，在河南休假期间，他又找了一份临时工作，在洛阳偃师的一家桥梁建筑工地上开吊机，因为技术过硬，报酬相当丰厚。可接到让他返回矿上的通知后，他没有犹豫，即刻辞掉了这份工作，买了当日的火车票，连夜赶赴青海。

到了矿上，刘新国放下行李，一刻没停，就去了吊车旁边查看究竟。果如刘新国所推测的那样，是天气太过寒冷，吊车的电子控制系统出现紊乱所致。他对电子控制系统进行了重新设定,吊车很快正常运行起来。

在防尘墙上安装防尘网是个高难度动作,吊车的操作要恰到好处,不及则难以把防尘网吊到相应的高度,过之则容易造成吊车的倾覆,这些对司机的要求几近苛刻。因此,刘新国主动请缨,要亲自开吊车去完成这项任务。

这才有了开始的那一幕。

刘新国的这手过硬的技术,照他自己的说法,是在木里山学成的。当年他从公司小车班来到木里矿机电队装载机班当一名装载机司机的时候,对这个行当并没有太多了解。

装载机班有九台机械装载设备,矿上的生产任务十分繁重,每天得出动七八台设备才能有效地保证生产的正常进行。然而,高原完全不同于内地,人会缺氧,机器竟然也会缺氧,它们的功率,通常只能发挥到内地设备的百分之七十左右,而且还会三天两头出故障。任何一台设备出了故障,一旦停下来,首先影响到的就是生产。

"在装载机班,如果过不了维修设备这一关,你就不算一个合格的员工。"刘新国说。

装载机出了故障,都是装载机班里的员工进行维修。高原上,设备三天两头地出问题,就像家常便饭一样,到哪里请专业的维修工去?只能靠自己摸索出一条路子来。

好在刘新国遇到了一个叫安怀伟的好师傅,手把手让他熟悉装载机的原理和性能,教他维修设备的基础常识。刘新国也勤奋好学,不懂就问安师傅,底下查资料,把在高原常见的问题记在小本子上,很快,刘新国就成了维修装载机的行家里手。

"维修机器那可是个苦差事，尤其是冬天！"尽管刘新国的语气很平淡，但仍能让人感到这句话的分量沉甸甸的。因为那是木里山，海拔四千二百米，冬天的木里山常年冰雪覆盖，异常寒冷。而刘新国刚到木里山的那会儿，矿上没有维修车间，装载机出了故障，无论毛病大小，都是露天修理。"零下二十几度的环境里，维修冷冰冰机器的滋味，若没有亲身经历，你永远都想象不出。"

刘新国讲述过这样一件事情。有一年的冬天，他开着装载机在煤场装煤，因为中间有点特殊情况，他离开了一会儿，等他回来再开车的时候，机器却怎么都启动不着了。刘新国对故障一点点进行了排查，最后发现是操作大泵胶管里结了冰。解决的办法必须把胶管卸下来，将里面的冰排除。然而天气实在是太冷了，等费尽周折卸下胶管，扳手冻在手套上无论如何取不下来了。

2013 年 8 月，木里矿成立了穿爆队，挑选精兵强将，刘新国自然被挑中。于是，他离开了他已非常熟悉的装载机班司机岗位，进了穿爆队，做了一个起重机司机。

"这样的环境真能历练人。"刘新国说。

这是刘新国发自内心的感触。因为刘新国一身过硬的本领，就是在木里山锤炼出来的。

2014 年下半年，因为种种原因，木里矿停产了。刘新国回到了河南，在一个朋友的介绍下，他进了洛阳的一家吊装公司。听说刘新国是个起重机司机，这家公司的老板喜出望外，因为原来的起重机司机刚刚跳槽走了，他正在为此事着急，当即让刘新国上机测试，结果自然十分满意，月薪给刘新国开到六千元，比在木里矿时还高出许多。

到了第二年的 5 月，刘新国突然接到矿上打来的电话，矿上复工了,让他回去上班。刘新国去向老板辞行,老板已见识了他的技术水平,不舍得他走,说:"工资每月我给你涨到八千元,别走了。"

刘新国笑笑:"这不是工资的事。"

"那你为什么执意要回去? 那里的环境又那么恶劣。"老板愈发不解了。

"因为义海这座大学校培养了我,那是我们员工共同的家,家召唤我回去,我能够拒绝吗?"刘新国说。

世界屋脊大跨越

"义海速度"

2009 年 2 月 22 日,义海公司办公楼举行奠基仪式。

这一天,马树声来到义海已经四个多月了。这段时间里,他在工作实践中渐渐形成一种理念,要想扎根柴达木这片神奇的土地,融入当地高原文化之中,首先应该做的就是如何来回报这片土地,回馈青海社会各界,共享企业发展的成果。于是,马树声提出了"扎根海西,回报青海"的口号,并把它作为义海公司的企业宗旨。

这是义海人的一种情怀,表达了愿与青藏高原各族人民世代友好的坚强信念,也是义海人崇高的追求和高度社会责任感的体现,更是中原文化与高原文化相融合的交汇点。

在这之前,马树声曾有过一次内心深处的悸动。刚来义海不久,为了和当地建立一种友好关系,他去拜访了时任海西州委常委、秘书长王敬斋。交谈中,王敬斋向他讲起了早两年发生在义海的一件事。

有一次,王敬斋陪海西州的一个主要领导去木里矿调研,看到的是寒碜的办公场所和简陋的设备,那个领导有几分震怒,这哪像打长牌搞经济建设的样子? 一时之间,社会上纷纷传言,说义海就是空手来淘金的,等装满了腰包,一拍屁股就走人了,给我们留下的是一个满目疮痍的烂摊子,不如趁早把他们撵回河南去。

王敬斋是河南南阳人,家乡的企业在海西受到这样的境遇和议论,让他内心很不是滋味。一段时间里,人前人后他都尽量少谈及有关义海的话题,免得遭遇尴尬。

同样,这件事对马树声的触动也很大,他想了想,认为那个领导动怒不是没有道理,社会上的种种议论也不是没有道理的。这是人之常情,也是一种文化现象。人不可能生活在真空之中,忽视了这些,无法在社会上立足。

马树声回到河南,向义煤公司领导汇报工作时谈到了这件事和自己的设想,要在海西建造义海公司自己的办公大楼,而且使之成为海西地区标志性建筑,结束义海租楼办公的历史,凸显国有大型企业的风采,同时,也让青海社会各界看到义海人扎根海西进行创业的决心。义煤公司领导对马树声的想法表示赞同,召开专题会议进行研究,以最快的速度批复了义海公司关于建办公楼的请示。

义海公司办公楼的奠基之处,原本是一片荒漠,长满骆驼刺和一些不知名的野草,沙土之上顽石遍地,时有鼠兔出没。大风吹来,沙石飞扬。在这样的一片土地上修建海西第一高楼,其难度可想而知!

尽管环境恶劣,义海公司办公楼的建设标准丝毫不能降低。马树声要求:"不仅工程质量要高标准,施工速度也要超一流。"因为他明白,义海公司办公楼的建设不仅是建一栋楼的问题,它代表了河南

义海能源办公楼

企业在海西的形象，也是改变海西乃至青海社会对义海公司认识的关键性一环。

义海公司办公楼的承建者是河南豫西建设总公司，这是一家具有国家一级资质的建筑安装施工企业。他们理解马树声的良苦用心，所以，尽管在这之前，他们在新疆、四川、山西等地都已有工程施工，人手紧缺，还是快速从公司总部调集八名有丰富经验的企业管理人员，从山西、新疆、四川等地调集二十二名各类技术人员，又从四川、河南等地抽调了二百多名经验丰富的土木工人，组成了该项目的建设者队伍。豫西建设总公司项目经理胡建云说："前后仅用了十天，来自四面八方的建设者们就在德令哈市聚集了。"要知道，在幅员辽阔的高原上,十天时间,从那么多省份集结起一支队伍,可以称得上神速了。

春节刚过,在一阵鞭炮声中,义海公司办公楼主体工程开工。马树声在义马煤业非煤产业部任部长时,对土木工程建设有所接触,他算了又算,对办公楼建设项目负责人说:"给你五个月时间,10月底主体工程完工。"五个月,在海拔两千九百多米的荒滩上建造一座十三层高的大楼,项目负责人胡建云有些犹豫。马树声说:"我们携手共同克服困难。"

果然,在施工过程中,难题接踵而至。挖地基时,层层是顽石,处处是流沙。忙活一上午,才能清理出巴掌大的一块地方。建筑材料成了一大难题。水泥、大沙、石子在当地市场上出奇地稀缺,如石子,多为就地取材的河卵石,根本无法使用,尤其水泥,更是不能满足工程的需要。

义海公司计划工程部的一个部长被派来与豫西建设总公司共同解决这个问题,他们一边紧张地进行施工,一边与内地水泥生产厂家进行联系,订购水泥,协调调运计划。当地的沙石不合格,他们就与当地的沙石加工企业进行沟通,引导他们对沙石再次加工,以保证材料质量。为了赶时间,大家整天守在施工一线,昼夜加班加点。经过艰苦奋战,地基处理好了。

2009年7月21日,义煤公司总经理翟源涛、工会主席宋建华、副总经理张新伟在马树声、赵少普的陪同下来到义海公司办公楼建筑工地,翟源涛一行对建筑质量与建设进度大加赞赏,连说这将是一项经得住时间考验的精品工程。当翟源涛听了马树声的汇报后,说:"这是义海速度!"

早在办公楼奠基之初，马树声就一再强调："速度的前提是工程质量，没有质量做保证，再快的速度也毫无意义。因此，不仅要争一流速度，还要创一流质量。"为了贯彻这一精神，豫西建筑公司在质量上做足了文章。

因为本地建材稀缺，主要的建筑材料，如钢材、水泥以及外脚手架等百分之九十五都靠从兰州、西宁、郑州等地采购，路途遥远，极不方便，若采购回来次品，那么损失的就不仅仅是资金的问题了。因此，建筑材料的采购工作来不得丝毫的马虎！

每次原材料采购回来，青海省监理公司负责人吴党宁验收得极为苛刻。不仅如此，就连对模板的安装，钢筋搭接间距的长短等细小问题也从不放过，发现有不规范的现象，及时纠正，把问题消灭在萌芽状态。吴党宁最后不得不佩服地说，从开工那一天起，一直到主体工程竣工，一次也没发现过不合格的材料和不规范的操作。

建筑工人多来自河南，离开故土，来到这高原上，他们之间拉近了距离，彼此滋生出一种亲人般的情愫，在一起施工，往往配合默契，积极性很高，有时因在高高的脚手架上施工，上下一趟很费时间，为了不误干活，早晨上去时，抱一箱方便面到施工面就不下来了，中午的饭就是它了，一干就是一天，甚至十五六个小时。这样为项目工程建设赢来了时间和速度。

2009 年 8 月 23 日，义海公司办公楼主体工程建设完工。满打满算，前后仅仅用了八十五天，比原计划整整提前一百一十天。这种面对困难勇于超越的精神，是"义海速度"一个侧面的映射。

办公楼进入紧张的装修之中，已经是德令哈的 11 月份了。这个时候的德令哈，夜间气温常达零下十七八度。在这个当口，公司办公楼的暖气出了故障。11 月 25 日,一场强烈的寒流袭击了德令哈,夜间气温骤然降到零下三十多度,办公楼里所有的暖气包、暖气管道被冻实,部分弯头、阀门被冻裂。暖气一停,刚刚建起来的办公大楼里冷得如冰窟一般,人根本待不住。如果暖气的问题不解决,装修工作只得搁浅,工程进度势必受到影响。

马树声来到办公楼现场。故障得尽快排除,否则,暖气包一旦被冻坏,将会给公司财产造成不可估量的损失。而要从根本上解决问题,十三层高的大楼,得一个楼层一个楼层、一个房间一个房间地排查,现有人手显然不够。马树声想到了一个人——木里矿后勤队的司小勋,当场打电话,让他连夜带人下山,协助装修队解决这一问题。

司小勋带来了九个队员。他们的任务是排除八楼至十三楼的故障。这本是十二天的工作量,可马树声只给他们三天时间。他要的是速度。乔迁的日子已定,请柬已经发出,按马树声的行事风格,除非万不得已,时间不会改动。

没有任何讨价还价,司小勋把他的队友分成了五组,每两人一组,每人手持喷灯,从十三楼开始,一个房间一个房间地对暖气包、暖气管道及部件进行烘烤。这项工作来不得半点的取巧,就说烤暖气包,得先烤上部分,再一格一格地烤中间,然后再烤接头、阀门。一点烤不到,暖气都不会畅通。

最难的是打通管道的接头。接头冻牢的地方,在烘烤后畅通的一刹那,往往有水柱喷出,水柱强劲而有力,司小勋和他的队友们常被喷得满头满脸的水,很快就结成一层冰,脸上刀割一样地疼。司小勋不但自己干,还要指挥队友们干,一天下来,光楼梯就得上上下下爬几十次。

到第三天晚上 11 点,故障被彻底排除了。司小勋长出一口气,疲惫的脸上露出笑容,电话中向马树声汇报说:"提前一个小时完成任务。"

马树声说:"做任何事情有了速度上的要求,就避免了懈怠。速度是医治懈怠的良药。而懈怠的往往不仅是时间,还是人的意志和生命,是企业发展的良机。"

多出的五天·寒风与雪

2010 年 3 月下旬,青海省有关部门通知义海公司,4 月将对木里矿安全设施进行验收,如果符合露天煤矿质量标准化要求,将补发相关证照。这之前,木里矿因为证照不齐全,已经停产整改一段时间了。如果这次验收过关了,按国家的规定给补齐各种证件,那真是一件大好事。如果验收未通过,木里矿的证照补办将遥遥无期。

因此,接到通知后,马树声感到了压力,同时,他也清醒地认识到,从另一个角度来说,这无疑也是一次难得的机遇。既然机遇来了,就不能让它错过,它关系着义海的发展大计。

前些年,由于木里矿开采设计、整体规划不够完善,证件一直没有办齐全。木里煤矿要想成为青海省的一流矿区,就必须按照青海省制订的露天煤矿质量标准化规则去做,把各种证件办齐。然而,木里矿要在短短的一个月时间内把现在看上去杂乱无章的采场变成标准化的露天采场,工作量之大是难以想象的。再难,也得去做,不迈过这道坎,义海的发展永远受到制约。

时间紧迫,马树声连夜驱车赶到木里矿,第二天 8 点 30 分,主持召开全矿员工紧急会议,统一安排部署坑下整改工作。木里矿生产技术科负责坑下的整体规划设计,安排部署各个采区的整改细节工作。安全、调度等科室负责矿坑下的安全及道路整改工作。

按照马树声的部署,木里矿矿长杨建庄带着生产技术科全员出动,拿着皮尺,带着白灰来到坑下的各个平盘、各个工作面。木里山由于地处高原,每年 1—4 月是强风季节。别说抬着白灰走路了,就是空手走起来也是气喘吁吁的,本来高原就缺氧,加上风大,吹得大家无法呼吸,那种感觉就像要窒息一般。由于时间紧迫,大家哪还顾得上这些?分秒必争,生产科长李志清,副科长崔宁、张建国同时提出找车运送白灰的想法,但由于木里煤矿配备的生产车太少,根本无法满足需要,他们就协调施工队,让施工队的车帮助运送白灰。就这样,大家顶着高原强劲的寒风,艰难地撒出了一条条标准化的基准线。这些用汗水和心血撒出的条条白线,包含着全体职工对义海发展的期望。

线撒完,接下来的是施工队的施工,生产技术科每个平盘都安排有专人负责,昼夜二十四小时在现场指挥着与施工队一起干。按设计要求,每个工作面都做到了底平、帮齐、平盘区域内无虚量堆积、道路平整等。在施工期间遇到了许多难题,譬如,砂岩的硬度较大,爆破的效果不是很理想,出现了许多较大的岩块,导致了部分平盘坡面不太完整。施工队要克服种种困难,将大块的岩石装走或粉碎,然后用碎岩将坑填平。

在义海精神的感召下,各个施工队没人讲价钱,更没人打退堂鼓,从上到下全力投入战斗之中。

野外测量

　　排土场的防滑坡监控设施在施工当中也顺利地搭建起来。然而,天有不测风云,木里山上的气候更是说变就变。就在大家第二天准备对监控点进行防护时,夜里下了一场大雪,这场雪和往昔的不同,下得悄无声息,第二天早起,眼前的一切令大家傻眼了,二十厘米厚的白雪铺平了大地,铺平了整个排土场。刚刚建设好的监控点一个个都不见了踪迹,根本找不到了。

　　大家发扬"特别能吃苦,特别能战斗"的义海精神,在零下二十几度的气温下,用自己的双手,按图纸上设计的大概位置,一点一点扒开厚厚的雪层去寻找,这里找到一个,那里又找到一个。大家嘴里喊着,手冻得没有了知觉,就把双手放在嘴边使劲地哈,或者双手使劲地搓，再不行就把手放到大衣里层暖一会儿，然后继续扒雪，继续寻找目标。就这样一个个监控点重又被找了出来，一个个防护设施也建起来了。大家的脸冻紫了，手冻肿了，靴子湿透了，顺着裤腿一直湿到了膝盖。站在寒风里，大家冷得直打哆嗦，牙齿上下捉对打着架。但大家没有一句怨言，而且还含混不清地有说有笑。快乐，他们在工作中找到了快乐，他们把工作中的苦当成了快乐！这就是义海精神，义海人艰苦创业、不畏艰难的精神！

木里矿的东段帮道路经常翻浆冒泥，因为时间紧迫，原计划只是维护好就行了。验收的日子越来越近，可就在这时，又接到通知，说验收组的专家临时有了更重要的事情，验收时间向后推迟了五天。

听到这个消息，马树声立即做出指示："抓住这五天时间，打破原来的计划，向高标准看齐。要干就干好，干完美。"要求木里矿对东段帮道路进行彻底改造，将原来坡度降小，以消除翻浆冒泥现象。短短五天，规划设计得半天到一天，剩余也就四天到四天半的时间了。这个时间内，要完成九百多米长、三十多米宽的东段帮道路改造，而且还要在验收时间到来之前顺利完成，其难度之大可想而知。

时间紧迫，当天下午已经是 7 点多钟，好在高原天黑得晚，还有两个多小时可供利用。李志清利用这两个多小时的空隙，带着生产技术科全体人员到现场详细地巡视了一遍，迅速做出决定，以高程点为准对道路进行全程测量，并定下标记桩，对每米的降深进行详尽的计算，以做到心中有数。

第二天，天一亮，大家就来到了工地。也许老天是在考验大家吧，又下起了小雪，到了大家准备测量的时候，雪下得大了。大家架好仪器，对道路进行测量。十米一个测点，三十米一个标记桩。当全部测好后,天已经黑了。这一天,雪一直下,没有停止过。大家就是这样,顶着漫天的风雪,踩着遍地的泥泞,度过了难忘的一天。收好仪器匆忙地赶回矿部,简单地吃了几口饭,接着连夜开始工作:整理数据、绘制道路断面图、初步计算方量。杨矿长也过来与大家一起加班,并与科里的几位科长共同出主意、拿方案,对各个高程点、坡度进行统一的规划设计。按照五天的时间计算出各施工队的工程方量,合理地分配路段。晚上 10 点多钟,李志清又带领两名员工来到工程现场,一一对各区队地布置任务,并进行技术指导,每一米下降多少,降低到哪个位置等讲得清清楚楚,并安排科里的技术人员进行演示,把工作做得细之又细,让施工队现场管理人员心里明明白白。

当任务划分完成,李志清看了看表,已经是晚上 11 点多了……

道路整改划分完了,然而当第二天爆破之后,惊人的一幕呈现在大家的眼前。道路中段随着爆破的进展,呈现在面前的是巨厚的冰层,这巨厚的冰层就是道路翻浆冒泥的原因。问题终于找到了,接下来就是想办法解决问题了。这里的巨厚冰层必须向下深挖三米,然后重新回填硬度较大的岩石。这又给短短的工期增加了难度。然而在义海人的眼里是没有困难的……

就这样,矿区内的各项工程按质量标准化的要求顺利地完成了。各区队各个工作面及平盘做到了底平、帮齐、无伞檐、施工区域内无虚量堆放、道路平整以及两旁无杂物;顺利地完成了配电线路及配电房建设,安装了配电设备及避雷设施;对各工作平盘进行命名,组织人员自制平盘命名标牌,并一一书写平盘名字;在采场东段帮建设了两座容量四百三十二平方米的消防水池;在采场附近建设了一千多米长的截水沟;采场内建设了两座容量三千平方米的积水池并设计安装了排水系统;等等。

终于迎来了验收专家组。为了纪念这一时刻,让员工留下美好的回忆,矿上早早地安排好车辆把大家都带到矿坑下照相留念。大家心里有说不出来的激动……

验收结束了,大家的心还没有放下,因为他们都在关注验收的结果。

当验收办证顺利通过的消息传到山上时,大家才长长地松了一口气,同时也感到了一丝的疲惫。连续一周多的时间大家都是早上6点半起床,一直在坑下工作到晚上11点多才回宿舍睡觉。人都是血肉之躯,说不疲惫不可能。

李志清是个例外。也许是责任心的缘故,他倒一点都看不出有疲惫感,验收成功的消息传到矿上的第二天,像往常那样,他又早早起了床,因为,又有新的任务等着他了。

深山里的"矿山英雄"

2010年3月2日,大煤沟矿传来阵阵鞭炮声。鞭炮声告诉人们,矿上又有事情发生了,毫无疑问是一件喜事,这一天是一个值得纪念的日子。

果然,当天上午9点,义海公司矿山救护队在大煤沟挂牌成立了。在此之前,义海公司还没有矿山救护队,尽管大煤沟矿于2008年6月组建起了一支应对矿上突发事件的队伍,近两年来也不断开展工作,但已与义海快速发展的形势不相称了。

经过2008年"11·10"和2009年"8·28"两场地震后,马树声越来越强烈地意识到,随着义海公司的快速发展,尤其是大煤沟井矿投产并日渐走向规范,安全生产越来越重要,目前这样一支救护队伍亟须扩充和壮大,在他的提议下,将大煤沟矿山救护队上升到公司层面,改组为义海公司矿山救护队,增加人员,添置设备。

因为马树声已经深深地体会到,高原不同于内地,大煤沟矿处于茫茫荒漠戈壁之中,矿井一旦发生诸如火灾、瓦斯爆炸、煤尘、顶板塌裂等情况,没有一支强大的专业救援队伍,灾难所造成的后果根本无法预计。而这个时候偌大的一个柴达木西部地区,还没有一支这样的队伍。

所以,提升到公司的高度,组建一支专业的矿山救护队伍,已是势在必行。

救援队员奔赴现场

这一天,马树声因为在西宁有别的事务,没能来参加义海公司矿山救护队成立的挂牌仪式,特委托公司副总经理陈守义代他向队员表示祝贺,并寄予厚望。

次日,马树声回到海西,不顾鞍马劳顿,即驱车从德令哈出发前往大煤沟矿。路上给陈守义打电话,说有"礼物"要赠送矿山救护队的队员们。3月的大煤沟矿,依然天寒地冻,在凛冽的寒风中,马树声观看了公司新组建的救护队队员闻警出动、列队操练、氧气瓶自换和互换等内容的演练,非常满意,便把带来的"礼物"赠送给了队员们。"礼物"是马树声亲笔书写的"矿山英雄"书法立轴。作为中国书法家协会会员、青海省书法家协会副主席的马树声,书法遒劲豪放,自成一格。

看到所书写的内容,义海公司矿山救护队的队员们明白,这是董事长对他们的殷切期望。

义海公司矿山救护队挂牌成立一个月后,即接受了一项严峻的任务。

2010年4月14日7点49分,青海省玉树州发生7.1级地震。马树声得知消息,即于当天上午8点主持召开了义海公司党政领导班子紧急会议。会上,马树声做了简短的讲话:"玉树受灾,我们不能袖手旁观,要尽到一个国有企业的社会责任。"会上做出决定,派义海公司矿山救护队前往灾区第一线,和藏族同胞一起抗震救灾,帮助灾区人民渡过难关。

经过一天紧张的筹备,以刚刚组建起来的义海矿山救护队为主力的三十九人的抗震救灾救援队就组建起来了。4月15日下午3点50分,在公司副总经理陈守义的带领下,救护队携带着卫星电话、红外线测温仪等二十五类一百六十五种救援设备，更是携带着一份社会责任和一片爱心出发了。马树声和海西州及德令哈市的领导吕刚、王敬斋、张高社等为救护队壮行。

这支救护队从德令哈出发，经过近十八个小时的昼夜兼程，翻越巴颜喀拉山数座海拔四千八百米以上冰雪覆盖的山峰，行程一千三百余公里，于4月16日早晨7点，抵达玉树地震震中结古镇，成为全国煤炭系统第一支到达灾区的救援队伍。

在玉树结古镇抗震救灾的七个昼夜里，义海公司这支刚刚组建起来的矿山救援队伍，得到了磨炼，经受住了极度恶劣环境的考验，先后受到中国安监总局、青海省委省政府的表彰，正像马树声所期待的那样，成长为了名副其实的"矿山英雄"。

关于玉树抗震救灾这一节，后面还要详写，故在此不展开叙述。

义海公司矿山救护队不仅要为公司的安全生产保驾护航，同时，它还肩负有巨大的社会责任，德令哈以西、大柴旦行委以东方圆数百里内，如果有事故发生，他们都得前往进行救援排除。

2012年7月31日7点30分，刚刚吃过早饭的刘东伟接到了一个电话，他曾以前线副总指挥的身份参加过玉树抗震救灾，现在是公司矿山救护队队长。电话是公司副总经理、大煤沟矿矿长侯留月打来的。

侯留月在电话里说："在大柴旦黄瓜梁方向九十公里处，一辆大型货车与一辆农用车相撞，车祸现场惨烈，你火速带队员前往救援。"

刘东伟挂停电话，立即按响了紧急集合的铃声。铃声一响，二十名救护队员迅速来到集合地点。刘东伟挑出五名富有高原救援经验的队员，他们是：田桑德、平永峰、宋金明、刘方涛和赵苏鹏。"灾情就

义海公司矿山救护队在玉树

是命令,早一秒钟到达现场,人民的生命财产就少受一分损失。"六人携带苏生器、液压扩张钳、液压剪、千斤顶等救援工具,按照侯留月的指令,开足马力,火速赶往事故现场。

路上,侯留月再次打来电话,叮嘱刘东伟:"一定要精心组织,科学施救,尽最大努力将人员伤亡减到最少,更要避免次生事故发生。"

刘东伟铿锵有力地回答:"坚决完成任务,请侯总放心。"

大煤沟矿到黄瓜梁事故现场,一百七十多公里,刘东伟和他的队员们9点10分就赶到了。事故现场的确触目惊心,大货车前面,撞碎的汽车零件散落一地;另一辆满载农民工的农用福田车受损严重,被撞得面目全非,车头深深地瘪了进去。几个农民工横七竖八地躺在血泊里,没有声息,不知生死。其他人员被困在扭曲变形的车内,发出痛苦的呻吟和哭喊。

在刘东伟的指挥下，五名队员快速进入现场。田桑德、平永峰和宋金明三名队员钻入事故车内和底部，利用液压顶杆和液压扩张钳，采取手刨、破拆、撬压、扩张等方法，将被困伤员一一救出，再交由刘方涛、赵苏鹏二人用担架手抬肩扛到救护车上，进行人工包扎、使用苏生器施救。

黄瓜梁环境恶劣，乱石遍地，黄沙成堆，救援队员们的手被扎破了，人被绊倒了，脸跌得乌青，但为了农民工兄弟的生命安全，他们丝毫不在乎这些，把个人的一切都置之度外了。

救援的过程中，有一个重要环节，刘东伟没有忽略掉。如果忽略了这个环节，那么这之前所做的一切努力，也许会付之东流。这需要经验和冷静，二者缺一不可。

这就是救援的环境衔接。十一名伤势严重的农民工被救出送上救护车，接着要火速送往最近的、具有施救能力的医院。而离事故现场黄瓜梁最近的医院是大柴旦医院，二者间的距离是一百四十余公里，这一段路对十一名受伤农民工来说，是他们的生命通道。这条路必须畅通无阻，才能像侯留月所期望的那样，避免次生事故的发生。如果不通畅，遇见堵车等情况，那么，十一名农民工的生命将受到严重威胁。

然而，这条通道却是出了名的"四多一差"：山路多、弯道多、坡道多；还有一多，就是重型车辆多。一差，毫无疑问，就是通行能力差。因此，能把受伤农民工在最短的时间里送到大柴旦医院，就成了这次救援行动的关键。

刘东伟是一个富有经验而又思维缜密的指战员，在他看来，每一次救援行动就是一场战斗，任何环节都不能出差错。出发之前，他把这些因素都考虑在内了。司机,他选的是最有经验的司机,对这里的环境熟悉,这一点至关重要。还有一个细节,刘东伟专门做了检查,看看警报器有没有故障。不要小看一个小小的警报器,那是生命的信号灯。

正是在各个环节上做到了万无一失,救援才不会出纰漏。

这次救援无疑是成功的,十一名农民工兄弟因为医治及时,挽回了宝贵的生命。另外,七名遇难者也得到了妥善的安置。整个救援工作只用了五个多小时,这在高原,如果不是每一个环节都做到了极致,那简直是不可想象的。

可是,义海公司矿山救护队的队员们做到了。

所以,他们被誉为"矿山英雄"。

这一称号,刘东伟认为,胜过他们取得的所有荣誉。

一词之差:"冲刺"与"实现"

到 2009 年底,义海公司生产原煤已将近三百一十七万吨,销售总额突破了十四亿元。在义煤公司十几个煤矿中,义海公司原煤产量一跃成为第二位。消息传出,义煤公司内反响巨大,因为在此之前,义海公司还是一个寂寂无名的小煤矿,几乎不为内地人所知。一夜之间,义海公司成为义煤上下三十多万职工家属口中议论的焦点。

2010 年 3 月 13 日,在义海公司首届职工代表大会二次会议与2010 年工作会议上,义海公司把生产原煤四百万吨作为新一年的奋斗目标。确立这样一个目标,正如马树声在该年度的工作报告中所说:"抢抓机遇,科学发展,实现义海的强势跨越。"一个企业,这样的发展速度,说是强势跨越,一点都不夸张。

四百万吨,这样一个数字,在义煤公司下属各矿中,已经是掷地有声了。马树声来到义海的这两年多时间里,义海的煤炭生产、社会形象及两矿职工的精神风貌,都有了天翻地覆的变化。义海公司党群工作部副部长董泽民发自肺腑地说:"这两年里,义海到处是一派蒸腾气象,来到这里只想撸起袖子加油干,不想别的。否则,就会成为不和谐的音符,会被淘汰出局。"

2010年4月,刚刚上任一个月的义海公司副总经理李凌杰回河南汇报工作。汇报会结束后,义煤公司主要领导将他单独留了下来,郑重地对他说:"义煤公司今年打造三千万吨矿区,义海要做大贡献,从大局看,今年义海四百万吨的目标定得有些低了。"

李凌杰没有言语,四百万吨,已经是义海班子慎重而又慎重考虑后定下的数字,年初上报义煤公司,也是被认可了的。在"世界第三极",高寒缺氧,每生产一吨煤,都要比内地煤矿多上数倍的付出。每增加一吨的数字,义海兄弟背后不知要多付出多少的艰辛。

"你可以提条件。"见李凌杰不语,主要领导又说。

"条件还没有想好,但不知要追加多少的任务?"李凌杰很小心地问。

"确保四百五十万吨,冲刺五百万吨。"主要领导似乎早已成竹在胸。

几天后,李凌杰回到德令哈的第一件事,就是将义煤公司主要领导的新打算转述给了马树声。二人商量后,决定召开"奋战七个月,冲刺五百万吨"动员大会。义海公司副职张堂斌、段明道、杜东剑、李红伟、郝津山、杨建庄、陈守义、苏亚伟、赵光明、刘泰等，凡是在海西没有外出者，全部参加了会议。会上，面对两矿副科级以上干部和机关全体员工，马树声要求大家树立起大跨越、大发展的理念和气魄，谱写义海发展的新篇章。

会议结束，两矿随即付诸行动。大煤沟矿展开了"公司冲刺五百万吨，我们该怎么干？"大讨论活动。冲刺五百万吨，两矿是主力军，任务自然做了分解，大煤沟矿是一百二十万吨，木里矿是三百八十万吨，目标很明确。段明道十分清醒地认识到，对于大煤沟矿来说，这一任务十分艰巨，实现这个目标不是一句玩笑话，只有将全矿职工的积极性充分调动起来，才有望使之落到实处。而调动积极性，靠的是义海精神。

虽说已经进入夏季，木里山上依然雨雪不定，木里矿克服这些不利因素，在海拔四千二百米的高处，为冲刺三百八十万吨原煤生产，摆下了"擂台赛"。各科室分片包队，在工程队与工程队之间、班组与班组之间展开了竞赛，竞赛项目分为多种，原煤产量、剥岩吨数、安全管理、质量标准化上台阶、创纪录等。"擂台赛"还在时间上分为五种形式：日赛、周赛、月赛和季赛，奋战七个月再分最后的输赢，那将是终极一赛。"擂台赛"开始不久，6月13日这一天，木里矿就创出了日产2.5万吨原煤的最高纪录。

6月14日，义海公司上半年经济活动分析会如期召开，马树声做了重要讲话，讲话的主调还是为"确保四百五十万吨，冲刺五百万吨"营造气氛，他再次强调，希望公司上下要以饱满的工作热情，全力投入这场轰轰烈烈的攻坚战之中，为公司与义煤实现科学跨越奉献力量。

"确保四百五十万吨,冲刺五百万吨",安全生产是第一要务。马树声的理念是:"任务再紧迫,不安全决不生产。"他认为,如果安全上出了问题,哪怕是一件极小的事故,都会给这一艰巨的任务带来不可预测的后果,甚至使这一宏伟目标瞬间化为泡影,那将会给义煤公司的大布局造成无法挽回的损失。

　　而恰在这时,一则令人震惊的消息传到义海。2010 年 6 月 21 日1 点 40 分,平顶山市卫东区兴东二矿井下发生一起炸药爆炸事故,事故发生时井下有作业人员 75 人,49 人遇难、26 人受伤(其中 7 人重伤)。安全警钟在义海的上空敲响。6 月是义海公司的"安全月",马树声当即做出批示,即便是停工停产,也要对两矿进行一次拉网式安全大排查,排查的重点要放在炸药库与火工品的管理上。这可以说是一次专项大检查了。

　　这项检查需要有高度的责任心,不仅要深入生产第一线,还要做到细心再细心,不能放过任何的蛛丝马迹。6 月 22 日至 23 日,副总经理李凌杰和总工程师郝津山带着公司机关相关部室负责人,先后向着大煤沟矿和木里矿进发了。22 日这一天,风沙肆虐,天地间一片苍黄,一路之上几乎不见行人。23 日到木里矿,天空忽然飘起了雪花,虽说时值仲夏,依然感到寒意袭人。

　　在两矿,一行人细心地检查了炸药库,现场对仓库管理人员进行了安全防护知识和技能测试,然后,深入工作面,对剥岩进度、放炮打孔的深度和距离及机械设备的工作状态一一进行了查看。木里矿炸药库离工作面较远,总工程师郝津山对火工品出库、运输及施工现场的装药、点火、引爆等各个环节一一提出要求,要大家按规范操作,万不能存半点侥幸心理。

时间很快进入了 7 月份。7 月 1 日是个伟大的日子,也是一个诞生奇迹的日子。这一天,集团公司副总经理张新伟从河南来到了义海公司。对于张新伟的到来,马树声并没有作他想,只是以为他是给义海的兄弟们鼓劲加油来了。人是种奇怪的动物,有时候精神上的激励比物质上的刺激还管用。中午吃工作餐时,张新伟私下对他说:"老马的担子会越来越重啊。"马树声依然没想到这句话后面还有着另一层的含义,直到下午的座谈会之后。

这天下午,张新伟主持召开了义海公司职工座谈会。座谈会上,张新伟对义海上半年累计生产原煤二百一十八万吨表示满意,认为这是一份上交给义煤公司的优异答卷。并把义海公司所以有良好发展势头的原因归纳为三点:首先义海有一个思路清晰、作风优良、团结向上的领导班子;其次有一支敢于吃苦、勇于拼搏、乐于奉献的员工队伍;最后有一套科学合理、精细规范、行之有效的管理机制。

这段话讲得很精彩,四周响起雷鸣般的掌声。

但这一段话不是重点,接下来的一段话才是张新伟此次来义海的真正用意所在。他说:"上半年义煤公司给义海下的目标任务是确保四百五十万吨,冲刺五百万吨原煤生产。由于形势的变化,义煤公司班子经过慎重研究,对这一目标做了适当调整,把原来的'冲刺'五百万吨原煤生产变为了'实现'原煤产量五百万吨,实现利润七亿元。"

话音一落,会场一片静寂。张新伟接着加重了语气:"这个数字是义煤公司下给义海的硬指标,只有圆满完成了这个指标任务,义煤打造三千万吨矿区的宏伟计划才能如期实现。因此,义海公司要尽快转变观念,统一到义煤公司的发展大局上来,上下同心,科学规划,攻坚克难，为义煤公司的科学跨越做出贡献。"

"冲刺"与"实现"，虽是一词之差，但分量轻重立别，冲刺还有余地可斡旋，而实现则是硬性的，毫无余地可言，无路可退了。直到这时，马树声才真切地感觉到，肩上的担子的确是越来越重了。

世界屋脊上的大跨越

辽阔的柴达木盆地不仅充满了神秘，它还是富饶的，这里矿藏丰富，物产繁多。有时候，它也是危险的。2010年的秋天，在木里矿天峻办事处，连云港作家相裕亭与木里矿徐敬民矿长进行了一次对话，徐矿长讲到的一件事让他大感惊骇，事后他对我说，在高原，人显得极为渺小，生命也变得格外脆弱。

徐敬民说，早些年，义海公司刚进驻木里矿的时候，这里还几乎是个无人区，除了放牧的牧民，人迹罕至，连一条像样的路都没有，坑坑洼洼，十分难走，尤其到了夏天，到处都在翻浆，因此，拉煤的车常常会坏在路上。白天还好一些，运气好了还能碰到一两个过往的行人，最怕的是夜间，因为这里常有狼群出没。有一个刚从中原来的拉煤司机不了解高原，他说他偏不信这个邪，硬要夜间拉煤往山下赶，走到半道车熄火了，怎么打都打不着，于是便下车一看究竟，不想被狼群盯上，等第二天人们发现他时，已经是一堆白骨了。近两年，柴达木盆地发展迅速，尤其是木里矿区，这得益于党和政府的政策好。

这话说得不错。2010年3月，青海省委、省政府制订的《青海省柴达木循环经济试验区总体规划》获得国务院正式批复，从而拉开了柴达木盆地大发展、大跨越的序幕，义海公司也由此步入了一个黄金发展时期。

2010年7月1日，义煤公司副总经理张新伟从河南来到义海公司，要马树声等义海班子成员一定紧紧抓住这一大好机遇，实现跨越式大发展，为义煤公司打造"三千万吨矿区"做贡献，并代表义煤班子对义海的原煤生产目标做了战略性调整。

2010年年初，义煤公司给义海定的原煤生产指标是四百万吨，到了5月份，义海的原煤生产指标被调整为"确保四百五十万吨，冲刺五百万吨"。张新伟的到来，义煤公司已经是第三次调整义海的原煤生产指标了。四百万吨、四百五十万吨至此已成为过往，"冲刺五百万吨"变为了"确保实现五百万吨"，与年初相比，增加了整整一百万吨。而创业之初的2004年，义海的原煤生产还不足十万吨。

确保实现原煤产量五百万吨的大幕拉开了。

然而，摆在马树声和义海广大员工面前的困难却是巨大的。准确数字显示，截至2010年6月底，义海公司累计生产原煤二百一十八万吨，此时距五百万吨的目标，相差近三百万吨！如果按上半年的速度进行生产，实现五百万吨目标显得遥远而又渺茫，"确保"二字将变得苍白甚至毫无意义。

尤其令人不能忽视的是，进入下半年，大煤沟矿和木里矿的自然条件要比上半年恶劣许多，大雪、严寒、干燥、缺氧等，每一项都是严重制约生产的重要因素。说到自然环境恶劣，2003年就到了木里矿的田红星有着刻骨的体会。他回忆说，那时木里矿仅有六名职工，没有房子，冬天只能睡帐篷。木里矿风多，一场大风袭来，帐篷常常被掀起，大家只能露宿在冰天雪地之中，那种滋味，没有亲身体验，断难想象得出。说这话的时候,田红星已经是义海公司机电部部长了,脸上依旧带着一种极为复杂的表情,仿佛极不愿回忆过往的一幕。

对于木里矿自然环境的恶劣,马树声也有着深刻体会。到义海的头一年冬天,他到木里矿检查工作,见有两名员工正在布哈河上用钢钎凿冰取水。他感到奇怪,让司机停下车,走向前去。冰层结得很厚,一钎下去,只能凿出个小白点点。

马树声问他们:"取水作何用处?"

"做饭用。"

那一刻,让马树声感到沉重。这是一支多么能吃苦的队伍啊。

现在,义海确保实现五百万吨,所面对的,就是这样的自然环境。在这样的环境下,如何实现这一目标,如何去干?这是马树声所思考的问题,也是每一个义海人所面临的问题。

马树声数次到两矿进行调研,深入生产一线,深入员工之中。他认识到,在这样的环境下,生存下来就是英雄,要进行创业,完成五百万吨的大跨越,广大职工得有一种坚定的信念,得有一种精神上的支柱,如果缺少了这些,下半年完成近三百万吨的原煤生产,那几乎是没有任何希望的。

这种精神支柱是什么?马树声认为,那就是在西部大开发政策的引导下,为着一种理想、为着祖国的强大繁荣、为着建设美好的家园而奋斗。有了这种崇高的理想和信念,还有什么困难不能克服,还有什么险阻不能踏在脚下?

来到高原后,马树声就已经认识到了文化精神在高原上的威力。在很多场合,他都喜欢说这样的一句话:"我们在这里选择了创业,也就选择了这里的环境。环境我们无法去改变,那么我们就来改变自己的心境。只有改变了心境,我们才能保持一种向上乐观的心态,才能激发战胜困难的豪气。"

马树声再次主持召开了公司两矿"确保实现五百万吨、利润七个亿"动员大会。当天夜里,窗外有满天星斗。想到义海要实现五百万吨大跨越了,马树声不禁豪气干云,再也没有睡意。作为一名中共党员,被党委派到青藏高原,不觉已近两年。近两年的时间里,在党和国家政策的正确引导下,义海发生了天翻地覆的变化。马树声忽然有了抒发情怀的冲动,于是展纸运笔,饱蘸激情,写下了气势磅礴的《义海赋》。此赋一经《义海人》报发表,在两矿员工中广为传阅,起到了极大的精神鼓舞作用。

紧接着,两矿也行动起来,在职工中轰轰烈烈开展了"实现五百万吨,我们怎么办?"大讨论活动;开展了"战困难、保安全、夺高产"的主题活动。大煤沟矿为提高职工素质,举办了职工职业技术比武活动;同一时期,木里煤矿开展了"我与义海五百万吨同甘苦"演讲比赛。

一系列活动的开展,使义海的广大职工认清了实现五百万吨目标是国家"西部大开发"的需要,是义煤公司赋予义海的使命,更是义海跨越发展、建设美好生活的历史机遇,从精神层面将职工的积极性调动了起来,使义海顽强拼搏、激情奉献的文化理念进一步得到弘扬,从而极大激发了他们战胜困难的勇气和毅力,也是实现五百万吨、实现大跨越、实现大发展的精神动力,还是义海精神的具体体现。

实现五百万吨,马树声认为,除了安全生产,科学管理和执行力是两大关键。也就是说,管理上的欠缺与执行力的不到位,将是影响义海实现五百万吨的重要障碍。

于是,义海班子成员形成共识,决定在义海全面推行精细化管理。

按照精细化管理的要求,各单位把任务指标和责任细化,层层分解到班组和个人。对生产、安全、机电、设备运转、环境卫生等环节细化分工,做到了分工明确,责任到人。

大煤沟矿按照区域管理的理念,即"就近管理、沿线管理、现场管理",从细处着手,各司其职,各负其责,把精细化管理的各项措施落到实处。精细化管理的施行,使大煤沟综采队面貌焕然一新,7月份,也就是推行精细化管理的当月,就超额完成了公司下达的生产任务。身处海拔四千二百米之上的木里煤矿以精细化管理为契机,推行三个"一分钟"工作法,促使原煤生产再上新台阶。科学的管理和到位的执行力,为五百万吨目标的顺利实现奠定了基础。

就在义海公司员工克服恶劣的自然环境,全力为实现五百万吨大跨越顽强拼搏的时候,一场意想不到的打击发生了。2010年8月,因《瞭望周刊》刊发的一篇署名文章,木里、江仓所有煤矿被勒令停产。这一停,就是两个月。等再次开工,已经到了10月份,两矿进入一年之中最严寒的时期。除此,还有就是炸药问题。青海省在对木里矿进行整顿期间,炸药限制发放。国庆节等法定节日,有关部门也对炸药进行严控管理。没有炸药,自然无法进行生产。炸药问题成了制约木里矿煤炭生产的另一个主要因素。

尽管时间紧迫,困难重重,木里矿全体职工没有被困难所吓倒,他们利用一切机会精心组织,不分昼夜,不分分内分外,哪里需要人员、设备,人员、设备就派往哪里!管理人员则实行昼夜三班倒,在零下三十多度的露天坑下一站就是八个小时,其劳动强度可

精细化管理现场会

想而知。

奋战五百万吨的过程中,涌现出了许许多多令人感动的人与事。

——木里五百矿职工李志清,来义海已经有六个年头,没回河南过过一个中秋节,本想今年中秋回去和家人团聚,可为了五百万吨的目标,他又把对亲人的思念深深埋在心底。

——大煤沟矿综采队职工张高峰,为了五百万吨目标,多出煤、出好煤,结合矿上的实际,发明了"张高峰排水法"等一系列实用的小创造、小革新,大大提高了工作效率。

2010 年 12 月 24 日,木里煤矿原煤产量、大煤沟煤矿原煤产量双双完成目标任务。

时间定格在 2010 年 12 月 24 日。义海上下群情激昂,奔走相庆。这一天,义煤给义海公司制定的原煤生产 500 万吨的宏伟目标实现了,凝聚着义海人的智慧,体现着义海人的豪迈,比去年同期增产 190 万吨,利润同比增盈 4.23 亿元!

这是义海发展史上的一座里程碑!

在素有"世界屋脊"之称的青藏高原,义海不仅实现了原煤产量五百万吨的大跨越,还实现了企业管理上的大跨越,实现了企业文化建设上的大跨越,实现了社会形象的大跨越!

从跟跑者到领跑者

从跟跑者到领跑者,义海仅仅用了两年多一点的时间。

2008 年 11 月,马树声刚刚到义海的那一年,公司年产原煤量为二百二十余万吨,在义煤公司十几个煤矿中,毋庸置疑地属于跟跑者。时隔一年,到 2010 年底,义海一年的原煤产量竟奇迹般地突破了五百万吨,占去了义煤公司年原煤产量的六分之一多,利润更是排在义煤公司各矿之首,从当年的跟跑者一跃成了领跑者。

也是这一年,义海公司成了青海省的标杆煤矿。走过了七年创业历程的义海公司,产量、产值和利润都增加了一百二十多倍,品牌价值达到了六亿元,已然进入青海省二十强企业。七岁的义海,似乎一夜之间成长为一个翩翩少年,让世人惊呼他的英俊与有活力。

同时,资料显示,大煤沟、木里两矿的原煤工效、人均利润、环保参数等项指标均居全国煤矿前列,依此可以推断,义海公司已跻身世界先进煤矿行列。

在义海的职工餐厅,大家议论起义海近两年的发展,自豪之情溢于言表。

马树声显得很是平静,他知道,自 2010 年起,义海公司已从舞台的边缘走到舞台中间来了。这在外人看来无疑是一种荣誉,但马树声却能感受得到,今后他肩上的担子会越来越重。

义海的快速发展,归纳起来,有着两个方面的因素。一个是外在因素,包括青海社会各个阶层对义海公司的支持,尤其是当地政府营造了一个优良的投资环境,义煤公司领导决策的正确,义海的发展才有了保证;一个是内在因素,义海精神的明确定位与"文化强企"理念的提出,是义海企业的发展之魂。正是有了精神文化上的支撑,义海自身产生了质的变化,决策能力、管理水平和职工素质不断提高,才在这雪域高原创下了一个又一个的奇迹。

关于企业文化与企业发展之间的关系,马树声有着自己的理解。

"经济的繁荣需要文化做内在支撑,如果缺失了文化,经济将成为一组组数字而失去意义。"

正是从这一理念出发,到义海之后,马树声即开始了一系列行动。自 2009 年起至 2011 年底,他把工作的重点放在了用文化树立企业的外在形象、凝聚企业职工人心上,举办了 1—3 届"义海杯"全国书画大奖赛,参与全国"新玉树、新家园"书画作品进京展,编辑出版《义海公司志》和义海企业文化系列丛书《义海扬帆·诗歌卷》《义海扬帆·散文卷》等。

这些文化活动在青藏高原上有着非凡的影响力,很快确立了义海公司在海西州与青海省的主流企业形象,从而为企业赢得了良好的发展环境。

先进的企业文化不仅能起到外树形象的作用,更重要的是,对内它还有强大的凝聚人心的功能。

马树声对义海这个河南外埠企业的一个巨大贡献,就是这一个时期,他根据义海的发展历史和现状,提炼出了"义海精神"。不要忽略这一点,这是广大员工高原创业的强大支柱。在大煤沟和木里这样极度恶劣的自然环境下,生存下来就是英雄。生存尚如此困难,若没有一种精神上的支撑,更遑论在这里坚持创业了。

"人是需要有一点精神的。"一位伟人这样说。

马树声对"义海精神"进行了提炼和归纳,他认为"义海精神"是由三个层面组成的:一是"舍小家为大家"的奉献精神;二是"缺氧不缺志气,敢与高原比高低"的拼搏精神;三是"特别能吃苦,特别能忍耐,特别能奉献,特别能进取,特别能战斗"的"五特"精神。

以"义海精神"为依托,凝聚人心,鼓舞斗志,具体到实施这一个环节,义海公司在大煤沟综采队开展了以"高原缺氧不言愁"为主题的"励志文化"和以"牵手"为主题的"亲情文化",都取得了非常好的效果。每当看到职工们饱满的精神状态,听到他们激昂慷慨的歌声,走进他们充满温情的宿舍,马树声心中都会涌出一种难以名状的激动!

与此相应的,在这种气氛下,综采队职工的主人翁意识得到强化。他们为美化自己的生活与工作环境,全体参与,义务加班,仅仅花了2.3万元,就完成了5000平方米楼房的刷新工作,节省费用4万余元;他们以军人的标准要求自己,把宿舍管理得像营房;他们积极参与修旧利废,而且不谈及任何报酬。

军训

　　这就是文化与精神的力量。文化能让人摒弃私欲而变得崇高。

　　企业管理是企业文化的重要组成部分，当万事俱备，马树声又及时提出了"将工作重心转移到加强企业管理上来"。在此之前，也就是以文化外树形象的同时，马树声就把 2009 年视为了义海公司的"规范年"，健全了管理机构，充实了管理人员，规范了各种制度，对招投标、销售、工资和供应环节进行了重点管理。其中仅招投标一项，当年就减少支出 1000 余万元。

接下来,为建立起义海公司的现代化企业管理体系,马树声进行了理论上的疏导,先后撰写了《到一线去,到现场去,到职工中去!》《加强管理,从严格执行开始》《向白国周学习什么?》等系列文章,营造浓郁的舆论氛围,同时,在公司各个方面进一步加强了管理,使生产逐步步入规范和高效。

2010 年 6 月,在加强企业管理的基础上,马树声提出了"精细化管理"的概念。

"精细化管理"的推行,对义海公司来说,无疑是一次轰轰烈烈的"管理革命",马树声第一步要做的,就是把他的这一意愿转变成广大员工的共同意愿,这样,他们才会理解、支持这项工作,自觉地去践行这一崭新的管理理念,这场"管理革命"才有希望成功。

在马树声看来,一切管理工作,不管它有多复杂多棘手,都是由"人"所造成和需要"人"来解决的。把"人"的问题解决好了,所有的问题都可以迎刃而解。因此,赢得人心,是这场"管理革命"成功的关键。

为赢得人心,马树声开始在"民生"问题上下大功夫,提出了"以人为本"的工作理念。"以人为本"是"科学发展观"中最重要的思想之一,马树声认为它不但可以解决国家发展中的重大问题,也为企业的发展与管理工作提供了最直接、最有效的观念和方法。这个观念和方法,就是"人本落地"!

于是,两矿都开始建设高标准的职工活动中心,职工收入每年都保持 10% 以上的增长,"两堂一舍"的条件都进行了大的改善,民主议事得到全面推行,为职工过集体生日,充分保障职工的福利待遇,如此等等,使职工们有了很好的归属感。

推行精细化管理,就是要堵塞公司管理方面的一切漏洞,让职工得到更多的实惠,使之成为这场"管理革命"中的最大受益者。

先从管理层的日常开销入手,实行过硬的"全面预算管理",譬如,对招待费、交通费、办公费、差旅费、会议费的支出都制订了严格的审批手续。实施的当年,这些方面的费用下降30%。再对公司生产成本进行严格控制,譬如,对两矿成本精细核算之后,对剥岩进行了招标,一下子将木里矿的剥岩单价从21.3元降到了19.3元,将大煤沟矿的剥岩单价从13.6元降到了12.6元。仅此一项,全年就减少了近5000万元的支出。

接着,对各单位、各部门的可控费用硬性下压了10%,而且必须完成。完成后拿出10%中的30%作为奖励。这样,一下子就将各个层面的积极性都调动了起来。以大煤沟矿综采队为例,他们组建了综修车间,将原来很多要外修的设备以很低的成本修好。他们还制定了修旧利废奖励制度,井下的一个螺丝钉都被回收了回来。仅五个月,他们就节约了200万元的材料费。

归结起来,职工受益是多方面的。物质上,通过由精细化管理所带来的利润提高或成本降低来增加他们的收入。荣誉上,让在精细化管理过程中涌现出的先进职工获得相应的荣誉,从而获得成就感。环境营造上,在单位中营造出"温馨""和谐"的气氛,使职工们产生强烈的归属感。政治待遇上,让那些在精细化管理推进过程中所造就的精英走上各级管理岗位。

这场"管理革命"的所有努力,都指向了一个归结点,营造"风清气正"和"干事创业"的环境,极大地调动职工的积极性,以义海为家,推动企业长久地发展。在精细化管理的过程中,职工在工作方式、工作习惯、工作内容等各方面都发生了极大的改变，更重要的变化则是思想观念上的变化，使职工逐渐形成了一种共识，有付出，就一定有收获。公司班子还把一批有思想、有能力、有原则、作风过硬的同志提拔到了管理岗位上，加以重用，向全体职工旗帜鲜明地表达了公司的人才观、用人观。否则，一切付出都是短暂和表面的。职工们也只有在精细化管理的过程中切实受益了，他们才会成为这场"革命"的支持者、参与者和主角。

在这场"管理革命"的感召下，义海拥有了一支具有积极进取心态和超强执行能力的职工队伍，这是义海能够取得大跨越、大发展的根本之所在，更是义海美好未来的根本之所在！

马树声一再强调，"以人为本"和"人本落地"的观念必须要扎根于义海的各级管理者心中，成为义海企业文化重要的组成部分。只有这样，义海的精细化管理工作才能深入下去，义海才会在市场经济发展的大潮中具有核心竞争力，才能不掉队，成为义煤甚或河南能源的永远领跑者！

从跟跑者到领跑者，义海用了两年，而要永远奔跑在队伍的最前列，那便是一个新的思考命题了。

第
五
章

高原上的高度

戈壁高原上的旗帜

义海人在高原荒漠中成立第一个临时党支部的时候,只有六名党员,他们是:王宏昭、赵少普、刘所林、张新国、王智荣、张占村。正是这六名党员组成的临时党支部,将鲜艳的党旗插在了大煤沟矿,矗立在海拔三千五百米的高原荒漠之中。星星之火,点燃了义海人的希望,照亮了义海人艰苦奋斗、顽强拼搏的征程。

也是这六人组成的临时党支部,在义海公司的诞生过程中起到了决定性作用。因此,当义海公司今天取得一个又一个辉煌成就的时候,尤其是义海的党组织逐年壮大、获得一个又一个荣誉的时候,不能忘记历史,不能忘记第一批党员为义海公司所做出的巨大贡献。关于这一点,马树声有着清醒的认识,在大小会议上,他都会一再强调,党组织是企业发展的核心,是指引企业前进的航向,任何时候都不能忘记。忘记就意味着背叛。

2002年,中国的煤炭市场走出低谷,开始好转,海西州紧紧抓住这个机遇,决定吸收外省资本开发当地煤炭资源,于是派出人员到内地寻找引资合作对象。他们开始把眼光投向的并不是义马煤业,而是东北某矿务局。该矿务局成立于1949年1月1日,是新中国第一家国有煤矿,技术力量雄厚。该矿务局班子对进军西部煤炭行业也表示出了极大的兴趣,当即派人到青海进行考察。

该矿务局考察人员到大煤沟和木里山一看,眼前的景象令他们目瞪口呆,当场有人就打了退堂鼓。他们不愿意干,条件太苦了。在海西州政府的接待晚宴上,前来考察的人员感到几分羞愧,也许是为了回报海西州接待方的盛情,他们向对方介绍了河南义马矿务局的北露天煤矿。建矿之初,北露天矿用的设备多数来自该矿务局,设备的安装和调试都由该矿务局技术人员操作完成,并对北露天矿的技术人员进行指导和培训,所以,该矿务局对北露天矿了如指掌,也知道眼下北露天矿的处境。

于是,才有了前面所提到的那一幕。青海省通过河南省的相关部门,寻求与义马矿务局北露天矿进行合作,并邀请义马矿务局派人到大煤沟和木里煤田进行实地考察。北露天矿考虑到一千多职工的出路问题,同意到青海去看看。出发之前,有人持反对意见,说连老大哥都不愿接的摊子,我们更是连想都不要想,不管是设备还是技术人员,我们都无法与老大哥煤矿相比。但是,北露天矿党委否定了这种意见,做出了正确的抉择,派精兵强将前往青海考察。

当六人考察组考察过大煤沟和木里煤田后,如前所说,也出现了两种不同的意见。一种意见认为这里根本不适合人类生存,更别说来开矿作业了。一方水土养一方人,中原人来到高原,能适应这里的环境吗？水土不服，别矿没有开成，反倒落得一身的病。另一种意见认为，这里的煤层、煤质都不错，这不正是我们所需要的吗？当这两种意见僵持不下的时候，六人临时党支部召开了民主生活会，最后统一了认识：回去也是失业，倒不如借"西部大开发"的东风，在这里放手一搏，或许能闯出一番新天地。共产党人应该弘扬"一不怕苦、二不怕死的长征精神"，要有把困难踩在脚下的豪迈气概！

关键时候，党组织显示出了巨大的威力。

2008 年 10 月，马树声来到义海后，为充分发挥党组织的力量和党员的模范带头作用，在公司总部和两矿成立了党务工作部。党务工作部的成立，使企业党组织进一步得到加强。义海公司党委还要求党务工作部要把党组织建到两矿各区队以及班组，实现党组织全覆盖。时任公司党委书记的赵少普说："越是在艰苦的环境中，越需要党旗的引领；只有在党旗的引领下，才能够极大地激发我们战胜一切困难的斗志，凝心聚力，取得义海各项工作的快速发展。"

在当年 11 月的那场地震中，作为党员的马树声第一时间赶到了大煤沟矿，与大煤沟矿的三十八名共产党员和八十二名入党积极分子冲锋在抗震的最前列，表现出了在巨大灾难面前共产党人的大无畏精神。他们那时胸中装的，是国家财产的安全和一百多名阶级兄弟的生命，唯独没有自己。顽强的斗志战胜了灾难，创下了井底一百一十九名员工全部安全升井、无一伤亡的奇迹。地震的第二天，在余震时刻都会降临的情况下，大煤沟矿的升旗仪式像往日一样，照常举行。当矿上的国旗手、共产党员李宝元等三人护送着国旗，庄严地走向机关楼的楼顶，将国旗冉冉升起的时候，刚经过一场灾难的大煤沟矿的职工们，感到这一刻的无比神圣，他们深切地体会到，只有坚持党的领导，任何艰难险阻都能克服。

时任大煤沟矿矿长的段明道激动地说："旗帜就是力量，正是有了这种力量的存在，大煤沟矿的兄弟们才有了顽强的意志，高原缺氧吓不倒我们，强烈的地震震不垮我们，有了一支这样的队伍，还有什么困难不能克服呢？"

2010年3月，马树声由义海公司总经理改任党委书记、董事长。2010年4月14日，青海玉树发生强烈地震，马树声第一时间主持召开了党政班子会议，他说："义海公司的宗旨是'扎根海西，回报青海'，这次玉树人民有了灾难，我们绝不能袖手旁观，抗震救灾，义不容辞。"本着国有企业强烈的社会责任感，义海公司派出了由党员为骨干力量、大煤沟矿山救护队为基本队伍的三十九人组成的赈灾救援队，连夜奔赴玉树灾区。

玉树赈灾的七天七夜里，义海公司救援队在共产党员、大煤沟矿副矿长陈守义的带领下，成立了"抗震救灾临时党支部"，充分发挥党员先锋作用，有危险党员先上，有困难党员先担，为灾区人民搭建起了三百零六座帐篷，在废墟上重新组建起了三百多个家，解决了三千多人的住宿问题；为受灾群众抢救出家电、首饰、现金、玉石、汽车等各类物品两千余件，挽回经济损失五百六十余万元。

这次玉树抗震救灾，义海公司受到了中国安监总局的通报表彰，被青海省委、省政府、省军区授予"民族团结模范"称号。《中国日报》《中国煤炭报》《青海日报》《河南日报》等一百六十余家媒体报道了义海公司的事迹。在青海社会各界，义海公司树立起了"大爱义海"的良好社会形象，从而改变了坊间对河南人原有的看法。

马树声说："从大煤沟第一个临时党支部成立以来，共产党员在义海的各项工作中始终发挥着先锋模范作用,哪里有了艰险,哪里就会出现他们的身影。他们是义海公司快速发展的根与魂。"

2018年9月,我重返义海公司采访,见到了时任公司党委副书记、工会主席的李国强,他说:"义海人自2003年进驻大煤沟矿,风雨兼程十五年,由最初的一个临时党支部、六名党员,已经发展到目前的十八个党支部、二百六十五名党员。一个党支部就是一个堡垒,一个党员就是一面党旗。在义海公司党委的正确领导下,广大职工一道,上下同心,顽强拼搏,正迈着坚实的步伐,迈入第二次创业与第二次辉煌。"

"义海标准"与"青海标杆"

在义海公司的发展史上,大煤沟矿"五优"矿井的成功创建,时至今日,依然是一座丰碑,同时,也开启了大煤沟矿由一座传统小煤窑向创新型大矿迈进的新篇章。

大煤沟接连两场地震,让马树声认识到,高原地质结构更为复杂,与内地煤矿有着本质的区别,要想在高原上有长足的发展,除了组织上到位,思想上高度重视之外,矿山的硬件建设尤其应该加强,只有"软"与"硬"二者兼顾,安全生产才能得到保证。安全是煤炭行业的生命线,维护生命线不出问题,矿山基本性建设不可或缺。

大煤沟井工矿2008年6月建成,第一个工作面安装的时候,一直在设备的选择上犹豫不决,左右徘徊。有人提出建议:"青海的现有煤矿中,青海煤业的鱼卡煤矿综采工作面最为先进,我们应该前往学习借鉴。"从鱼卡煤矿回来后，一部分人说："同是高原矿井，地质气候条件都相近，我们就按鱼卡的标准来进设备。"矿上的一个技术人员却认为："鱼卡矿井支架采高显得低了些，目前是说得过去，可过两年肯定会落后。"两种意见相持不下，矿领导只得说："再研究研究。"

工作面的安装又暂时被搁浅。

马树声这一年的 10 月第一次走进大煤沟矿时，矿上的领导班子将这一情况向他做了汇报。

听过汇报，马树声问技术人员："当前工作面最先进的支架是什么型号？"

技术人员回答说："是液压支架 ZF4800。"

马树声当即拍板："支架用最先进的，配套设备也要用最先进的。我们要做就要做得最好，在青藏高原上做出义海标准，展现义海人风采。"

第一个工作面安装完毕，大煤沟矿井支架采高为 2.8 米，而当时青海最先进的鱼卡煤矿矿井支架采高为 2.3 米，相比之下整整高出了0.5 米。与之相配套的，也是技术先进的大功率采煤机和刮板运输机。大煤沟矿井矿一诞生，从头到脚武装一新。

矿上的一个老工人感触颇深地说："大煤沟矿要大发展了。"

旁边有人打趣他："仅从一次工作面的安装，你就能看出企业要大发展了，真是诸葛亮转世啊。"

老工人认真地说："你没听马总常说思路决定出路吗？标准要求高了，不发展才怪哩！"

2010 年 11 月，大煤沟煤矿 1140 大倾角综采工作面安装在即。这个工作面走向长度为 750 米，工作面的长度为 167 米，上下巷道落差达 81.75 米,平均倾角为 29 度,局部倾角达 37 度,工作面煤层厚度为 55 米,可采储量 94 万吨。这个工作面是青海省首个大倾角综采工作面,也是国内海拔最高的大倾角综采工作面。

对于这个工作面的安装,尤其不能掉以轻心。马树声做出批示,要让一流的安装团队完成这项艰巨任务。于是,义马煤业常村矿综机安装很快进驻大煤沟矿。等工作面安装成功,队长薛长军深有感触地说:"在高原缺氧的环境下,完成这样国内罕见大倾角安装,没有顽强的意志不行,没有一种吃苦精神也不行。义海人长年战斗在这里,可以说个个都是英雄。"

2007 年起,河南省在煤炭行业开展了创建"五优"矿井活动。这一举措的目的,就是提高煤矿的整体素质,夯实安全生产基础,从而实现对煤矿的精细化管理。按照创建"五优"矿井标准,这项工作开展起来难度较大,义煤属下的跃进煤矿连续创建了两年,都没能顺利过关。而跃进煤矿是义煤的老矿,无论是企业管理还是技术水平都有着成熟的经验和雄厚的基础。

马树声认为,要在青藏高原上做出"义海标准","五优"矿井创建势在必行。

2009 年初,春节的气氛还未散尽,马树声就将这一想法拿到了班子会上,要在青海创建第一个河南外埠"五优"矿井。有人却认为义海创建"五优"矿井条件不成熟,需要再等一等看。

等一等,很多事情都是在等一等中消磨掉的。马树声不愿等。他说:"我们不仅不怕困难,还要有一种迎着困难而上的勇气!有个伟人曾经说过,人是需要有一点精神的。有了愚公精神,就能把大山移走;有了红旗渠精神,就能把一切困难踩在脚下。"是的,中原人自古就有这种不怕任何困难的精神和豪迈的气概！在马树声身上，这种中原人的优秀基因得到了充分的体现。他说："我们要在高原上生存下去，在高原上创业，我们还要打造青海乃至全国一流的矿井！"

撸起袖子加油干，一场创建河南省"五优"矿井的硬仗在大煤沟矿拉开了序幕。

对河南的煤炭企业来说，"五优"矿井是一把标尺，它的具体要求就是：安全无事故，工效上十吨，特级标准化，科技有创新，矿区文明化。这些要求的高度业内人都是很清楚的，而河南内地矿井有的连续创建数年都难以达标。

当然，作为义马煤业的一家外埠企业，在青海才刚站稳脚跟，创建"五优"矿井，无疑更具极大的挑战性。面对挑战，马树声奋力前行，他多次深入大煤沟煤矿一线，要求大煤沟矿按照"五优"矿井创建标准，强化训练，严格管理，在雪域高原创造奇迹。

那些日子里，大煤沟矿到处呈现出一派新气象。就拿大煤沟的全员安全培训来说吧，"一日一题""一月一考"，技术比武、岗位练兵等活动开展得如火如荼。到 2009 年底，大煤沟矿组织各类培训 26 期，强化培训 561 人，极大地提高了员工的安全意识和自身素质，规范了员工的文明行为。

2010 年 3 月，大煤沟井工矿以优异的成绩通过了河南省工信厅"五优"矿井的验收。5 月 11 日，义海公司参加了在焦作市召开的河南省煤矿安全质量标准化暨"五优"矿井创建工作会议，受到隆重表彰。

同年 12 月，大煤沟井工矿又以 96.87 分的高分通过了青海省安监局组织的"一级质量标准化矿井"和"瓦斯治理示范工程"验收，成为青海省唯一通过一级质量标准化验收的矿井。2012 年 5 月，大煤

技能比武

沟煤矿被命名为"国家级质量标准化"矿井。青海省政协原副主席、海西州委书记罗朝阳说,大煤沟煤矿是青海省第一个按照"五优"矿井标准建设的特级质量标准化矿井,是青海省的"标杆煤矿"。青海省从没有开展过"五优"矿井创建工作,是义海公司将"五优"矿井的先进理念带入了青海。海西州将依托义海公司,加大在煤化工、盐湖化工等领域的投资力度,对柴达木盆地循环经济发展进行总体布局。义海公司不仅是青海省煤炭企业的标杆,还引领了青海省煤炭企业的发展方向。

2017 年,段新伟到义海上任的第一个春节,他没回内地过年。段新伟来到了大煤沟矿,深入生产一线,指挥工程技术人员安装了一部长达七百余米的矿井架空乘人装置,充分发挥科技创新的力量。"能让机器干的,就把人解放出来。"段新伟说,正是这一理念的支撑,在

F211070 工作面设计中,延长切眼长度,增加可采储量,使煤炭资源回收率达到 98%,刷新了青海省矿井在该领域中的记录。

荣誉的获得难,荣誉的保持更难。2012 年,大煤沟矿被命名为"国家级质量标准化"矿井,时隔五年,2018 年 3 月,国家相关部门对这一标准进行重新验收。段新伟已经来义海公司就任一年半时间了,他一直按高标准抓好安全生产工作,毫不懈怠。正因如此,大煤沟矿以 90.39 的高分通过了这次验收,保持了原有的荣誉。

目前,义海公司大煤沟矿步入全国一流矿井,"义海标准"成了"青海标杆",在雪域高原上展示了义海人的风采。

安全:从"零"开始,向"零"进军

安全问题是煤炭行业的生命线,不可突破,就像法律的红线不可突破一样。2010 年 1 月 1 日,新一年第一天,马树声就率领张堂斌、杜东剑、李红伟等人来到了大煤沟矿。

此行的目的,一是对节日坚守岗位的职工进行慰问,二是为的矿山安全问题,尤其是大煤沟井工矿。马树声一行查看了井工矿的生产情况,对当值矿长说:"安全生产始终是我们的'天字号'工程,要放在各项工作的第一位,从'零'开始,向'零'进军,始终盯住'安全零事故'目标不放松,切实做到从'要我安全'向'我要安全'观念转变。"

早在 2005 年 6 月,大煤沟井工矿开工之初,义海公司就强化了对安全生产的认知。当月,海西州举行安全月"生命之歌"歌咏比赛,大煤沟矿组织了五十人的队伍参加,由时任公司副总经理、大煤沟矿矿长的赵少普担任指挥,副矿长闵丁清领队,以一曲《安全为天》赢得广泛赞誉。从这一次活动开始,以后每年 6 月由海西州举办的"安全月活动",义海公司从未缺席过。

矿山安全不是一句空话,除了观念上的重视,还需要大量的资金投入。

马树声的安全理念,是要义海走一条"人性化、信息化、智能化"的安全之路。他到义海上任不久,在对大煤沟井工矿的调研中,敏锐地捕捉到井下存在着人员分布广、流动性大的特点。员工一下井,信息立马断绝,井下职工分布与作业情况难以掌控。这一现象的存在,给井下人员的安全管理造成很大困难,也恰恰是这一点,是安全生产及矿工人身安全的极大隐患。

井口安全宣誓

发现了问题，及时去解决问题，才是关键。经过义海班子研究，2009 年 11 月，国内最先进的、由天地科技股份有限公司研制生产的 KJ69 型矿用人员安全监测系统落户大煤沟井工矿，在采掘工作面试运行。自此，大煤沟矿的安全建设向信息化、智能化迈出了一大步。

这套系统的监测对象主要是井下的移动人员和移动设备，由地面监测主站、数据传输通道、井下无线数据监测分站、无线编码发射器、信号测录仪、报警装置、本安电源等组成。这套设备，就像《西游记》中的"千里眼"一样，将矿井下一切不安全因素尽收眼底。

到了 2010 年前后，义海公司发展迅速，大煤沟井工矿已经拥有五百多名员工，每一名员工都配备了自己专有的无线编码发射器，而井下又实行了掘进工作面"点"的配置和综采工作面"区域"的配置，只要有员工下井作业，无论是在"点"上或是"区域"内，都能有效地识别和监测，一旦有情况发生，可以快速而准确地实施疏通和救护。

2012 年初，大煤沟井工矿 ZYJ 型压风自救系统投入使用，这是义海打造本质型安全矿井的又一举措。大煤沟井工矿原来采用的是传统钢管、风袋结构的压风自救装置，这一装置存在着十分明显的缺陷，磨损迅速，臃肿笨拙，移动起来十分不便，尤其在大煤沟这样的高原矿井，在地质更为复杂的井下，已经与义海的快速发展不相称了。ZYJ 型压风自救系统具有体积小、移动方便的优点，更重要的是，它结构简单，在高原便于维护检修。它功能齐全，既有调压装置，供风恒定，又有超强的防护煤尘能力，很适合大煤沟矿的实际情况。

ZYJ 型压风自救系统究竟是一个怎样的概念呢？

先说它是什么。这是一种用于井矿煤与瓦斯突出时，救灾所不可缺少的工具。

再说它一般会安装在矿井的何处。这是一个很具体的问题，也是一个很专业的问题，只有到过井下的人，才能回答得出来：它主要安装在井下工作面上下巷、井底车场、运输和回风巷道、泵站及人员流动较多的地方。

最后要说的一点就是它的作用。当灾难降临，巷道发生冒顶，或者煤与瓦斯突出（甚至刚刚有了预兆）时，井下人员就可以快速跑到装有这种自救系统的地点，戴上呼吸面罩，等待救援人员的到来。

ZYJ 型压风自救系统带有若干个不锈钢箱体，每个箱体内配备了六个自救面罩，每个面罩都有弹簧软胶管与风阀相接，操作起来方便迅速。如此看来，一个箱体可以同时解决六个员工的自救问题。这是该套自救系统优于传统自救系统的地方，也是安装这一系统的意义所在。

大煤沟矿井下所有的一切都受控于地面的调度指挥中心，这里有一个监控屏幕，通过它可以掌握井下的生产情况，了解生产进度和发布指令信息。2008 年 6 月，大煤沟矿投产时安装有一个监控屏幕，屏幕显示靠"灯泡"输出光源。这种"灯泡"的使用寿命大约在 5000 个小时，但是因为高原氧气稀薄，这些光源"灯泡"在大煤沟矿使用 3000—4000 小时就会出现故障，有的就干脆"罢工"了。这个时候，就需要更换这些"灯泡"，而更换一个"灯泡"所需要的花费，多在 8000 元左右。可以说这是一笔不小的开支。更让人头疼的是，这些光源"灯泡"因为更换的时间不同，新旧掺杂，光源强弱不一，整体屏幕的清晰度出现很大反差，不利于掌握井下准确的信息。

针对这一情况，马树声指示大煤沟矿："安全上向高标准看齐，落后的设备就是潜在的不安全因素，为职工的幸福负责，为国家的财产负责,尽早将之更换成国内最先进的显示屏。"

于是,一套国内最先进的监控屏幕运抵大煤沟矿。

这套由广东威创视讯科技股份有限公司生产的、当时全国最先进的 LED 光源 DLP 大屏幕显示系统,长 7.35 米,宽 3 米,面积是原显示屏的两倍之多,采用的是机芯光源通过反射镜至屏幕成像的原理,与旧的"灯泡"式光源输送相比,成像稳定,清晰度高,可连续工作6000—7000 小时,更重要的是,省去了原有光源"灯泡"的折旧费用,基本上实现了零维护。

LED 光源 DLP 大屏幕显示系统具有较强的智能化,可根据井下的实际情况和调度指挥中心的具体需要设计多种显示模式,还可以根据事先设定的索引随意切换,实施监控。操作也便捷,用鼠标在电脑上可任意拉大或缩小不同的画面。此外,还有节能环保、辐射性小的优点。

这套显示屏幕安装调试成功后,我随马树声专程到大煤沟矿一趟,在大煤沟煤矿指挥调度中心参观了这套系统。大煤沟矿矿长助理、调度指挥中心主任张高峰指着屏幕上闪动的编号兴奋地向马树声介绍说,每一个编号都代表一名矿工,每一名矿工的姓名、籍贯、血型和身体健康状况都通过这一大型屏幕显示得一清二楚。再加上不久前上马的那套 kJ69 型矿用人员安全监测定位系统,可以说上了安全的双保险,一旦发生事故,救援人员就能很快确定被困矿工的具体位置,然后进行有针对性的救援。

2012 年 3 月,按照河南省政府的要求,全省煤矿于 2013 年 6 月底以前,全部建成井下安全避险"六大系统",而义海公司大煤沟矿走在了前头,部分系统已经提前建成。青海省相关部门对义海打造井下安全避险系统的做法也给予大力支持，2012 年 5 月 15 日，海西州安监局会同大柴旦安监局，邀请青海省煤炭协会的有关专家，来到大煤沟矿，依照国家安全监管总局、国家煤炭安监局下发的《煤矿井下安全避险"六大系统"建成完善基本规范（试行）》要求，对大煤沟井矿进行专项检查评估。

针对青海省煤炭专家提出的意见，大煤沟矿又建成了覆盖井（坑）上下的无线通信网络，在井下安装了可以紧急避险的救生舱。随着最后一项紧急避险救生舱的落成，大煤沟井工矿成为青海省首家、同时也是唯一一家建成并完善了井下安全避险"六大系统"的煤炭企业。

在短短的几年里，义海公司先后投入近两亿元，更新完善了矿井运输提升设备、"一通三防"设备，安装了矿井防灭火制氮和监控系

木里矿举行滑坡救援演练

统、矿井大屏幕工业电视安全监控系统，在各运输巷安装了语音报警和自动防跑车装置。同时对矿井通风、供电、运输等系统进行了技术改造，全面提高了矿井安全监控和防灾抗灾能力。

马树声说："在矿井安全上，一分钱都不能省！"

义海的"三标一体"

2011 年 12 月 20 日，又一个令人振奋的消息传到德令哈，北京凯新认证公司对外宣布，义海公司因其近年来所取得的巨大成就，"三标一体"认证顺利成功，至此，义海公司成为青海省首家通过该管理体系认证的企业。

我们先了解一下"三标一体"的概念。

何谓"三标"？

"三标"是企业三个管理体系标准的总称，包括了质量管理体系、环境管理体系和职业健康安全管理体系的标准认证问题。

何谓"一体"？

"一体"，顾名思义，就是将上述三个领域的管理体系整合起来进行一起认证。

为何要这样做？

一来，省去了将三者一一分开认证的麻烦；二来，这三个体系的管理原则、体系结构、总体要求都是一致的，并且是相互兼容的。如果没有这个前提，"三标一体"就不复存在了。

义海这家年轻的煤炭企业肯花大力气进行"三标一体"认证，旨在根据企业自身的情况,依据三个管理体系的标准和要求,建立起一套符合义海自身实际与特点的企业管理体系。

可以肯定地说,"三标一体"化认证,绝非三个管理体系的简单叠加,而是有机的融合。尽管三者的管理原则、体系结构和总体要求是一致的,并且三者之间也是相互兼容的,但它们关注的领域和对象毕竟是有区别的,要求控制的要素也不尽相同。因此,认证起来也是相当复杂与烦琐。

大体要经过十一个步骤。企业需求分析,咨询过程策划,质量、环境与安全管理体系诊断,体系分析、初始环境评审,培训提供,质量、环境与安全管理体系设计,文件编写指导,体系运行指导,咨询、实施效果的评价及改进,第三方认证前准备,审核通过等。

第三方认证前的准备工作是由西宁紫阳商务咨询有限公司来完成的,这家公司派出有关专家对义海进行该项认证实行了统一的组织和策划,从而使得认证工作得以顺利进行。

西宁紫阳商务咨询公司是一家极为负责任的公司,他们的专家团队进驻义海后,即结合义海实际情况,在较短的时间内,制订出符合义海自身特点的"三标体系"开展方案和工作流程,并从义海公司机关着手,对机关各部室进行了人员培训,详解"三标一体"开展的目标及该体系运作的重要意义。

2011 年 8 月中旬,认证工作进入实施阶段,西宁紫阳商务咨询公司专家再次来到义海,具体指导义海公司内部管理手册、程序文件、规章制度的编写工作,详细制订出具体实施过程、计划内容,并由义海公司企审部牵头,列出了各部门受控记录详细清单。

同时根据体系的要求,明确质量、环境、职业健康安全的各个管理要素及适用的法律法规,并结合实际,制定符合义海管理实际的管理方针、管理目标、管理手册、程序文件、作业文件等,按照策划、实施、检查、总结的有效循环进行改进,实现了企业管理的程序化、法治化。

而最根本的,义海公司之所以一次性通过了这个颇有难度的认证,完全是由他们在这三个领域内所取得的业绩所决定。当然,还与义海公司决策层对认证工作的高度重视有关。

为确保"三标一体"一次性通过认证,义海公司成立了以董事长、党委书记马树声为组长,公司分管领导和各部门"一把手"为成员的工作领导小组,负责指导、协调、组织实施贯彻目标和认证工作。在这一年的 10 月份,由义海公司企管部牵头对机关各部门认证工作进展情况进行了全面检查,对发现的问题及时提出来限时整改。同时,还不定期组织人员对大煤沟、木里两矿"三标一体"进展情况进行督导,纠正了不完善的相关记录,并到现场查看,对发现的问题和不规范的行为进行了整改。

前面我已经写到,义海公司是河南能源在青海的一家外埠国有企业,由于近两年的快速发展,步入现代化企业管理行列已迫在眉睫,"三标一体"认证的真正意义也就在这里。一直以来,义海公司已在质量、环境、职业健康安全等领域做了大量实际工作,现在亟须在理论上加以整理指导。因此,马树声多次在讲话中指出:"义海开展'三标一体'管理体系认证,没有别的目的,更不是哗众取宠,而是要通过这一形式,真正提高公司的综合管理水平,向现代企业迈进。"

2009 年以来,义海公司在质量、环境和职业健康安全方面所做的工作,可谓走在了青海煤炭企业的前列。

2010年,义海公司投资五千余万元,更新完善了矿井运输提升设备、"一通三防"设备,安装了矿井防灭火制氮和监控系统、矿井大屏幕工业电视安全监控系统,在各运输巷安装了语音报警和自动防跑车装置,对矿井通风、供电、运输等系统进行了技术改造,完善了监控系统及自动化系统建设,全面提高了矿井安全监控和防灾抗灾能力,建成了煤矿井下安全避险"六大系统",实现了井下人员准确定位,提前达到河南省关于矿井安全避险建设的标准,极大限度地保障了井下一线员工的人身安全。

2011年,义海公司又拿出五千余万元资金用于矿井质量标准化、"五优"矿井创建、环境治理和矿井信息化建设。按照安全无事故、工效上十吨、特级标准化、科技有创新、矿区文明化的"五优"矿井标准,深入开展"五优"矿井建设。对副井口、副井筒、井底运输巷、井上(下)各机电硐室进行了美化亮化和精品工程改造,在副井口安装了电子显示屏,每天井下安全生产信息一目了然,安装了井下语音播放系统,职工上下班期间,播放优美动听的音乐,为干部职工创造了一个轻松愉快的工作环境。

在环保工作方面,按照"保护优先、开发中保护、保护中开发"的原则,义海在煤矿建设和生产过程中,认真落实植被保护、水污染防治和水土保持等具体措施,严格控制矿区开采范围,最大限度减少了对高寒沼泽湿地、高寒草甸的破坏和对大通河支流哆嗦河水质的影响。

为有效利用工业废水,公司在大煤沟矿建立了矿区人工湖,实现了废水沉淀处理后的二次利用。同时还根据当地的土壤特点,

在矿区周围种树

投入六百多万元,在矿区及周边种植了新疆杨、沙棘、红柳、沙柳、丁香、金龙叶等植物。木里矿坚持"边开采,边治理"的原则,先后投入二百多万元,组织职工分别对排土场边坡、生活区等进行草皮移植和草皮恢复。为减少对地方环境的影响,公司还在木里矿煤场建起了挡风墙。

与此同时,公司还不断加强对煤矿生产过程中排污物的管理,实行达标排放与总量控制并重,将总量指标按月分解,在内部征收排污费,并全部作为环保治理专项资金使用。通过规范管理,全公司生产总能耗同比降低40%左右,化学需氧量排放总量下降56%,二氧化硫排放总量下降36%,矿井水利用率达到70%以上。同时,对新建、改(扩)建技改工程或项目,要求可行性研究报告必须进行节能和环保设计评估,以确保节能、环保工程与主体工程同时设计、同时施工、同时投入运营。

为做好现有矿区开发和原有小煤窑开采遗留问题等环境综合整治工作，义海公司还坚持"以新带老"的环境保护政策，在大煤沟矿用矸石回填了原小煤窑开采遗留的采坑，又先后建成了矿区隔离防护栏、排矸场截排水设施、挡土围堰、生产生活废水处理设施、剥离表土临时防护、矿区道路两侧地貌整治等项目，把对环境的破坏降到了最低。

公司还建立健全了职业卫生档案和健康监护档案，实行计算机管理，内容包括职工人数、职业卫生管理、生产工艺和职业危害的种类、名称、防护措施等，明确两矿通风队负责粉尘等的日常监测工作。公司安全健康环保部定期对基层单位职业病危害因素的情况进行监督、检测、评价，坚持每年对全体职工进行职业病检查，做到有病早治、无病预防。

矿井建设上舍得投入，换来的是标准化建设的累累硕果。2010 年 3 月，大煤沟井工矿以优异的成绩通过了河南省工信厅组织的"五优"矿井验收。2010 年 12 月，大煤沟井工矿又以总分96.87 的高分顺利通过了青海省安监局组织的"一级质量标准化矿井"和"瓦斯治理示范工程"验收，成为青海省唯一获得这两项殊荣的企业。2011 年 12 月，公司木里煤矿以综合得分 91.94 分的好成绩顺利通过青海省"一级质量标准化矿井"验收，成为世界上海拔最高的标准化露天矿。同时公司大煤沟矿也是青海省唯一一家通过省级"一级质量标准化矿井"和"瓦斯治理示范矿井"双料验收的煤矿。付出获得了回报。到 2011 年底，义海能源公司已实现连续安全生产超过 3200 天。

正是有了以上成绩,义海公司一次性通过"三标一体"管理体系认证,也就不奇怪了。从此,义海公司迈入了现代企业管理的新征途。

高原第一铲

马树声站在海拔四千二百米的木里山上,凝视着不远处的一片废墟,那是一家私有煤炭企业开采后留下的"战绩",此刻,正像疮疤一样裸露在蓝天之下,连回填都没有回填,企业就撤离了。

这一幕刺痛了马树声,这种掠夺式的资源开采,义海公司绝不能干!

而义海公司木里煤矿的现状不容乐观,各种设备简陋,有的还是20世纪八九十年代的产物,远远落后于时代要求。落后的机器设备带来的后果显而易见,尾气排放大,人员配备多,不但生产成本增加,对周边的生态环境也有一定的影响,这与义海的"健康发展,绿色发展"理念不相符合。

木里矿实现环保开采和绿色开采,就要建立义海自己高科技、智能化的采掘系统。"青海一流,全国先进",为着这个目标,义海人开始行动了。

经过市场考察和专家论证,根据木里矿的自然环境和生产需要,义海班子决定在木里矿上两台国内最先进的大型设备:电铲。消息传到矿上,职工们都有些不相信,因为这种设备他们只在电视里见过,那可称得上是机器中的"巨无霸"了。2012年的冬天,我去木里矿时,曾站在其中一台电铲下合影,感到就像站在了一栋三层别墅的一角。

如果百度一下,你就会得到如下概念。

电铲是大型现代化露天矿井的主要采掘设备之一,具有生产效率高,作业率高,操作成本低,环境污染小等优点,是目前露天采矿业公认的先进机型,也是建立综合自动化与智能化矿井所必需的重要设备之一。

义海公司所购买的这两台电铲,来自太原重型机械集团有限公司。该公司始建于1950年,是新中国自行设计建造的第一座重型机械制造厂家,也是国家级特大型重点骨干企业,具有良好的企业形象和市场信誉。

这两台电铲的型号是WK-12CG型,为机械式单斗正铲挖掘机械。这种设备整机重量490吨,配重75吨,主变压器容量1000千伏安,铲斗容量10立方米,理论生产率1490立方米/小时。属木里矿区露天开采最大的设备。它能毫不费力地搬运大块的岩石,并轻易地将大块岩石放入料斗内。驾驶室在最上层,为操作员提供了开阔的视野,增加了安全系数。

两台电铲总投资1.3亿元。当初,马树声将木里矿打算购进大型设备的想法向义煤公司汇报时,主要领导一度有些犹豫。一台电铲七八千万元,那可不是个小数,在义海一次性进行这么大的投资,而且还是投在了设备上,以前从未有过,所以,尽管也知道义海大跨越大发展之后,是需要增加一些设备投资的,但习惯上一下子还不适应,有些犹豫不决,这事也就被搁置起来了。

义海要绿色发展、智能发展,做到生态和发展并重,在木里矿上马大型现代化设备势在必行。而且,义海发展到今天,如果不对老化的设备进行更新,势必会对义海新的发展造成阻力。所以,马树声再一次去面见义煤公司领导,阐述在木里矿上大型电铲的必要性。

马树声的执着打动了义煤公司主要领导,他笑着说:"老马还真有个犟脾气。"随之,木里煤矿上电铲一事被提上议事日程。2011年底,义煤公司将木里矿电铲设备列入购买计划,而且一下子批准购买两台,一个多亿,这让马树声有些感动,义煤公司支持义海的发展可谓不遗余力。

在义煤公司的领导下,义海公司成立了专门领导小组,对大型设备市场进行了细致调查,派出专门的技术人员到厂家进行考察,然后经过公开招标,才将目光锁定了太原重型机械集团有限公司。这家企业听说义海是高原煤炭企业,极愿意合作,他们也想通过义海,看看自己的设备在高原的运作情况。

2012年8月26日,黄昏时分,两台电铲及所有部件陆续运达木里矿区。员工们奔走相告,以庆贺这个特殊的时刻。一个老员工流着眼泪说:"当年上木里山时,一万个没想到会有今天的发展。"这个老员工的话,道出了所有义海早期创业者的心声。

马树声将电话打给木里煤矿矿长徐敬民,让他全力组织人员配合厂方对电铲进行安装调试,争取早日运用于生产一线,使之在义海公司智能化建设中尽快发挥威力。

徐敬民把电铲安装当作木里矿的头等大事来对待,组织召开矿上班子成员会议,成立了电铲安装指挥部,分工很详细,设立七个专项小组(后勤保障组、道路维修组、供电组、协调组、安全组、安装组和培训组），目标只有一个，不折不扣落实马树声的指示精神，把电铲设备安装好。稍后，他又叫去了副总工程师张占村，让他抽调二十名技术尖子，配合太原重工安装队开展安装工作。

两台电铲的安装场地，选在露天矿坑下一块八百平方米见方的工作面上。卸货、架电、平整场地、搭建帐篷，经过几天的紧张筹备，一切准备工作全部就绪。

9月15日早晨，一阵鞭炮过后，安装工作正式展开。刚开始的时候，天空还是一片高原蓝，有人还说真是个好兆头，木里山难得有这样的好天气。可他的话音刚刚落地，天气瞬间就变了，乌云像怪兽一般从四周冒了出来，呼啸着在木里矿上空聚合。大风接踵而至，不久，雪也纷纷扬扬下起来，仿佛是在用这种高原所独有的方式，残酷地考量着木里汉子们的意志。

木里矿的汉子们对这种天气早已习以为常，并不把这样的风雪当回事，始终各自坚守在岗位上，认真坚持作业。

雪越下越大，不到半个小时，大雪给黑黑的采煤坑铺上了一层厚厚的、雪白的毯子，现场人员的头上、身上都落满了雪花，远远看去好像戴着一顶顶白绒帽子，穿着一件件白绒大衣。副总工程师张占村看了看布满阴霾的天，劝大家说："兄弟们，要不今天就干到这里吧？"大家齐声回答："早晚都是咱们的活，全矿职工都看着呢！早一天干完，早一天投入使用，早一天减轻一线兄弟们的劳动强度。"就这样，大家顶着零下二十多度的严寒，按时完成了当天的安装任务。

机电科长王继洲是矿上唯一熟知电铲的人，安装高压集电环是最累最脏的活，高压集电环部位空间狭小，需要爬着进出，具有较高的难度和技术含量，王继洲害怕一般技术员不能胜任，就自己钻进去安装。此时，采煤坑下已经结了厚厚的冰，王继洲只好趴在冰面上徒手作业。如果不戴手套，冰冷的零件接过来就会直接粘在手上，王继洲尽管戴着手套，双手早已冻得通红，像被一只小怪兽噬咬着，钻心地疼。他一直咬牙坚持着，一丝不苟地完成每一次对接。

经过三个多小时的高强度工作，高压集电环安装终于完工。王继洲的身体早就冻僵了，连爬出来的力气都没有了，是大伙硬把他从高压集电环下面拉了出来……

经过严格而细致的安装工作，9月30日，两台WK-12CG型电铲机械部分安装完成。采煤坑里顿时沸腾了，全体安装人员喊着叫着、蹦着跳着，将工作帽抛到空中……

没有专业人员，在恶劣的环境下，义海人靠着坚强的毅力和不屈不挠的精神，克服了种种困难，保质保量地完成了安装任务，这是义海人"特别能吃苦、特别能奉献、特别能忍耐、特别能进取、特别能战斗"的"五特"精神的生动体现！

2012年12月21日。木里山上尽管寒风呼啸，但依然彩旗招展。木里煤矿的两台电铲将于剪彩仪式后，进入开工试运行环节。我们终于有自己的大型采掘设备了！职工们在寒风里欢呼雀跃。至此，在青海省所有的开采行业中，木里煤矿成为第一家拥有大型电铲的露天煤矿。因此，木里煤矿的这两台电铲，也可以毫不夸张地被称为"高原第一铲"。

12月是高原全年含氧量最低的时期。12月21日当天，气温在零下二十五度左右。两台电铲并排而立，两米多高的履带上，挂着彩色的横幅，铲斗上缠着鲜红的缎带，随大风猎猎作响，就像两辆等待检阅的战车；斗杆笔直竖起，高悬空中，两台电铲又像是两匹准备扬蹄起程的千里马,在草原上临风驰骋。电铲的对面是一个简陋的讲台,仪式还没有开始,呼啸的寒风吹得话筒呜呜作响。话筒几次掉落在地上,又被现场工作人员捡了起来。

据一位负责现场报道的人员说,不少人在 10 点左右就来到现场了,在寒风中冻了一个多小时,但没有一个人愿意离开,一定要亲眼见证电铲的开工运行剪彩。

鞭炮齐鸣、掌声雷动,呼啸的寒风也压不住人们热烈的掌声!

木里煤矿大型电铲的投入运行,标志着木里煤矿综合智能化建设迈出了关键性一步。智能化发展的另一层含义,就是绿色发展。

这是义海对海西的承诺!

"义海"品牌

做企业,就是要做出自己的品牌。这是马树声的理念。

中国企业中,马树声就佩服华为,华为就是做的品牌,越做越大,大到连美国都把它当作了敌人,这就是品牌的力量。前不久,全国诗歌期刊主编座谈会在义马召开,我应邀到会。会后,一班义海老人相聚,我又见到了马树声,闲谈中,他这样说。

那天相聚的人中,有张堂斌、郝津山、王宏伟、李胜利、刘建国等,离开高原后,大家第一次在义马相见,感到情如战友,亲如兄弟,几个人酒都喝得尽兴,回忆起了许多往事。

其实,2008 年马树声到义海以后,就注重义海企业品牌的打造,中间走过了一段曲折的历程。2010 年,义海企业第一次品牌认证的时候，其价值才仅仅 5.3 亿元，其后连年快速增长，到 2019 年，经过几届义海班子的努力，义海的品牌价值已经上升到 50 亿元。其中，凝聚着马树声、侯留月、段新伟等几代企业领导人的心血，他们的名字不能忘记。

前几天翻阅《义海人》报，见到了关于第一次品牌认证的报道，此外，还有一则消息引起了我极大的兴趣。2010 年 10 月 15 日，义海公司的标志诞生了。标志是企业形象的代表，是企业精神的象征，是企业文化的具体体现。因此，这一天极具意义。

义海公司企业标志主体上是由两个"人"字组成的，体现了义海"以人为本"的企业核心理念和"核心中心一条心"的团结协作精神。两个"人"字组成了循环的形状，寓意很明显，是说义海的发展融入柴达木循环经济的发展与建设之中。标志中间是一个"眼"的形状，寓意聚焦义海和义海人放眼未来、放眼世界的博大胸怀。整个标志的上部为蓝色，象征蓝天；下部为绿色，代表着绿色的草原，或者说是碧绿的青海湖。蓝天碧水绿草原，这一组合体现了高原特色，同时，也充分体现了马树声为义海公司制定的"科学发展、绿色发展、安全发展、和谐发展"的企业理念。

2011 年底，一个喜讯传到义海，在该年度青海省品牌力百强评选活动中，义海公司以 12.18 亿元的品牌价值位列第 16。仅仅一年时间，整整比上一年增加了 6.88 亿元。这个速度，被青海省社会各界称为"义海速度"，或者是"海西速度"。

马树声也有诸多感慨。2003 年，义海公司的注册资金为 943 万元，年产量为 6 万吨左右，销售总收入不足 500 万元。这样的规模，当时别说在青海，就是在海西州，连挤进国有小企业的行列也算勉强。这种局面维持了相当长的一段时间,那些年里,由于投入少,发展速度缓慢,甚至几次差点被清除,在海西的社会地位可以说低到了谷底。

刚到海西不久,马树声就听到这样一个故事。时任海西州州委常委、秘书长的王敬斋是河南南阳人,有一次他随张守成州长去木里矿调研,看到彩钢搭建的低矮的矿区房子,张州长的脸色就开始有些不大好看,等进了办公室,见里面又昏又暗,凌乱不堪,当即就大发雷霆:"这哪像扎长牌创业的样子!"听着张州长对义海严厉的批评,以及一些随同人员的嘲笑,王敬斋窘得满脸通红,真是站也不是,坐也不是。那一刻,他真正体味到了无地自容的含义。

在王敬斋看来,义海不仅丢了河南企业的脸,也丢了河南人的脸。有好长一段时间,只要一听见"义海"这两个字,他心里就疙疙瘩瘩的,感到浑身不舒服。

马树声第一次见到王敬斋时,王敬斋还提到过这件事。他说:"那时我内心非常难受,恨不得见个地缝就钻进去,脸上无光,人前抬不起头啊!"

还不仅仅如此,义海公司在海西州的社会形象也低到了极点,凡是提到义海,人们似乎不屑于喊它的名字,只说:"那个挖煤的河南企业吧。"弦外之音充满了不屑和排斥,甚至敌意。在他们心目中,这群来自河南的挖煤者,没文化、没素养,傻大黑粗,只知道掠夺当地资源,等淘金淘得满兜兜,一拍屁股就走人。因此,有人干脆提出,把义海撵出海西算了。

那些个日日夜夜里,马树声思考了很多。在青海创业,得树立义海企业良好的社会形象,改善目前恶劣的创业环境。要做到这一点,重在塑造一种企业精神,或者就叫"义海精神"。而义海企业精神的确立,需要的是企业文化的支撑,进而打造"义海"品牌,这些,才是推动义海企业发展的长久之计。

围绕这一思路,马树声思考了很多。从义海公司自身发展的历程,他总结出一个深刻的道理。文化是推动企业发展的根本动力、原动力。任何技术可以复制,唯有文化不可复制,所以,建设独具特色的企业文化,是决定企业发展的关键,也是决定企业能走多远的关键。

为此,马树声专门写了一篇《文化决定未来》的文章,谈到了文化与企业的关系,他的一个重要观点,就是一个企业管理的最高境界是以文化管理企业。一流的企业靠文化,二流的企业靠制度。文化管理最终靠的是人才,是以人为本。

2008 年 12 月,海西州总工会举办全州职工书画展。马树声敏锐地捕捉到这是一个契机,是义海融入当地文化,以文化改变世人对义海形象认识的切入点。义海公司冠名了这次全州职工书画展。这次展览,义海公司选送的书法作品给海西地区书法界一个全新的视觉冲击,中原文化在这里与高原文化、草原文化发生了碰撞、融合。博大悠久的中原文化触动了海西文化人的灵魂深处。书法,使义海与海西进行了心灵的沟通,这种沟通,是真正的精神上的沟通。

从此,海西州各界开始重新打量、认识义海。

这次书画展之后,马树声把眼光投向青海全省,先后于 2009 年、2010 年与青海省文联联合搞了两届全国"义海杯"书画大奖赛,在青海省各界引起了极大反响,纷纷给义海以极高的评价。"义海杯"不仅提高了义海的社会知名度,也成了义海公司"外树形象"的一张文化名片。

董事长马树声在"义海杯"书画大赛评审现场

三年来,义海公司在企业文化建设方面,除了"义海杯"书画大赛,还做了很多工作,参与协办了在中国人民革命军事博物馆举办的"新玉树、新家园"全国书画作品进京展;邀请河南大学著名教授刘恪到木里矿讲学;《义海公司志》《义海扬帆·诗歌卷》《义海扬帆·散文卷》问世;召开义海企业文化现场会;马树声作为文艺界的代表进京参加全国第九次文代会、第八届作代会;等等。

义海公司企业文化建设步入了健康发展轨道,与此同时,义海的安全生产、企业管理等也都在企业文化的引领下迈入快速发展期。

"义海"品牌在青藏高原越叫越响。

义海荣誉

2019年3月29日晚，"2018'感动中原'十大年度人物"在郑州揭晓，"义海人"作为唯一一家模范群体榜上有名。"义海人"这个名字一夜之间成为王国生书记"讲好出彩河南人故事"中的主角。

在此前一年，河南省国资委主导，河南能源党委组织开展了"党旗飘扬在高原，主流媒体看义海"活动，河南乃至全国的一些主流媒体再次纷纷走进高原，走进义海，去感悟这样一个英雄的群体，挖掘一个群体何以能在那样艰苦的环境中一步步壮大起来，支撑他们强大的内在精神究竟是什么？

当记者采访义海公司现任董事长、党委书记段新伟时，这个2004年就到大煤沟矿担任副矿长的老义海人稍作沉吟，然后颇为动情地说："义海人高原创业，不仅有'五特'精神，还有着崇高的荣誉感。"这句话一语中的，道出了义海成功的秘密所在。

荣誉，其实就是责任和担当的具体体现。一个没有荣誉感的企业，可以肯定地说，它走不远。

早在2009年，马树声就提出了"荣誉义海"的理念。也是在这一理念的引导下，2009年11月，义海公司获得了"全国煤炭工业双十佳煤矿"称号。之后相隔半年时间，2010年5月，义海公司大煤沟矿荣膺河南省"五优"矿井称号，成为第一个获此项殊荣的河南外埠企业。2010年8月，由于义海公司创业以来没有发生过任何可控以内的安全事故,青海省授予大煤沟矿"一级安全质量标准化矿井"称号,在青海省煤炭行业中,义海是第一家享此殊荣的企业。同年义海公司还获得了"全国厂务公开民主管理先进单位"荣誉。

2009年至2019年,十个年头过去了,让我们盘点一下这些年义海公司所获得的荣誉吧。

时间的车轮一刻不停地向前滚动,转眼之间就步入了2012年。尽管德令哈的春天步履蹒跚,但终究还是在四月间到来了。这与诗人笔下的"人间四月芳菲尽"形成了鲜明的反差。当义海公司办公楼通往德令哈火车站路两边的垂柳绿意盎然的时候,一个催人振奋的消息传到了义海。

义海人记住了这一天。2012年4月27日,由中华全国总工会举办的庆"五一"国际劳动节表彰大会在北京人民大会堂隆重召开,表彰了该年度的"全国五一劳动奖状"、"五一劳动奖章"及"工人先锋号"先进个人和先进集体的获得者。义海公司在被表彰者之列,荣获该年度的"全国五一劳动奖状"。这是劳动者的最高荣誉,也是义海人集体的最高荣誉。

也是这一年,义海公司还获得了"全国职工安全卫生知识竞赛活动优秀组织单位""青海省安全生产先进企业""青海省模范职工之家"等十余项荣誉。

2015年4月,义海公司矿山救护队,这支参加过玉树抗震救灾的英雄队伍,经过国家救护队质量标准化验收小组亲赴大煤沟矿实地验收,被评为"国家特级质量标准化救护队"。同年8月,义海公司再次进入青海省五十强企业,排名三十位,在青海省煤炭行业中位居第一。这是义海公司连续六年进入榜单。公司曾于2012年一度跃为五十强的第十一位。

2017 年 4 月 26 日，大煤沟矿荣获"全国五一劳动奖状"，这是义海公司第二次获得此项殊荣。时任青海省省长的王建军代表青海省委、省政府到义海公司授牌。他在讲话中说，义海公司为青海的经济发展做出了大贡献，"全国五一劳动奖状"是工人团队的最高荣誉，把它颁给大煤沟矿，既是对这一贡献的奖励，也是对义海人英雄群体的奖励。

这一年，义海公司是青海省唯一获得此项殊荣的集体单位。

原国家安全生产监督管理总局副局长赵铁锤题词

仅仅过了十余天，祁连山自然保护区和木里矿区生态环境综合整治工作表彰会议在西宁召开。义海公司落实习总书记"绿水青山就是金山银山"环保理念，在木里山矿区边坡治理中，"植草复绿"工作取得重大突破，被誉为"义海模式"与"木里经验"。会议做出决定，将以"义海模式"为核心的"木里经验"在青海省全面推广。

到了这一年的 9 月，河南能源党委发出《向义海公司学习的决定》，进一步提炼"义海精神"，以激发干部职工的内在力量，在推动企业发展中起更大作用。同月，义海公司被授予"全国厂务公开民主管理先进单位"称号。11 月，义海公司再传喜讯，在河南能源组织的"庆祝十九大，永远跟党走"国企楷模评选活动中，义海公司荣获"十大国企楷模"先进集体。也是在这一次活动中，河南能源下属的各个企业对义海公司创业的事迹有了进一步的了解。同时，河南能源党委做出决定，在下属企业中举办"学习十九大精神，宣传义海经验"巡回报告会，将"义海精神"宣扬开去，弘扬正能量，激发职工斗志，夺取河南能源二次创业的胜利。

2018 年取得了开门红，1 月 2 日，青海省总工会副主席韩生华一行来到了木里煤矿（上市以后已经更名为天峻义海），将青海省"工人先锋号"这一荣誉授给了天峻义海的基层班组排土场班。

继获得河南省第一个外埠"五优"矿井、青海省第一家"一级安全质量标准化矿井"荣誉以后，2018 年 3 月 17 日，义海公司大煤沟矿又通过了国家一级安全生产标准化验收。也是从这一年的 5 月开始，河南省主流媒体开始全方位、多角度地宣传义海公司高原创业的英雄事迹，一篇接一篇的长篇报道连续在《河南日报》《中国煤炭报》《河南能源报》上刊载，"义海人"与"义海精神"已然成为家乡人经常谈论的话题，家乡人为他们感到骄傲。

在"义海人"这个英雄的群体中，个人获得的荣誉因在其他章节里有所提及，如马树声作为企业界的优秀文化代表参加了全国第九次文代会和第八次作代会，一线职工金柱获得 2018 年"全国五一劳动奖章"等，这里就不详加陈述了。他们只是这个团队的代表，这个团队的每一个人，在我看来都是英雄。

义海人高原创业的英勇壮举,如今在河南老家,已是有口皆碑。

这对于义海,更是一种无上的荣誉。

在冰点下锻造企业之魂

中原人的高原生活

中原人来到高原,除了过"缺氧"关外,还有重要的一关需要过,那就是"寂寞"关。

早几年来义海的员工,大都是单枪匹马只身远赴高原的,他们都知道,高原环境恶劣,义海又是创业伊始,条件自是艰苦。譬如,在中原,都有关于木里矿、大煤沟矿不适合生存的传言,说那里根本不是人待的地方,连面条都煮不熟,你说,河南人不吃面条,那还叫吃饭吗?

因此,谁愿意让亲人跟来找罪受呢。自己遭罪吧,还不都是为了改变一下眼前尴尬的处境,或者是让窘迫的家庭生活得到一点改善?说白了,是想让家人过得滋润一些,幸福一些,而不是跟来受罪。至于自己呢,那是没办法的事了。

一个人在高原居住,尤其是两矿职工,面对茫茫戈壁荒漠,天长日久,寂寞和孤独就找上门来了。

在木里山,我曾与赵海峰聊起过这个话题,他当时就说:"寂寞和孤独的痛苦,原来只在诗词里读到过,没有切身体会,那时候觉得这东西离自己很远,来到木里山之后,我才尝到了那究竟是一种怎样的滋味。"说这话的时候,赵海峰陷入了对往事的回忆之中。

那时候,木里矿有一个炸药库,还有一个雷管库,都是原来的小煤矿留下来的。炸药库是两间砖砌的房子,雷管库不是房子,是一个山洞,挖在山的半坡上,安了一扇木门,有人说那是用废弃的棺材板拼成的,总是让人感觉阴森森的。炸药库和雷管库的前面,是一条河,叫哆嗦河。

炸药库和雷管库之间,在山坡的一避风处,搭了一顶帐篷,看守炸药库和雷管库的人日夜就住在这里面。车从山脚下驶过,远远地望过去,那顶帐篷就像一座小小的孤岛。

起初,矿上人手少,看炸药库和雷管库的是一个人,而且这个人不固定,大家轮流着,轮流的时间是一个星期或者十天。帐篷搭建得离炸药库近一些。这样搭建是有用意的,就是在炸药库和雷管库之间,能看出有个轻重之别,看守人应该把精力多放在炸药库上一些。

平时大家口头上说起来,一般只说是看炸药库。

"干啥去啊?"

"看炸药库去。轮到我头上了。"

其实看的不只是炸药库,还有雷管库。

说看炸药库的是一个人,也并不确切。因为除了一个人外,还有一只狗。后来变成了两只狗。有刚从内地来的职工去看炸药库,把他从家里带来的一条狗也带上山了。从此,再上山看炸药库时,就是一个人和两只狗。

蓝天白云下，一顶绿色的帐篷，一条脸色黧黑的中原汉子，两只狗或在山坡上嬉戏，或静静地半蹲在那里，一起望向脸色黧黑的汉子，红彤彤的舌头耷拉在嘴角。这简直是一幅画。

这十天左右的生活却是寂寞的。上了些年纪的人还好说一些，毕竟有两只狗相伴。年轻人就不行了，看炸药库的帐篷，离生活区大约有一里路远，白天尚能打发，到了夜晚，两只狗躲到一角睡觉去了，没有电灯，黑灯瞎火的，年轻人就待不住了。

怎么办？实在寂寞难耐了，夏天就蹚过河水，到河北岸去，河水依然凉得刺骨，冬天就踩着冰层过河，偷偷跑到生活区去，找人拉呱儿几句，抽支烟，排解难耐的孤独。这样的事不能让矿领导发现，发现了会狠狠地责罚你。一般的责罚方式，就是再让你多看几天炸药库。天长日久，从炸药库到生活区，就走出来了一条小路。

赵海峰也看守过炸药库，也感受过那种寂寞。他那时还很年轻，曾在看守炸药库期间，干过一件很荒唐的事情。

哆嗦河的北岸，靠近路的一边，是原来庆华公司的一个机修厂，一座简易房子。一到晚上，人空夜静，这座小房子里就聚集了很多的麻雀，叽叽喳喳乱叫。赵海峰很羡慕这些麻雀，它们在一起很热闹，不孤独，不寂寞。

那一阵子，矿上后勤补给供应不上，下山时买来几篓鸡蛋，就整天吃鸡蛋，吃得一打嗝都能闻见鸡蛋味。大家都想换一下口味，打打牙祭。

赵海峰忽然想起机修厂内的麻雀，不禁说道："跟我来，大家有肉吃了。"接着就把机修厂内有很多麻雀的事给大家说了。大家都很兴奋,说等天黑了去捉,因为他们小的时候有捉麻雀的经验,到了夜里,麻雀会聚拢在一起,一聚一大群,拿着手电筒进去一照,它们怕光,动都不动,任人宰割。

这一天,大家脸上都洋溢着光彩,露出对黑夜到来的渴望,觉得这是一种久违了的激动。盼到天黑,他们像孩子一般,拿着扫帚、铁锨等物件就出发了。那天晚上,一群人捉了一脸盆麻雀。中秋节快到了,除了鸡蛋,他们可以开开荤了。

赵海峰说:"开始只觉得好玩,找个乐子耍耍,不然,人都闷成憨子了。后来想想,这事做得不应该,山上生灵本来就少,人与麻雀本应该和谐共处的。"

"是啊,本是想排遣孤独和寂寞,但没有了这些麻雀之后,不就更孤独和寂寞了吗?"我说。

这也是马树声诗中的第三个故事,我本不想写出来,总觉得捉麻雀这事有些残忍,一连多日不能释怀,后来多少想通一点,在那样寂寞的环境里,大家都是为了生存吧。为了生存所做的一切事情,都是可以原谅的。

马树声说过这样的话,能在义海坚持下来的,毫无疑问都是英雄。

在木里矿,开始的时候就那么几个人,寂寞到一定程度,想家人,想父母,想老婆和孩子,情绪就会愈发低落,等低落到极点,再稍往前跨一步,就会失控。这个时候,人就得爆发,就得发泄,不然,人就不能称其为人,就成了没有七情六欲的木偶。天若有情天亦老。即使木偶也受不了这种寂寞。

发泄的途径也很单调,甚至说很原始。一种是摔跤。在草地上,两个汉子抱在一起，扭麻花似的，都拼命地想把对方掼倒在地，直到满头大汗，气喘吁吁，最后双双躺倒在冒着泥水的草地上，相视笑起来。他们都感到了宣泄后的平静。这种平静让人幸福。另一种是学狼叫。在空旷的草原上学狼叫，让人感到比真的狼叫还可怕。还有一种就是喝酒了。当地有一种散装的天佑德青稞酒，下山的时候，从天峻县城打一塑料壶上来，平时不喝，存在那里，等节假日来临，大家才可以开怀痛饮。

常常会有人喝醉。喝醉了，有人会抱头痛哭，哭得很悲痛，凄厉的哭声划破夜空，让人感到不像是男人的哭声。也有人喝着喝着看对方不顺眼了，这没有理由，或者理由很简单，譬如一个人的筷子在菜里拨弄几下，酒杯里的酒没有喝干净等，都可以是挑起战争的导火索。总之，二人对骂起来，骂着骂着筷子一摔，扭在了一起，扑扑通通拳脚相加，仇敌一般，打得很恶，看得出手下都不留情面。这场架打下来，有人眼眶乌紫了，有人鼻子给打出血了，这都算是常事了。

然而到了第二天早上，一起床，两个人碰到了一起，先是瞅着对方尴尬地笑笑，接着一个就会开口说："没啥事吧？"另一个就会回答："没有，你嘞？"

"我也没啥事。"

"走吧，吃饭去吧，吃过饭好去工地。"

"走。"

昨夜还仇敌一般，今天两个人又和好如初了。有人说，在高原上，没有隔夜的仇。我想，这话说得不够确切，因为这里根本就没有什么所谓的"仇"，一切吵骂、醉酒、痛哭、打闹等，都是他们用来对付寂寞和孤独的工具，或者说是武器。

在木里山，大家有的只是兄弟般的情谊，战友般的情谊。没有上下级之分，没有贫富贵贱之分。彼此相互扶持，相濡以沫，这成了他们战胜恶劣环境的精神源泉。若干年后，一些人离开了义海，他们在义海所吃的苦，所受的委屈，所受的磨难，都会慢慢地淡忘，但在那段岁月中大家携手所结下的友谊却会愈来愈清晰，成为一段珍贵的记忆，一种永恒的精神财富。

"义海杯"全国书画大奖赛

高原上的寂寞和孤独，并不是每个到这里来的中原人都能够战胜的，有些意志薄弱者就做了俘虏。正所谓人上一百，形形色色，随着义海人员的增加，尤其是通过各种关系来到义海的社会闲杂人员，当他们面对单调、枯燥的日常生活时，个别人选择了放纵，甚至堕落。

一般来说，多数员工用打扑克、摸麻将、喝酒来打发难挨的业余时间，但这些与赌博、酗酒仅一步之遥，很难有人把尺度掌握得恰到好处。

个别公司的管理人员，耐不住高原上的寂寞，经不住花花世界的诱惑，被人算计，跌入"仙人跳"的陷阱之中，遭到敲诈，损失钱财，名誉扫地。更有甚者，在西宁搞起了婚外恋，最后闹得妻离子散，身败名裂。等等。这些人经不起高原的考验，成了孤独和寂寞的俘虏。

没有精神的支撑，钱越多，就越容易成为堕落的帮凶。这是一个人乃至一个企业，都应该思考的问题。具体到义海，因为成立较晚，又处在荒漠戈壁之中，受自然环境、创业环境和企业投入理念的影响,企业文化方面几乎是苍白的,更谈不上什么企业精神了。

2008年11月,马树声来到义海之后,敏锐地发现了这一点。一个企业,不能没有自己的企业文化,不能没有自己的企业精神。而要改变这一切,首先得唤起义海员工对大自然的热爱,对高雅生活的向往,认得清生活中的美与丑。从中原来到这"世界第三极",在这常人难以忍受的环境中创业、拼搏、挣钱,到底为的什么?不就是想让日子过得美好一些,家庭更幸福一些吗?

改变员工对生活的认识和态度,最终依然取决于企业的文化建设。文化是一个企业的血脉和精神支柱。要建立起义海的企业文化,营造积极健康的生活工作氛围,离不开义海所处的独特环境和眼下的具体情况。

马树声一直有一个观念,对于一家企业,细节决定成败,知识决定高度,文化决定未来。义海公司在青藏高原能走多远,能做多强多大,看的还是企业文化能提供多大的支撑力。企业文化和企业生产不能是两张皮,得血肉相连;也不能是两股道上的车,各跑各的,得有个切入点。

为寻找这个切入点,启动义海的企业文化建设,马树声在苦苦地探索着。一个偶然的机会,马树声找到了这个切入点。2008年元旦前后,海西州总工会举办了一次全州职工书画展,马树声建议由义海公司来冠名,得到州总工会的支持。回到公司,马树声动员大家积极给书画展投稿。作品展出时,又组织两矿职工参观了这次展览。

不承想,展览结束,效果非常好。义海公司支持当地文化发展的举措在海西州引起了良好反响,在公司职工中也引起了书法热。有些人兴致勃勃地买来笔墨纸砚,开始把消耗在赌博、酗酒的时间转移到临帖挥毫上来。

在这个基础上，义海公司先后于2009年、2010年两次举办了"义海杯"全国书画大奖赛。2009年的第二届"义海杯"全国书画大奖赛收到作品6500件，从中评出获奖作品300余件。这无疑是一次高质量的征稿活动，300余件作品有90%以上出自中国美协会员和中国书协会员之手。不到100人的等级奖获奖作者中，有47人当年获第三届"兰亭奖"。

虽然是一家企业举办的书画大奖赛，但评出了公正，也评出了义海公司的社会公信力。因此，2010年举办第三届"义海杯"书画大奖

"义海杯"书画大奖赛获奖美术作品

"义海杯"书画大奖赛获奖美术作品

赛时,征稿启事一经发出,稿件便雪片般地飞来义海,最终突破 7000 件。这样一个数字,和任何一届国家级书法单项展览相比,毫不逊色。

两次获奖作品展览都是在西宁举办的,仅 2009 年的那一次,走进展厅的观展者就突破了 4 万人次,网上的点击量更是突破了 10 万次。青海文艺界的人士惊呼,这是青海书画展览史上一次"艺术的盛宴"。同时,展览也极大提高了义海公司的企业形象。

一段时间里,"义海杯"书画展成为人们议论的热点。在议论者眼中,义海公司是个不可思议的企业,一个非文化艺术专业性的机构,能把一个展览做到这样的高度和规模,该有着怎样的企业精神在里面? 书画展是窥探义海的一个窗口,仅从这样一个小小的窗口,就折射出了义海人的做事态度、做事水平和职工素质。那些以前对义海公司抱有成见的人也开始以崭新的眼光来重新打量义海,文化的力量已初露端倪。

稍晚,当记者采访马树声时,他高兴地说:"'义海杯'书画展的举办,我们在四个方面获得了巨大收获,一是凝聚了人心,二是沟通了关系,三是展示了形象,四是提升了素质。文化可以树立良好的企业形象,而良好的企业形象又可以鼓舞广大职工的精神斗志,成为战胜一切困难的内在力量。"

不久,青海省书法家协会第六次会员代表大会召开,由于对青海省书法事业的极大推动和贡献,经过选举,马树声当选为青海省书法家协会副主席,另有两名职工当选为理事。对一家煤炭企业来说,"傻大黑粗"的矿工形象在雪域高原得到彻底的颠覆。

更具意义的是,义海公司的广大员工通过"义海杯"的举办,了解了书画艺术,爱上了书画艺术。马树声因势利导,在公司及两矿成立了书法、美术、摄影、诗词等协会,通过高雅的艺术活动,改变了广大职工的精神风貌,原来那些颓废的生活习惯不见了,取而代之的是一种积极、健康、向上的生活态度。

马树声说,能以中华民族传统文化抒发情感并以此为乐的职工队伍,一定是一支有思想、有素质、有追求的职工群体。中华民族优秀文化传统所陶冶出来的职工,一定能够形成一个健康的、充满正能量的主流团队。

"义海杯"书画大奖赛获奖书法作品

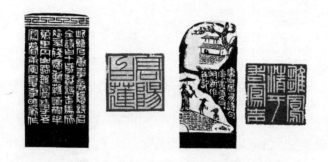

"义海杯"书画大奖赛获奖书法作品

我们是冠军

除"义海杯"书画大奖赛以外,多年来,义海公司还冠名参与了许许多多的社会活动。譬如,青海省"义海杯"羽毛球比赛,青海省玉树震后复建系列展览活动,海西州天峻生态摄影大赛,等等。

在马树声看来,义海公司之所以大力支持并积极参与青海省的文化体育建设活动,都是缘于义海企业文化建设的需要。这些活动成了义海公司"外树形象"与"内强管理"的载体和符号,是实现"扎根海西,回馈青海"的具体体现与必然选择。

2010年5月25日到6月2日,由义海公司冠名的海西州大柴旦地区首届全民运动"义海公司杯"篮球赛在大柴旦行委体育馆举行。

义海公司组建了自己的男子篮球队,在此之前,小伙子们进行了为时一个月的强化训练。训练是在大煤沟矿露天球场上进行的,这里海拔三千五百余米,受训的小伙子们得经受住来自三个方面的考验。一是阳光灿烂的天气,得通过强烈紫外线炙烤这一关。往往是一场球练下来,小伙子们裸露的面部和四肢被晒得发紫发红。二是高原缺氧关。篮球是一种剧烈的运动,而小伙子们又多来自河南,平时在高原上空手行走都像肩负着二十多公斤重的东西,何况这种剧烈的运动? 三是高原上的风。大煤沟的风粗狂、凛冽、尖锐,或者像万千牛毛细针砭人骨髓,或者像魔鬼的法咒,让你睁不开眼睛,呼吸艰难。

而这个时候,更是能体现义海"五特"精神的时候。这次冠名大柴旦地区首届全民运动会,马树声有着自己的考虑,其目的依然是出于义海企业文化建设的需要,通过体育运动,不仅能极大地增强员工的体质与高原创业中的忍耐力,还能使员工在活动中树立较强的集体意识,共筑同心,提高义海公司实现愿景目标过程中的凝聚力。

　　毫无悬念,义海的小伙子们经受住了"高原三关"的严峻考验。5月25日上午,他们准时出现在了"义海公司杯"篮球赛的赛场上。这是一支特别能忍耐、特别能吃苦的队伍,它由领队、教练、队医、队员和工作人员组成,一色地身着红黑相间的篮球服,头戴红色篮球帽,肩挎篮球包,迈着整齐而矫健的步伐,脸上露出自信而轻松的微笑,走进了大家的视野,充满阳光和朝气。

　　开幕式上,义海公司党委书记、董事长马树声发表致辞,致辞简短而有力。他说,作为国有大企业,要有社会责任和担当,我们在这片土地上创业,就要深爱这片土地,就要回馈这片土地和生活在这片土地上的人民,"扎根海西,回报青海"是我们企业的宗旨,义海公司将会与地方政府一起,积极推动海西地区全民体育运动的发展。

　　这次"义海公司杯"篮球赛,共有十二支球队参赛。除义海公司球队外,其他都来自大柴旦地区的各个行业与各个部门,西部地区民风剽悍,素喜各类剧烈运动,一方水土养一方人,在自然环境和风土习俗上,义海公司的队员们都不占先机。

　　篮球赛前后共九天时间,从5月25日开始到6月2日结束。九天时间里将通过小组赛、半决赛、决赛,角逐出"义海公司杯"篮球赛前三名。这十二支队伍中,青海煤业鱼卡公司球队,武警中队球队和大柴旦工、行委球队都是劲旅,在青海省举办的篮球赛事中多次取得不俗的成绩;而义海公司球队刚组建不久,缺乏实战经验,地理环境方面也不占优势。因此,义海公司球队究竟能取得一个怎样的名次,任谁都说是个未知数。

比赛开始。十二支篮球队被分为 A、B 两组,每组六队,义海公司球队被分在了 A 组。A 组的六支球队实力普遍较强,这对年轻的义海球队来说,无疑是一种压力,更是一种严峻的挑战。

蒋联成是义海公司球队的教练,来自义煤集团北露天矿,曾任矿篮球队教练多年,有着丰富的赛场经验,在没有公司球赛的时候,他也会带上队员们驱车七十多公里,从大煤沟矿来到大柴旦赛场,观摩其他球队的比赛,让队员们留意各个球队的整体实力以及主力队员的实战特点,做到知己知彼,以利于在比赛中做到有的放矢。

义海公司球队上场了。前后要经过五场比赛,只有小组前两名,才有进入决赛的权利,否则将被淘汰。在小组赛中,马树声鼓励队员们,要抱着向其他队员学习的心态,不要计较名次,打出友谊,打出姿态。副总经理陈守义是个铁杆球迷,工作之余,只要有义海的比赛,每场必到,与蒋联成一起,帮助队员分析对手情况和比赛布局,帮大家树立必胜的信心和勇气。

首场球赛是与大柴旦行委公路段球队的对垒,一番激烈的较量,凭着顽强的拼搏精神,义海公司球队以 62∶18 的成绩取得胜利。这无疑极大地鼓舞了队员们的士气,大家一鼓作气,接连胜了四局,以四胜一负的战绩,名列小组第二名,杀出小组赛,进入半决赛。

半决赛场上的气氛显得十分紧张。义海公司球队遇到了强大的对手——B组第一名的青海煤业鱼卡公司球队。这支球队曾是大柴旦地区篮球比赛的冠军队,实力雄厚,实战经验丰富。同是青海知名煤炭企业的两支球队在球场上相遇了。这场比赛,双方都知道意味着什么,谁能胜出,谁将有资格进入决赛,因此,双方队员摩拳擦掌,志在必得。

比赛刚开始,鱼卡球队来势很凶猛,几个交锋下来,义海队就输掉了七分。蒋联成捏了一把汗,怕队员们乱了阵脚,但他很快就松了

海西州篮球赛

口气,因为队员们不仅看不出有丝毫懈怠的迹象,而且愈挫愈勇,顽强拼搏,防守得从容,进攻得猛烈,眼看着比分差距逐渐缩小。到了球赛的下半场,鱼卡队的球员开始出现急躁现象,他们的 17 号中锋接连五次犯规,被罚下场去,义海球队抓住这个时机,从防守转入进攻。义海的啦啦队见自家的球队愈打愈勇,打出了义海人的风采,便憋足了劲儿呐喊,为英勇的小伙子们呐喊助威。

半决赛终于落下了帷幕,结果令很多人大感意外,义海公司球队以 56∶41 赢了青海煤业鱼卡球队。马树声给大家发信息表示祝贺,希望队员们再接再厉,英勇夺冠。

6 月 2 日,决赛的日子到来了。对决的是义海公司球队和大柴旦工、行委球队,这是义海公司球队的一支劲敌。在小组赛中,义海公司球队以 43∶52 负于这支球队,使其以五连胜的优异成绩位居 A 组第一名,因此,这支球队夺冠的呼声很高,但义海公司球队愈挫愈勇的斗志也为大家所共睹,能杀进决赛就是最好的说明。所有这些,又给这次决赛蒙上一层扑朔迷离的色彩。

这场决赛打得无比激烈,在海拔三千米的高处对决,对义海球队的小伙子们来说,无论是体力还是意志,都是一次极致的考验和挑战。"进球了!"义海球队 8 号队员邵春明以一个漂亮的三分球成为这场决赛的第一个进球者,打破了双方以防守为主的局面。更重要的是,这个球对义海公司球队的队员们精神上是个巨大的鼓励,"我们能行!义海能行!"士气空前高涨。

激烈的交锋由此展开,进攻的速度也越来越快,助攻、进攻、抢篮板,义海队的队员们相互配合,共筑同心,战果不断扩大,一度领先对方十七分。大柴旦工、行委球队在战局出现劣势的情况下,表现出他们卓越的素质,丝毫不见慌乱与败象。他们开始反攻,多次突破义海公司球队的防线,你争我夺的场面进入白热化,战局数次被扳平。教练蒋联成感到了巨大压力。

义海公司球队及时改变了战术,从中路到两个边路,轮番进攻,打乱了对手的阵局。而在这个时候,18 号队员朱庆胳膊被飞来的篮球击伤,蒋联成替他捏了一把汗,朱庆咬着牙忍住疼痛坚持住了,凭借着魁伟的身材,几个漂亮的"盖帽"动作,有效阻止了对方的进攻。投篮高手李群伟成为对方重点围堵对象,几个队员紧紧地死咬着他,而他利用娴熟的球技,屡屡冲出困境……

汗水湿透了他们的衣服,头顶冒着白腾腾的热气,体力已经严重透支,因为缺氧让他们感到阵阵胸闷,呼吸困难,但这一切似乎被他们给忽略掉了,他们配合得天衣无缝,好像进入了化境。对战愈来愈激烈,但义海球队的队员们始终控制着赛场上的节奏,引领着比赛的主调。终场哨声响起,决赛结束了,义海能源队最终以 63∶53 的比分赢得比赛,获得了冠军。

这场比赛,义海公司篮球队的队员们,用坚强的意志、顽强的毅力、高超的球技,以及配合如一的集体意识,把义海的"五特"精神展现得淋漓尽致,同时,也让大柴旦的社会各界体验到了义海公司企业文化的无穷魅力。

"我们赢了,我们是冠军!"义海公司的啦啦队舞动着"义海公司"字样的彩旗,奔跑、跳跃、高呼。那一刻,他们体验到了作为一个义海人的骄傲。

义海的报纸与系列丛书

马树声认为，企业文化建设，离开文化载体，就成了无源之水，无本之木，犹如空中楼阁一样难以落到实处。义海文化发展到今天，亟待寻找具体的载体以彰显其教化，而新闻与文学，尤其是文学，恰恰是企业文化最理性的载体形式。于是，他到义海上任的第二年春天，《义海人》报问世了，紧接着，"义海扬帆"文学系列丛书也问世了。

在《义海人》报的发刊词中，马树声这样说，《义海人》报的诞生，是义海发展的必然，她肩负着总结义海精神、义海历史、义海经验的重任，从而激发义海人扎根高原创业、回报青海大展宏图的昂扬斗志。同时，他希望把《义海人》办成有思想、有品位、有可读性的企业报纸，使之成为义海的文化符号和企业文化建设的典范。

果然，一年后，《义海人》报记者采访海西州委常委、秘书长王敬斋时，他对这份企业报纸给予了极高的评价。他笑着对记者说，你们办的《义海人》报我是每期必看的。在他看来，这份企业小报集原创性、思想性、时效性、艺术性、可读性于一体，有着良好的文化品质，不仅凝聚了人心，还传播了义煤和中原文化，极大地提高了义海的企业形象。

在马树声的倡导下，义海企业系列文化丛书也开始面向职工征稿。第一部编撰的是《义海扬帆·诗歌卷》，为让员工们掌握写诗歌的常识，马树声多次邀请青海省诗人到公司及两矿给职工做诗歌讲

《义海人》2010 年合订本

座。稿子征集得很快，职工的写作激情高涨，从董事长、总经理到一线员工，都加入了写诗者的行列。很多员工高兴地说，我们要把在义海的经历和感受写出来，写进书里面，等若干年离开义海了，这就是一个最好的纪念。

编辑出版《义海扬帆·诗歌卷》，马树声依然是基于义海企业文化建设的需要。文学是企业文化的有机组成部分，与企业的经济发展息息相关，良好的文学氛围能消解职工在恶劣环境下的孤独和寂寞，成为他们干事创业的巨大精神支柱，因此，在他看来，不仅企业文化需要文学，在高原创业的职工更需要文学。原来文学有城市文学、乡土文学等概念，现在又有人提出了生态文学、企业文学的概念，这实际上是文学在适应企业发展的需要所致。

《义海扬帆·诗歌卷》的组稿、编辑工作，义海公司聘请我来主持。我对所有诗稿进行了极为认真的批阅，每首诗歌都令我动容，它们无不是心迹的流淌、真情的迸射，尽管艺术上还很稚嫩，甚至有的就是大白话，与诗人眼中的诗歌对不上号，但这些诗因为真诚，没有丝毫的卖弄和做作，就是来源于火热的生活，来源于切身的感受，来源于情怀的抒发。因此，我完全有理由认为，它们才是真正的诗。

对于这些出自矿工之手的诗歌，我一边阅读，一边一个字一个字地进行推敲加工，当然，所做的这些工作，都是在保持原诗歌真情实感不被伤及的前提下进行的，就像给树木剪枝丫，轮廓不能变形。可以说，这是我目前为止编辑生涯中耗费时间和心血最多的一部诗稿。

去郑州校对书稿的日子，是最酷热难耐的几天，气温高达三十七八度，猛地从凉爽的青藏高原下到这里，感觉真的是冰火两重天。到郑州的当天晚上，和我同来的杨建民中了暑，晚上又吐又泻，深夜到街上药店给他拿药，一出门马上被蒸腾的热气给呛得喘不过气来。为了工作方便，我们住在印刷厂旁边的一家小旅店里，空调制冷不好，我们二人大汗淋漓，就是在这样的环境下，按时完成了校对工作。

《义海扬帆·诗歌卷》出版发行的时候，恰逢《诗刊》杂志社和海西州委、州政府联合举办的"柴达木"杯全国诗歌大赛颁奖会在德令哈举行，上午颁奖，下午是一个座谈会，邀请我参加，我恰在河南，就推荐了高其华和赵小东参加，并让他们带十本书过去。

高其华后来在他的文章里写道，那天，他将书分别送给了《诗刊》副主编李小雨、编审周所同，以及部分获奖诗人。周所同看过《义海扬帆·诗歌卷》后，很是动情，他说，一个煤炭企业竟然有这么多的员工写诗，真的令人想不到；一个煤炭企业还给员工出诗集，而且还是正规出版社出版，同样令人没有想到。这样的事情别说在青海，即便在全国，也是不多见的。

海西州文联主席斯琴夫在座谈会上三次站起来，高声问："义海公司的代表来了没有？"高其华与赵小东举手示意，斯琴夫又大声地说："让我们欢迎他们的到来。"四周响起热烈的掌声。然后，斯琴夫举起手中的《义海扬帆·诗歌卷》，向与会者做了推荐和介绍，说这本由义海公司七十余名员工所写成的诗集，为企业发展起到了培根铸魂的作用，其中有些作品，即使参加这次"柴达木"杯全国诗歌大赛都毫不逊色。那一刻，高其华感到了自豪。

《义海扬帆·诗歌卷》出版后，可以说我的感触是最多的，因为在这本书里，在诗的字里行间，我分明感受到了一种昂扬向上的精神风貌，蕴含着义海人高原创业的豪迈之情，展现了他们克服巨大困难的勇气和毅力。同时，我更深切地体会到，一支不到一千人的员工队伍，有七十余人的作品结集出版，从事诗歌写作的绝对不仅仅是这个数字。

也才两三年时间，义海职工的精神世界发生了天翻地覆的变化，赌博、酗酒、打架等丑陋的现象已经绝迹，取而代之的，是对文学、艺术、体育等高雅爱好的追求，这是一个令人振奋的事实。义海的文化现象不仅让世人看到了义海员工的精神风貌，更让人看到义海的企业文化已然成为激发员工积极性和创造性的无形力量。

正是这种力量，三年的时间，义海公司实现了跨越式大发展。2008 年，生产原煤 220 万吨，利润 1.9 亿元；2009 年，生产原煤 310 万吨，利润 2.3 亿元；2010 年底，原煤产量突破了 500 万吨，利润达 7 亿。

宽敞明亮的大煤沟矿阅览室

有理由相信，义海的跨越式大发展，不单单是一个经济现象，文化在其中起到了决定性作用。

一直以来，马树声都认为，在现代企业的经营中，竞争越来越激烈，而企业最高层次的竞争，已不再是人、财、物的竞争，而是文化的竞争，最先进的管理理念是用文化浇灌出来的菩提树，企业文化正逐渐成为企业核心竞争力的有力保障。

可以说，义海文化的组成，是义海八年来企业生产经营活动中形成的经营理念、核心理念、价值观念、社会责任、企业形象等的总和，是义海在其成长过程中形成的精神积淀，也是义海广大职工价值观念和道德观念的高度概括，反映了义海员工的共同追求和共同认识，并可以成为激发全体员工积极性和创造性的无形力量。

针对义海所处的恶劣环境，马树声常说："要想在这里成就一番事业,我们改变不了环境就改变心境,改变不了世界就改变世界观。"
这同样是从精神层面上去说的,这一理论奠定了义海公司企业文化
的基调,同时,也奠定了义海文学的基调。

无疑,作为义海企业文化建设的重要载体,义海公司决定出版
"义海扬帆"系列文学丛书,也可以说是马树声企业文化理念的体现。
马树声有一个宏大的企业文化设想,除了诗歌卷外,还要陆续出版职
工散文卷、书法美术卷、摄影卷、报告文学卷等。随着诗歌卷的问世,
义海的文化体系也正逐渐地完善和明朗化,它恰如一艘义海企业文
化建设的巨轮,已经扬帆出海,满载着义海广大员工的激情和理想,
驶向一个浩瀚的精神世界。

诗 和 歌 声

侯留月是个有着文人情怀的企业家,他能写一手洒脱的行草书
法,具有专业的艺术水准。说也奇怪,这个时期,作为一家企业,义海
公司竟然有中国书法家协会会员三人,省级书法家协会会员六人,而
这个时候,青海全省的国家级书法协会会员也才四十余人。这种现
象,当时在青海被称作"义海文化现象"。很自然,侯留月也在这些书
法家之列,早在 2013 年前后,他就已经是公司六名省级书法家协会
会员之一了。

侯留月还是个诗人。在大煤沟矿当矿长时,看着夕阳下的胡杨
树,他写下了这样一首诗:

一万年的梦

染黄了戈壁深秋

昏黄的尘风

黝黄的山色

幽黄的沙丘

枯黄的骆驼刺

只留一抹鲜黄

缀成大氅

披肩而立

笑傲昆仑风

抖落祁连雪

昂扬着三千年的鲜活

挺拔着六千年的坚韧

延伸着九千年的不朽

梦醒时

彤红的西天

太阳像句号

读晚霞续成的诗篇

到尾声

时隔多年，这首诗我仍然记忆犹新。他写出了胡杨树的坚韧和顽强，而且把自己的情感和特定的环境很好地结合了起来。如果对高原戈壁没有深切的感受，是写不出这样的诗来的。

侯留月是 2010 年 6 月中旬来到大煤沟矿的，除了矿长的身份外,他还兼着义海公司副总经理的职务。他到大煤沟矿的时候,正赶上义海公司向五百万吨冲刺的当口,大煤沟矿全年的任务是一百二十万吨,时间已经过半,但上半年只生产原煤四十余万吨,这对于露天矿年产核定三十万吨、井工矿核定六十万吨的大煤沟矿来说,已经是很不错的业绩了,更何况 F1130 工作面正在停产之中。

一百二十万吨,是一个巨大的压力,也是一个严峻的挑战。

面对这样的压力和挑战,侯留月显得很从容。他先抓了安全管理,这几乎是每个煤炭企业管理者无法跨越的规则。侯留月自有一套管理办法,他将大煤沟的管理分为三个层面:区域管理、主题管理和无缺陷管理。说得明白一点,区域管理就是就近管理、沿线管理、现场管理。一句话:"谁管理谁负责。"主题管理是"谁的工作谁负责"。无缺陷管理,顾名思义,很好理解了。每个人肩上都有了担子,又加强了监督考核的力度,推诿扯皮的现象得到了根治。

管理之外,侯留月同样也注意到了大煤沟员工的精神世界。他认为,马树声董事长所大力倡导的义海文化和义海精神,在高原十分适用。这里高寒缺氧,和中原相比几乎是两个世界,从中原来到这里,如果没有一种信念,没有一种精神文化做支撑,生存尚且困难,更不要说创业了。

高原上缺的是氧气,唯一不能缺的,就是人的精神。

而要建立起这种精神支撑,需要通过某些载体来呈现。具体到义海,尤其具体到大煤沟矿,这里方圆百里杳无人烟,现在社会都发展到信息时代了,大煤沟矿的员工似乎仍然过着与世隔绝的生活,只有周末或放假了才有可能到德令哈或者西宁去上一趟,平常的日子,只能窝在大煤沟矿这个小天地里,工作、吃饭、睡觉。而高原的白日又是那样漫长,工作之余有大把的时间,如果没有丰富的精神文化生活去填充,人就会变得消沉和麻木,还有什么激情和理想?

如果是这样的一支员工队伍,企业还如何发展?义海公司要实现五百万吨大跨越,只能是一句空话了。

侯留月想起了公司的工作生活理念:"体面劳动,快乐工作;高雅娱乐,健康生活。"理念提出来了,最重要的,是要将这一理念落实下去。侯留月是个行动果决的人,很快将想法付诸行动。他要让大煤沟矿员工的精神生活最大限度丰富起来。

义海公司于2010年7月30日成立了书法协会和美术摄影协会,紧接着,大煤沟矿相继成立了大煤沟分会,这是"高雅娱乐,健康生活"的具体体现。企业成立这样的协会,在公司和两矿都是新鲜事,以前未曾有过,大家群情激昂,奔走相告。煤炭工人不单只会挖煤,现在也有了自己的艺术之家,向艺术进发了。

在摄影方面,副矿长陈守义是高手。在大煤沟矿餐厅的墙壁上,曾挂有他的摄影作品,其对高原景物的理解和技术把握,都达到很高的艺术境界。矿上摄影协会的工作,就由陈守义负责。

侯留月有个设想,像书法和摄影方面的活动,至少要每月举办一次。等条件成熟,还要在大煤沟矿成立乐队,让员工在高原放歌,歌声会给人带来力量。用这种形式,激发员工向上的斗志,让他们在高原荒漠戈壁之中永葆激情和进取精神。

有一天黄昏,吃过晚饭,侯留月与陈守义在大煤沟矿门前的平安大道上散步,迎面碰见了该矿员工王宏法。王宏法2008年从义马来到高原,走进大煤沟,至今已经两年。王宏法向两个矿长打了招呼,大家就随便聊了起来。

侯留月问他："有什么爱好吗？"

王宏法腼腆地回答："平时下班了，无事可干，就爱听听歌曲，也能跟着哼两声。"

"爱好音乐，不错。我们矿准备成立乐队，你会使什么乐器吗？也参加进来。"侯留月关心地说。

王宏法显得不好意思起来，因为他天生性格内向，除了一个人的时候私下跟着电视唱几首流行歌曲外，并没有拿得出手的爱好。

侯留月鼓励他："如有兴趣，可跟着陈总学学摄影，摄影也是个不错的爱好，上手也快。"又看着陈守义说，"让陈总给你推荐一款相机，不要太贵，两三千块钱的就行。"

一番很家常的对话，让王宏法大为感动，并从此和摄影结下了不解之缘。

"我们要用先进的文化来鼓舞员工在高原奉献祖国的豪情壮志，引领矿区的精神文明建设，使大煤沟矿变成一个蓬勃向上、和谐而充满欢乐的矿区。"这是侯留月的文化理想。

2012 年 1 月 1 日，投资一千三百五十万元的大煤沟矿职工活动中心建成投入使用，这也是 2011 年义海公司职代会上，作为董事长的马树声在工作报告中所承诺的为职工所办的十件实事之一。职工活动中心的投入使用，使大煤沟矿的员工有了自己的文化活动场所，有了自己的"艺术之家"。

大煤沟矿的文化建设在侯留月的强力推动下，出现了空前繁荣，进入了一个黄金时期。

继书法协会、美术摄影协会之后，大煤沟矿又先后成立了文学写作协会、棋牌协会、音乐舞蹈协会、健身武术协会等。后来，侯留月从

豫剧团在高原

内地引进人才,专门成立了一个豫剧队,河南人在高原,又能听到原汁原味的豫剧了,为大家一解乡愁。也就是说,在大煤沟矿,你只要有爱好,都能找到自己的"家"。这一点很重要,有了精神上的"家园",等于精神有了归宿,人不再感到孤独和寂寞,算是真正在高原扎下根来。

有了"文化之家",各项文化活动也都开展起来了。

每当到了周末,或者节假日,当大家忙碌了一天闲下来的时候,你走进大煤沟矿区,很远就能听到各种乐器演奏出来的欢快的旋律和充满激情、昂扬向上的歌声。

2017年初,段新伟出任义海公司董事长、党委书记,他又开始在高原抒写义海公司企业文化新的诗篇。

《义海赋》：义海之魂

文化引领企业发展，没有文化的企业是没有灵魂的企业，这是马树声常说的一句话。

2010 年 8 月 26 日，马树声夜不能寐，八年来义海公司所走过的创业之路，让他生发出诸多感慨，遂披衣下床，伏案疾书，写出了堪称义海企业之魂的《义海赋》。

近些年，人们对传统文化日益推崇，尤其是在国学精粹诗词曲赋的创作上达到了一个前所未有的高度。两年前，《光明日报》特开辟"百城赋"栏目，倡导对"赋"这种文体的继承和发展，从而推动了"赋"的创作繁荣。

"赋"在汉代最为繁盛，成为汉代文学作品的代名词。但汉赋过于讲究辞藻的华丽，对仗的工稳，影响了内容的表述。到了唐、宋时期，杜牧、欧阳修、苏轼等人所写辞赋，既做到了语言典雅，又做到了内容充实，言之有物，实是对汉赋的发展。当下辞赋文学兴起，其创作在形式上已超越前人，在内容上与古人的最大区别就是有感而发，有为而作。

马树声所创作的《义海赋》，就深具这些特征。

《义海赋》写成之后，曾数易其稿，一再修改。古人说过，文章是改出来的，而不是写出来的。这话很有道理。"初唐四杰"王勃的千古名篇《滕王阁序》，也是一篇辞赋体，前后修改了十三次。而《义海赋》的每一次修改，作者都有真性情注入，这是很难得的。可以说，马树声的《义海赋》，实际上是他对义海真挚感情的自然迸发，也是对义海人八年高原艰苦创业的一次全面总结。因此，读《义海赋》，感到马树声不以辞赋而自规，意得手随，气畅情酣，情感张力极强，全文始终贯穿着自己深刻的情感，深深乎但写胸中之所感，沛沛然有千言万语自肺腑流出。

《义海赋》前后共分五部分。第一部分介绍了义海公司所在地——海西州的自然人文景观，描述了海西群山巍峨、矿藏富饶与其丰富的文化底蕴，引出了义海人在这里创业的话题。开篇"巍巍祁连，莽莽昆仑，挺世界之脊梁……物华天宝，人杰炎黄……八百里柴达木，五千年封神榜"，从混沌初开落笔，广袤深远，大气磅礴，奠定了全文的基调；进而抒发对远古祖先的追思，对民族文化、民族精神的赞美，然后归纳出中华民族的强盛是由勤劳勇敢的劳动人民建设起来的，而义海人在戈壁荒漠创业是其一个缩影的主旨，思路缜密，论述深刻，故而意深而味长，令人心潮澎湃，咀嚼再三。

接下来，第二部分写出了创业时的艰辛与创业成功反哺社会的责任感。从内容上看，"沙漠戈壁，高寒缺氧，八月飞雪，破冰摸鱼，麻雀当粮，木里矿区地作床，挑灯夜战驱豺狼"，形象而真实地再现了义海人创业时的景象，让人深刻感悟到了义海人的悲壮与豪迈，这种创业者的大无畏精神，气吞山河。诵读此段文字，但觉热血沸腾，情感激荡，顿生仰天长啸之冲动。第三部分写义海精神和企业理念。读了此段，你也就理解了义海精神，会为义海的企业理念叫好。义海精神由三个方面组成：一是"舍小家为大家"的奉献精神；二是"缺氧不缺志气，敢与高原比高低"的拼搏精神；三是"特别能吃苦，特别能忍耐,特别能奉献,特别能进取,特别能战斗"的"五特"精神。义海的企业理念包括了"以人为本、科学发展、和谐义海、激情奉献"的经营理念,"体面劳动,快乐工作;高雅娱乐,健康生活"的工作生活理念,"核心中心一条心、上下同心不变心,激情奉献要恒心、实现跨越有信心"的党委工作理念。正是义海精神和义海的企业理念,构成了义海的文化体系与核心价值观。文化体系与核心价值观的确立,是义海企业发展的必然。在这一文化体系引领下,义海肩负起了国有大企业的社会担当。2010年,玉树地震,义海迅速组建了三个救援小队,第一时间奔赴抗震一线,成为河南省与海西州第一支救援队。全国一百余家媒体报道了义海救援队的事迹,先后受到国家安监总局、青海省委省政府的表彰。这一段,着眼义海大理念,将义海精神融入时代,融入社会,寄意深广,倾情殷远,正是有感而发、有为而作的具体体现。

第四、第五两段,可以合并解读。第四段写义海已取得的辉煌成就,第五段展望义海美好的前景。义海成绩的取得,是因为"上下同心",是因为"矿区和谐",是因为"海纳百川""有容乃大""高不在山"。而义海更为光辉的前景,岂止"百亿元企业,跨越千万吨矿山"的实现,是有着坚实的根基的:就是"三原"文化的融合,精品"五优"矿井的创建,绿色产业链的锻造,先进企业文化的引领,一支优秀的团队,以人为本的科学发展观,艰苦创业、激情奉献的企业精神等。这时的义海,"无与伦比,美哉! 大美青海树大旗,大爱义海奏华章!"言辞滔滔如黄河之水天上来,气象崛崛如世界屋脊昆仑之巍峨。至此,抒情达到了顶峰。

纵观《义海赋》全文,在表现形式上,句式随意短长,大体对称,押韵摆脱了古辞赋的羁绊,挥洒自如。几个"斯是义海",遥相呼应,使抒情在铺陈排比中上下一气,气脉贯通。《义海赋》不像古赋那样过于讲究骈俪四六、工整对仗和使事用典,但汲取化用了古辞赋中的有益因素,气、势、韵兼备,收到了纵横恣肆、层层烘染的艺术效果。

《义海赋》根植于义海人创业发展的沃土,自觉与当代社会生活相结合,把义海精神与辞赋文化融为一体,气脉相通,真实地反映了义海的精神风貌。全赋气象雄浑,情感激越,视域宽博,襟怀浩大,堪称义海企业之魂、义海文化之魂。

走进最高艺术殿堂

2011年10月下旬的一天,马树声忽然打电话来,让我带上几本新出版的义海企业文化丛书《义海扬帆·散文卷》去西宁饭店与青海省文联主席班果、书协主席王庆元及几位书法家聚一聚。

吃饭当中,从班果主席那里得知马树声要到北京开会的消息。这个会议,就是全国第九次文代会和第八次作代会。中国文艺界级别最高的会议。

班果主席说,马董事长是青海省唯一以企业家身份当选的文艺界代表。

事后,从班果主席那里知道了具体情况,马董事长当选为代表,是因为他自身的艺术修养和对青海文艺事业的贡献。他说得有道理,分析起来,马董事长当选为代表,这里面有两个绕不过去的因素。一是作为青海省书法家协会副主席,其在书法艺术上有着较高的造诣,尤其是"昆仑书风"理论的提出,对青海省书法事业的发展有不可替代的贡献;二是公司的企业文化建设已取得了丰硕的成果,在青海社会各界引起了广泛的影响。事实证明,义海注重企业文化建设的做法是正确的。义海地处雪域高原,高寒缺氧,而义海人又大都来自中原,无论生理上还是精神上都与这里存在着一种天然的障碍,而人精神上的障碍又占据着主要地位。要解决这一问题,首先得从精神上解决问题,而要想从精神上解决问题,只有靠文化的力量。

马树声看到了这一关键所在。先进的文化理念、有效的文化载体建设,激发了广大员工的昂扬斗志,锻造了他们积极向上的精神风貌,因而在这里克服了一个又一个困难,创造了一个又一个奇迹。义

马树声参加全国第九次文代会

海的发展,再次彰显了文化的力量!

这里面,凝聚着马树声的智慧和心血。

而这一切,为他当选为全国第九次文代会代表和第八次作代会代表做了最好的诠释!

2011年11月20日下午,马树声随同青海省代表团进京报到,住进"中国职工之家"。当天晚上,青海团的代表们开始做各项准备工作。海西州文联主席斯琴夫还特地跑去民族大学,向朋友借来了一套少数民族服装,穿在身上倒也合适。其他几位少数民族代表也纷纷试穿各自具有民族特色的服饰。他们所做的这些,都是为了第二天的盛会,到人民大会堂去聆听时任中共中央总书记胡锦涛同志的讲话。

这次会议,马树声通过青海省文联给我搞到了一份请柬,所以,我陪同马树声一起到了北京。

第二天一早,我与马树声在"中国职工之家"一楼餐厅吃了早餐,便早早坐上大巴。8点整,大巴便朝着人民大会堂方向出发了。长安街已实行了交通管制,虽说是早高峰,路上的车却极少。代表们乘坐的数十辆大巴一线排开,蔚为壮观。

我是第一次来到人民大会堂,这里宏伟雄壮,富丽堂皇,可给人的感觉又是那样的朴素、洗尽铅华。全国去过不少地方,还没见哪个地方有着这样的气势!

2011年11月21日上午10点,党和国家领导人步入会场,雄壮的国歌响起,代表们掌声雷动。有关议程过后,胡锦涛同志发表重要讲话,代表们再次响起雷鸣般的掌声。胡锦涛同志在讲话中说,文艺是民族精神的火炬,文艺事业是中国特色社会主义事业的重要组成部分,是社会主义文化建设的重要内容,文艺工作在党和国家工作全局中具有十分重要的地位。文化是民族的血脉,是人民的精神家园。实现中华民族伟大复兴,离不开中华文化繁荣兴盛。希望广大文艺工作者始终坚持正确方向,更加自觉、更加主动地承担起用社会主义先进文化引领社会进步的历史责任;始终坚持以人为本,更加自觉、更加主动地承担起为人民书写、为人民放歌的历史责任;始终坚持锐意创新,更加自觉、更加主动地承担起推进文化创造的历史责任;始终坚持德艺双馨,更加自觉、更加主动地承担起弘扬文明道德风尚的历史使命。

胡锦涛同志的讲话站在历史的高度、时代的高度,指明了中国文艺前进的方向。马董事长说:"胡锦涛同志的讲话让我们感受到一种力量。尤其是讲到'文艺是民族精神的火炬,文化是民族的血脉,是人们的精神家园'时,我深有感触,义海的发展就深深地印证了这一切。"马董事长进一步说,"听了胡总书记的讲话,我更加坚信了文化引领企业发展方向的正确性,回去后要振奋精神,真抓实干,抓住机遇,乘势而上。在工作中找准着力点,采取具体有效措施,进一步加强企业文化建设,促进企业健康发展。"

这一天,对马董事长来说,是个永远值得纪念的日子。他开会的特写镜头,先后在中央电视台《新闻联播》《朝闻天下》连续播出,成为历史性的镜头。

22日下午,在青海团的座谈会上,马树声就如何深入贯彻落实胡锦涛同志讲话精神做了发言。他说,胡锦涛同志的讲话指出了文艺事业今后发展的方向,情真意切,催人奋进,我们要认真学习、深刻领会讲话精神实质,同时,把学习胡锦涛同志讲话和学习十七届六中全会《决定》紧密结合起来,把精神深入落实到我们的工作和实践中去,落实到基层和企业中去。胡锦涛同志讲话中讲到了文学艺术事业与人民的关系,这既是对文艺工作者的期望,也为文艺工作者指明了方向。党的文艺事业的发展证明,文艺来源于生活,来源于人民群众,生活是艺术创作的源泉。而基层也更需要文学艺术,只有文艺事业在基层的基础打扎实了,文艺事业才会真正地繁荣,胡锦涛同志的讲话才算真正落到了实处。殷切希望文艺工作者贴近生活、贴近实际、贴近群众,利用不同的文艺方式,弘扬真善美,揭露假恶丑,创作出人民群众喜闻乐见的文艺作品、精神食粮。马董事长邀请各位艺术家到义海公司体验生活,感知义海的企业文化建设。马董事长说,义海企业的发展已经初步体现出了文化的力量,胡锦涛同志的讲话让我们更加增强了搞好企业文化建设的信心。

晚上,青海团代表在"中国职工之家"齐聚一堂,把酒畅饮。艺术家们酒到兴时,有人唱起了草原民歌,有人跳起了民族舞蹈,以此庆贺文艺盛会的召开。

历史与苍天的铭记

第一时间行动起来

2010 年 4 月 14 日,德令哈依然是一副严冬景象,天空中不时飘落着雪花。在内地,早已是吹面不寒杨柳风的时节,而这里,风打脸上扫过,那种刺骨的感觉并没见丝毫的减弱。

马树声像往常一样,早早起了床,看了一会儿书,是贾平凹刚出版的长篇小说《古炉》。7 点 30 分左右,他步行去公司职工餐厅吃早餐,职工餐厅在公司办公楼一楼,靠东头的两间房子。这个时候,公司还是租楼办公,地址就是格尔木西路 8 号。

餐厅内有三张圆桌子,马树声在靠窗户的一张桌子前坐下。稍后,公司副总经理、大煤沟矿副矿长陈守义也坐在了这里。陈守义昨天下午从大煤沟矿下到德令哈,办过事后见天色已晚就住了下来,原打算开了调度会再返回矿上。

早饭即将结束的时候,马树声接了一个电话,他的脸色凝重起来。电话是豫西建筑公司项目部经理胡建云打来的。他在电话里说，刚刚，也就是 7 点 49 分，玉树州发生了 7.1 级地震，震中在玉树县的结古镇。这次地震破坏巨大，当地人民群众生命财产遭受了严重损失。

推了饭碗，马树声对正在吃饭的办公室主任杨秀昌说："马上通知召开党委会，研究对玉树灾区的援助工作。"又对陈守义说，"你代表大煤沟矿参加会议，回去后向段明道矿长传达党委会会议精神。"在党委会上，马树声率先发言道："我们是国有大企业，也是河南的一家外埠企业，企业宗旨是回馈青海，现在，玉树发生了特大地震，我们要勇于承担社会责任，勇于担当，第一时间行动起来！"

党委会形成了统一意见。首先，号召公司广大干部职工，向玉树灾区人民伸出友爱之手，捐献爱心。其次，成立义海公司救援小分队，等向海西州委、州政府汇报后，火速奔赴抗震救灾一线。

当天下午，马树声就义海公司向玉树灾区派遣救援队一事向海西州委、州政府做了汇报，得到充分的肯定。州委常委、秘书长王敬斋紧紧握着马树声的手说："义海是一家有着高度社会担当和责任感的企业，以实际行动践行着'回馈青海'的诺言。"

回到公司后，马树声对陈守义说："你今天赶回大煤沟矿，向段矿长通报公司党委的决定，以公司矿山救护队为生力军，迅速组建玉树抗震救灾小分队，明天下午 3 点前到公司办公楼前集合，整装待发。是'矿山英雄'大展雄风的时候了。"

同一时间，公司党务工作部把党委会的号召传达到了公司全体员工。大煤沟矿、木里煤矿的党员干部，纷纷连夜赶赴德令哈，参加第二天的献爱心活动。木里矿党员李志清，因患严重感冒正在天峻县医院住院治疗,听到这个消息,拔掉正在输液的针头,拖着病体,乘坐最后一班天峻开往德令哈的公共汽车,也赶到了公司总部。他说:"党需要我的时候,作为一名党员,一切都应置之度外,包括生命。"

4月15日上午,在公司办公楼前,挂出了"义海公司能源向玉树地震灾区捐款仪式"的横幅,横幅下面,置放了一张铺着黄色绒布的桌子,桌子上是临时糊成的捐款箱,写有"众志成城,抗震救灾"的字样。不到8点钟,捐款箱前就排起了长长的队伍。

作为义海公司党委书记、董事长,马树声第一个来到捐款箱前,将一份凝聚着拳拳之情的爱心投进了捐款箱里。紧接着,党委副书记、党委委员、党员以及干部职工,陆续走到了捐款箱前,纷纷伸出友爱之手。这一场景令人感动。

刚刚从北露天矿来到义海公司大煤沟矿的沈宏伟,因为原单位效益不好,已经一年多没有发工资了,两个孩子都正在上学,父母年纪大了,有个头疼脑热的也是常事,家中用钱的地方很多。这次来青海,一路上都是靠开水泡妻子为他烙的葱油饼充饥的。来的时候穿了一双单布鞋,到德令哈时,脚冻得难以忍受都不舍得买一双棉鞋,还是《义海人》编辑杨建民看不下去了,为他买了一双。

这次他也跟着下到德令哈,杨建民知道他的家庭情况,劝他不要捐款了。沈宏伟不同意,向杨建民借了二百元投进了捐款箱。

还有义海公司的一个客户,来签一个供货合同,看到眼前这一幕,也悄悄地站在了捐献爱心者的队列中。一旁的人打趣她:"你又不是义海的人,怎么也随义海人捐款?"她正色道:"我虽不是义海的员工,但义海人的大爱之心感染了我,我们对玉树同胞的情感是一样的。"

我在现场也被深深地感动了,自觉加入捐款者的行列,把口袋里的全部现金——四百九十一元,悉数投进了捐款箱。同时,我还深刻地感悟到,崇高的场景,能让更多的人变得崇高起来。

　　捐款活动结束,义海公司六百余名员工共捐款八万六千七百一十元。很快,这笔满载着义海六百余颗爱心的款项连同义海公司所捐的六十万元救灾款,一起送到了玉树灾区同胞手中。

　　午饭前,胡建云匆匆赶来见马树声,申请青海项目部以豫西建筑公司的名义加入义海公司玉树地震灾区救援队。马树声同意了他的请求。很快,参加救援队的人员名单也从大煤沟矿传到了公司总部。至此,由马树声任总指挥,段明道、张堂斌、陈守义任副总指挥的三十九人救援队组建完成。

　　下午3点30分,马树声做了出发前的动员讲话。他表示,在这

义海公司救援队出发前往玉树地震灾区

场灾难面前,义海公司将尽一切力量,全力帮助玉树灾区同胞早日渡过难关。海西州委常委、秘书长王敬斋,副州长吕刚代表海西州委、州政府参加了为义海公司玉树救援队壮行仪式,并为这支英雄的救援队伍授旗。

在义海职工热烈的掌声中,这支由三十九人组成的英雄队伍,携带着玉树灾区同胞必需的食品、棉大衣、被褥和汽油等救灾物资,朝着玉树灾区出发了。4月16日,第二批救援物资,包括一百五十吨煤炭在内的价值近七十万元的灾区必需品,外加两台大型挖掘机也陆续往玉树灾区开拔。

夜过巴颜喀拉山

从德令哈到玉树,中间要穿越巴颜喀拉山。

巴颜喀拉山属于昆仑山脉的一部分,位于青海省中部偏南,是黄河的发源之地,它的南侧是通天河,因此,地理书上又将巴颜喀拉山称为长江与黄河的分水岭。

救援队4月15日下午3点30分出发,走的是214国道,这条国道是沿着"唐蕃古道"修建的,途经共和、玛多到玉树。由于道路不熟,德令哈至共和县河卡镇途中多次绕道,等到达河卡镇的时候,已经是晚上8点多钟。有人提议在路边找一家小饭馆吃过饭再赶路,也好下车顺便活动一下僵硬的腿脚,再说晚上天气寒冷,喝点热汤热水,还能暖暖身子。可这一提议立即遭到众人的反对,时间就是生命,早一点到达灾区,灾区同胞就会多一点希望。最后形成统一意见，不下车吃饭，在车上吃干粮充饥，不浪费一分一秒，为援助玉树灾区同胞赢得时间。

在义海公司玉树灾区救援队的一号指挥车上，坐着四个人。副总指挥兼现场总指挥陈守义，我与大煤沟矿党务工作部部长高其华是现场副总指挥。司机是负责此次救援工作后勤保障的闫发民。这个车上，我与高其华都不会开车。说起来还真有点奇怪，20世纪90年代初，我在义马市总工会工作期间，热情的陈师傅和张师傅都发誓要教会我开车，可教一阵子后相继泄气。后来到青海，地广人稀，最适合练车，办公室的大、小杨主任轮番施教，也同样没能教会我。只得作罢。

陈守义是一名摄影爱好者，来到大煤沟矿后，身处神奇的柴达木盆地，他的摄影水平得以迅速提升。我曾在《义海人》报上编发了他的一幅名为《沙漠里的驼队》的摄影作品，无论是技巧还是意境，与专业的摄影家相比，毫不逊色。陈守义是个有趣的人，到大煤沟后，他一直想把荒漠中的锁阳当作盆景来养，种一次，三两天就枯萎了，他就接着种，几年下来，前几天终于种活了。

而这个时候，他接到了去玉树参加救援的任务。坐到车里面，他不无担心地说："不知道我的那盆锁阳能不能扛过去？"大家都笑起来。高其华安慰他："放心吧，锁阳最耐得住干旱，十天半个月没有问题。"

过了河卡镇，车一下子多起来，前往玉树地震救援的绿色通道上，车队宛如长龙。在我们救援一号指挥车的前面，行驶着一辆挂吉林牌照的大卡车，车上载满救援物资。我当时还想，这么远的路程，肯定是震后第一时间就出发了的。在一S形的拐弯处，我留心一下，发现了挂更多省份牌照的救援车,山东、山西、河北、四川等。一方有难,八方支援。我被眼前的景象感动了,眼眶有些湿润。

晚上 9 点 30 分左右,救援队进入巴颜喀拉山区。

这座在藏语中被喊作"职权玛尼木占木松"的祖山,海拔多在五千米以上,属于大陆性寒冷气候,飞雪四季不断,冬季气温常在零下三十五度左右,到处是经年难以融化的积雪和冻土层。白雪皑皑,空气稀薄,酷寒彻骨。放眼望去,真正一个银装素裹的世界。

214 国道开始在山中蜿蜒盘旋,路况变得坡陡弯急,凶险无比,好在义海公司矿山救护队的司机都是在高原锤炼出来的,能够应对各种险情和意外,不然,倘若是毫无高原行车经验的司机在这样的山路上行驶,尤其还是晚上,真的是寸步难移。

很快,在一个拐弯的地方,我就看到了十分惨烈的一幕。一辆大卡车的残骸废弃在一座小山脚下。可以想象得出,一定是司机一时慌了手脚,才令大卡车冲出公路,跨过路下的壕沟,撞向一个小山包的。车头被撞成畸形,车玻璃全部碎裂,司机已不知去向。我愿他最好的结局就是被公路巡警救了下来,送进了医院。因为这一带是无人区,没有通信讯号,即使个别地方有那么一点信号,也是极差,断断续续,根本无法与外界联系请求施救。再说天气严寒,人的肉体抵抗不了黑夜冷风的侵袭。

到海拔四千八百余米的巴颜喀拉山垭口,我与陈守义、高其华下车方便。这已经到了巴颜喀拉山南麓,虽说天色已经黑透,但高耸起伏的群山依然尽收眼底,只是皑皑白雪都已变得灰暗,像很多怪兽列阵相峙。南麓与北麓明显的区别,就是山坳里的住户和寺院明显多起来,那低矮的土房子,让人感到一种久违的温馨。

我们的身边有经幡猎猎，耳旁是寒风尖锐的呼哨声。这里寒冷至极，刚一下车，一股寒流即刻从脚底侵入发梢，人瞬间就被冻透了。脚下飘飘忽忽，像行走在太空之中。想呼吸，嘴和鼻孔都被风堵住了，胸膛似乎要炸裂。

方便之后，我们迅速返回车内，几分钟过去，上下牙齿犹还"嘚嘚"撞击不已，好半天身子都没有复苏过来。陈守义说："这样的天气，如果车晚上坏在这里，非冻死不可。"

闫发民说："在高原行车，至少需要两辆结伴而行，出现危险也好有个照应。"

义海公司救援队这次奔赴玉树灾区，考虑到路途当中所会出现的危险因素，尤其巴颜喀拉山北麓大面积没有通信讯号的情况，给每辆车上配备了一部对讲机，连夜急行军，遇到陡窄路段，前面的车辆就会提醒后面的车辆，减速慢行，注意行车安全。

从德令哈出发以后，一号指挥车都是闫发民一个人在开。中间，陈守义怕他太疲倦，想接替他一会儿，闫发民不同意，他说："接下来你还得全力指挥救援行动，我出这么点力算什么？"为了怕打瞌睡，闫发民在山口下车的时候，团了一个雪团，裹在随身带的毛巾里，想打瞌睡了，就拿起来在额头擦一擦，然后继续开车。一路上不停地擦拭，以至后来额头被擦得通红通红，几乎都冒出血丝来了。看闫发民实在太疲倦了，陈守义命令他停下车，接替了他。

第二天上午9点左右，义海公司救援队经过十七个多小时的昼夜兼程，越过险峻的巴颜喀拉山，行程一千二百余公里，到达玉树重灾区结古镇。

牦牛粪的友谊

在青藏高原,尤其是在玉树地震救援的那些日子里,牦牛粪有着特殊的含义。

2019 年 7 月中旬,在青海省海北州门源县的著名景观地花海鸳鸯的草坪上,诗人西月忽然提起了一个话题:每当盛夏,在没有电冰箱的年代,你们知道高原上是怎样储存食物的吗?

我对这个话题充满兴趣。因为对我来说,这是一个谜。尽管我在德令哈待过不短的时间,但高原上神秘的地方太多。我不禁问:"用什么呢?"

西月说,用牦牛粪。答案出乎我的意料,牦牛粪还能作电冰箱用?

西月笑笑,把牦牛粪糊成一个瓮,晾干,将食物放进去,密封严实,一个夏天都不会坏,比电冰箱环保多了。

这个话题勾起了我对牦牛粪的回忆。

2010 年 4 月 16 日上午,义海公司救援队到达结古镇,成为全国煤炭系统第一支,也是河南省第一支抵达玉树灾区的救援队。刚进震中结古镇时,映现在眼前的,到处都是断壁残垣,有着巨大裂缝的高楼、坍塌的围墙、扭曲成麻花状裸露的钢筋、碎成粉齑的水泥,等等,触目惊心。

我与陈守义二人先去赈灾总指挥部报了到,总指挥部给我们的任务就是在扎曲河两岸开展救援。按照总指挥部的指定地点,把义

结古镇地震现场

海公司的救援物资进行了交接。刚交接完毕，马树声的电话就打了过来，询问了灾区情况，要求义海全体救援队员一定要接受灾区总指挥部的统一领导，切实搞好救援工作，并对队员们的辛苦表示慰问。

大家饭都没有顾得吃，在陈守义的指挥下，救援队来到结古镇镇东的山坡上，将宿营地安扎在这里。这处山坡海拔四千四百余米，它的下面，就是缓缓东流的扎曲河，因为地震，河水显得浑浊，好像老人脸上的泪痕。

这儿的天气很是怪异，刚刚还阳光普照，瞬间就乌云翻滚，鹅毛般的雪花飘落而下。不久，雪花又转化为阵雨，继而，又转化为冰雹。真的如小儿的脸，一天数变。

其时,余震还没有停息,就在我们搭建帐篷的时候,余震就连续发生了三次。一次竟然达到了 6.3 级,帐篷的钢管剧烈地撞击,发出"铿铿"的钝响。一个队员踮着脚正要将两根钢管连接在一起,收脚不住,狠狠地摔倒在地上,半天都没有站起来。可以看出,这一跤摔得不轻。

一部分队员搭建帐篷的时候,炊事班的六名年轻人也开始忙活起来。从昨天下午 3 点 30 分,到现在太阳偏西,由于日夜兼程,大家已经一天一夜没有吃上一顿热乎饭了。已是下午 2 点多钟,为了让大家早点吃上这顿热乎饭,胡建云也走过来,与炊事班的队员一道,在搭建的营房旁边,用四处找来的石头垒砌了两个锅台,架上了铁锅。

接下来,寻找水源。扎曲河穿越玉树县城,水已经被污染,水面上漂浮着各种不知名的物体,不能饮用。好在离营地不远的地方,一个队员发现了一眼废弃的水井,往井中看看,井里有水,大家都很高兴。但四处找工具取水的时候,才发现没有带水桶,还是胡建云有办法,他找来一个塑料壶,下面坠了一块石头,然后,用一根长长的电线充当井绳。取水工具解决了。

等水取上来,大家都傻眼了。隔着塑料壶可以清晰地看到,水里面漂浮着腐败的枯叶和杂草,还掺杂着羊粪蛋蛋。忽然,枯叶和杂草都动起来,仔细看时,一只癞蛤蟆爬了出来。

"这水怎么能吃啊?"有人不由得发出疑问。

"去镇上买些水吧。"还有人建议。但这种想法很快遭到了否定,镇子几乎成了一片废墟,哪里还能买得到水? 也有人猛然想起来,刚到的两辆救援车上应该有矿泉水,去看一看,有,就取几瓶用来做饭。

一个救援队员不满地看那个人一眼，说："那都是救援物资，是救援灾区人民的，可不是拿来让你做饭的。"

陈守义走过来，笑着对大家说："将水倒到盆子里，再把那些东西捞出来，沉淀一下，不就可以吃了吗？"见大家都沉默着，陈守义又说："不干不净，吃了没病。这是豫东民间名言。"依然笑着。这是一句打趣的话。

水的问题就这样解决了。去河边捡木材当柴火的人也回来了，万事俱备。但点火做饭的时候，这些木材怎么也点不着，只见冒烟，就是不起火苗，把救援队中唯一的女性，去年新分配来的女大学生部欢欢都难为哭了。她急着让大家早点吃上午饭，但越急越于事无补。

一个藏族妇女走了过来，她对部欢欢说："这样点不着，得用牦牛粪才行。等我一下。"藏族妇女转身走了。等她再回来的时候，又多了两个藏族大嫂，她们三人抬着一个麻料袋子，来到灶台前，打开，原来是一袋子的干牦牛粪。

那个藏族妇女，三十来岁，她的名字叫坎卓，是玉树县第三完全小学的教师。在这次地震中，她家的房子也倒塌了。她和十几个受灾户住在义海救援队营地旁的一处塑料大棚里。原来大棚里种着各类蔬菜，现在什么都没有了。

坎卓带着两个藏族大嫂把牦牛粪倒进火灶，蹲下身子开始生火，不断用嘴吹气，开始冒起了白烟。明显能看出，她们三人都流出了眼泪，眼圈被烟气熏红了。很快，牦牛粪燃烧起来，接着，木材也跟着燃烧起来，二者形成熊熊大火，把坎卓、两个藏族大嫂与围拢在一旁的队员们的脸都映得通红。

我感到奇怪，问坎卓，为什么牦牛粪能够很快地将火生起来？

坎卓送来了牦牛粪

坎卓回答道,牦牛粪是高原上的宝贝,很多人家的姑娘出嫁,陪送的就是牦牛粪。这里已经是海拔四千四百米了,因为牦牛粪的燃点低,一张报纸就能将它引燃,所以容易生火。我们这里如果没有了牦牛粪,那简直就没法过日子了,取不了暖,吃不上饭,甚至连开水都喝不上。

两锅大米汤很快熬好了。看着队员们你一碗我一碗,或蹲或站地喝起来,坎卓和两个藏族大嫂开心地笑了。队员们都感到今天的大米汤分外好喝,有一股淡淡的清香。

訇然倒塌的寺院与脆弱的生命

结古寺是玉树最著名的一座寺院。

这座寺院是玉树地区最大的藏传佛教圣地,如果查阅它的历史,已经有两千余年。整座寺院坐落在结古镇北的木它梅玛山上。

我们走进玉树的第二天,就在结古寺附近展开了救援,中间曾数次路过结古寺。那个时候,这个千年古寺已经倒塌。呈现在我们面前的,是一派惨烈的景象:镶嵌着金子、绿松石、红宝石等珍宝的佛像滚落到山腰,身首异处,经幡、铃铛、法轮散落一地。

看到这一幕我瞬间联想到了宋仁宗年间的那场大火。那场大火为雷击所致,它烧毁了皇家所建造的玉清昭应宫,里面供奉的是玉皇大帝和圣祖赵玄朗,可以说是一座皇家道观。

章献皇后想复建这座被大火烧毁的道观,但遭到大臣范雍的反对。他说,这里所供奉的大帝诸神,自身都难保全,复建它有何用?不如顺应天意,把剩下的两间西厢房也一把火烧干净算了。范雍口中的天意,可理解为大自然的意志。

在倒塌的结古寺前,我再一次体味到了大自然的威力。自古至今,人们为了逃脱大自然的惩罚,修建了许许多多寺院道观,塑造了许许多多神祇神像,冀以得到庇护和保全。然而,在大自然面前,所有一切人为的东西都显得苍白而无力。不如好好善待大自然,也许才会减少一些厄运。

但是,我对结古寺依然充满崇敬。

这座著名的寺院里,大约居住着五百名僧人。僧舍依山而建,高五层,一百多间。奇怪的是,用青白红三色土墙堆砌起来的僧舍并没有倒塌,只是墙壁裂开了,纹路蛛网般四通八达,门窗多已扭曲变形,看上去受损程度不同而已。在这次破坏性巨大的7.1级地震中,僧舍屹立不倒不能不说是一个奇迹。

寺院大经堂却没有这么幸运了。大经堂的主殿已被大自然的巨手捻成一片废墟,屋顶上象征永恒的金筒已横倒在一边,使象征成为过往。震落的砖块、石砾和尘土漫过了门窗,主殿内庄严的景象再难一睹芳华。主殿一侧的偏厅里,数百盏酥油灯跌落佛案,遍地都是蜡质的酥油和铜灯盏。几幅颇有年份、珍贵的唐卡飘落在废墟里,在尘埃中依然讲述着经典的宗教故事。

另一侧,是寺院的斋房,那口数百斤的大铁锅也未能幸免于难,变成了一堆废铁。

最高处是结古寺的佛学院,每天清晨的4点45分,寺里的僧人就起床了。洗漱过后,6点钟准时到佛学院的大经堂进行早课。这是寺院传承下来的规矩,雷打不动,风雨无阻。

2010年4月14日7点49分,像往常一样,僧人们正在大经堂里诵经,忽然之间,整个大地都晃动起来,屋顶上的瓦砾尘土扑簌簌往下坠落。正在讲经的僧人格来且增猛地意识到:地震了。他手握着经书,一下子就冲到门口,将大门打开,对大家说:"快往山上跑!"

大家跟跟跄跄地往山上跑去,等跑出去二百多米,回头去看佛学院的大经堂,已经是尘烟一片,不见了踪迹。众僧醒过神来,禁不住感到一阵阵后怕。

等强震过后,在零零星星的余震中,僧人们重又回到已扭曲变形的佛学院大经堂，点燃酥油灯，一遍又一遍地诵读着经文，为在地震中受难的人们超度。这是人类最珍贵的祈祷，也是人类最崇高的感情和情怀。我的心弦被深深地拨动了，体味到一种从未有过的震撼。

人的生命是脆弱的，尤其是在大自然突然有灾难降临的时候。救援期间，我们遇到了一个在玉树做家电生意的年轻人，他祖籍河南商丘。他告诉我们，地震发生的一刹那，他恰巧跑到院子里去方便，猛地感到站不稳了，左弹右跳地想摔倒。等听见"轰隆"一声巨响，扭过头，刚才的房子已经看不到，成了一堆废墟。

他一下子就蒙了。房子里面，还住着他的哥哥和一个侄子。侄子前几天刚从老家来到这里，说是要帮着父亲打点生意。现在，房子没有了，哥哥和侄子也都没有了。他刚才走出房子的时候，听到哥哥还在打鼾，侄子虽说没有打鼾，但估计也还在梦中。他不愿意相信眼前的情景，两个大活人，刚才还躺在床上睡觉，还在梦里憧憬生活的美好，怎么一下子说没有就没有了呢？

等他清醒过来，意识到再也见不到哥哥和侄子的时候，他发疯般地跑到已是一片废墟的房子上，一边用手疯狂地扒着烂砖碎瓦，一边号啕大哭。他多想眼前这一幕是一场梦啊！让他永远都别清醒过来。然而，眼前的现实却又是这样的残酷。

在玉树的第四天，我们碰见了一个解放军战士。这个年轻的战士满脸的疲惫，他让我们的救援车搭载他一段路程，他要到一个救援现场去。然后，他向我们讲述了另一个有关生命的故事。

他和他的战友在一处废墟里抢救一个被埋在水泥楼板下面的生命时，真正体验到了生命的无常和脆弱。抢救的整个过程惊险无比，时而掉落的瓦砾和石块随时都有砸到头上的可能。他们小心地清理着被震成齑粉的水泥和砖块,努力挖出一条通往水泥楼板下的生命通道,去挽救一个被困的生命。

这个解放军战士眼里含满泪水。他说,他们从早晨 8 点开始挖这条通道,每挖一段,都要用生命探测仪测量一下,以确定生命体征是否存在。到了上午 11 点,生命探测仪显示,离被困的生命已经很近了。他们愈发急迫,想早点救出这条生命,不由加快了速度。11 点30 分,他们看到了被困的人,从服饰上可以断定,那是一个藏族小伙子。他们心底涌出一丝欣慰,一个被困的生命即将获救。

然而,也就是在这个时候,生命探测仪忽然显示,被困的生命没有了生命体征。一个生命就这样消失了,给解放军战士和他的战友留下了一个难以弥补的遗憾。

废墟上:三百零六座帐篷与三百零六个家

地震以后,结古镇很多家庭都失去了房屋,只能借宿别处,或者露宿街头。

结古镇海拔四千四百余米,昼夜温差多至十几度,这对失去了住房的人们来说,每一个夜晚都是一次残酷的考验,一段难挨的煎熬。他们不得不穿着深靿棉靴,紧紧裹着棉被或者棉大衣,却依然抵挡不住寒冷的袭击,在黑暗里瑟瑟发抖。或者,一家挤在一个已经没有屋顶的角落里相互取暖,嘴里祈祷着,让黑夜早点过去。

一个黑夜可以咬紧牙关挺过去,两个黑夜也可以咬紧牙关挺过去,时间再长,人的意志一旦被摧垮,冻伤事故就会不可避免地发生。

党和国家对灾区人民无微不至地爱护和关怀，尽最大努力解决灾区群众所遇到的实际困难，其中一项，考虑到受灾群众的住宿问题，为玉树灾区输送来大批的救灾帐篷，并以最快的速度发放到了受灾群众手中。

然而，灾区群众大多不会搭建这种帐篷，虽然领到了手，却依然露宿野外，遭受严寒的侵袭，很多老人和儿童因此被冻得患上了感冒。

义海公司救援队得知这一情况后，迅速召开了临时党支部会议，大家认为，救援工作更应该围绕灾区人民的迫切需要展开，把救援目光投向更多的生存者。大家很快达成一致意见，一个救援小分队继续搜救地震中遇难的群众和受灾群众的财物；另两个救援小分队则把工作重心转移到为受灾群众搭建帐篷上来。

陈守义把临时党支部的决议向马树声做了电话汇报，马树声对这种急灾区群众之所急，想灾区群众之所想的做法十分赞同，同时指示救援队，在搭建帐篷的过程中，因要与藏族同胞进行密切的接触，一定要尊重少数民族的风俗习惯，态度要热情，工作要细心，不能接受灾区群众的任何礼物，树立义海公司良好的社会形象。

义海公司救援队临时党支部是到达结古镇的当天成立的。十五名党员组成了三个党小组，每天晚上召开党员会，传达海西州玉树抗震救灾指挥部临时党委的救援工作精神，研究部署义海公司救援队的救援工作，及时总结救援工作的进展情况和经验教训，为第二天的救援提供借鉴。

在整个救援工作中，一个党员就是一面旗帜。临时党支部、党小组和每一个党员都真正发挥了先锋模范作用和党组织战斗堡垒作用,事事冲在前面,时时勇做表率。

前线总指挥陈守义,每次召开临时党支部会议分配好工作后,多半已经是深夜 11 点多钟,然后像平日一样,到宿营地各个帐篷转一遭,直到确保没有隐患了才躺下休息。

有一天早晨,陈守义起床时,感到浑身一阵阵发冷,头疼得好像要炸裂开来,走出帐篷的时候,人几乎要摔倒在地上,高其华急忙上前搀扶住了他,然后喊来了随队医生吴延鹏。

吴延鹏做过检查后说,陈总劳累过度,再加上严重的高原反应,身体才出现了这种不适,唯一的办法就是卧床休息,减少活动。大家纷纷围拢过来,都劝陈守义休息一天。

"这个时候怎么能躺倒?有那么多受灾群众急需救援!"陈守义朝大家摆摆手,"抓紧吃早饭,吃过饭投入战斗。"他让吴延鹏给他拿点药,就着矿泉水服下去,和大家一起去吃早餐。

早餐过后,马不停蹄,率领队员们奔赴救援现场。

搭建帐篷是在野外进行的,缺氧,高寒,瞬息万变的天气,环境恶劣,十分的艰苦。太阳高悬在天际的时候,紫外线强烈,炙烤得救援队员睁不开眼睛;乌云翻滚,雪、雨、冰雹交替而至,又把队员冻得瑟瑟发抖。可以说一日之内,救援队员们经受了冰火两重天的锤炼。

藏族同胞白马杜吉老阿妈家的房子在这次地震中全部倒塌,连一堵完整的墙壁都没有了。他们一家老小只能在院子里打扫出一片簸箩大的地方来安身。到了寒冷的夜晚,他们全家就靠裹着两条被子,紧紧挤在一起来应对四面八方吹来的刺骨寒风。他们已经在这样的寒风中度过了两个夜晚。

当白马杜吉老阿妈明白义海救援队的队员们要给她家搭建帐篷

时,她的眼睛里贮满了泪水。队员们投入了战斗,刨坑、组装、固定,紧张而有序,帐篷很快搭建起来。搭建起来后的帐篷大家感到有些别扭,肯定是什么地方出了问题。队员张俊军四下看了看,发现了症结所在。原来这座帐篷不配套,支架大,篷布小。什么话也没说,大家齐动手,把刚搭建起来的帐篷拆掉,对支架进行了改装,然后重新搭建。

白马杜吉老阿妈一家搬进了重新搭建好的帐篷,他们又有了一个新家,这里遮挡住了寒风和雨雪,乃至冰雹,又有了家的温馨。义海救援队的队员们还给她家送了一些方便面、火腿肠、矿泉水等赈灾食品。

为藏族同胞搭建帐篷

白马杜吉老阿妈泪水在脸上滚淌,她双手合十,手中还拿着佛珠,嘴里连声说着:"感谢,感谢,扎西德勒,扎西德勒……"

　　才仁达吉是白马杜吉的邻居,两家有着相同的遭遇,他家的房屋也被震成了废墟。义海公司救援队的队员们给白马杜吉一家搭建帐篷时,他先是站在一旁观看,后来就打下手,递个接头或者螺丝。等帐篷搭建好,他拉着一个队员的手,恳请也给他家搭建一座帐篷。

　　很自然,队员们答应了他。在救援队员们心里,即便才仁达吉不说,他们也会主动去给他搭建的。义海救援队在搭建帐篷方面富有经验,搭建起来的帐篷牢固而严实,住起来舒适而暖和,很快就有了良好的口碑。有时正吃着饭,受灾群众就找了过来,让去给他们搭帐篷。队员们二话不说,放下手中的饭碗,拿起工具就出发了。

　　有一天黄昏,大家回到宿营地,都累得精疲力竭了。一个十一二岁的藏族小女孩跑了过来,她叫才文格来,她的父母都在这场地震中遇了难,她还有一个弟弟,一个妹妹,都需要她的照顾,而她还是个孩子。三个孩子在露天下已经度过两个夜晚,尤其到后半夜,两个小点的孩子冻得直哭,嘴里一个劲儿喊着"爸爸妈妈,救救我们"。

　　大家瞬间忘记了疲劳,拿上工具,跟着这个藏族小女孩,向救援战场走去。

　　帐篷搭建起来了,结古镇的电力设施还没有恢复,胡建云带着队友,为三十多户藏族受灾同胞架设了线路,用自带的发电设备,给他们送去了光明,解决了照明问题。

　　若干年过去,我再一次走进大煤沟,在这里,我见到了高其华。

　　说到在玉树为藏族同胞搭建帐篷一事,我说印象中有二百八十多座。

"不，是三百零六座。"

三百零六座帐篷，就是三百零六个家。

藏獒和橘子

在强大的自然灾害面前，人们会恍然认识到：人与人之间，最值得珍惜的，是于共同抗击这种灾难过程中所建立起来的友谊。

义海救援队到达结古镇，在严寒、狂风、冰雹等恶劣的环境中，不分昼夜地进行着救援工作。为了让受灾群众的财物最低限度遭受损失，他们每一个人都在挑战着身体和意志的极限。他们意志的支撑，靠的是义海的"五特"精神。这并不是一句空话，因为作为企业文化的重要组成部分，这种精神显然已经在他们的内心深处生根、发芽、开花。

玉树地震所造成的废墟上，救援队员们用铁锹、洋镐和双手，把受灾群众的财物，一点一点地从石块和瓦砾中搜寻出来，挖掘出来，然后交到受灾群众手上。

救援队员唐怀斌和刘会宁在为受灾群众挖掘摩托车和保险柜时，由于高原缺氧和强烈紫外线的照射，又加上用力过猛，呼吸困难，先后晕倒在废墟上。刘会宁的鬓角被锋利的石块划破，鲜血流淌下来，染红了他的衣领。他们被队友抬到宿营地休息，等他们的体力稍有恢复，立即又加入搜救行列之中。

这项搜救工作连续进行了五天，天不明就起床，直到星星出来了才收工，一天要在废墟里忙碌十几个小时，因为在海拔四千四百米的结古镇,太阳落山很晚,都晚上 9 点多钟了,内地城市早已是灯的海洋,而这里的太阳还依然霞光万道。工作时间长只是一个方面,更不容忽视的是,余震还时有发生。

就这样,五天时间里,义海公司救援队在结古镇的西杭路、胜利路等三十三个废墟搜救点,为受灾群众挖出家电、汽车、首饰、玉石、摩托车、现金等两千余件,价值约五百六十万元。

义海公司救援队的无私付出在结古镇传扬开去,赢得了灾区群众的赞誉,并和他们结下了兄弟般的友谊。到玉树救援,原也考虑到灾区必然物资匮乏,带了一些蔬菜,但第二天就吃完了。炊事班跑遍整个结古镇都没有碰见卖菜的,才仁达吉知道了这件事,主动来到义海救援队宿营地,带着炊事班的队员驱车五十多公里,来到一个叫歇武的小镇子,把镇子上几家菜店所剩不多的蔬菜全买了回来。

藏族女教师坎卓不仅常来帮着邹欢欢为救援队的队员们做饭,有时还会送一些东西过来,如青稞糌粑之类。有一次,她得知连续两天队员们都在吃方便面,显得很是激动。"这怎么能行?每天都要耗费那么大的体力!"她回到自家的帐篷中,把家里仅有的一块牦牛肉拿了过来,让救援队的队员们补充体能。

陈守义很是感动,说:"藏族姐妹的心意我们收下,但牦牛肉我们不能要。"

坎卓都急出眼泪来了:"为了我们灾区,你们命都豁出去了,让队员们吃点牦牛肉,有了力气,不是能更好地投入救援工作之中吗?"

在坎卓的坚持下,陈守义最后将牦牛肉收了下来,但按纪律要求要付坎卓牦牛肉钱。坎卓一听急了,一下子变了脸色:"为了灾区,你们付出生命都在所不惜,在我心里,早把救援队员看成了一家人,一家人谈钱,那不是对我的差辱吗?"

义海公司救援队的宿营地设在琼龙路南侧,几天下来,队员们与四周群众的关系相处得十分融洽,他们把队员们当作了亲人,家中有什么珍贵的东西,愿意拿出来与亲人分享,有了什么困难,随时会来营地求助。而救援队的队员们,无论受灾群众什么时候来找,无论当时正在忙活什么事情,都会腾出手来,随叫随到。

来到结古镇第三天的中午,我随第二小分队去给藏族同胞才文达杰家搭建帐篷。这次地震才文达杰家受损惨重,除了几件简单的餐具外,家里什么都没有了,都被埋在了废墟之下。

给才文达杰家搭好帐篷,为表达谢意,才文达杰非要送救援队一条纯种藏獒不可。这只藏獒浑身黑炭一般,油光闪亮,只有两只眼睛周边是金黄色的,十分的昂贵。据才文达杰说,这只藏獒刚半岁,很好养活。胡建云一下子就喜欢上了这只年幼的藏獒,但想到救援队的纪律,不禁咽了口唾液,赶紧带着小分队离去了。

这样的故事几乎每天都在结古镇发生着。有一次,义海公司救援队的救援车经过一个救灾物资发放点,有个藏族小伙子刚刚领到一箱矿泉水,跑到救援车前,示意打开车窗。司机雷红摇下车窗,藏族小伙子把那箱矿泉水递了进来,并伸出手来,向救援队的队员们竖起了大拇指。

大家会经常看到这样的场景,藏族同胞每当开车路过义海公司救援队的搜救点时,看到队员们忙碌的身影,他们都会不由得停下车,摇下车窗,朝队员们挥手致意。虽然语言不通,但微笑却是内心最好的表达。

4月21日早晨6点,义海公司救援队的队员们将宿营地打扫得干干净净,大家已经完成了救援任务,准备撤离返回海西了。天还没有亮,坎卓和营地周边的群众自发来到这里,站在宿营地的周围,挥手与队员们告别。队员们都真切地看到,坎卓美丽的脸庞上有泪光闪动。救援车队缓缓地驶出宿营地,已经走出很远了,藏族同胞们还不舍得离去,站在原处朝队员们挥手。

若干年后,我再一次来到义海公司大煤沟矿的时候,高其华向我讲起另外一个细节。

义海公司的一个救援小分队在为一个藏族同胞搭起帐篷后,这个藏族同胞捉住一个队员的手,赤红的脸膛上挂满泪水。他说了一番话,是用藏语说的,很激动的神情,那个救援队员没有听懂,他保持沉默。藏族同胞就去床头的柜子里端出一个盘子,盘子已经有些年头,看上去乌黑油腻。盘子里面有四个金黄色的橘子,如花朵一般盛开在那里。橘子很小,只有金盏菊那么大。这也许是藏族同胞最珍贵的食物了。但是,那个藏族同胞全部抓在手里,看都不看,要塞给那个救援队员。那个救援队员再三谢绝,藏族同胞却固执地往他手里塞着,一下,两下,三下……他们之间没有语言交流,因为他们彼此听不懂对方的话语,但从那个藏族同胞的眼睛里,那个救援队员可以看出,如果不收下来,藏族同胞就不会停手。

后来,那个救援队员将其中的一个橘子送给了高其华,高其华没舍得吃,把它收藏了起来。现在,高其华说,那枚橘子还在,但已经风干,成了一个标本。

一个见证了一段历史的标本。

历史与苍天的铭记

对于玉树地震灾区救援的那段历史,义海公司的每一个人都会铭记在心底,终生不能忘怀。

救援队员从灾区返回的消息传到两矿,大煤沟矿员工李柏林当晚写了一首长诗:《抗震救灾的英雄们回来了》。其中有这样的诗句:

> 玉树抗震救灾的英雄们,回来了
>
> 带着满脸的疲惫和一身的尘土
>
> 他们瘦了、黑了,嗓子也哑了
>
> 但他们却把义海人勇于奉献的精神留在了那里
>
> 在义海高原奋战的历史上书写了浓墨重彩的一笔

这种声音,既是一段历史的真实写照,也是一种情感真实的记录。虽说是一个员工朴素的言语,实为义海上下共同的心声。

王小娟是义海的一个家属,是义海公司矿山救护队、玉树灾区救援队救护二小队赵留心的妻子,当得知自己的丈夫要奔赴抗震救灾一线,她给丈夫打了一个电话。她在电话中说:"我和儿子为你感到骄傲,我们共同为玉树祈福,你放心地去吧,别有啥挂念,家中的一切我会照顾好的。"说到这里,她有些哽咽,"只是你一定要照顾好自己。"

到了救援一线,夜晚躺在床上的时候,赵留心给妻子打过一个电话,告诉她,他的耳朵上出现了很多水泡,在强烈的紫外线照射下疼得钻心;他的战友因为水土不服,很多人不同程度上吐下泻,甚至晕倒。王小娟心疼地说:"你受苦了,但是一定要坚持住,我和孩子在家等着你。"

赵留心沉默片刻,对妻子说:"比起那些在地震中遇难的人,我们受的这点苦又算什么呢?"

后来,王小娟写了一篇文章,谈起了她听到这句话时的感受。那一刻,她觉得自己的老公很高大,心里油然而生一种敬佩之情。她想,自己的老公就应该是这样的人,她的眼光没有错。她动情地说:"老公加油,等你救援归来,我给你做你最爱吃的饭菜!"

这是一个做妻子的最温柔的表达。

救援队的队员们返回海西后,义海公司对全体人员进行了表彰。党委书记、董事长马树声说:"这次玉树抗震救灾,大家发扬了义海的'五特'精神,在救援过程中与藏族同胞结下了深厚的友谊,极大地提高了义海公司的社会影响力和声誉度,践行了义海'扎根海西,回报青海'的社会担当和企业宗旨,为义海公司的发展做出了巨大贡献,义海公司将永远铭记住你们。"

2010 年 8 月 14 日,青海省召开抗震救灾表彰大会,义海公司因在玉树救援工作中表现突出,荣获了由青海省委、省政府和省军区授予的"民族团结模范"荣誉称号。河南省委、省政府的领导也给义煤公司主要领导打来电话,称赞义海公司在青藏高原上展现了河南人的风采,为河南企业赢得了荣誉,并建议义煤公司对义海公司救援队进行嘉奖。

在玉树救援的那些日子里,我与高其华作为救援队现场副总指挥,除了参加废墟搜救和搭建帐篷外,更主要的是负责对外宣传工作。初到玉树的日子,我的身体出现了严重的不适,先是呼吸困难,继而心脏开始剧烈疼痛,到了晚上尤其厉害,成夜成夜睡不着觉。在那些难眠的夜晚,我感到了一种从未有过的恐惧,从而引发我开始思考生命问题。等我把这个问题想通了的时候,心脏的疼痛消失了。

我感觉到,在玉树的日日夜夜,我经受了生命极致的考验,心灵得到了蜕变。从一个作家的角度来说,这是一种幸运。

尽管成夜睡不着觉,每天还是早早起床。早饭之前,我与高其华都要重新审定一下头天晚上写的稿件,确认无误后,给一些报刊或网站发出去。在这五天五夜里,我们写了二十余篇新闻稿件,如《全国煤炭系统第一支救援队抵达玉树灾区》《公司组建救援队抗震救灾前线临时党支部》《把救援目光关注更多的生存者》《公司救援队为玉树县第三完全小学捐赠物资》,以及长篇通讯《大爱义海,情系玉树——公司救援队玉树地震灾区救援纪实》等。

稿子发出后,先后被《世界日报》、《河南日报》、《青海日报》、《大河报》、《东方今报》、新浪网等全国一百六十余家媒体刊发或转载,受到了社会各界的广泛关注,起到了良好的社会效应,尤其是长篇通讯《大爱义海,情系玉树——公司救援队玉树地震灾区救援纪实》在《青海日报》一经发表,即在青海社会引起广泛赞誉。义海公司救援队以自己的实际行动,践行着国有企业的社会担当和责任使命,为义煤、为河南在地震后的废墟上树立起一座精神的丰碑。

一个偶然的机会,我在国家安全监管总局的官方网站上,看到了一份表彰文件。这份"安监总应急〔2010〕81号文件",其实早于2010年5月20日就下发了。文件的内容,就是对全国参加玉树"4·14"

抗震救灾的 27 支救援队伍和 442 名指战员给予通报表彰。义海公司救援队的 39 名队员全部在表彰之列。通报发出号召,要求全国安全监管监察战线的广大干部职工要发扬救援队"特别能吃苦,特别能战斗"的优良传统,学习他们不怕困难、顽强拼搏、甘于奉献的精神,为进一步推进全国安全生产形势持续好转做出新的更大的贡献。

玉树地震后,很快进入全面复建阶段,义海公司救援队队员胡建云带领他的豫西建筑总公司青海项目部的团队参加了这次复建行动。

大约过了半年时间,有一天杨建民突然告诉我,胡建云出车祸了。他从玉树到西宁,在巴颜喀拉山的盘山公路上坠入悬崖,估计凶多吉少。那么高的悬崖,人随霸道越野车一起跌下,几乎没有生还的希望。

听到这个噩耗,看着杨建民,我长久地愣在原地,不相信这个消息是真实的。但很快地,这个消息就得到了证实,胡建云已被送到青海省人民医院进行抢救。直到这个时候,我依然对杨建民说,放心吧,老胡不会有事。杨建民望着我,问:"为什么这样说?"

"因为苍天不会忘记。"我像是自语。

果然,时隔一年后,胡建云开车路过开封,我请他小酌,才知道,坠崖之后,他的生命经历几次惊险,最终都化险为夷了。现在,他指着他的后背,对我说:"钢板还在里面,等过一阵子钢板取出来了,身体也就完全康复了。"

第八章

丈量地球的另一种方式

局部利益和大局意识

到 2010 年底,马树声来高原已经两年有余了。这两年多的时间里,义海发生了天翻地覆的变化,每年都是一个大台阶。这种跨越式的发展令人惊异,一个时期,有关义海的话题遍及青海的各个角落。居住在青海的河南人,也开始以家乡出了一个这样的企业为荣。

早两年对义海极度失望的王敬斋秘书长,在不久前接受《义海人》报采访时,颇为激动地说:"义海公司在青海,业已成为河南人的骄傲。"接着,他从椅子上站起来,声音提高了许多,"无论从哪个方面看,社会责任、发展理念、企业文化建设、科技投入等,义海都走在了青海众多煤矿的前列,毫不夸张地说,现在的义海就是青海煤炭行业的标尺。"

的确如此,王敬斋的话丝毫没有夸张。

2008 年 5 月,在赵少普、王宏召的倡导下,义海公司在海西州实施了春暖工程,解决了海西地区四万中小学生冬季取暖问题,成为青海省最大的"长效助学工程"。2009年上半年,在世界金融危机的冲击下,各行各业面临着极大的困难,社会经济极度萧条,在这样的情况下,为保证海西地区经济的持续发展和社会稳定,义海公司果断提出了"五不减承诺"——不减少产量,不减少就业,不减少投资,不减少职工收入,不减少上缴利税。2010年4月,青海省玉树州发生严重地震,义海公司在捐钱捐物的同时,派出了由三十九人组成的专业队伍前往救援,是海西州和全国煤炭企业第一支到达灾区的救援队伍,极大地提高了义海公司的社会形象。这些举措,彰显了义海的社会责任感,在青海社会各界产生了极大影响。

义海的企业文化体系逐渐形成。管理文化、亲情文化、诚信文化、"三原文化"等开始在职工中生根开花。企业文化载体空前繁荣。"义海杯"书画展、《义海人》报已具品牌效应;义海企业系列文化丛书《义海扬帆·诗歌卷》出版问世;《义海志》正在编纂之中;公司及两矿的书画协会、摄影协会、歌舞协会、诗词协会纷纷成立,形成了独特的"义海文化现象",在海西州的众多企业中,可谓独树一帜,无有出其右者。

两年多来,义海公司对两矿的科技投入超过了建矿以来的总和。尤其是大煤沟矿,短短的两年时间投资了近亿元,安装了全国最先进的综采设备、井矿运输提升设备、"一通三防"设备;安装了矿井防灭火制氮和监控系统、矿井大屏幕工业电视安全操作系统及矿井语音广播系统;对矿井通风、供电、运输等系统进行了全面改造。随着两矿投入的加大,青海社会原来对义海的种种议论烟消云散。

对于任何一家煤炭企业,无论是井工矿还是露天矿,安全生产都

义海公司启动"春暖工程"

是一条红线，不能逾越丝毫。对此，马树声有着清醒的认识，2009 年 10 月 15 日，他要求公司及两矿，全力将工作重心转移到企业管理上来，实行企业精细化管理，并撰写系列文章，强调加强企业管理的重要性。而这些，恰恰是做好安全工作的根本保证。在这样一个前提下，到了 2010 年，义海的安全生产工作取得了显著成绩：成为河南省外埠煤炭企业第一家"五优"矿井，青海省第一家"一级安全质量标准化矿井"，青海省第一家"瓦斯治理示范矿井"等。随之而来的，是公司职工的安全感极大地提高。

马树声常说："企业的发展，职工应是最大的受益者。"这一理念首先体现在职工的收入上。2008 年，马树声对职工的工资实施大胆改革,使之更趋于合理化,到这一年年底,广大职工的平均收入突破了7万元。2009年以10%的增幅达到7.7万元。2010年,职工的平均收入将近9万元。在2009年的公司职工代表大会上,马树声于工作报告中掷地有声地许诺,在即将到来的2010年,将要为两矿职工办七件实事,其中最惹人热议的是木里矿澡堂和两矿职工活动中心的开工建设。

稍后,马树声提议公司研究,从关爱女职工与维护她们合法权益的角度出发,2010年1月起,发放卫生费,并将2008年、2009年的卫生费补齐。还要求公司工会每年的"三八妇女节"开展丰富多彩的文化娱乐活动,凸显妇女半边天的作用。

考虑到大多数职工来自内地,而河南与青海之间路途遥远,坐火车一个来回得三四天时间,星期六星期天对两矿职工就失去了意义,因为无法返乡与亲人团聚。根据这一实际情况,马树声在两矿实行了集中度假的方式,把假期积攒起来,等凑够十天半个月了,让职工回河南过一个从容的假期。这一暖人心、接地气的做法,令两矿职工大为满意。

大力开展"爱读书,读好书"活动,在两矿开设职工书屋,工作之余,令他们有个好的去处,因为他们有着大把的时间。这一活动得到了青海社会的大力支持,纷纷捐书捐物。大煤沟矿的职工书屋落成时,青海省委常委、总工会主席穆东升亲临现场,高兴地说:"书香与光明同在。"

公司还发放了孝敬老人补助金,接职工亲人到矿上团聚,为员工过集体生日等。这些举措的实施,使职工的幸福感空前增加,他们不止一次发自肺腑地说:"义海就是我们的家。"

集体过生日

　　让人看得真切的还是这两年经济的快速发展,2008 年生产原煤
224 万吨,实现利润 1.9 亿元;2009 年生产原煤 316.7 万吨,实现利润
2.8 亿元;2010 年原煤生产突破 500 万吨,实现利润突破 5 亿元。所
以,马树声在一些场合不无自豪地说:"现今的义海,在义煤公司这个
舞台上,已经由边沿走到了中央,唱起了主角。"

　　在这样的情况下,一个突如其来的消息传到义海,公司上下顿时
一片哗然。

　　2011 年初,义煤公司主要领导召见马树声,准备将义海公司的木
里煤矿纳入河南大有公司名下,借壳上市。集团公司要实现三千万

吨的宏伟目标,谋求更大的发展,借壳上市是不二选择。这个主要领导的一番话让马树声陷入了沉默,他瞬间感觉到,肩上好像压下一副千斤重的担子。因为他心里清楚,回河南的前一天,他就听说了国家发改委刚刚下发了《关于青海省木里矿区总体规划的批复》文件,按照"一个矿区一个开发主体"的产业政策要求,青海省政府批准组建了木里煤业集团,将对木里矿区的十家勘探开发企业实施矿业权整合,进行统一管理。在这样的情况下要把木里煤矿纳入河南大有公司名下借壳上市,无异于蜀道之难,难于上青天。

但主要领导很决绝,"遇山开道,逢水架桥。再难,也得把堡垒攻克下来"。

这样一个消息传到义海公司总部及两矿,一石激起千层浪,各个层面都产生了巨大反响。管理层的一部分人认为,木里煤矿纳入河南大有公司上市,就等于义海公司对木里煤矿失去了自主权,将不利于义海的发展,义海现有的大好局面也随之会遭到破坏。职工们反应更是强烈,我们现在发展得这么好,为什么要上市? 上市能给我们带来什么样的利好? 有些职工甚至不无担忧地认为,也许事情恰恰相反,上市后他们的收入极有可能大幅度缩水。

职工的担心不是没有根据。坊间已有传言流出,这次义煤公司主要领导召见马树声时,曾开玩笑似的说:"可是有人告你的状了,说你将职工收入定那么高,让内地的矿井怎么办。"

马树声回答道:"如果不站在职工的角度去综合地考虑他们的利益,谁愿意离家别子跑那么远,到那样一个不宜生存的地方去? 与他们的付出相比,他们的收入不算高。"

但是,在增发上市这件事上,马树声要求公司班子成员要做好职工的工作,把义海的发展纳入义煤公司大发展的轨道,树立大局意识,将局部利益放到一边,克服困难,坚决完成上级交付的这一艰巨任务。

在高原,丈量地球的方式

2011年3月31日,义煤公司上市办一行十七人组成的上市工作调查组,从中原跋涉一千余公里,到义海公司进行调研,拉开了将义海木里煤矿纳入河南大有能源增发上市的序幕。

仅仅过了十余天,也就是2011年的4月14日,时任集团公司总经理的翟源涛,亲率副总经理张新伟,副总经理、董事会秘书李永久等再度风尘仆仆赶来西宁。这次西部之行的目的更加明确,上市前期义海公司所需要完成的十八项任务一一明确下来,被提上了议事日程。至此,一场历经数月之久,紧迫而又艰巨的增发上市工作进入到了实施阶段。

倘若把这次增发上市工作比喻为一场无硝烟的战争,也毫无一点夸张的成分。

木里煤矿是这次增发上市的主战场,这里海拔四千二百米,终年寒雪覆盖,一到冬季,气温常在零下三十七八度,即使晴朗的日子上得山去,就算穿了厚厚的棉大衣,也依然抵挡不住寒风的侵袭。寒风会如针一般很快刺透棉大衣,让你顿感砭人骨髓的寒冷。如果说这种寒冷还能忍耐的话,那么,接踵而来的高原反应则让人心生恐惧,耳朵嗡嗡作响,犹如数千鸣蝉在耳旁聒噪。不久,头痛欲裂,心脏打鼓一般地跳动。走在木里矿区的土地上，肩上好像背负了五十斤重的东西，步履蹒跚。在这样恶劣的环境下，不要说工作，就是生存下来，也算是人类对极致环境的挑战了。

2003年，木里建矿。建矿之初，木里矿区杳无人烟，十分荒凉，生活条件更是异常艰苦。马树声董事长的诗"夜捉麻雀地当床，布哈河里鱼作粮"是这个时候的真实写照。

2004年，青海有关部门着手木里矿区的资源整合工作，到2011年集团公司要求义海上市增发之前，木里矿的名字已数次更易：木里煤业、青海天木能源集团有限公司、青海省木里煤业开发集团有限公司、天峻义海煤炭经营有限公司等。除了采矿权也随之数次更迭外，其他相关证照一直未能办理下来。而增发上市工作要求极严格，木里煤矿必须做到"六证"齐全。而要办齐相关证照，那是谈何容易！

恰在这个当口，青海省的资源整合工作已进入实质性阶段，代表青海官方机构的青海省木里煤业集团已挂牌成立。要办齐各种证照，实施增发上市，必须经过刚刚成立的青海省木里煤业集团的同意，这无疑又极大增加了增发上市工作的难度！

这真算得上一场战争了。一场不见硝烟的战争。

困难再大，按照义煤公司的部署，增发上市工作也必须如期按时进行，一点折扣都不能打！任务下达到义海公司，董事长、党委书记马树声第一时间召开了义海公司全体动员大会，动员大家深刻认识定向增发工作对义海发展的深远意义。

紧接着，成立了以马树声为组长、各位副总经理及相关人员为副组长的定向增发工作领导小组，并在第一次领导小组会议上要求，把定向增发工作摆在与煤矿安全生产同等重要的位置。抽调精兵强将,成立增发上市工作办公室,与义煤公司上市办对接,把握上市动态,了解上市信息,及时向各科室分解上市工作任务。

时间紧,任务艰巨,措施必须得力。增发工作领导小组要求,每一项任务都要明确责任领导,确立责任人和经办人,每天下午 5 点前,各任务责任人和经办人向领导小组汇报工作进展情况、存在问题及下步工作计划。同时,号召增发工作相关人员解放思想,开创性、超常规开展工作。一周开一次专题会,群策群力,集中解决存在问题;一月开一次总结会,以总结一月来所取得的成绩、典型经验和好的做法。每天早晨的调度会,上市办要及时向机关和两矿通报前一天的工作情况。

我清楚地记得,在一次调度会上,上市办工作人员通报工作过于粗线条,马树声当即对相关人员进行了批评。要求通报工作尽可能详细,工作进度、存在问题、整改措施等都要通报清楚。

在那些紧张的日子里,公司所有与上市有关的人员无一不是满负荷地开展工作。

马树声来义海已经四个年头了,在高原,由于长期满负荷工作,他的糖尿病越来越严重,视网膜发生了病变,但这并没有影响他对义海的热爱和高原创业的激情。增发上市,协调社会方方面面的关系是工作成败的关键,也是一门学问和艺术。

高原,和内地最大的差别,是在路上。在义马的时候,去郑州出差就算长途了。而在德令哈,去一趟大煤沟矿一百五十多公里,去一趟木里矿二百多公里,去一趟西宁五百余公里,如果回一趟河南,那就近两千公里了。而这些路程,马树声需要时常地去丈量。增发工作开展以来,对这些路程的丈量,又频繁了许多。因为哪里有了困难,他就得匆匆跑去协调、解决。

2011 年 6 月 10 日,青海省环保厅组织相关部门的专家对木里矿的环保设施进行阶段性验收。木里矿所处的木里山区,是著名的生态环境脆弱地带,青海省政府和地方政府对这一地区的环保要求严格到近乎苛刻的地步,对这次验收的结果大家心里都没有底。

马树声当天下午从西宁赶到了木里煤矿。他如数家珍般地向环保厅领导和专家们介绍了矿上的环保设施施工进度情况,详细谈到了义海公司建设绿色矿山理念和在环保建设投入上的承诺和决心。

马树声为人真诚、豪爽,做事情有一种浩然正气。在遇到挫折和困难的时候,他愈挫愈勇,从不轻言放弃,总是想尽办法向目标迈进。

环保验收

骆玉林副省长（左五）视察义海

他是河南林州人，特别能吃苦、特别能战斗的义海精神和红旗渠精神在他身上得到了充分的体现。

2011年4月的一天，义煤公司副总经理张新伟等领导再赴青海，拟拜会青海省委常委、副省长骆玉林，协调木里矿增发上市的相关工作。原来约定好了时间，但事不凑巧，骆副省长突然接到通知，前往格尔木去会见一个西藏代表团，原约定的会见取消。为了给上市工作争取时间，马树声随之来到了格尔木，紧紧跟在骆副省长车子的后面，一有机会就与骆副省长的秘书联系，说明上市工作对青海经济发展的重要性和该项工作时间上的紧迫性。马树声为工作的这股执着劲儿感动了骆副省长，同意在次日晚饭期间会见张新伟。

这次会见无疑是成功的。骆副省长对河南大有能源定向增发义海公司的设想产生了极大的兴趣，邀请时任义煤公司总经理的翟源涛第二天于西宁见面，具体协商定向增发工作。

在格尔木会见结束，已是晚上10点多钟了。马树声需要连夜赶到西宁去，做好第二天会见的准备工作。格尔木距离西宁是一千三百多公里。

第二天，马树声从格尔木赶到西宁的时候，已是中午时分了。

时间与速度的诠释

定向增发工作最关键的所在是各种相关证件的办理，而生产许可证则是最关键的一环。因为没有生产许可证，其他一切证照即使办下来，上市工作也无法进展。而要办下生产许可证，不仅要有较强的工作能力，还要有广阔的人脉资源和强大的交际能力。在马树声看来，交际能力不是能说会道，而是做人的原则和方法。

他想到了一个人，李胜利。提请公司研究，最终将办理安全许可证这副沉重的担子，一股脑压在了李胜利的肩上。

李胜利时任义海公司总经理助理及义德公司总经理，是义海公司元老级的员工。这是一个典型的中原汉子，凡事雷厉风行，敢作敢当，在他眼里，从来没有困难可言。2012年夏天的一个黄昏，我约老李来到新宁宾馆五楼的一个房间里，想静下来与他深聊一次定向增发的事情，以便从中发现一些闪光而生动的细节，也好给我即将要写的一篇文章多增加一点鲜活的素材。在我与老李交流的一个多小时里，他曾数次陷入沉默。我才进一步认识了老李，他是一个行多于言的人。

在接受办理煤炭生产许可证这一任务的时候，李胜利已是上市办的常务副主任了。他的分工也很明确，就是具体负责上市的日常工作。也就是说，凡上市的每一项工作，都与他有关。从公司各部室抽调来上市办的工作人员，也都归老李调遣指挥。现在，又着重明确办理生产许可证的事给老李。可见这一工作的重要与艰巨了。

2011年8月28日，在青海宾馆的一个房间里，义煤公司副总经理张新伟面色凝重，再一次问站在他面前的李胜利："时间紧迫，你有把握多长时间将生产许可证办下来？"张新伟再一次追问这个问题，更证明了生产许可证在上市工作中的重要性。李胜利没有犹豫，肯定地回答："一个月。"张新伟副总经理认为，这简直是不可能办到的事情，不禁又追问道："一个月真的能办得下来？"李胜利回答："克服一切困难，保证完成任务，给领导和广大职工交一份满意的答卷！"

当天晚上回到宿舍，李胜利彻夜未眠。他在小本子上给自己排了一个日程表，这个日程表只排了一个月的时间。在这个日程表上，哪一天干什么，怎样去干，干到什么结果，找什么人，找这个人要达到一个怎样的目的，都标注得清清楚楚。有的日子，甚至具体到哪一个小时做什么，找什么人。这个夜晚，他心里似乎只剩下了一个念头：没有退缩的余地，只能如期完成任务，否则，就是自己无能。

第二天早晨7点，李胜利就开始行动了，简单洗一把脸，去西宁办事处吃早餐，然后，踏上了紧张而艰难的办证历程。这一个月，李胜利就像把自己置身于战场，分分秒秒都处于战备状态。他出入于青海省各有关厅局职能部门之间，来往于西宁、德令哈、郑州、北京各地，开会、现场查看、出报告、拿表格、领批文等，真的难以用语言来表述确切。那些日子里,李胜利的身影总是匆忙的,脸上挂满疲倦,话也更少了,但他的神色是坚毅的,一个月内拿下煤炭生产许可证的念头毫无动摇,没有商量的余地。这是中原人的品格,这种品格是用愚公移山精神和红旗渠精神锻造出来的。

写到这个地方的时候,我的目光移到了一个有着黑色封面的日记本上。在这个日记本所记录的 2011 年 9 月 24 日这一天,简单地记录着一句话:煤炭生产许可证(木里矿)办理完毕。

就这样简简单单的一句话,没有华丽的辞藻,没有任何夸张和渲染,哪怕有那么一点抒情的色彩也行啊!可是没有,就这么简单的一句话,简单到似乎只剩下理性的叙述。

这句话,遮掩去了背后太多的东西。想想也是,这句话的背后,太沉重,太复杂,有着太多的艰辛,有着太多的付出,又岂能是几句话所能表述得清楚的?

一句话,简单、明了、理性,这是最好的表述了。

李胜利践行了自己的诺言。一诺千金,是中国传统文化中的优良品德。一诺,没有表白,没有口号,有的只是沉默,只是行动,默默地去行动,这与老李沉默的性格相符合。

木里矿的煤炭生产许可证办下来了。这一天是 2011 年 9 月 24 日,一个必然会写进义海历史的日子。转眼进入了 10 月。10 月初,又一个任务摆在了李胜利面前,这个任务仍然与办证有关。上市办公司领导小组让他与木里矿副总经济师、企管科科长刘建国一道,尽快把天峻义海的煤炭经营许可证办下来。

李胜利再一次走进青海省经委的办公楼。2011 年 10 月 5 日,他到经委经济运行局索要申报表格,工作人员告诉他,早在 2011 年的 7

月底，该项工作已经停止办理了，因为这一年的办证指标已全部用完。李胜利不愿意相信这个事实，他对经济运行局的工作人员说，先给个表格让我把表填上。工作人员不给，指标都用完了，你还填表格干什么？

回到西宁办事处，李胜利把情况向马树声做了汇报。马树声说："我相信你有办法把这件事情做好！"这种信任给了李胜利一种力量，他开动脑筋，想出一个最简单也最有效的办法，就像串亲戚一样，天天去运行局软磨硬泡，以至于后来他与运行局的工作人员都成了朋友。一个工作人员被李胜利的执着所打动，他主动领着李胜利去见省经委主任，把义海上市办证工作向经委主任做了详细汇报，经委主任也颇为动容，说，你们为青海经济的发展做出这么大的贡献，我们再袖手坐视，那就是青海建设的罪人了，上市办证要特事特办！

经委主任通过多方协调，最后又从上面申请下来一个指标。为了稳妥，李胜利跟随省经委的同志专程去了一趟北京，把盖有鲜红大印的表格亲手交了上去，并在北京等候着，直到将批文拿在手里，才返回西宁。到西宁后，他的第一个愿望，就是回宿舍好好地睡他一觉。

煤炭经营许可证办理进展到最紧张的时候，李胜利接到了一个电话。电话是妻子打来的。妻子在电话里哽咽着说："再过几天，就是他老人家的三周年大祭了，你无论如何要回来一趟，你知道，他老人家在世的时候，对你可是最好的，临去世的那些天里，天天念叨着你，可到底也没能见上你一面。"

李胜利知道，电话里提到的老人家是他的岳父。他还知道，他是回不去的。他拿着电话，一个字也没说，两眼含满了泪水。他只有用这种方式来遥祭他的岳父大人了。

电话那边，李胜利的老伴默默地挂了电话。

凌晨的灯光

几次想与财务部长王德成坐下来谈谈增发上市的事，可他实在太忙了，每到相约的时间，他都是有了更重要的事情去办，只得改约他日。在这次上市工作中，王德成算得上真正的主角，因为有关义海的所有财务数据，以及变更到天峻义海后的所有财务数据，都需在王德成的指挥下去完成。那些日子里，在我的印象中，王德成的眼总是通红通红的，布满血丝。他的搭档，财务部副部长郭铁武介绍，王德成有个习惯，一熬过午夜12点，这一晚上就不要再说睡觉的事了。

在高原，成夜成夜睡不着觉，对健康是一种严重的摧残，高血压、胃病、耳鸣、脱发、记忆力严重下降等病会纷至沓来。郭铁武之前，义海财务部副部长郑如意，就因常年睡不好觉，患上了严重的肺心病，后来不得不调回内地去了。

关于这一点，我有着深刻的感受和体会。义海办公大楼主体刚刚竣工时，我接到了一个任务，以"海西速度"为题，写一篇报告文学。时间很紧，报纸空着版面等在那里，只有加班加点熬夜干了。那天黎明，我终于把稿子赶出来，去洗头时，令人心惊的一幕发生了，头发一缕一缕脱落在水中。义煤公司支援大煤沟矿的李医生告诉我，在高原上熬夜，就是在缩短自己生命的长度。

增发天峻义海的那段日子里，王德成很少能睡上一个囫囵觉。

财务部所做的,大多是默默无闻的工作,又常在晚上加班,因此,一个时期,他患上了严重的胃病,以致每天的一日三餐,对他来说,都是一个个痛苦的过程。身体是革命的本钱,增发上市的关键时刻,王德成不能倒下去。马树声悄悄地叮嘱餐厅里的师傅,给王德成开小灶,以保证他的饮食供给。

王德成苦笑着打趣道:"我不愿享受这种特权。"

马树声很严肃地说:"这不是什么特权,这是工作需要。你倒下了,工作谁来做?"义煤公司上市办一位负责人曾说:"某种程度上,证照齐全是增发工作的前提,财务部所从事的琐碎而繁复的工作才是增发工作的基础。"增发工作序幕拉开后,财务部前后承担参与了诸如尽职调查、产权核定、资产评估、资产划转、证照办理、中介审计等项名目繁杂的工作。这里面的任何一项工作,可以说都倾注了财务部同志们的大量心血。

财务部的工作不仅仅是琐碎和繁复,有的时间也很紧迫。任务来了,一天甚至半天就要结果,没有理由,没有价钱可搞,大家只能有一个选择,急速进入战斗状态,这个比喻虽说有很浓的火药味,但能很恰切地形容出财务部同志们的工作状态。每到这个时候,王德成就把大家叫到一起,简短地分配一下任务,将责任明确到每一个人的肩上,然后和大家一起分头紧张工作。

他既是指挥员,又是战斗员。这是马树声对王德成的评价。义海的员工认为这一评价恰如其分,没有比这更形象的了。

和内地矿井相比,义海公司财务部严重缺编,遇到特殊的时候一个人得顶几个人用,增发上市那段日子里更是如此。那些天里,财务部没人请假,没人轮休,因为大家都知道,自己休假了,另外的同事就得把他的活顶起来,本来就超负荷工作了,再让别人将自己的工作顶起来,说不过去。

增发上市期间,王德成对大家要求也很严格,财务部的同志们二十四小时不得关手机,随时等待任务。有几次,我因写稿子回宿舍已经晚了,可回首望去,财务部窗口的灯光依旧亮着。后听财务部的同志说,那一段时间,加班到凌晨两三点甚至到黎明,是极正常的事,已属家常便饭了。

2012年2月13日上午,王德成突然接到义煤公司上市办的通知,要他在2月14日将如下材料必须送到北京:天峻义海2012年财务成本及盈利指标测算,财务报告,盈利预测报告。王德成立即组织财务部的同志加班加点,午饭和晚饭都没有顾得吃,将这几份材料整理好,他和木里矿的财务科长杨红煜一起驱车五百余公里,连夜将材料送到西宁。路上,他的胃病又犯了,疼得额头直冒虚汗,但他默默地忍受了。等到西宁时已是深夜12点钟,马树声这个时候还在西宁办事处的办公室里等着往材料上签字,近一千页的材料直签得手都是疼的。等把所有的材料签完,看看表,已经是14日凌晨4点多钟了。

王德成那个时候就站在一旁等着,材料签好,分装进文件袋,一口热水都没来得及喝,就喊上司机往机场赶,如期将材料送到了北京。像这样时间紧、任务重的情况,财务部前前后后历经了十余次。而这个时候,他的女儿要参加2011年的高考了。王德成就这一个宝贝女儿,夫妻俩那真是视若掌上明珠。在女儿冲刺高考的紧张日子里,多么渴望爸爸能多给一些支持和鼓励啊,爸爸可是女儿的坚强后盾啊!可王德成忙得连电话都顾不得给女儿打一个,女儿打来电话,他连接电话的空都没有，即使记挂女儿偶尔接上一下，也是匆匆忙忙的，两句话还没有说完就又给挂断了。

后来女儿考上了大学。王德成说，如果女儿高考失利，那自己可要终身愧疚了！

为了增发工作，王德成除了要与省、州、县（市）的财政、国土、税务、审计部门多次打交道外，还要和北京、青海省的会计事务所、评估事务所沟通，完成他们所需的材料和所布置的任务。更多的时候，王德成要在天峻、木里矿和大煤沟矿之间来往穿梭，配合相关部门做好车辆登记变更、土地房屋评估划转、营业执照变更、资产注入等项工作。哪一样工作，都是琐碎而具体的，缺少哪怕一道极小的程序都有可能使之前的工作全都变为无用功。

但是，直到增发上市工作结束，这样的事情在王德成身上一次也没有发生过。

文弱和软弱不画等号

第一次到西宁，我就认识了孙东岭，他那时在义海公司驻西宁办事处当主任。在与他交流中得知，他毕业于青海民族大学研究生院，在西宁的人缘很好，熟人也多。

在西宁稍作停留，我就去了德令哈，住在金世界宾馆，夜里呼吸困难，又加上头痛，到天明都没睡着。第二天就感冒了，去海西州医院输液，输了两天，一点都不见轻。给我输液的护士是河南南阳人，她劝我道："你还是回内地去吧，也许过兰州不用吃药就好了。再待在这里,感染到肺部就麻烦了。"便又下到西宁,接待我的依然是孙东岭,他领我吃了青海的手抓羊肉,然后与义海公司纪委书记葛万方一起把我送进了车站。那时的义海人,待人都很亲切,不摆官架子,从葛万方身上就能看到这一点。

那一天,葛万方看我的拉杆箱很破旧了,在等火车的间隙,领着我跑了几个摊位,给我买了一个新的拉杆箱。直到现在,这个箱子我还在使用。

果然,火车过了兰州站,我的感冒一下子好了大半。

孙东岭长得有些单薄,如果让他站在一群剽悍的采矿工人面前,他那书生般的文弱气息会立即与后者形成一种明显的反差。孙东岭为人谦和,待人彬彬有礼,再加上白净脸庞上的一副近视眼镜,典型的一个文弱书生形象。

可是,在这次增发工作中,他却表现出了惊人的意志和毅力。

增发办每天调度会上都要通报工作的进展、完成情况,工作中出现的问题,等等。一周的工作小结,每月的工作总结,定期编发的工作简报,向义煤公司报送的各种汇报材料,这些日常性的、文字性的活儿,孙东岭全给揽下了。干这样的文字活,得心细才行,还得耐得住性子,急躁了不行。

事后我给孙东岭算了一笔文字账,增发工作那 8 个月的时间里,孙东岭编写增发工作简报 25 篇,记录增发工作信息 100 余页,每一周的工作小结 32 篇,增发工作阶段性总结及其他材料 9 篇。如果将这些文字装订在一起,那无疑是一本厚厚的书了。

而这些文字性工作,大都得晚上去完成,因为白天还有诸如办证照、协调车辆过户、协调各种关系等需要他去完成。

2012年10月27日,星期六,孙东岭在德令哈刚吃过中午饭,就接到马董事长的电话:"速乘车到西宁机场,有任务。"孙东岭简单地收拾一下行装就往西宁赶。当车到陶里火车站附近时,突然出现沙尘暴,飞沙走石,能见度只有十米左右,司机只能打开双闪、鸣着喇叭看着路边的黄线慢慢前进。车勉强走到茶卡,司机实在有些害怕了,说:"孙主任,我们还是等风沙过后再走吧。"孙东岭回答:"时间紧迫,赶路要紧。"

同一天,我陪马树声去机场,乘6点多的班机去郑州。等我们赶到机场时,孙东岭已在机场等候了。这次紧急的郑州之行,是因为义煤公司领导要部署有关增发工作的重要事项。

按照分工,孙东岭还负责公司所有车辆的过户工作。义海公司成立之初,人员较少,牵涉过户的车辆又多,车辆档案不完善,有的车辆根本就没有档案,有的有档案却又找不到车辆。这给车辆过户增加很多的麻烦,孙东岭凭着细心和顽强,把这些问题一一给解决了。既要车辆过户,又要不影响生产,这是一对矛盾。解决这一对矛盾,需要智慧。孙东岭合理调度车辆,既做到了不影响生产用车,又保证了各个部门增发工作所需车辆,并且还不影响车辆过户的顺利进行。做到这一点,难度很大。

木里煤矿距离德令哈三百五十公里,车来回一次费用很高,为节省费用和时间,孙东岭通过和车管所沟通,买了拓号纸,派专人上矿拓号,这样既为公司节约了开支,也为增发工作赢得了时间。

采矿权证的变更工作是义煤公司上市办重点督办的对象,采矿权证能否办理成功是整个增发工作的基础与关键,义煤公司领导也多次到青海进行协调,最终青海省国土厅同意办理转让手续。公司领导委派孙东岭负责采矿权证的办理工作。

当天下午,孙东岭拿着技术部门准备好的转让材料来到了省国土厅,具体经办此事的同志看过材料后,说材料不够完善,等材料完善后再来办理。

第二天就是星期五了,如果返回德令哈修改完善后再递交材料,三天时间也就过去了。增发工作的时间是用分用秒来计算的,三天时间怎么能耽搁得起? 看着上报的材料《采掘工程平面图》《通讯系统图》《供电系统图》等图纸上密密麻麻的数字与曲线,有着历史研究生学历的孙东岭脑海里一片空白。这个时候,他恨不得自己学的不是历史专业而是绘图专业。

这天黄昏,对着这些图纸,孙东岭突然有了一个大胆的想法。他快速地到街上买了铅笔、直尺、绘图仪等工具。通过电话向德令哈的李志清请教,利用高中时学的一些知识,在白纸上反复练习,确认无误后再绘到图纸上。等把材料上所需完善的地方都完善后,已是次日凌晨3点多了。

第二天一上班,孙东岭把修改后的资料交到国土厅开发处孟工的手中。孟工看完图纸,疑惑地问:"西宁距德令哈五百多公里,你是怎么这么快就把图纸完善好的? 就是坐专车也来不及呀。"但当孟工看到孙东岭布满血丝的双眼时,疑惑变成了惊奇,"是你完善的?"孙东岭点点头。孟工叹了一口气,敬佩地说:"义海人就是有一股锲而不舍的精神,图纸上的各种数据都正确,你这位历史研究生,研究起工程图纸来也这么内行,那我们可要失业了。"从这件事后,孙东岭和孟工交上了朋友。

在孙东岭全身心投入采矿权证变更工作的时候,最疼爱他的老父亲病重住进了医院。他多么想一下子回到父亲的身边,握着老父亲的手,给老父亲心理上一些宽慰、一些温暖。可是,他知道,他回不去。他眼里含满泪水给病中的老父亲打电话,老人家还一再叮嘱他:"孩子,把公家的事干好,不要替我操心,我这里没啥事。"等紧张的工作告一段落,孙东岭匆匆赶回家里的时候,他的老父亲却永远地离他而去了。现在孙东岭每每想到没能为老父亲尽上孝心,他的心里都会隐隐作痛,常常泪流满面。

寒风中的坚持

增发上市,张建军不能不写一笔。

前面已经写过了张建军和李秋红的爱情故事,从中可以看出张建军是个很有性情的人,这样的人往往心中没有名利,有的只是一种追求,他们认准的事情,认准的理儿,即使用八匹马去拉,也不一定能够让他们回头。但有一点大可以让人放心,你交给他的任务无论再艰巨,他都会凭着一种韧性、一种毅力、一种吃苦耐劳的精神,尽一切努力去完成。

张建军就是这样的人。这期间,张建军已经是义海公司生产部副部长了。从他踏入义海木里矿那一天算起,他来义海已经将近十个年头。义海早期创业那些艰苦的岁月里,他在海拔四千二百米的木里山上一待数年,从未想过去找找领导,凭自己的资历或者专业方面的特长,调一个相对好些的单位,如去海拔相对低一些的大煤沟矿,或者更低一些的德令哈总部。他认为,都想着去好一些的单位,那艰苦的地方怎么办？公司还怎么发展？

因此，我一直认为，从建矿初期走过来的义海人，每一个人都是一段传奇。这一段段传奇汇聚成一股巨大的力量，造就了义海在高原创业的奇迹，也可以称为义海最大的传奇。

平日里，我和张建军接触得不是太多，上班途中或者就餐的时候见了面，也只不过点个头，打个招呼。他给我的印象是个不爱多说话的人，但脸上总是带着微笑，不温不火的，这又让人感到他是一个为人处世都很随和的人。

有一次，张部长帮了我一个很大的忙，让我感到了友谊的温暖。2011年秋末的一天，西宁的街头已经可以用"寒冷"来表述了。我带着两个很重的包裹回河南，那两个包裹把我折腾得精疲力竭，头上都冒出汗来，真后悔没有把其中的一个包裹寄存在公司西宁的办事处里。说来也巧，进站的时候，碰上了张建军，没有过多的寒暄，他顺手就替我拎起一个包裹，直把我送到火车上安顿下来，然后才去寻找自己的车厢和座位。这件事尽管是一件小事，但很多人都做不来。这让我知道，张建军虽说不善言谈，但他的情感是丰富而炽热的。

早两天，与张部长的爱人李秋红闲聊，秋红评价张部长是个只会干不会说的人。一句话把张建军的性格给刻画活了。李秋红在公司销售部工作。他们已经在西宁买了房子，孩子也已从河南接来上小学了。看样子他们是要在义海扎根了。

在这次定向增发天峻义海的工作中，张建军负责的是办理木里矿的土地证工作。只有土地证办下来了，木里矿的房产证等其他证照才能办理。土地证同样是诸多工作中的重要一环。

土地证的办理是一件十分棘手的事情。一是手续繁多，需要跟很多政府职能部门打交道,协调工作。二是办理土地证所需的资料文件,因木里矿数易其名,时间又跨七八年之久,前后不一致、矛盾的地方很多。有的文件甚至已经丢失,这给土地证的审批带来重重困难。三是时间紧迫,本来需要一年办好的事情,现在一两个月就得办下来。

这项工作增发办交给了公司生产部,而生产部又将此项工作交给张建军具体负责。接到任务后,他立即行动起来。要想出色地完成任务,第一件要做的事,就是摸清楚办理土地证的程序。

他当天就来到国土资源厅,和耕地保护处的经办人员进行了沟通。经办人员告诉他:"鉴于木里矿以前的土地预审和相关批复中,没有涉及所申报的具体亩数,必须重新进行现有土地的勘测定界,然后,和原来的相关资料一起进行报送审批。"

很快,对木里矿土地的重新勘测定界工作开始了。这项工作是委托青海省测绘二院进行的,事情定下来的时候,一年一度的五一假开始了。

测绘二院的同志说:"事再急也得等假期结束了再说。"

张建军依然面带微笑,可他心里却急得火烧火燎一般。他找到测绘二院的相关领导,进行了推心置腹的交谈,最终测绘二院领导同意假期的几天里亲自带队去木里山。第二天就是五一长假,一大早,张建军陪着测绘二院的同志向木里山出发了。在木里山上,大家和时间抢速度,加班加点,利用五一假期完成了对木里矿全部用地的野外测绘工作,保证了勘测定界报告的按期完成。

勘测定界报告拿到了,立即进入下一步程序,委托海西州土地估价所对木里矿用地进行土地评估。按照估价所工作程序,需要二十个工作日才能完成土地评估。而二十天后,义煤公司定向增发天峻义海的工作部署就全给耽误了,这二十天等不起。

"不行,得想办法!"

张建军经熟人介绍,认识了土地估价所的所长。一天吃过晚饭后,张建军到估价所所长家里去做工作,但到了楼下却敲不开门。德令哈的天气,虽然已进入 5 月却仍是天寒地冻,尤其到了晚上,寒风依然凛冽,砭人骨髓。

这天晚上,天阴得厉害,风也比前几天刮得大,打着旋儿,带着哨音,四处施虐。已经是晚上 9 点多了,张建军还在楼下等。他已在楼下等了近三个小时,浑身上下都冻透了,凡是裸露在衣服外的部分,手、耳朵、脸,都已冻得麻木。可他不能走,这一走,他知道,给增发工作带来的影响和结果将是不可想象的。他咬牙坚持着,在心里发着狠,哪怕是等到明天上午 9 点,也要和所长见上一面。9 点多钟的时候,所长从窗口看到张建军还在楼下等,冻得直跺脚取暖,他感动了,走下楼来,亲自打开楼门,把张建军请到了家里面。

第二天,这个所长就安排人员将手头的事往后推,全力做好木里矿土地的评估工作。

寒风中,凭着一股韧劲,张建军为增发工作赢得了机会,赢得了时间。

2012 年 12 月 31 日,河南大有能源定向增发天峻义海的工作历尽坎坷,终于把最后一项任务——股权,变更到了大有能源名下。至此,大有能源首次增发工作圆满成功。其中,在八个月的时间里,义海公司完成增发所需工作二百五十九项,办理证照六个,变更证照三十一个。

是的,没有直接参与大有能源上市增发工作的人似乎感觉不到其中的惊心动魄、一波三折,但身临其境,指挥、战斗在这场"战役"中的义煤公司领导和义海上市办的每一位人员都尽心尽力,义海公司以57亿元的定向增发金额,为河南大有能源首次增发立了一大功。

第
九
章

节日与距离之痛

义海人的"年"

义海人的"年"有着一层特殊的含义。

义海的职工有 **90%** 来自河南，每当春节来临，要过年了，有一些职工不能回河南老家去，他们需要在高原坚守岗位。等新年的钟声响起，他们思念亲人，眷念故土，便会生出诸多的感慨。

义海人会把这些感慨写下来。然后，通过文字发出去。早几年，他们把这些文字写成书信，寄给各自的亲人。后来手机普及了，就发短信，编个内容，手指一点，瞬间就发到了亲人的手机上，再不用挂念信函的快慢与丢失了。再后来，有了微信，不仅能发文字，还能发图片了。然后，又有了视频通话，人隔着几千里，却像面对面聊天一样。

当年卫星电话只能通话三五分钟的时代一去不复返了。

但是，不管现代通信技术如何发达，义海人感到总是有着一种缺憾。过年时中原人的风俗，如相互拜个年啦，一年都没有来往的亲

木里矿职工在宿舍里过除夕

戚,趁着过年的时机去走动走动,再不然,祖孙三代搓搓麻将,然后在一起喝上几杯,让老年人享享天伦之乐,这些,再先进的通信工具都办不到。对于这一点,义海人有着切肤的感受。

等到《义海人》报创刊之后,有很多义海员工在高原过年的时候,有了感慨,就不仅仅只形诸文字了,他们还会写成文章,在《义海人》报上发表,表达他们的真实感情。这些发表出来的文章,无论长短,都毫不做作,不忸怩作态,不无病呻吟,也许文学性很差,语句上不够通畅,但里面都有一颗真诚的心,读来也能令人感动,让人动容。

我读到过陈建新发表在《义海人》报上的一篇短文,写的是过年时与他父亲喝酒的事。在老家河南,自古就有饮酒的习俗,杜康造酒醉刘伶的故事发生在河南,高阳酒徒的故事同样也发生在河南。这种习俗历千年而不衰。因此,过年了,再穷的人家都是要备几瓶酒的,客人来了请客人喝,这既是一种人情,也是一种文化。

也有一些人,过年的时候喜欢独酌,一把酒壶,一只酒杯,一盘花生米,能喝得津津有味,也算是一种境界。我小的时候,记得邻居是一位孤寡老人,住着一间茅草屋,平时不见他喝酒,也没见他家里备有酒壶和酒杯,只是到除夕这天晚上,也就是大年夜,他照例都要到村里的代销点去,倚在柜台前让售货员给打上一瓯散酒,然后一饮而尽,这个年就算过了。多年不变,直到他老去。

陈建新的父亲也是一个过年喜欢独酌的人。他还记得自己小的时候,每逢过年,他的父亲就会摆上一把酒壶和一只酒杯,而这个时候,陈建新最乐意做的事,就是替父亲斟酒。慢慢懂事了,看到父亲喝酒时飘飘欲仙的样子,他眼睛里禁不住流露出一种向往。他的父亲看出来了,等他把一杯酒斟满的时候,对他说:

"把它喝下去。"

陈建新满以为这酒是一种很美味的东西,端起酒杯一饮而尽。霎时,他感到一团燃烧的火炭滚过喉咙,想吐都吐不出来了,他两眼贮满泪水,说:

"太难喝了。"

"你还小,不知道酒滋味,等走入社会,就知道酒的滋味了。"他的父亲说。

来义海之后,陈建新常常会想起父亲说的这句话来,他早已明白,父亲说的酒的滋味,其实就是社会的滋味,生活的滋味。父亲已经年迈了,每逢从义海回家过年,他都要提前准备两瓶上好的青稞酒,拎在手里,一拎两千余公里,拎到洛阳的新安县,拎到父亲的家中,让父亲喝。

这一年,春节前夕,陈建新为父亲带的酒也早准备好了。可这时他接受了一个任务,到木里矿落实基层党建工作,上级过年后要来矿上检查。这个年,要在义海过了。令他没想到的是,刚过完这个年,他老父亲就去世了。等忙完工作,陈建新拎着那两瓶酒回到了老家,到了父亲的坟前,叩了三个头,将酒洒在了他父亲的坟前。

2009年的冬天,在大煤沟矿,我见到了该矿的行政办主任邢红鹏,这是一个很干练的中层管理人员。交谈中得知,他是2004年春天来到义海公司大煤沟矿的。那时候的大煤沟矿没有电话,即使有电话也没有信号,打电话得到一百公里外的大柴旦行委去打,因此,一年之中也难得出矿去打几次电话。

邢红鹏说,那时矿上人也少,头两个年都是在矿上过的。不能回老家过年,过年的电话还是要往家打一个的。到了大年初一这天上午,矿上的几个人就结伴去大柴旦行委打电话。一路上都在打着腹稿,给家里说什么,该怎么说,都想好了,可走了一段路程后,又把以前想好的给推翻了,总觉得想说的、该说的还没足以表达出来。

大柴旦虽说是个行委,一个比县大半格的区划,但也就相当于内地的一个小镇子,几万人口,人员组成却复杂,来自全国各地的都有。过年了,也有回老家的,街道上很是冷清。邢红鹏他们要来打电话的这家电话亭,是一个当地的老人在看守着,很乐观、很和善的一个老人,他与邢红鹏他们已经是老熟人了,大年初一这一天,他哪儿也不去,有人问他:"也不去走动走动?"

老人笑着说:"老啦,走不动啦。"

这个老人似乎与邢红鹏他们达成了某种默契,好像在专门等着他们的到来。

给老人寒暄着拜过年，邢红鹏打通了家里的电话。

"谁啊?"邢红鹏的妻子在电话里问。

邢红鹏电话里答:"我。"

接着就哽咽起来，话也说不成了。等情绪稳定下来，二十几分钟过去了，后面的人开始催促他，便慌里慌张说了几句就挂断了，总不能一个人老抱着电话机啊。事后想想，都记不清楚自己说的是什么了。

还有肖瑞芳，前面已经写到过他了。2005年的春节，他没能回老家河南，年是在木里矿过的。趁过年，得往家打个电话。上次打的那个电话，五分钟，没有说囫囵一句话，全是哭了。现在过年了，打电话不能再哭了，新年都讲究个喜庆。

但是，肖瑞芳一旦把电话拿在手里，刚"喂"一声，又不知道该说什么了，眼里再一次瞬间贮满泪水。这次接电话的依然是妻子，好像妻子一直都守在电话机旁，等候着他的来电。妻子肯定知道电话是肖瑞芳打来的，但还是像上一次那样，默默无语，只有心怦怦地跳。肖瑞芳听得很真切，那就是妻子的心跳声，这个声音他很熟悉，错不了。忽然，在电话的另一头，妻子再一次哭起来，这一哭，肖瑞芳也控制不住了。原说大过年的不哭，可最终还是没有控制得住。

早些年，留守在义海公司两矿的职工，年就是在电话和眼泪中度过的。

在两矿上过年，"舍小家，为大家"，是义海精神的重要组成部分，其实也是一种境界，一种奉献。义海公司副总经理徐敬民来义海十六个年头，有七个年都是在木里矿上度过的，尤其是建矿初期的

2003—2008年，六个年他在木里山上度过四个。除夕之夜，连绵起伏的木里山黑魆魆地掩映在荒野之中，不时有狼嚎传来，令人感到恐怖。矿上没有电视，只有他守矿的小屋子里的灯光亮着，像一只小小的萤火虫，在漫无边际的荒原上无力地挣扎。

徐敬民长久地站在窗前，向着故乡的方向张望，想象着家乡的温馨，想象着母亲、妻子、儿女围坐一起，不断念叨他平安的情景，不禁平添了许多的惆怅和伤感，眼泪也继而滚落下来。

在义海，徐敬民绝对不是个例。

这就是义海人的"年"。

遥望家乡

中秋，在高原上

一年之中，除了春节，给义海人留下深刻印记的，当数中秋了。

中秋，是个倍加思亲的日子。古代诗词里诞生过很多这方面的佳句，如果你没有到过义海，你肯定不会相信，义海的员工，一群被视作"煤黑子"的人，几乎每个人都能背得出一大溜有关"中秋思亲"的词句来。有人说悲愤出诗人，其实，生活和生存也能出诗人。环境能改变人，说的一点儿都不错，在德令哈，在大煤沟，在木里山，那就是锻造诗人的地方，不想成为诗人都不行。

义海企业文化系列丛书《义海扬帆·诗歌卷》的问世，千把人的企业，收录了近百人的诗作，这就是例证。

初来义海的时候，一个年轻的副书记给我下过一道命令，半年之内要学会唱歌，不然就不算真正的义海人。生活在辽阔的草原，如果不会唱歌，也真是一件大煞风景的事。草原上的牧民，个个都是歌唱家，丝毫都没有夸张的成分。在青海的几年间，我已经领略了这个真理。

我曾多次对人坦白，在我九年的大学生涯里，有一门功课是永远考不及格的，那就是音乐。但在义海，还没有到半年，我就学会了一首歌——《东方红》，这也是迄今为止，我唯一会唱的一首歌。2010年的中秋之夜，在辽阔的高原，当我把这首歌唱完，尽管音调不准，节奏错乱，但它抒发的情感是真挚的，就如对月吟诵李白的"举头望明月，低头思故乡"诗句一样，被一种浓郁的怀乡之情笼罩了。

每年中秋，因为离河南老家路途遥远，中秋节假期又短，义海的职工很少回河南去，他们多选择在高原过中秋。在传统文化里，中秋是个亲人团聚的节日。既然不能回去与老家的亲人团聚，那就在高原与义海这个新家的亲人团聚吧。义海，就是一个大家庭。

　　2012年初，大煤沟矿职工活动中心投入使用，这座投资一千三百五十多万元的高原现代化建筑，在这一年的中秋，成为员工团聚的乐园。中秋之夜，天空澄澈，一轮圆月挂在东边天际，在空旷的高原上显得分外的皎洁。吃过月饼，喝过团圆酒，大家便不约而同地拥到这里，选择自己喜欢的娱乐节目。

　　"高雅娱乐"是马树声来到义海后所提出的企业生活理念，一家企业，往往会有很多的理念，但在职工中倡导一种生活理念的不多。从这一理念出发，大煤沟矿在矿长侯留月的带领下，率先组建了矿乐队、书法绘画协会、诗词协会、摄影协会等，以活跃职工的业余文化生活。与之相应的，职工活动中心开设了乒乓球室、台球室、图书阅览室、健身房、音乐舞蹈戏曲厅等。

　　在职工活动中心三楼的戏曲厅，节目已经开始了。一曲《穆桂英挂帅》选段结束，一曲《包青天》主题曲就接续上了，虽然都是矿上的职工唱的，业余得不能再业余了，但都字正腔圆、有板有眼，唱出了浓浓的家乡味道。他们用家乡独有的戏曲，来表达对家乡和亲人们的思念。

　　矿长侯留月与职工一起参加了这次的中秋团聚。因为在书法上的造诣，他还兼着海西州的书协副主席。他走进职工活动中心的书法创作室时，里面已经聚集了几个矿上的书法爱好者，副矿长闫利、王二勤也都在，除此，还有矿山救护队的几个队员。见他进去，大家

台球比赛

向他索求墨宝,说中秋之夜求一幅字回去,有着特殊的纪念意义。

侯留月也不推辞,写了几幅有关中秋思乡亲人团聚的诗句,一一满足了他们。

一个大煤沟矿的老员工拿着侯留月赠他的书法,禁不住生出一些感慨。早些年在矿上过中秋节,多的是孤独和压抑,酗酒、赌博、对骂,有的甚至把不三不四的女人带到矿上来。喝醉了酒,哭泣,打架斗殴的事情经常发生。这几年最大的变化,就是这些陋习、不良现象销声匿迹了。

侯矿长常说一句话:"我们要让优秀的传统文化走进矿区,让我们的生活高雅起来,使大煤沟矿变成和谐欢乐的矿区。"

2012 年的中秋节,马树声也没有回河南,他是在德令哈度过的。中秋节的第二天,是个星期日,这一天马树声没有应酬,有了一日难得的空闲。海西州美协主席赵敬德带着奇石爱好者张远山来找他了。赵敬德祖籍河南新乡，原来在海西州文化馆工作，现在已退居二线，主攻人物和山水画，有着自己独特的审美。

他们二人来找马树声，是说服他到旷野里去放松放松，走进大自然，亲近脚下的这片土地。具体说，就是去德令哈附近的一处十三亿年前的河滩上去捡奇石。我这时也恰在德令哈，马树声便邀我同往。

在那处十三亿年前的河滩上，我们畅想着大自然的沧桑变迁，人类的历史真可谓沧海之一粟了，不禁生出诸多感慨。

马树声捡到了几块单贝壳化石和珊瑚化石，兴致很高，说："这些化石的形成与煤的形成应该同属一个道理。"我也有收获，捡到一块椭圆形的石头，就像一粒巨大的豆角籽，呈乳白色，纹理细腻，有红色的筋脉。我们都辨不出这是一块什么石头，问张远山，他也摇摇头，说没有见过。马树声接过去端详一下，说："这肯定也是一块化石，别丢，时间会给你答案。"

那次荒野捡石头，我们多少都有些收获，唯独赵敬德空手而归。后来我明白了原因，他是以一个画家的审美眼光去寻找石头的，如此，能入他眼的石头少之又少了。

2019 年 12 月，全国文学报刊联盟会员大会在呼和浩特召开，会议结束后参观内蒙古自治区博物馆，见到了一块和我当年在海西荒原所捡的那块几乎没有差别的石头，它有一个学术名字：戈壁棱柱形蛋。是恐龙中的一种——伤齿龙类蛋化石。

果然如马树声当年所说。只是回到家去找那块石头时，无论怎么找都找不到了。

木里矿员工的一天

起床

这是木里矿仲春的一天早晨。

员工李卫东还在梦境里，就听到有人在喊："下雪了，起床！"这种略带沙哑的嗓音他再熟悉不过了，是刘会远刘总。每天的这个时候，刘会远都会吆喝他们起床。木里矿的一天，是在他的吆喝声中开始

木里矿职工宿舍

的。眼睛酸涩，睁几睁没睁开。昨天胸闷，头痛，在床上翻来覆去贴烧饼，大半夜才睡着。从枕头旁摸索到手机，看看时间，才7点。在木里山上，手机只能当钟表用，没有信号。

这时，窗外响起"嗵嗵嗵"的声音，是谁把柴油发电机摇着了。由于负荷大，柴油机功率小，那声音听起来像一个病人在呻吟，眼看要没气了似的，在空旷寂静的高原听起来很是怪异。

一旦睁开了眼，起床还是挺迅速的。因为矿上太冷，晚上睡觉不敢脱衣服，这样已经三个多月了。走出门外，天还黑着，只有厚厚的白雪映着黎明的光。

早餐

刘会远在打电话。那是一部卫星电话，矿上唯一与外界保持通信的工具。刘会远打电话是让天峻办事处想法给山上送点吃的来，不然就断炊了。

大雪已经连着下了好几天，一辆运煤车也上不了山。平时，矿上的用项都靠山下的运煤车捎带，运煤车上不来了，山上的供给也就断了。

现在，矿部只剩下点儿挂面。这几天一直都在煮挂面吃，山上又煮不熟，只能半生不熟地吃，真的难以下咽。吃得大家走起路来身子直发飘，软绵绵的四肢无力。

今天的早餐是热水冲泡冻得硬邦邦的馒头，拌一点咸菜。再过两天，咸菜也要被吃完了。李卫东强迫自己吃了两个馒头，只有这样，他才能坚持到中午。

上坑口

吃过饭,在宿舍门外集合,开进班会。到齐了,只有六个人。

刘会远安排当天的工作。若天放晴,及时把打好的钻孔进行爆破,要不雪水一泡就报废了。再就是把挖掘机的斗齿和护板背到坑口去。

一个斗齿重约两公斤,从宿舍到坑口需要步行六公里。刘会远率先来到临时库房,用铁丝穿起两个斗齿往肩上一搭,说了声:"走起。"大家各自背了斗齿和护板,踏着雪跟着他往山上走。

地上的积雪很深,一脚踏上去,高靿胶鞋都快淹没了。四野全是雪,白茫茫不见边际,太阳一照,刺得眼疼。路早已无了踪影,他们只能摸索着往前走。

六公里的路程,其中三公里都是爬坡,坡度落差在一百米左右。要是在内地,这样的落差也不算什么,但这是海拔四千二百米的高原,这一百米就另当别论了。

李卫东是一个二十多岁的小伙子,中等身材,黑黑的,人很壮实。他背着斗齿和护板,看上去像登珠穆朗玛峰的运动员那样在雪地上行走,每走几步就要停下来大口喘着粗气,恨不能把肺都给吐出来,一口气接不上来,就感到头晕目眩。

他想停下来歇口气,一抬头,看见了走在最前面的刘会远。

刘会远患有腰椎间盘突出,此刻,他正一只手掐着腰,一只手扶着肩上的工具,走得很艰难。刘会远是六个人中年纪最大的,将近五十岁了。看着刘会远,李卫东打消了歇一口气的想法。

到达坑口,他们走了近两个小时。

爆破

今天的任务,是给四十多个打好的孔里装上炸药,然后实施爆破。

在坑口做好爆破前的准备工作,已经是中午 12 点左右了。大家中午饭也没有吃,就下了坑。他们是想等完成了爆破任务后,再吃饭。

从坑口到爆破地点还得步行三公里的样子。这里根本没有路,地表的雪开始融化,遍地都是泥水。一行六人扛着炮杆,顺着平盘跌跌撞撞地走着,满身沾满了泥泞。

到爆破地点时,工程队把炸药已经运到了。刘会远他们扛着炸药箱,按孔分好炸药,开始装填。孔里灌满了雪水,必须用三米长的炮杆把管装的炸药捣至孔底才算将孔填好。

不久,每个人已是浑身满脸的泥水,面对面都认不清谁是谁了。

现在已是木里山的春天,阳光也还不错。大家知道,这比冬天干这个活好到天上去了。冬天爆破,坑下零下三十多度,每个人都冻得流着鼻涕和眼泪,而且一流出来立马冻成了鼻涕冰、眼泪冰,就那样挂在脸上。样子比满脸的泥水滑稽多了。

连接导爆管时不能戴棉手套,缠导爆管的胶布在低温下没了一点黏性,必须脱去手套,用手暖着胶布缠导爆管。只缠了一个,手就被刺骨的寒风冻得疼痛难忍。再缠,手已冻得没了感觉,好像不是自己的手了。

爆破回到坑口，已是下午 4 点多钟。大家刚端上煮得半生不熟的挂面，雪又下起来。等吃过饭从帐篷里出来时，外面又是一个银装素裹的世界了。

这时，厨师满祥向刘会远告急，挂面只剩下一箱了。

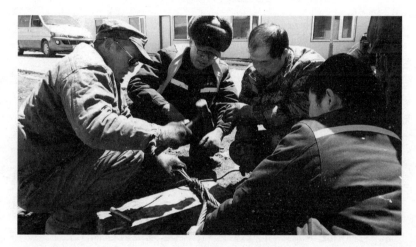

穿爆队

回宿舍

平时，矿上的职工从坑口赶回宿舍，大都是晚上的八九点钟，每人每天平均要工作十余小时。

今天下雪，大家 6 点就可以下班了。将工具收拾好，他们还有六里路程要走。

他们原想在坑口的帐篷里迁就一夜，但工程队和销售班的人已经将帐篷住满了。不想走也不行，那就趁早下山。走了一个小时，来到大哆嗦河旁,河里的水流得还算湍急。现在冰雪开始融化了,冬天河水会结成厚厚的冰,用钢钎都难以凿开。

刘会远他们在河边的炸药库休息了一会儿,各自抽了根烟,才涉水过河。过了河,李卫东感到胶鞋里灌满了冰冷刺骨的雪水。

哆嗦河里流动的,就是雪水。

摇柴油发电机发电

他们回到宿舍的时候,已是晚上9点多钟。

他们要做的第一件事,就是摇动柴油发电机,取暖照明。没有电,宿舍就成了一座冰窟。

员工老崔的门牙在昨天摇发电机时被摇把打掉了一颗,现在嘴还没消肿,大家喊他继续摇,他捂着嘴直摆手。刘会远笑笑,叫老肖摇。老肖就是肖瑞芳,他开过手扶拖拉机,摇电机也算有经验了。

老肖摇得大口喘气,也没有将机器摇着。

老肖自嘲说:"在内地,早该摇着了。"

但木里山不是内地。

尽管已进入5月,太阳一落山,这儿的气温还是很低,大概在零下四五度。柴油发电机得预热,冷机器肯定摇不着。几个人就轮流上阵,摇个四五圈换一个人,不然人会累得头晕眼花。毫无疑问,这都是缺氧的缘故。

新来的员工小何没有经验,摇把一个反弹,"哎呀"一声,手给打肿了。万幸,没伤到骨头,伤到骨头可就麻烦了,山上没有任何医疗设施,受了伤只能强忍着。

因为缺氧，气温又低，即使机器热了身，摇把的速度和手动减加压阀开关的动作还需配合得恰到好处，否则，费死劲也摇不着这如老牛一样犟的柴油机。

这个时候，就轮到经验丰富的老肖大显身手了。

捡牦牛粪生火

柴油发电机发动后，黑暗里就有了光明。

大家各自回到房间，开始生火取暖。取暖用的是矿上的焦煤，这种煤容易炼渣，一炼渣煤火就灭了。没有了煤火，半夜能把人冻成冰棍儿。

生煤火得有引火。最好的引火就是草原上的牛粪。

他们开始分头行动，每人提着个废机油桶，打着手电，去户外的草地上捡牛粪。天黑看不清，捡到干的牛粪还好，捡到没干透的，也捧稀泥般捧到桶里。

天天烧牛粪，熏得身上一股子牛粪味，如果再点上藏香，喝上酥油茶，和藏民身上的味儿就没两样了。

火生起来，晚饭也做好了，还是清水煮挂面。

这天夜里李卫东睡得早。他做了一个梦，梦见山下送上来一车好吃的东西。

马树声的愧疚

马树声说,在青海的六年间,他最感愧疚的有两个人,一个是他的父亲,一个是他的妻子。那几年,于他的老父亲,他缺少了一份孝;于他的妻子,他缺少了一份爱。

中国自古就有一种说法,叫忠孝不能两全。只是近些年这种说法似乎销声匿迹了,很少再有人提起。盖因现在交通都很方便,尽职尽责之余,多回家孝敬孝敬父母,也并非一件难事。但这有一个前提,就是二者相距不能太过遥远。

譬如,河南与青海,之间距离两千多公里,依然存在着欲尽孝而不能的现实。

对于亲人的愧疚,从小处说,源自对单位的奉献;从大处说,源自对国家的奉献。这种奉献,既是一种责任,也是一种人生价值的追求和个人境界的体现,因为这里面有着主观选择因素的存在,这是一种不容忽略的存在。这种选择,本质就是无条件的付出,不仅仅对亲人,更多的还是对自己。

来义海之前,在义煤集团非煤产业部的时候,马树声就患有糖尿病,来义海不久,病情就加剧了许多。究其原因,也都与工作有关系。

与一般职工还不同,一般职工可以在公司或两矿一待待个两三个月不外出,马树声就不行。一个电话,他就得下西宁去;一个电话,他就得回河南去。有的时候,刚从河南回到德令哈,一顿饭还没吃,办公室的椅子还没坐热,电话来了,让马上回河南去。自然,事情处理完,在河南想多待一晌都是奢望,因为工作单位在海西,他是班长,一大摊子事都在等着他。

开完会或者办完事情,他就得马上开拔。海西、西宁、义马。高原、平原。他得走马灯似的在这之间来回穿梭,重复丈量。义马的海拔是五百多米,而德令哈的海拔是两千八百多米,相差了两千多米,那是一座四百多层摩天大楼的高度了,目前这么高的大楼还没有诞生。马树声曾开玩笑般地对义煤公司跃进矿党委书记陈志杰说,我们两个矿真是天壤之别啊。

海拔落差这么大,忽地在河南,忽地在青海,也就是说忽地在平原,忽地又到了世界的屋脊,这种快速而巨大的高低变化,让人的生理机制难以适应,慢慢地就会出现紊乱,其对身体的危害自不待言。对此我是深有体会。

我 2014 年春从海西回到开封以后,出现了一种奇怪的症状,胸闷、呼吸困难,好像有一块石头昼夜压在心上。天天如此,令人感到焦虑和恐怖。开封、郑州、北京,看了好多医生,都怀疑是心脏方面的问题,但做了各种检查后,却没有发现器质性病变。这让所有给我看过病的医生束手无策。尽管近两年经过自身调节病情有所缓解,在焦躁的时候依然会有症状出现。

还有一个很重要的原因,就是工作上的应酬。因为工作上的需要,有很多问题都需要在应酬中解决,在中国这样一个人情社会,这是一个客观的存在。青海人豪迈而好客,这种性格决定了本地的嗜酒之风。如果想办成什么事情,先喝酒,酒喝得高兴,关系就融洽,事情也好办许多。

义海公司和内地矿不一样,内地矿多为老矿,人际关系都是多年积攒下的，有些事情一个电话就解决了。况且，还有分管领导和相关领导，斡旋的余地也就宽广许多。可义海不行，各个方面，各路人马，必须马树声到场。

马树声喝酒也豪爽，就如他的性格一样。我多次见他喝酒之前，先就水吞下一大把药片，然后一杯一杯与客人对饮。2000年前后，工作宴请之风正炽，作为河南埠外企业义海公司的"一把手"，有时一天要参加五六个应酬酒宴，想逃都逃不掉。

过度的应酬和超负荷的饮酒让马树声的糖尿病快速加重，一度影响到他的视力。2000年，他趁国庆节假期到洛阳156医院做了一次检查，医生告诉他，眼底视网膜出血，得尽快做手术，不然有失明的危险。马树声拒绝了，义海公司正在冲刺五百万吨大跨越，时间紧，任务重，眼部手术又极为复杂，康复起来缓慢，他怕因此影响工作，便拿了一些服用的药物，第二天就赶回到了工作岗位。

平时在青海，马树声最怕接河南老家打来的电话，这些电话多为亲戚熟人打来，一种是想找他来矿上揽点工程，挣点钱花花。对于这样的电话，马树声多半给拒绝了，无论是在木里还是大煤沟，钱不好挣，弄不好本钱都会搭进去。另一种电话就是家中有了什么事情，想让他回去疏通处理。看到老家打来的电话，马树声还有一层心理上的担忧，年迈的父母还都在林州居住，人一上年纪，各种疾病都出其不意地出来了，如果父母病了，电话打来，自己又不能及时赶到父母跟前，尽一个儿子应尽的孝道，内心会深受折磨和熬煎，自责与痛苦。

2011年夏天，老家林州的电话打来了，马树声接过电话，脸色变得苍白，电话拿在手里，久久地没有放下来。这是一个令人心痛的消息，他的老父亲检查出了食道癌，而且到了晚期，目前已经住进了林州市人民医院。马树声请了假，连夜从德令哈赶往西宁，打算第二天一早坐航班回河南。

可是，第二天早晨刚到西宁机场，就接到义煤公司主要领导的指令，让他今天务必到西安去见黄河焦化厂的王总，洽谈一个合作项目。马树声强忍着内心的痛苦，只得转了航班，等完成了这项工作，才重新登机回河南。

回到林州，见到病床上的老父亲，已经是第三天中午了。老父亲好像刚刚入睡，看上去消瘦了许多，显得苍老和憔悴，马树声心头一阵疼痛，泪水就溢满了眼眶。他想，如果有自己守候在老父亲身边，病情也许会早早地发现，何至于发展到这种地步？越是这样，他越是感到愧疚。

似乎感觉到了马树声的到来，老人睁开了眼睛。这是一个党培养多年的老干部，对自己的病没有显出怎样的悲观。他对马树声说："你事那么多，路途又这么远，没有必要专程跑回来。"

马树声是个孝子，在老父亲床前陪护了两天两夜，第三天的时候，他必须要赶回海西了，有了新的任务。老父亲拉住他的手说："赶紧回去吧，我没有啥事，你看看，这不好好的吗？"马树声强忍住眼泪，快步走出病房。他知道，哪怕再多停留一分钟，他都会控制不住自己。

回青海的路上，马树声的心情很沉重，他忽然想起了什么，拿起电话，告诉他的三弟，将老父亲转移到郑州大学第一附属医院去治疗，那里的医疗条件要好一些。他知道，作为一个儿子，能为老父亲做的，不是很多了。

十余天后，马树声在德令哈接到了三弟的电话，说老父亲这几天不愿意吃饭了,天天念叨你,想让你回来一趟。马树声安排好工作,当天就往郑州赶,到医院的时候,已经是晚上7点多了。令他欣慰的是,几天没吃饭的老父亲见到他,竟然吃下了半碗稀饭。

马树声又要给父亲告别回西宁了,这一次,老父亲眼中多的是一种不舍,他希望作为长子的马树声能多陪他一天,哪怕是一晌也行啊。这让马树声更深刻地体味到了别离之苦,他知道,也许,这是最后一次给父亲尽孝了。

果然,回到海西不久,他的老父亲就病逝了。

相隔不久,马树声的妻子患上了更年期综合征和抑郁症,一个人住在家中,会无端地感到恐惧、焦虑,时常想到去死、去自杀,不想见人,不想去吃饭,尤其是夜半失眠的时候,这种恐惧会加剧。每当这时,妻子都会产生一种幻想,而且很固执,能有丈夫陪在身边,这种恐惧一定会消失。但她知道这是一种奢望。

2011年秋天,妻子的病情加重,需要住院治疗,给马树声打电话,想让他回去两天,可增发上市工作正处于紧要关头,他不能脱身,只好让家人代替照看。他也知道,自己不回去对妻子的康复有害而无益,但也只能在心底对妻子表示深深的愧疚了。

雪山荒漠中的温暖

葛万方之后,张堂斌出任义海公司纪委书记、工会主席。他曾说,凡在义海工作几年后,如果哪一天回到内地,那就是战友了。

这话说得有道理。

我的理解,战友就是生命之交的代名词。

经历过玉树抗震救灾,一起在废墟上为藏族同胞搭建三百余座帐篷,于海拔四千四百米的山坡上,共同经受住余震考验的三十九名义海救援队员,算不算战友?被困于大煤沟井矿深处,时刻有生命之忧,后又安全脱险的那一百一十九名一线职工,算不算战友?七月飞雪的木里山上,携手走过极度孤独的最早一批义海员工算不算战友?

在我看来,都算。

这样的例子,在义海,不胜枚举。

因此,义海人就是一个充满着兄弟情、战友谊的集体。这个集体有着超乎常人想象的凝聚力,按照马树声的说法,义海是一个大家庭,是一所大学校,还是一座大熔炉。

说是一所大学校,是指新进义海的员工,能从义海学到很多东西。譬如,"舍小家,为大家"的奉献精神,再譬如,义海人"缺氧不缺志气,敢与高原比高低"的英勇气概,在他周围的员工中,有很多这样的例子。榜样的力量是无穷的。若干年后,新一任的党委书记、董事长段新伟说:"义海精神是焦裕禄精神、愚公移山精神、红旗渠精神的赓续和光大,是企业发展壮大的根和魂,必将鼓舞我们在中原出彩的伟大进程中,创造出更加辉煌的业绩。"可谓掷地有声。

说义海是座大熔炉,只要进入了义海,你一定会被义海精神所感召,被老一代义海人的事迹所激励,从肉体到灵魂,都会得到淬炼和升华,具有了"特别能吃苦,特别能奉献,特别能战斗,特别能忍耐,特别能进取"的"五特"精神,从而成为一个真正的义海人。

这样的一个集体,虽然处于雪山荒漠之中,但无时不让人感受到一种蓬勃向上的气息,一种春天的气息,尽管这里自然界的春天几乎瞬息而过,短到可以忽略。生存环境愈是残酷,人情散发出来的温暖愈是珍贵。这种温暖,于义海人来说,是支撑他们在高原,在恶劣的生存环境中艰苦创业的精神力量。

细究起来,这一种力量,也是义海上下同心汇聚而成的。在一次与侯留月的交谈中,他深有感触地说到了这个问题。侯留月是2010年6月来到义海公司的,历任主持大煤沟矿工作的副矿长、矿长,义海公司副总经理、总经理、党委书记兼董事长,2017年7月调离义海,在义海前后工作了八个年头。对这种温暖汇聚起来的力量,他有着深刻的体会。

2010年6月,当侯留月第一次踏入大煤沟矿的时候,望着千里戈壁,茫茫荒漠,他脑海里回响着一个单调而固执的声音:这个地方的自然环境太恶劣了。稍后,他目睹了有这样的一群人,他们告别故土、亲人,来到两千公里外、海拔三千五百米高处的大煤沟矿,顽强坚守,默默奉献,抒写着一曲出彩河南人的英雄壮歌,内心不由有一股热流涌过。

大煤沟矿恶劣的自然环境,如果用一个字来概括,就是"冷";用两个字来概括,就是"寒冷"。春天冷,秋天冷,冬天尤其冷。夏天是大煤沟最好的季节,但特别的短暂。侯留月来的时候,正赶上了这个季节。但很快,夏季就结束了。侯留月感受到了这种寒冷,风是冷的,雪是冷的,就连太阳射下来的光线也是冷的。这儿的冷与河南老家的冷不同,尖锐、剽悍,不容许抵挡。

既然恶劣的自然环境给予了员工太多的寒冷,那么,作为大煤沟矿的矿长,就要多给他们带来一些工作和生活上的温暖。

于是,侯留月开始付诸行动。

先从改善职工的生活条件入手。改造了职工澡堂,安装了自动取款机,与有关单位联系开通了往返市区的班车,在矿大门外的荒地上规划建造了商业街,引进了超市、饭店、茶社、瓜果蔬菜门市等。生活条件的便利,能让人感到生活的美好。

继而丰富职工的文化精神生活。如前所说,大煤沟矿成立了书法协会、摄影协会、诗词协会等,筹建了矿乐队、戏剧社等。大煤沟矿职工活动中心投入使用以后,组织了歌咏比赛、棋牌赛、集体健身活动等。由精神的荒漠走向精神的富足,这是企业文化建立的根基和不竭的源泉。

为在大煤沟矿营造出家的氛围,让每一个员工都能感受到高原大家庭的温暖,侯留月提倡在矿上给职工过集体生日,也就是每月组织一次生日晚会。时间放在周末的晚上或者借助节假日,把矿上当月生日的职工会聚在大食堂的多功能厅,各自围着桌子坐好,桌子上已摆好生日蛋糕,生日蜡烛也随之点燃,每个职工都能得到一份矿工会为他们准备好的生日礼物。

接下来,矿上的领导给每个过生日的职工戴上生日帽,并致生日贺词,对他们进行祝福。音乐响起来了,在温馨的烛光里,大家手捧生日礼物,开始唱生日歌,随着歌声的飘荡,亲情在他们之间传递,好多人的眼睛湿润起来。

大家还编排了丰富多彩的文艺节目,这时,也开始在舞台上上演了。

集体生日过得都很朴素,花钱不多,但矿领导和职工欢聚一堂,于其乐融融之时,营造出了一种大家庭的和谐与快乐。

这种集体过生日的做法在义海公司被推广开来,浓郁的亲情漫

大煤沟矿的集体生日

溢在公司上下，人情的温暖冲淡了高原的严寒，后来便成为义海企业亲情文化的主要内涵。

这种亲情文化的力量开始显现。2011年4月，大煤沟矿劳务工崔西平十七岁的女儿得了白血病，被送到河南省人民医院接受治疗，高昂的医疗费让这个本就不富裕的家庭陷入困境。矿上的职工知道了这件事，纷纷自愿捐款，帮崔西平渡过难关。2011年9月，木里矿职工高伟家中遭遇不幸，木里矿的职工自发地开展了捐款活动，仅一天时间就捐款九千二百一十八元。当这笔款送到高伟手中的时候，他落下了眼泪，他真正体会到了义海这个大家庭的温暖。

这种温暖人心的事情在义海公司时常发生着，谁家有了困难，或者个人遇到点什么麻烦,很快就会有很多温暖的手伸过来。当这些在义海成为一种风气,还有什么困难不能够克服呢?

人心的力量,才是一个企业真正的力量所在。

距离之"痛"

义海创业之初,由于自然环境太过恶劣,内地的工人只要能多少有点收入,生活还能过得去,没人愿意到义海来,凡是远离故土到义海来的,多半还是为生活所迫。

2008年,马树声来到义海以后,很快意识到了这个问题,义海要发展,离了人不行! 人才是创造世间奇迹的根本。从这一观念出发,马树声开始在内地各矿四处招揽人才,条件就是在收入待遇和晋升级别方面给予优先考虑。

这个时期,义海涌进了一大批优秀的管理人才和成熟的一线员工。譬如,从事党务工作的董泽民、从事纪检工作的张宜勤、从事办公室工作的杨建民、从事财会工作的郭晓轩等,都是前后走进义海的。他们来自不同的工作单位,董泽民和张宜勤来自义煤集团机电总厂,杨建民来自豫西建设总公司,郭晓轩来自义煤集团华益总公司。可以说,在义海公司实现大跨越发展的过程中,这一批人在各自的岗位做出了巨大贡献。

然而,随着义海形势的好转和收入的提高,内地各矿主动要求调入义海的人越来越多,劳动用工开始出现分化,一部分是原来聘用人员,另一部分是通过集团公司人力资源部调入义海的正式人员。义海公司目前已是义煤公司的生力矿井,2011 年,原煤产量一举达到616.98万吨,占义煤公司总产量的六分之一,而利润却占去了义煤公司的四分之一还要多。

义煤公司开始加强对义海公司的管理,开始派进更多的管理层干部,义海职工的工资也实行按编制核定计划发放。也就是说,在册的正式职工有工资指标,而原来聘用人员没有了工资指标,所发工资需要从别的资金中挪用解决。这样一来,义海劳资部门感到了巨大的压力。

所以,在对待这两部分人的待遇上也开始出现分化。主抓劳资的李总经理和杨副书记,主张将这一批人员解聘,这样工资压力的问题也就迎刃而解了。作为公司董事长的马树声认为,将这一批为义海的发展做出卓越贡献的人解聘会有损公司的信誉和形象,不同意用简单解聘的方法来处理这一批人,决定自己回义煤公司去做做工作。

话说到这个份儿上,李总经理和杨副书记也就做了一些让步,毕竟这一部分人都是马树声动员来的。

有一次,杨副书记和董泽民、张宜勤在德令哈街头的小馆子吃饭,喝了一点酒后,告诉二人,他们的年收入与同级别的正式员工相比,每年少了好几万。二人听了长久地沉默不语。

在义海急速发展、人手紧缺、最是需要他们的时候,他们义无反顾地来到了义海,为义海出过力、流过汗,而那些刚到义海,还没有做出丝毫贡献的所谓正式工,仅仅因为身份的不同,收入就相差这么大,这令他们深感不平,也深感失落。由此对他们所带来的伤害,并不仅仅是物质上的,还有精神上的,而精神上的尤甚。

但这就是一个残酷的存在。因为你没有工资指标，你所得的工资还是从别的地方挤出来的。你如果不接受这种分配形式，你可以选择离开。

这种分配形式刚刚推行的那段时间，明显地感觉到，那部分聘用员工的话语少了，他们的笑容消失了。平时吃饭、散步、逛街，甚至周末打打扑克，聘用人员都不愿意与正式员工在一起。他们私下里说："和他们在一起浑身不舒服，好像矮人一等似的。"另一方面，新进的这一部分正式员工，因和聘用员工没有感情上的交集，看他们的眼神里也就多出一些复杂的内容，似乎在提醒他们：你们的工资是从我们工资里面挤出来的，如果没有你们，我们的工资会更高。

义海公司以往的和谐气氛不见了。

2011 年 12 月，马树声在北京开会。会间，接到行政办副主任杨建民打来的电话，杨建民在电话里说，杨副书记做他的工作让他离开义海。杨副书记做行政办主任时，杨建民是副主任，关系相处得不错，因此，杨副书记对他说：你带头离开义海，其他聘用人员的工作就好做了。还说："这也是李总的意思。李总表示，先走，如果以后还想回来，公司再聘你。"

马树声告诉杨建民："先不要走，我正在做集团公司的工作。"

北京的会议结束，马树声直接去义煤公司见主要领导，就聘用人员的问题做了一次专题汇报。马树声说，这部分聘用人员虽然有的属于改制企业，也毕竟都是义煤内部的职工，他们这几年为义海的发展立下了大功劳，如果他们的去留问题处理不好会寒了创业者的心。

义煤公司主要领导同意开会研究一下这件事。

不久，义海接到义煤公司人力资源部的通知，同意将聘用人员的工作关系正式调入义海。接到这个通知后，一部分聘用员工迅速行动，托人找渠道，将工作关系办进了义海，工资指标的问题得到了解决。行动缓慢的聘用职工就没有这么幸运了，因为十天以后，义海聘用人员的工作关系调动重新冻结，至于什么原因，不得而知。

由于义海两矿的高寒缺氧，从河南来的职工在这样的环境里工作时间长了，身体会受到不同程度的伤害。譬如，木里矿的徐敬民，他的心脏已经移位近两厘米；大煤沟矿的高其华，有一天在工作岗位上毫无缘由地发生了昏厥，到医院却检查不出任何原因。由于长期生活分居，义海职工患前列腺疾病的达到了 75%。心脑血管疾病成了义海职工的常见病与高发病。对于这种情况，马树声多次到集团公司呼吁，从关爱职工生命安全的角度去考虑，出台相应的政策。

经过不懈的努力，2012 年初，义煤公司出台了义海职工与内地各矿岗位轮流制度，也就是说，凡在义海工作够五年的正式职工，通过个人申请可以到内地各矿安排相应岗位的工作。制度出来了，操作起来却遇到了种种困难。譬如，待遇问题，义海公司的一个生产科长，回到内地矿井，能谋到一个对等的职位几乎是不可能的。也就是说，义海一个重要科室的科长，轮岗到内地，当一个一般科的科长都十分困难。因此，轮岗制度几乎成了摆设。

在高原，对义海职工来说，不仅仅只是恶劣的自然环境所带来的肉体上的伤害，由于距离遥远所造成的亲人之间感情上的淡漠，以及精神上的缺憾给他们带来的伤害更不容低估。大煤沟矿青年员工刘宁，2013 年 7 月结婚，刚开始感情不错，每天都要打一个小时的电话。一年后，他们有了女儿，问题也随之出现了，家里的琐碎事多起来，尤其是孩子生病了，大半夜还得往医院赶，一个女人很无助，电话里埋怨他不能出现在身边。慢慢地，埋怨变成了争吵，后来又变成了沉默，二人的感情一天天变淡直至消失，最后走向离婚。

"因为离家远，家里所有的事都帮不上忙，有老人的家庭，也不能在跟前尽孝，甚至有的职工家中老人病重，打来电话，可赶回家连最后一面都见不上。"一个"老义海人"对距离的认识很现实。

天峻义海副总工程师蔡文杰是 2003 年来青海的。每次从义马返回青海，他从来都不让家人去车站送他，他受不了和妻儿分别的那一刻。蔡文杰说，他见过太多离别的情景，职工离家返回青海时，妻子带着孩子去车站送，车开动的时候，车下妻儿哭，车内职工抹眼泪。

"让人受不了。"

我与蔡文杰打过交道，那是一条硬汉子。

"在高原工作，环境再恶劣都不怕，唯独怕提到'家'这个字眼。"有的员工这样说。"家"本来是个温暖的字眼，但由于遥远的距离所造成的分居生活，使它变成了义海员工心中的"痛"。

第三极里的至高利益

雪山荒漠中的"花房"

2010年1月13日,义海公司首届职工代表大会暨本年度工作会议召开。这次会议无疑是义海公司发展历程中的一个转折点,它向社会透露了一个信息,经过一年多的发展,义海公司的组织建设和队伍建设已步入规范,走上了健康轨道。

在这次会议上,身为董事长兼总经理的马树声代表义海班子做了工作报告,其中一项内容在职工中引起强烈反响:本年度内,要在大煤沟、木里两矿开工建设职工文化活动中心。

木里矿的一个老员工当场湿润了眼眶,他用颤抖的声音说:"马董事长的报告都说到我们心窝里去了。"这是一个老职工心迹真诚的祖露,也是两矿职工集体的心声。

是啊,两矿职工盼望着能有一座自己的文化活动中心,已经盼望了好多年。

职工的这一愿望,丝毫不过分,尤其对大煤沟矿和木里矿的职工来说,更是如此。我们不妨站在两矿职工的视角,重新打量一下大煤沟、木里两矿。尽管前面对义海两矿已经浓墨重彩,在这里我还想再重复一下。

就先来说大煤沟矿。大煤沟矿处于柴达木盆地的戈壁荒漠深处,海拔三千五百米,距离德令哈市区一百五十公里,连距离最近的大柴旦行署也有近一百公里的路程。四周除了秃山连绵,就是黄沙遍野,只有暗紫的骆驼刺点缀其间,方圆百里杳无人烟。当地俗语这样形容周围的环境:"天上无飞鸟,地上不长草,氧气吸不饱,风吹石头跑。"既形象又逼真。

再说木里矿。木里矿海拔比大煤沟矿更高,整整高出了七百多米,据说是目前世界上最高的正开采着的露天煤矿,被人称为"天矿"。这里气温常年在零下三十度左右,《窦娥冤》里六月飞雪的场景年年在这里上演。早些年,木里山上没有路,只能沿着牧民踏出的小道上山下山。冬天有大雪封山,夏天有草地翻浆,下一次山比走一次蜀道还难。木里矿的职工到距离一百六十公里的天峻县城洗澡理发,碰上这样的天气,一个月也难得下山一趟。即使天气晴朗的日子,因为交通不便,来回一趟得三四天时间。

两矿处于这样的环境之中,工作之余除了在帐篷里睡觉、打扑克、吃煮不熟的挂面,再无地方可去,尤其是周末和节假日,更凸显两矿环境的单调和乏味。孤独考量着两矿员工,他们热切地期望改变这种能让人发疯或沉沦的生存环境与状态,能有一个让他们打发寂寞的场所,有一个排遣孤独的去处。

这一企盼让他们盼了八年。现在,盼了八年的愿望就要实现了,他们怎能不欣喜若狂?

其实,公司做出这样的决策并不奇怪,它与马树声的企业发展理念相吻合。马树声多次在公开场合强调,一个企业的发展,一定要让职工成为最大的受益者。这是一个企业领导人的胸怀,也是一个企业家应有的选择。在高原这样恶劣的自然环境中创业,职工付出的不仅仅是汗水和心血,更多的是生命的极致消耗,也即生命的本身。

社会上曾有人这样谈论义海的职工,"年轻时用命换钱,年老时用钱换命。"这话听起来刺耳,却颇具哲学意味,也许道出了事物的真相。但是,义海人选择了高原,从他们踏入这片土地那一天起,他们把这些都已抛置脑后。

面对一群这样的员工,还有哪一家企业,还有什么理由不珍惜他们呢?对他们多一些关爱,尽量改变一下他们的生存环境,至少让他们感到一些温暖,生活中多一些乐趣,这是一个企业领导人应有的管理常识和人格境界。

正是从这一理念出发,2010年7月,大煤沟矿职工文化活动中心动工;同年的12月,木里矿职工活动中心动工。马树声参加了两矿活动中心的开工仪式,他的讲话很简短,归结为一个意思,大家在高原创业奉献,公司就是要尽最大努力去为大家完善服务体系,让大家在这里能够快乐生活、安心工作。

木里矿职工文化活动中心开工奠基仪式是在高原最寒冷的季节,12月1日,严冬。那一天我去了现场,矿上的职工早早地列好了队,等候着仪式的开始。9点多的时候突然刮起了大风,飞沙走石,扬起的尘土让人睁不开眼睛。刺骨的寒风穿透了大家身上的棉大衣,身上披着的仿佛只是一层薄薄的碎布片,身躯在棉大衣里瑟瑟发抖。

有时候，风打了一个旋，旋在人的脸上，立即有一种窒息的感觉。在这样的环境下，没有一个职工愿意离去，他们的身上无不洋溢着喜悦之情。此情此景，令人动容。

大煤沟矿职工文化活动中心投资 1350 万元，总建筑面积 2700 余平方米。建设期一年有余，2012 年 1 月 1 日投入使用。木里矿职工活动中心投资 3000 万元，工程建筑面积 3000 余平方米。一期工程于 2011 年 10 月竣工，2012 年 5 月 9 日整体工程投入使用。

职工们有了自己的活动天地，那种单调乏味孤独寂寞的生活随之结束。大煤沟矿在矿长侯留月的带领下，成立了书法绘画协会、诗词协会、摄影爱好者协会、体育棋牌协会和戏剧社，相应地设置了乒乓球室、台球室、阅览室、书画展艺室、健身房、音乐舞蹈戏曲厅等，应有尽有。工作之余，或者节假日，矿上的职工就会不约而同地拥到这里，选择自己喜欢的文娱项目，说说笑笑，往日的酗酒、赌博，甚至打架斗殴的现象不见了，取而代之的是一派和谐欢乐的景象。

两矿职工们喜爱自己的活动中心，就热心地去装扮它。在室外巨大的玻璃墙内，他们试着栽种各种花木，失败了就重新栽，最终，有三十四种花木在这里存活。走进活动中心院内，这里不仅有小桥流水、假山喷泉，更有垂柳掩映，桂花飘香。紫薇、迎春、花石榴、龟甲冬青球、八角金盘、木芙蓉等，南北方花木在这里齐汇，一年四季都有花木吐绿，花香飘浮，真正成了雪山荒漠中的"花房"。

在这两座"花房"里，职工可以在其间徜徉，吸氧，休闲，交流谈心，身心健康得到极大改善。很多职工都发自肺腑地说，义海，就是一个大家庭，有着浓浓的幸福感和归属感。

新世外桃源

风景·路·自动取款机

　　如果说大煤沟矿周围还有风景的话,野鸭子湖可以说是这里的唯一风景了。

　　说是风景,其实也就是一汪湖水,有风吹来时,碧波荡漾的样子。当然,高原上最不缺的,就是这凌厉的西北风了。在这戈壁荒漠之中,野鸭子湖显得很打眼,有人把它比喻成一面镜子,还有人将它比作蓝宝石,不管怎么比都没有错。当然,这些比喻大都是从大煤沟矿员工嘴里说出来的,大煤沟之外,有谁会知道这戈壁荒漠的深处,会有着这样一个湖呢? 它与托素湖或可鲁克湖比起来,太小了,太籍籍无名了。然而,能有这样一片湖水,对大煤沟矿的员工们来说,就够了,那就是他们的乐园了。不管哪一种比喻,他们表达的是一种真实的情感,准确不准确大可以忽略掉。

野鸭子湖离大煤沟矿并不算近,大约有十几公里吧。去野鸭湖,得开车去。早期来大煤沟矿的员工,只是听说有这么一个湖,没有谁去过,因为那个时候全矿仅有一辆破旧的桑塔纳,天天忙于公共事务,还没有谁有私家车,因此,对大部分员工来说,野鸭子湖只能是一处传说中的风景了。2009 年前后,私家车出现了,去野鸭子湖的员工才渐渐多起来。

大煤沟矿的员工太喜欢这处叫野鸭子湖的风景了,把它写成诗歌或散文的,不下十几人。参加过玉树抗震救灾、与我同住一个帐篷的高其华写过;张大鹏没有去木里矿前还在大煤沟矿任党群工作部副部长时也写过;还有后来进大煤沟矿的沈宏伟、向日葵;等等。在他们的笔下,野鸭子湖无疑就是他们心目中的桃花源了。野鸭子湖是属于大煤沟的风景,是属于大煤沟矿员工们自己的风景。

在他们的笔下,野鸭子湖是美丽的,是充满着无穷魅力的。张大鹏在他的那篇名为《游野鸭子湖》的散文中是这样描写这处风景的:

我们开车又走了十几分钟,眼前忽然一片开阔,野鸭子湖尽收眼底,湖四面环山,山峰层层叠叠,连绵不断。半山腰云雾缭绕,隐隐约约可以看到山顶的皑皑白雪,使此地显得庄重而又神秘。由于常年干旱,湖水只有少许,大部分湖底已裸露在外,只有湖中心有一潭清水。远远望去,碧蓝的湖水犹如一颗蓝色的宝石,上面还星星般点缀着一些会动的黑点,那就是野鸭子吧!我们怀着一颗激动的心情下车,快步向湖心走去,由于当地土壤的碱性太大，每走一步犹如在泡沫板上行走，留下一行行深深的脚印。来到湖心，我被眼前的景色迷住了，在宁静的湖边，长满了绿油油的水草，里面还掺杂着红色、白色、紫色的无名小花，美极了！蔚蓝的湖水清澈透底，一群群的野鸭在悠闲地游着。有戏耍的、打闹的、相互追逐的，创造了一种祥和的气氛，令我心旷神怡，有种融入大自然的感觉。

张大鹏的文笔优美，更重要的是饱含着浓厚的情感，倘若没有对这片土地的深爱，肯定不会写出如此有生命力的文字。从另一个角度也说明了义海员工对高雅生活的向往。义海员工经常思考，挣钱是为的什么？仅仅是为物质上的满足，还是为让生活更加美好？这种美好，当然更多的是精神层面的东西。

来到高原之后，马树声捕捉到了这一义海所特有现象，远离故土，处于茫茫戈壁荒漠之中，高原日照时间又长，尤其是夏日，晚上9点太阳还未落山，工作之余，尚有大把的时间。如何度过工作之余的时光，打造出一支具有什么精神状态的职工队伍，对义海企业能否健康持续发展有着极其重大的意义。这一点，是毋庸置疑的。

于是，在公司上下，马树声提出了"体面劳动，快乐工作；高雅娱乐，健康生活"的工作生活理念。这一理念的提出，对义海公司职工队伍建设和企业健康发展，起到了无法替代的作用。

大煤沟矿与外界的沟通，是靠仅有的一条路完成的。这是一条以运煤为主的土路，从矿区延伸至315国道，在泉水梁三岔口与之会合，全长大约五公里。这条土路路面坑洼不平，被人称为"搓板路"或"泥水路"，不错，是"泥水路"而不是"水泥路"。

野鸭湖

　　直到 2011 年的夏天,这条路仍然被叫着"搓板路"或者"泥水路"。无雨无雪的时候,毫无疑问,这就是一条"搓板路"了,对此我深有体会,因为这年初春我到大煤沟矿采访闫利,车过这段路的时候,车门和车窗发出猛烈的震颤,好像患了疟疾一般,整个车瞬间开始打摆子,把人晃荡得都快散了架。就像在搓板上被揉搓一般,形象极了。如果下了一场雨,自然是一场大雨或者连阴雨,再不就是一场大雪开始融化,"搓板路"脸孔一变,换成了另一副面孔:"泥水路"。这个名字起得大是形象,碾出车辙的地方,一辙一辙的都是水;而车辙的两边全是泥浆。有的时候,泥中有水,水里有泥,泥也是水,水也是泥,这种路更难走。我亲眼见到过,一溜拉煤的大卡车在"泥水路"

上艰难前行,将车辙越碾越深,水也就越积越多。忽然,行走在前面的一辆大卡车车厢一歪,车轮就陷进泥水里拔不出来了。结果,后面的车全部被堵在泥水之中。

这一次,我随马树声来大煤沟矿检查工作,眼前的一幕他自然也目睹了。我们的车虽然与拉煤车相向而行,但由于路面狭窄,一出事故,也被堵在了路上。马树声跳下车,开始指挥疏通,临时做了一回交通指挥员。后来见到大煤沟的新任矿长侯留月,便对他说:"这条路得尽快修起来。"

也的确,这条路是该修修了。因为它不仅是拉煤车的必经之路,一堵车不仅影响生产和销售,也会影响到大煤沟矿的形象和与客户之间的关系,此外,它还肩负着其他诸多功能。譬如,青海省各级领导来矿上检查工作,恰好遇见下雨堵车,无论怎么说都是一件大煞风景的事。马树声又想起了去年的那场地震。地震之后,青海省委书记强卫、省长宋秀岩、省委副书记骆惠宁等先后到矿区进行慰问,好在那些天没有雨雪,这令马树声多少松了一口气,也令他下了尽早修这条路的决心。

再譬如,职工们的家属来矿上探亲,还未进矿区,就先看到这样的一段路,这让他们心里作何想?还真有这么一回事。有一年,戚亚瑞等几个职工家属来探亲,恰恰刚下过一场大雪,被堵在了路上。司机说:"这段路车辙很深,都被大雪覆盖住了,成了一个个陷阱,万一车陷进去了,就别想再出来了。"说啥都不愿意再往矿上去。跑了几千里路来探亲,看到自己的家人在这样的环境下工作,几个妇女都大哭起来。最后,矿上派了一辆铲车,把家属们"铲"到了矿上。

亲人们相见,自然又是一番哭泣。戚亚瑞恨恨地说:"都是这段路惹的祸。"

2011 年 9 月初,在义海公司副总经理、大煤沟矿矿长侯留月的督导下,一条贯穿矿区与 315 国道的新路动土了。仅用了二十天,工程队就完成了测绘工作。这一年的十一前夕,新路竣工了。在大煤沟矿职工嘴里,这条路有了新的名字,"泥水路"变成了"水泥路"。有了这条"水泥路",家属再来矿上探亲,就不用害怕什么雨雪天气了。

没有到过高原,或者说你没有到过大煤沟矿,有很多事情你是无法想象的,如存款和取款的问题。存款和取款,这是生活中再平常不过的事了,就像生活中的油盐酱醋茶那样不可或缺。在我们所生活的中原地区,存款和取款都是极方便的,不说城市了,任何一个乡镇甚至村落,都会有储蓄所或信用社。

而这一切,在大煤沟矿,却变得不简单起来。因为矿上既没有可供存款的地方,也没有可供取款的地方。矿上的职工要想存款或取款,只能到外面去。而这里的外面只有两个,一个是大柴旦,另一个就是德令哈了。大煤沟矿离大柴旦近一百公里,距离德令哈则是一百五十公里。

无论是存款和取款,都得跑这么远的路程。喜欢写通讯报道的沈宏伟苦笑着说,有稿费单寄到矿上,三十元五十元的,得跑德令哈去取,还不够路费钱呢,积攒起来去取,又常超过了期限,只得将稿费单留作纪念了。跑这么远的路程,来回至少得一天时间,如果天气不好,车出了故障,时间就不好说了。最怕的是急着用钱,又赶上雨雪天气,常常把事都耽误了。

职工的利益无小事。这是马树声的信条。他亲自协调银监、公安、消防等部门,在大煤沟矿安装了第一台自动取款机,该机具备取款、转账、查询余额等功能,解决了长期困扰矿上职工的取钱、转账难问题。

2010年12月4日,大煤沟矿职工王文强给媳妇打了一个电话,激动地告诉她:"媳妇,我们矿有取款机了,以后再不用为取款转账发愁了。"早些时候,家里急需钱用,因往家转款不及时几乎误了大事,为此,媳妇跟他生了一场大气,甚至哭闹着要与他离婚。

王文强的话道出了大煤沟矿广大职工的心声。

路修好了,取款机也安装上了,它们与野鸭子湖一样,构成了大煤沟矿共同的风景。

一定要让木里矿的职工洗上个热水澡

2010年秋天的一个黄昏,马树声站在义海公司新办公大楼上,眺望着德令哈的母亲河——巴音河,河水在夕阳下缓缓流动,两岸的绿化已成规模,树木和花草相间,组合成一幅赏心悦目的图画,不禁生出诸多的感慨,这一年多的时间里,海西州的变化可以说是日新月异。

有人把这种变化归功于义海的壮大。当地的居民甚至说:"这两年义海人越来越多,德令哈的街头也越发的热闹和繁华,就连海西地区的气候,也没有以前那么干燥,变得湿润起来。"这种说法不无道理,人能改变一切,创造历史,优化自然。当然,人也能掠夺与破坏自然。

马树声前几天与胡建云闲谈时,也曾触及这个话题,胡建云竟也有这种感觉。他说："2003 年前后到大煤沟矿搞基建，印象中气候特别恶劣，雨下得少，常年风沙不断，冬天特别干燥，嘴唇上干裂的口子都能插得上硬币。"马树声笑了笑，觉得胡建云的话过于夸张。

但也确有其事。这事就发生在胡建云身上。

这个时候，木里矿矿长杨建庄敲门走了进来。杨建庄从山上下德令哈办事，今晚不打算返回矿上了，想请马树声去街上的小馆子里吃个便饭，顺便汇报一些事情。

"已经在职工食堂吃过饭了。"马树声说，"有事情就在这里说吧。或者，等你吃过饭后再说？"

杨建庄急忙摇手，说："那就现在汇报。太阳还高，吃饭可以晚些时间。"杨建庄今天汇报的是木里矿职工洗澡的问题，"两矿职工活动中心刚刚开工建设，我就又来说职工澡堂的事，都感到有些得寸进尺了，本想往后推推再说，可堵在心里又终究是个事。"

"关乎职工利益的事不能推，也不能等。"马树声说，又想起在木里矿见到的那个三个月没有下山洗过一次澡的孟建军来，"我们得尽快改变木里山上职工的生活状况，无论如何一定要让职工不下山就能洗上个热水澡。"

杨建庄声音低沉地说："木里矿的广大职工早就盼着这一天了。"

马树声又问起上次放假让孟建军洗澡的事情。"那天我走后，你放没放小孟的假？"职工的事没小事，一件洗澡的事他还记得。

"不仅放了，还放了五天。"杨建庄的语气轻松起来，"因为下一趟木里山到天峻县城，洗洗澡、理理发，三天时间根本不够用。"

马树声叹了一口气，"我们要尊重职工的劳动，让他们工作生活得有尊严，体体面面，不能邋里邋遢像乞丐一样。在高原，要树立义海人新矿工的形象，实现我们'体面劳动，快乐工作；高雅娱乐，健康生活'的工作生活理念。"

杨建庄沉默了，这些方面，矿上以前考虑得不够。孟建军现象在木里山不是个例，曾经有个叫王金生的员工，2006年5月从河南来到木里矿，在矿上一待就是八个月，直到春节矿上放假。这期间，他没有下过一次山，住在简易的帐篷里，不能洗澡，也没地方理发，手机连个信号都没有。整整八个月，王金生没有洗过一次澡，没有理过一次发，也没有往家里打过一个电话。

同事问他："为什么不向矿领导申请往家打个卫星电话？"

王金生腼腆地笑笑。

在他看来，矿领导都那么忙，因为自己一个电话的事去打搅他们，实在是有些难以张口。因为打电话的事，王金生也曾在到底去不去向领导请示之间犹豫过两次，但最后还是摇摇头作罢。

春节放假，王金生本想洗个澡，理理发，干干净净回老家过年，可到天峻县城一看，县城唯一的一家澡堂全是木里矿的职工，满当当的。去理发店一看，每个理发店前都排了长长一溜的队，看样子得大半天等。王金生已经托人买好了火车票，怕误了时间，春节期间可是一票难求，又加上归心似箭，刚好有顺风车，于是，直接坐车到了西宁。

上了火车，王金生发现很多人都用奇怪的眼神打量他，有人甚至还躲得远远的，他这才恍然大悟，由于长时间没有洗澡，他的身上散发着一股难闻的气味，更加上胡子拉碴的，打着缕的长头发用皮筋只在脑后胡乱地扎了一下，看上去就像一个乞丐。

对于这些员工，杨建庄内心一直都有一种羞愧感。

好在公司已经着手改变这一现状了，这又让杨建庄心理上得到了一些慰藉。

2011年1月，在义海公司第二届职工代表大会上，马树声在报告中重申，将木里矿职工澡堂的开工建设列为当年为职工办的十件大事之一。而且要求早日建成，解决义海公司自2003年建矿以来一直存在的职工洗澡难问题，让职工早一天不出矿就能舒舒服服地洗上个热水澡。

这么多年，一个澡堂的事为什么一直都没能够解决呢？这依然与木里山恶劣的自然环境有关。

在海拔四千二百米的木里山上修建澡堂，其难度不可想象，如果没有一种"特别能战斗"的精神，想都不用去想，高寒缺氧、昼夜温差大、冻土层、雨雪大风天气多等，无一不是建筑过程中的大难题。再加上天峻县城到木里矿路途较远，道路崎岖，建筑材料供应难度大，还有建筑工人组织困难，一听说木里山的恶劣状况，很多人都打了退堂鼓。尤其是在2012年8月，布哈河水暴涨，将去往木里山的唯一通道布哈河桥冲塌了，导致正在进展中的工程延期二十余天。

义海人没有被困难吓倒。为了让木里矿职工春节前不出矿能洗上热水澡，马树声两次上到木里山，了解施工中的具体情况，帮着出主意、想办法，鼓励大家发扬义海"五特"精神，向木里矿职工交出满意答卷。杨建庄更是天天都要到施工现场去，与基建科、工程监理单位、工程施工单位的人员一起，就材料的辨识、设备的安装、建筑的标准要求以及高寒自然环境中所应注意的事项等，共同出谋划策，解决了一个又一个难题。

最后，所有的难题，都被义海人踩在了脚下。

2012 年 12 月 11 日,随着两名工人将手持燃烧棒投入两台四吨重的机械化蒸汽锅炉之中,木里矿职工为期九年的洗澡难问题彻底得到了解决。

企业要有感恩员工的胸怀

其实,不仅仅是木里矿职工的洗澡问题,凡事关两矿职工工作生活的所有问题,无论大小,都像一本账一样记在了马树声的心里。在 2011 年的职代会上,马树声掷地有声地说:"让全体职工的收入随企业的发展同步增长,让职工的家属随企业的强盛而感到骄傲,让每一个职工家庭从企业的发展中得到实惠,实现追求美好生活的理想。"

这不是一句空话。到 2011 年底,马树声来义海的四个年头里,仅就职工的工资看,实现了连级跳。2008 年底,也就是马树声来到义海公司的当年,两矿职工的工资由头一年的平均 5 万元上升到 7 万元。2009 年、2010 年,职工工资总额连续增幅 10%。2011 年职工工资总额增幅则达到了 12%,平均人年收入已近 10 万元。

义海员工在德令哈的大街上行走,往日背后指指戳戳的现象已经绝迹,取而代之的是友好和羡慕,这令他们挺直了腰板,且为能在这样的企业里工作而感到骄傲,自信力得到空前提高。

马树声说:"这是企业感恩员工最真诚,也是最直接的方式。"

企业为什么要感恩员工?具体到义海,马树声认为,没有员工"舍小家,为大家"的无私奉献,没有员工"缺氧不缺志气,敢与高原比高低"的英雄气概,没有员工"特别能吃苦,特别能忍耐"的艰苦创业,就不会有义海的今天,就不会有义海的发展和壮大。

2012年的义海公司党委工作会议召开了,马树声要求义海班子,每个人都要有一个感恩员工的胸怀,尊重他们的付出,不能让他们在高原创业流汗流血又流泪,让他们在义海这个大家庭里感到温暖,其乐融融,员工才能把企业真正当作自己的家,才能把企业的事当作自己家里的事去干,才能上下同心不变心,义海才能实现持续发展、和谐发展。

这是义海发展大局的需要,也是义海这个河南外埠企业所应走的道路。

这一年,义煤公司给义海公司定的任务是原煤产量实现720万吨。这一数字意味着什么呢?有比较才有鉴别,我们不妨回过头去看看义海这几年发展的足迹。

2008年,义海公司的原煤产量是220万吨;2009年,316万吨;2010年,是义海公司跨越式发展的一年,原煤产量突破了500万吨;2011年,保持了一个好的发展态势,实现原煤产量616万吨。

而2012年的720万吨,较之于2008年的220万吨,增加了500万吨,相当于再造了两个多当年的义海。720万吨与2010年的506万吨相比,增加了214万吨,如果将这个增加的数字放到内地煤矿,相当于两个小煤矿年产量的总和。

720万吨,在空手行走犹如背负25斤重荷的高原,对于义海公司这个1500多人的企业来说,无疑是个艰巨的任务。要完成这一艰巨任务,广大一线员工是主力军,是决定因素。

马树声认为,感恩员工,激发员工干事创业的激情,是完成这一艰巨任务的不二法门。接下来要做的,就是改革现有的工资分配方式,使之向一线倾斜,向苦、脏、累、险的部门倾斜,适度调整不同工种的收入分配比例,这样工资分配才更趋于合理,才不至于造成一线熟练员工、技术员工的流失。

有人也表示了担心:"这样一来,势必会触及一些人的现有利益,有增加不稳定因素的风险。"

马树声否定了这种可能性。公平合理的分配方式是对每一个员工劳动的尊重,只有让他们的心情更加舒畅,才能激发出巨大的创造力。马树声还相信义海的职工会明白一个道理,只有企业发展了,个人的利益才有保证。

为此,在多个会议场合,马树声都会申明自己的这一观点:"一切依靠职工,一切为了职工,一切相信职工,要把企业的发展成果同职工的利益共享,切实改善职工工作生活环境,提高职工的幸福指数。"

一个时期,在机关食堂就餐的员工惊奇地发现,每张餐桌上都多

职工都很喜欢这种具有中原特色的糯米红枣粽子

出了一个果盘，里面摆放着苹果、香蕉、葡萄等。在高原，干燥、高寒、缺氧，尤其需要多吃水果来补充身体所需的养分。不要小看餐桌上多出了一盘水果这么一个小小的变化，职工内心深处荡起了温暖的涟漪，这让他们深深地体会到，公司对他们的关爱是无微不至的。

而配果盘这样生活中的小事，以及每周职工食堂的伙食花样与各类蔬菜肉类的搭配，马树声都要求后勤部门先拿出方案，张贴出来，听取职工的意见，然后实施。

关于感恩的话题，在义海早已形成了一种文化现象，2011年8月，义海公司出版了"义海公司企业文化丛书"第二卷《义海扬帆·感恩义海卷》，更加详细地阐述了在高原、在远离家乡的"世界第三极"，大力弘扬感恩文化的必要性。

更令人欣喜的是，义海公司近百名职工根据各自的实际情况和感受，从感恩企业的角度写了文章。大煤沟矿的一个老职工用朴实却深情的笔触写道："我们要感恩企业，处处为我们职工着想，公司为我们安装了自动取款机，开通了到德令哈的班车，有了网络，可以打电话和看电视了，现在我们自己的文化活动中心也建起来了，还有了澡堂、理发店，超市也快开业了，领导还给我们过集体生日，这真是一个温暖的大家庭。"

一件件看得见摸得着的实事，一句句殷切感人的话语，看在眼里，记在心里，从每一篇文章中可以体会到，职工们的感情是真挚的。他们纷纷表露心声，有这样一心装着职工的好领导，他们打心底愿意与企业同甘苦、共患难，同舟共济，为企业的发展贡献力量。

为将感恩文化推向深入，义海公司开展了"感恩义海拓荒者"活动，为2003年来义海创业的老职工计发一次性奖励和荣誉证书，表彰他们"缺氧不缺志气,敢与高原比高低"的英雄气概和矢志不渝、坚韧不拔、顽强拼搏、开拓进取的创业精神。

马树声说:"青藏高原是一个气候恶劣、高寒缺氧的地方,2003年的海西地区还相对落后,公司的基础设施较差,第一批来义海的职工克服了强烈的高原反应、饮食供应紧张等中原人难以想象的困难,顽强地坚持了下来,才有了义海的今天。这第一批职工,有的还生活在我们身边,还在与我们并肩战斗,我们要特别地感恩他们,因为是他们,为今天义海的发展奠定了良好的基础。"

突破"瓶颈"不仅仅靠勇气

2008年11月,马树声到义海公司走马上任,还有一个大的背景不能忽略,那就是席卷全球的金融风暴。这场金融危机对中国的煤炭行业影响巨大,煤价大幅度下滑,销量跌入谷底,煤炭企业无不惨淡经营。接踵而来的,是一股不可抗拒的裁减员工、降低薪酬、减产限产的浪潮。

由于义海公司所处的恶劣的自然环境,交通不畅,信息闭塞,所受到的冲击则更为严重,到2008年下半年,义海的煤价与以往相比,降幅竟然达到了50%之多,几乎被市场"腰斩",即使这样,依然无客户问津,销量大幅萎缩。义海公司的煤炭销售陷入困境。

马树声到义海后所面对的,就是一个这样的局面。他要肩负起来的,就是这样的一副担子。这副担子重有千斤,要肩负起来它,不仅仅要靠勇气,还要靠魄力和智慧。

考验是空前的严峻，甚至可以说是一场生死存亡的抉择。而应对这一局面，接下来就要看马树声如何去运筹了。这也是义海公司全体职工所关注的焦点问题。

这时的义海职工已是人心浮动，他们对公司与自己的前途及出路忧心忡忡，裁人和降薪的消息从各种渠道传来，不断挑战着他们的心理承受力。然而，有一个铁的事实就摆在他们的眼前，煤炭生产出来了，就是堆在那里卖不掉。这是公司职工最不愿意看到的一幕。原来一直都是卖方市场，现在一下子变成了买方市场，一时让人心理上难以接受。但是，市场就是这么残酷。

2009年初，马树声代表义海公司，向全体职工和社会各界做出了"五不减"承诺：不减少职工收入，不减少投资，不减少产量，不减少就业，不减少缴税。在这样的形势下，做出这样的承诺，不仅需要一种魄力，而且还要为此付出难以想象的艰辛。"五不减"承诺一出，职工们像吃下了定心丸，悬着的心落地了，波动的情绪稳定下来。

不仅如此，马树声还进一步给职工勾画出了一幅蓝图，要用十年时间，将义海打造成"千万吨矿区，百亿元企业"。马树声说："现在我们的企业是处于困难之中，但只要大家撸起袖子加油干，这个目标就一定能够实现。"这一愿景唤起了义海职工们的激情，因为这令他们看到了美好的希望。

越是企业陷入困境的时候，越是能检验出企业对职工的真正态度：是真心实意让职工当家做主人，还是仅仅停留在口头上；是玩花架子，做表面文章，还是落实到行动当中。

马树声的"五不减"承诺，已很好地回答了这个问题。

在义海公司极度困难的情况下，不仅不减少职工收入，还给他们增加了一项补贴,具体地说,这项补贴是发给义海职工的父母或者祖父母的,它有着一个温暖人心的名字——"孝心补贴"。凡义海职工的父母或者祖父母年满八十岁,都可以领到这份"孝心补贴",没有人数限制,有多少发放多少。这份补贴按月发放,每人每月一百元钱。

第一个月的"孝心补贴"发到职工手里后,藏族员工索南才让流着眼泪说:"每个月工资七八千元,公司还为我们缴纳着医疗保险、住房公积金、失业保险金等,现在企业这么困难,依然为职工发放'孝心补贴',在这样的企业,如果再不努力工作,良心上真的说不过去啊。"

回到家里,他把"孝心补贴"双手交给了他八十多岁的老母亲。这位藏族老妈妈接过这份儿子献上的"孝心",双手合拢,高高举过头顶,叮嘱她的儿子:"你回去对你们的董事长说,有一个藏族老人会天天为他诵经,让菩萨保佑他一生平安。"

与此同时,义海班子清醒地认识到,要令国家和职工的利益不受损失,铁的定律就是要把煤卖出去。长期露天堆放一是会自燃,二是高原的风多,天天刮,这二者都会造成原煤的损失。因此,这个时期,公司把销售工作当成重中之重,放在了各项工作的首位。

在这样的一个背景下,销售科长王杨林登场了。

王杨林是 2009 年 2 月从义煤公司跃进煤矿调入义海公司销售部的,这是一个逢事"爱较真"的人。关于煤炭的销售工作,他认为有两个底线不能突破,一个是煤炭的质量,另一个是对客户服务的质量。这两个质量有着同等的重要性,不能偏颇。

2009 年以前义海公司的煤炭销售都是"坑口交易",就是将煤从露天煤矿的坑底挖出来,运至坑口,坐等客户来拉,属于一种被动性交易。这在煤炭紧俏的形势下,即是卖方市场的时候还行,现在受国际金融风暴的影响,买方和卖方角色调了个个儿,坐等"坑口交易"的路走不通了。

马树声把王杨林喊进办公室,鼓励他要敢于打破固有的销售模式,遵循市场规律,勇于探索,大胆改革,走出一条新的、适合义海实际情况的销售之路,并问王杨林:"有没有勇气和信心迎接这一挑战?"

王杨林很朴实地回答:"义海人眼里没有困难。"

"别让职工失望。"这是一种信任,马树声相信王杨林能够做到。

王杨林行动了。他带领他的团队,对新状况下的煤炭市场做了深入的调查,他拿出来一个新的销售思路,马树声对这一思路做了归结,即"大、长、直、优"的销售模式。大,利用木里矿煤质优良的优势,与省内外的大型国有企业,如西钢、黄河冶炼等,建立稳定的供求关系;长,大煤沟矿加强与周边的碱厂、电厂的沟通,以谋求长期合作;直,减少煤炭销售的中间环节,直接与客户签订供销合同;优,提高煤炭质量和服务质量。

这一模式无疑是成功的,2009 年生产原煤 316 万吨,销售 316 万吨,比年初计划销售 280 万吨增销了 36 万吨,实现了产销双丰收。职工们脸上的阴霾散尽了,他们感到了从未有过的扬眉吐气。

义海公司的煤炭销售在市场如此疲软的情况下创造了一个奇迹,令很多同行感到吃惊。

马树声却一点都不感到奇怪,只要一个企业把国家与职工的利益放在首位,就没有什么困难不能克服,没有什么难关不能渡过的。

学习，学习，再学习

"学习是人类进步的阶梯。对一家企业来说，学习则是保持其不断发展的内在动力。"有一天黄昏，我与马树声在德令哈的巴音河边散步，他这样说。

不久前，马树声说他曾看到过一则资料。资料显示，20世纪末全球500强企业中，有百分之五十以上的是学习型企业，而另外那不到百分之五十的企业，经过三十年的历程后，有超过六成以上的企业相继破产或被收购重组。尽管原因看上去各自不同，但有一点却是这些企业的共性，就是长期忽略了职工的再学习与对其进行职业培训和相关知识的更新。

透过这一种现象让马树声认识到一个事实，学习是企业最本质的竞争力，尤其对义海这样的一个外埠企业，随着公司的发展，不断有新的员工从中原来到高原，加入创业者行列。对他们来说，这里的环境、文化、风俗等，都是一个陌生的领域。要想在高原上站得住脚，就得融入高原，而融入高原的前提，就是学习。

2010年5月30日，在《义海人》报上，马树声发表了一篇署名文章，《终身学习、终身受益、终身提高》，阐明了自己的观点，要求义海各级党员干部，把职工的学习和培训放在企业的生存和发展、企业的前途和命运的高度加以重视。文章一经刊发，在义海公司机关及两矿迅速掀起了一股学习的热潮。

党群工作部走在了前边，在部长陈建新的带领下，部里的几个同志深入两矿区队、班组，开展了"加强学习型基层党组织建设"活动。紧接着，大煤沟矿根据所处的地理环境、职工的实际情况，将工作和学习紧密结合起来，开展了全矿员工岗位技术练兵比武拉力赛。

党建活动

开展这样的学习活动，大煤沟矿矿长段明道有他的想法。

来义海公司的这几年里，段明道目睹了近年来大煤沟矿的崭新变化，尤其是到了 2009 年的下半年，大煤沟矿的职工队伍迅速壮大，一大批技校生、年轻技术工人走进了戈壁荒漠，走到了矿上的各个工作岗位。同时，段明道也清楚，这些年轻的员工多来自河南内地，来自广袤的大平原，对高原的工作环境不熟悉，尽管他们刚走出校门，有着鲜活的课本知识,或者具备了一定的技术水平和操作能力,但要适应高原环境,需要学习的东西还很多。

可以说,马董事长的学习理念提出得正逢其时。

对于青年矿工的情况,段明道让矿上做过一次调查。据矿生产科统计,到 2010 年 5 月底,大煤沟矿的青年工人已占据职工总数的60%以上,而走上生产一线的青年工人则占据了职工总数的70%左右。"因此,在全矿组织开展岗位大练兵、大比武活动,开展技术能手、生产标兵评选活动,营造学习知识、钻研业务、提高素质的浓厚氛围,对企业的后续发展有着十分重要的意义。"段明道说。

尽管学习活动如火如荼地开展起来了,但马树声却依然清醒地认识到,学习不是件一蹴而就的事情,要让广大员工树立起一种自觉而长期的学习态度,发自内心将学习和企业的发展以及个人的前途联系在一起,远非写一篇文章吆喝吆喝,搞几场活动推动一下那么简单。尽管这些也是必需的,但远远不够。

学习由推动走向自觉,这需要在公司上下形成一种风气,在职工中形成一种习惯,还需要花大力气,作持久而长远的努力。这种努力不是哪一个人或者哪几个人做到就行了,它需要义海全体员工的共同参与和不懈努力。

鉴于这一点,马树声接连又写下了《我们离学习型企业还有多远》《学习贵在坚持》两篇文章,作鼓与呼。公司机关、两矿相继把学习推向深入。公司机关的杨建民、大煤沟矿的高其华、木里矿的周岳汉等都写文章谈了自己学习的体会和感想。

2010 年 8 月中旬的一天上午,我到大煤沟矿参加了一次该矿开展的"着力塑造学习型员工"的主题活动,这次学习的主题是高原矿

井如何搞好安全生产,实现规范化操作。走进学习地点,见综采队队长张高峰正在向一个队员提问:

"高新波,请说一下你的岗位口诀。"

高新波站了起来,熟练地回答道:"操作前先归类,管路阀组查仔细,倒架咬架处理好,蹬空倾斜祸不小。"

张高峰满意地笑笑,然后对我说:"除了班前会、班后会雷打不动地加强学习外,还坚持做到每日一题,每周一会,每月一试,手指,口述,心诵,将学习渗透于工作之中,逐渐养成一种习惯。"

木里矿也有新招,在职工中开展了"职工论坛"活动,也是定期举办,各自把学习体会和心得分享给大家,充分调动起了大家学习的积极性。

不仅如此,两矿之间也加强了学习上的沟通与联系,取长补短,共同进步。

我手头有一则资料显示,2010 年 9 月 14 日,时任木里矿矿长助理的徐敬民带领着十六人组成的一个学习交流小组,到大煤沟矿进行为期一周的学习活动,重点学习大煤沟矿的精细化管理工作。稍后,大煤沟矿的职工也走进了木里煤矿,交流露天采矿的经验和体会。

后来,这一好的做法被延续下来,直至今天。

关于职工的学习,义海公司是当作一个系统而深入的工程去营造的,绝非形式主义地走过场。譬如,春节从青海回到河南,除了过好这个传统的节日,拜会亲戚朋友,马树声还认为这也是一个学习的好机会,不能白白错过。2010 年的春节放假期间,马树声就曾让段明道组织大煤沟矿的中层干部,走进文化深厚、管理先进的观音堂矿、新安矿和常村矿进行参观学习。

拓展学习是义海公司激励职工学习的一种重要形式。从 2010 年起,公司每年都要分期分批组织职工到外地进行培训或者接受各方面的相关教育。到浙江某培训基地进行军训,增强职工的团队协作能力;赴革命圣地延安,体验长征精神和艰苦奋斗的优良传统;走进重庆渣滓洞,切身感受恶劣环境中崇高理想和坚强意志的重要性;等等。

为了促进中原文化与高原文化、草原文化的融合,义海公司冠名参与了海西及青海举办的系列文化活动,如海西州民族文化艺术节,义海公司每年都是协办单位,机关及两矿职工更是积极的参与者。义海公司还多次邀请青海的作家、书法家、摄影家、画家等文化名流走进义海,走进两矿,与职工进行文化交流与沟通,通过不同形式的文化活动,将职工的学习推向深入。

学习,学习,再学习,已经成了义海公司职工的学习理念。

第十一章

义海人的绿色理想

吉狄马加的题字

吉狄马加首先是个著名诗人,这是整个文艺界都知道的事。其次,吉狄马加还是个官员,先不说现在的官职如何,八年前,他在青海省做过副省长、省委常委、宣传部长,这一点,恐怕文艺界很多人就不知道了。

与义海的联系,就发生在吉狄马加在青海省任省委常委、宣传部长期间。

2012 年 6 月 7 日,由青海省文学艺术界联合会与义海公司共同举办的"义海之夏"——作家艺术家"送文艺进企业"文艺采风创作活动在义海公司总部拉开了帷幕。很容易理解,这次文化采风活动的真正发起者,无疑就是义海公司。

吉狄马加参加了这次活动的启动仪式。

这是义海公司企业文化建设中一次意义深远的活动。陪同吉狄马加参加启动仪式的还有青海省委宣传部副部长赵永祥,青海省文联党组书记、主席班果等一干文化官员。这次文化活动的主角,不是随行的官员,而是来自青海省各个艺术门类的作家、美术家、书法家、摄影家们。

这支一百余人的文化团队,其成员多是各个艺术文化门类中的执牛耳者,如画家王立峰,作家祁建青,书法家陈治元等,在青海省内外都卓有影响,他们将要奔赴大煤沟、木里两矿,深入火热的生活生产一线,深入职工群众之间,同吃同住,抵掌而谈,达到文化上的深度交流。也可以说,这必然是一次中原文化与高原文化深层次的碰撞与融合。

"义海之夏"简短的启动仪式之后,吉狄马加到义海公司办公区看望了职工。在与职工的交谈中,吉狄马加颇为动容,他能感受得到,义海人身上有一种精神,中原人能在高原扎下根来,靠的就是这种精神。义海公司这家来自河南的国有企业,已经用它自己的企业文化将这种精神融进了企业管理与职工理念之中,"缺氧不缺志气,敢与高原比高低",这是一种英雄主义精神。文化与精神,对一个企业是最为重要的,是企业的根和魂。有了根与魂,义海公司必定能越做越大,越做越强。

作为一个著名诗人,吉狄马加相信自己的感觉是准确的。真正的诗人都拥有两大法宝,感觉与性情。

在义海公司文化活动室,吉狄马加来了雅兴,这里已经备好了纸与墨,他捻起一管紫狼毫,落纸云烟,为义海公司题写了"扎根海西,回报青海"八个行草书大字横幅作为留念。字迹浓墨淋漓,古拙而飘逸,诗人不羁的气质和丰厚的文化素养跃然纸上。

吉狄马加(左)为义海题词

　　而吉狄马加所题写的这八个字,又恰恰是义海公司的企业理念。

　　在这幅颇具诗人气质的书法作品中,还透露出吉狄马加对这个在高原创业的中原企业的期望。"扎根海西",就是要融入高原,融入青海社会。由中原到高原,因文化上的巨大差异,要融入这片土地殊非易事。在吉狄马加看来,也只有文化上的融入,才算得上是真正的融入,才算得上是真正地在海西这片神奇的土地上扎下根来。舍此,一切都不过是一句口号而已。

　　很自然,吉狄马加所说的"回报青海",也明显地包含了另外一重意思:回报青海不单是经济上的回报,它还包括了文化上的回报。文化上的回报,功在千秋,利在万代。

　　吉狄马加看到了中原文化与高原文化融合对一个河南企业在高原创业的巨大力量,同样的,马树声也看到了。这次"义海之夏"文艺采风创作活动的开展,其实就是义海人企业文化理念的延续和深入。

这几年来,在文化融入与文化回报方面,义海都在做着不懈的努力。

2008年11月,马树声刚到青海海西,恰逢海西州总工会要举办全州职工书画展,便同意义海冠名参加了这次活动,迈出了文化融合和文化回报当地经济文化建设的第一步,没想到取得了良好的社会效益,从此一发而不可收,接连于2009年7月与2010年8月举办了第二届、第三届"义海杯"书画大奖赛,并由青海延伸到全国范围内,这两次展览分别收到作品6500件和7000件,参观展览的人将近十万之众。这样的文化活动在青海尚属首次,社会反响强烈。

社会各界共同的看法是,义海公司不但为青海省的经济发展和社会稳定做出了突出贡献,对传统文化的倡导、中原文化与高原文化的融合更是贡献巨大。

尤其值得大书一笔的是,在青海省种种重大文化事件与建设中,都能看到义海人所留下的身影。这是一个企业的文化理想,更是一个企业的文化情怀与担当。

2011年4月,义海公司协助青海省委宣传部等单位举办了"新玉树、新家园"为主题的美术、书法、摄影展览。展览在中国人民革命军事博物馆举行,时任全国人大常委会副委员长的韩启德,全国政协副主席、中国文联主席孙家正,中共青海省委书记、省人大常委会主任强卫等参加了开幕式。这次展览共展出美术、书法、摄影作品一千余件,产生了良好的社会效应。

同年的6月25日,青海省书法家协会第五次代表大会在西宁召开,义海公司三名同志作为代表参加了大会,一人当选省书法家协会副主席，两人当选为理事。2012 年 9 月 28 日，青海省文学艺术界联合会第七届代表大会召开，义海公司三名职工作为海西州文艺界的代表参加了大会，一人当选为青海省文联第七届委员会委员。

2011 年 11 月 21 日，这一天对马树声来说，注定要铭刻在他的记忆深处。作为青海省文学艺术界的代表，他步入最高文艺殿堂，参加了全国九次文代会与八次作代会。对企业文化建设的理解，得到了进一步的提升，文化决定着企业的发展与未来。

文化是推动企业发展的力量，义海的历届领导人都看到了这一点。段新伟出任新一届义海公司董事长、党委书记后，把企业文化建设推向了一个新的境界，大力倡导豫剧这种中原文化和高原文化、草原文化的大融合，在义海公司内部，掀起了跳锅庄舞的热潮，把两种文化的融合落到实处。

豫剧，中原的文化符号；锅庄，高原与草原文化的标签，二者的碰撞、交融，必将发出耀眼的光华。

温暖·中国梦

3 月的德令哈，依然寒风料峭。德令哈市的中心广场上，即将举行一项长效温暖捐赠活动的启动仪式。这是 2014 年 3 月 17 日的上午。9 点不到，这里就会聚了不少前来参加活动的人。

人们的目光聚焦在广场红色的横幅上，一行醒目的大字映入眼帘："中国梦·义海温暖工程"签约仪式。有人就小声地说："义海原来不是搞过一个'春暖工程'吗？"

有知情人就回答："这是又一个捐赠项目。"

于是，先前说话的那个人又说道："还是国有企业有社会担当。"

时间刚过 9 点，义海公司董事长、党委书记马树声走到了台上，海西州有关部门领导也接着到场，签约仪式开始。接下来，马树声将上面写有"义海公司'温暖工程'项目向共青团海西州委捐赠燃煤25000 吨、总价值 750 万元"的捐赠牌交到了共青团海西州委书记孔庆吉手中，"中国梦·义海温暖工程"项目正式启动。

这项捐赠项目时间跨度为五年。在五年之内，义海公司将向海西州所属中小学校、敬老院、儿童福利院等单位捐赠两万五千吨煤炭用于生活取暖，这里面还包括了海西州各企业的困难职工。把温暖送到最需要的地方去，让这里的少数民族兄弟感受到义海人的浓浓之情。

这一天，海西州副州长李科加参加了启动仪式，他风趣地说："在雪域高原，义海人是光和温暖的发掘者，并惠及需要它的人们，弹奏出一曲民族团结、和谐发展的主旋律，用温暖之光，协心聚力，共同实现伟大'中国梦'的共同理想。"

一个优秀的企业，不仅要有着先进的管理理念，更应该有着自己的文化理想和人文关怀。早在 2008 年，义海公司就携手共青团海西州委，共同实施了一项长效助学项目，名字叫"义海春暖工程"。这项工程的实施时间是五年，即从 2008 年开始到 2012 年结束。

2013 年初，"义海春暖工程"长效助学项目已经期满，对于是否将这一项目继续进行下去，义海班子内部出现了不同声音。这种声音表达出了这样一个意思，义海公司已经不比以前了，现在义马煤业已经归属于河南能源，成了义煤公司，实施这样的项目，牵涉数百万的国有资产，义煤公司肯定拍不了板，还得向河南能源打报告，说不定，河南能源还得请示河南省国资委，层层报告，层层请示，太麻烦了！

"怕麻烦就不做事了？"马树声说。

"党和上级部门赋予了我们这个职责，我们就应该想办法把一件有意义的事情做好。"马树声又说。

在海西地区已经实施了五年的"义海春暖工程"与义海公司的"扎根海西，回报青海"的企业理念高度吻合，互为表里，体现了一家国有大企业高度的社会责任与担当，也是义海人情系柴达木，与这片土地上的各族人民共建美好家园的真诚情怀。

毫无疑问，这是一件有意义的事情。

看准的事情，就千方百计地去努力，大胆地去做，这是马树声的性格。

对于义海公司继续实施捐赠这一项目，义煤公司、河南能源与河南省国资委都予以大力支持，并在"义海春暖工程"的基础上，捐赠对象由单一的学校扩展至敬老院、儿童福利院及困难职工，名字也更改为"中国梦·义海温暖工程"，捐赠煤炭由原来的一万五千吨增至两万五千吨，从 2013 年起延续至 2017 年，周期依然为五年。

"中国梦·义海温暖工程"捐赠项目签订的时候，2013 年所捐赠的五千吨煤炭已经全部到位。

后来，一个偶然的机会，在义海宾馆遇见了《青海日报》的节拉，谈及"义海春暖工程"，他显得很是激动，从宴席上站起来，连喝了三杯"天佑德"青稞酒，也不落座，手里举着酒杯，说道："都说高原上的汉子不会落泪，但我每采访一次义海的春暖工程，都禁不住泪流满面。"

有人问他："这是给海西做好事,你落什么泪呢?"

节拉便谈起他第一次去乌兰县山区实施"义海春暖工程"时的情景。那是一个偏僻的山村小学,十几个孩子趴在石头垒起来的课桌上写字,小手都冻得红肿红肿的,像小胡萝卜似的,有的孩子的手甚至都冻烂了,生着冻疮,笔捏在手里十分艰难。低矮的教室里冰窖一般的冷,因为连一个煤火炉都没有。那一天,节拉落泪了。

"是'义海春暖工程'在严寒的冬天,给孩子们送去了温暖。来年的冬天,孩子们的小手一定不会再被冻肿了。"节拉最后说。

节拉是最早关注义海公司长效助学捐赠项目"义海春暖工程"的记者。从与他的交谈中,这一长达五年的爱心捐赠项目逐渐清晰起来。

可以说,"义海春暖工程"是义海公司对海西社会的第一个捐献项目。

这个长效助学项目签订于 2008 年 3 月 9 日,共青团海西州委与义海公司携手打造,为期五年,到 2013 年 3 月结束。这期间,义海公司每年向共青团海西州委捐赠 3000 吨煤炭,五年总计 1.5 万吨,价值400 万元。

之所以称为"义海春暖工程",这 15000 吨生活用煤重在解决海西州东部地区一市三县,即德令哈市、天峻县、都兰县、乌兰县的 126 所学校和教学点 4 万余名师生的取暖问题。这 4 万名师生,占据了海西州所有师生的 86%,基本上覆盖了海西州的整个教育系统。

2011 年,义海公司大煤沟矿连续遭受地震灾害,致使停产多日,损失巨大,但他们克服种种困难,不仅没有减少捐赠数量,反而在原有 15000 吨的基础上又增加了 4000 吨,保证了这一年冬天 4 万名师生的足额用煤。

"义海春暖工程"项目得到社会各界一致好评,获得了青海省"最具影响力慈善项目"和中华慈善总会"突出项目奖"。

"中国梦·义海温暖工程"又揭开了新的一页,它承载着希望和美好,像灿烂的阳光一样,播洒在海西这片神奇的土地上,播洒在了每个海西人的心田。它所收获的,必将是一个姹紫嫣红的春天。

梅陇村的"义海羊"

事情要追溯到 2007 年的冬天。

那一年的 12 月初,在海西州宾馆,州委书记罗朝阳主持召开了"百企联百村 共建社会主义新农村"动员大会,义海公司联系的就是天峻县的梅陇村。那一天,下了一场大雪。"瑞雪兆丰年,"梅陇村的老村长说,"有了义海的帮助,我们村子里村民的日子肯定会比以前好许多。"

从这一年开始,义海公司从每吨煤中,提取出来七元钱,建立了海西牧民发展基金,到 2018 年,总金额已经达到七千一百余万元。

2008 年 7 月,在义海公司的帮助下,梅陇村生态畜牧业专业合作社成立了,"以草场承包经营权和牲畜入股,实行股份制经营"的"梅陇模式"成了天峻县发展村集体经济的样板。

2012 年 3 月,"百企联百村活动"延续为"党政军企共建示范村"活动,义海公司帮扶的对象依然是梅陇村。动员大会结束的时候,天空中正飘落着雪花，"三月桃花雪"，在海西，这个时候只见雪花而不见桃花。新源镇党委书记达洛仰头看看混茫的天空，忽然看见马树声走了过来，便迎上前去握住他的手说："有义海这样的国有大企业帮扶，梅陇村奔小康的路就更宽广了。"

和当年梅陇村老村长的话表达的是同一种意愿。

梅陇村是天峻县新源镇下辖的一个藏族村，位于布哈河东岸，距县城二十公里。全村四十八户牧民，总人口二百零二人。这里海拔平均三千五百米左右，气候却相对比较温和，严冬极端最低气温也就零下十五度，与木里山的气温相比，高了许多。

既然结对子帮扶，那就要为村里的发展做些事情。要做就实实在在地做，让梅陇村的牧民真正地得到实惠，感受到党的政策的温暖。具体怎样去做？马树声主持召开了班子会，集思广益。

会上，班子里有人建议直接送钱过去，在经济上给予帮扶，只要有了钱，就没有办不了的事。

但也有人认为钱可以送，授人以鱼不如授人以渔，钱送去，终究是会花完的，怎样让这笔钱起到更大的作用，或者说通过扶贫款项，怎样让梅陇村的村民走上富裕的道路，这才是扶贫的意义所在。

马树声赞同后者的意见。接着又做了补充，他说："做好帮扶工作，首先思想上要与帮扶对象沟通到位，真正把好事办好，把党的政策灌入每个牧民兄弟的心田，让他们感受到党和国家扶贫政策带来的实惠；其次把工作做细、做周到，尊重当地的风俗文化，通过这项工作，增进与藏族同胞间的友谊；最后，体现国有大企业的社会担当，树立义海公司良好的社会形象。"

帮扶不是赠予，帮钱重要，帮助帮扶对象树立致富奔小康的志气更重要。党和国家对这项工作这么重视,就是希望全国各族人民走共同富裕的道路。

义海公司向义煤公司和河南省国资委做了请示,得到批准。

2012年9月6日,说也奇怪,天空中又飘起了雪花。义海公司代表驱车来到梅陇村,在村子的一片开阔地上举行了捐赠仪式,向村里捐助帮扶资金110万元。

在此之前,马树声对这笔款项的用途做了慎重考虑,认为梅陇村全是牧民,就应该让这笔帮扶资金起到发挥牧民所长的作用,建议专款专用,全部买成羊,送到牧民手中,通过勤劳致富。

马树声又专程到梅陇村,与村党支部协商此事。最后商定,用这110万的扶贫款项购买一千只母羊和五十只公羊,作为生态畜牧业专业合作社集体牲畜,建立滚动发展的集体经济。为表达对义海公司的感激之情,村党支部将这批羊命名为"义海羊"。

义海公司对"义海羊"的生长繁育情况很是关注。2012年11月28日,义海公司党委副书记张堂斌等一行,顶着砭人骨髓的高原寒风,到村里了解情况。当得知这批"义海羊"养殖良好时,张堂斌感到很满意,在随后的交谈中,他代表义海公司党委提出两点希望,加强对"义海羊"养殖的管理,尽快形成规模效益,帮助梅陇村群众早日脱贫致富。

据估算,这批"义海羊"每年将给梅陇村带来四十万元的经济收入。对于这笔收入,义海公司建议要管好、用好,在全村的脱贫致富攻坚战中真正发挥好作用。梅陇村党支部也表示,在村级民主议事的前提下,对这笔款项实行"三议一表决"制度,"三议"即村党支部会提议、村"两委"商议、党员大会审议,"一表决"就是村民代表会议

冬季牧场，一群羊儿在天峻义海复绿过的山坡上吃草

或村民会议表决，使这笔款项的用途民主化、公开化、透明化。

"义海羊"的收入分配，梅陇村党支部让牧民群众全程参与，极大地调动了牧民群众勤劳致富的积极性和主动性。如何借助"义海羊"更好地搞活村里的经济，牧民群众积极建言献策，出智出力，大家心往一处想，劲往一处使，形成一股集体经济发展的强大合力，令梅陇村的牧民群众迅速踏上了脱贫致富的快车道。

2017年11月，梅陇村获评第五届全国文明村镇，实现了天峻县全国文明村镇零的突破。梅陇村牧民群众年人均纯收入达到三千四百八十元，彻底实现了集体脱贫，共同富裕。这里面，有着义海公司的一份心血，一份汗水，一份无私的奉献。

几乎是在捐助梅陇村 110 万元购买"义海羊"的同时,也即 2012 年 10 月,义海公司还参与了青海省国家安全厅的"党政军企共建示范村"项目,连同海西博奥公司一起,投资修建了化隆县尕西沟村群众文化广场项目,并追加资金,为村里建起了宽敞明亮的党员活动室和卫生室,切实解决群众文化生活中的具体问题。同年的 11 月 4 日,竣工移交仪式在新建成的村文化广场举行,当义海公司董事长、党委书记马树声将钥匙交到尕西沟村党支部书记扎西手中的时候,四周的群众报以雷鸣般的掌声。

2013 年 11 月 25 日。德令哈市尕海镇郭里木新村。义海公司党委副书记张堂斌来到这里,针对村里群众冬天取暖困难的问题,为该村捐赠 15 万元,用这笔钱安装两台锅炉,让村里的群众不再遭受寒冷之苦;又捐赠 24 万元,解决村里公务人员的工资发放难问题。

除了以上这些村庄,义海公司先后结对子的村庄还有天峻县的茶糠村、上日许尔村、天蓬村等。

近几年,义海公司出资 3360 万元,修建了天木公路一、二期及连接线工程;捐助 230 万元建起了天峻县人民医院爱心广场项目;更是资助 170 万元,切实解决牧民群众存在的出行、水源、草场等民生问题,帮助他们实现共同富裕。

十余年来,据相关部门统计,义海公司已累计为青海省及海西州的各项公益事业捐助近 2.5 亿元,践行了"扎根海西,回报青海"的企业理念,展现了国有大企业的社会责任和担当,更是展现了河南人良好的社会形象。

戈壁荒漠中的绿色理想

2009年3月初的一天，马树声来大煤沟矿了解复工进展情况。走在矿区简易的水泥道上，不断与身边的段明道交谈着。段矿长昨天受了点风寒，所以，他上身穿了一件紫灰色的棉袄。

时令已是春天，但矿区内除了地面长着的一些骆驼刺，微微有点发红发紫外，再没有一丝的绿意。马树声在一棵骆驼刺前蹲下身子，仔细查看一番，忽然问段明道："既然骆驼刺能在这里生存，如果将矿区的土壤改良一下，是不是其他与骆驼刺相类似的植物也能生存？"

"完全有这种可能。"段明道没有犹豫地说，因为他也曾经思考过这样的问题，"我们在矿上搞一下实验，先种些胡杨、沙棘、红柳等耐旱、耐贫瘠土壤的植物看看，如果能行，我们就把矿区全部绿化起来。"

"真能把大煤沟矿打造成一个戈壁荒漠中的绿色矿区，到时候改变的不仅仅是自然环境，恐怕人的心境也会随之改变。"马树声说。

也是这一次，初步定下了义海公司今后绿色发展、可持续发展的调子。

当年，改良土壤试种植工作取得成效。于是，义海公司投入专款六百余万元，购进一批适合高原生长的新疆杨、红柳及沙柳、丁香、金叶龙等植物，开始在矿区及矿区周边规模种植。一年之内，绿化面积已达三万一千余平方米，踏出了绿色发展的第一步。

打造绿色矿山，实现绿色发展，并不是如我们所想的种一些草、植一些树那么简单,而是有着更复杂的内涵,甚至是一项系统的工程,一个庞大的体系。

2010年,大煤沟矿入选第二批国家级绿色矿山试点单位。这对大煤沟矿及义海公司来说,既是一次机遇,也是一次挑战。因为义海公司的发展定位与国家发展精神政策相一致,得到了国家层面上的认可;但是在大煤沟矿,在这戈壁荒漠的深处,要达到国家级绿色矿山创建的标准,也绝不是一件容易的事。

这里面涉及几个矿山专业方面的问题。譬如,矿井工作面回采率与煤炭资源回收率的问题;再譬如,节能减排、利废用新的问题;等等。

先说说矿井工作面回采率与煤炭资源回收率的问题,这主要是针对大煤沟井工矿而言。

2005年7月1日,大煤沟矿井建设项目一期主体工程开工,历经三年,到2008年6月18日投入试生产。矿井以3200米为基准线,以上为首采区,以下为二采区。在采区内实行"双翼"开采的方法,根据煤层赋存条件和开采技术条件,大煤沟井工矿选用综采放顶煤回采工艺,减少对地质生态环境的影响。同时,依据大煤沟矿所处的复杂地质条件和国家制定的标准,矿井设计的工作面回采率为93%,采区设计的回采率为75%。

在高寒缺氧的荒漠中,这两个数字无疑就是两座高山,但义海人缺的是氧,不缺的是精神,顽强拼搏,激情奉献,终将这两座山踩在了脚下。到了2011年,工作面回采率达到了95.2%,采区回采率达到了77.1%,超过了国家制定的标准。

与此相应的是,大煤沟井工矿的开采方法得到改进,采取更加先进的无煤柱开采法,提高了煤炭资源的回收率,达到了绿色矿山的要求。

再说节能减排及利废用新。大煤沟井工矿采矿设备选用的全是节能环保型的电气化设备,而且不断升级改造。2012年5月,我陪青海省书法家一行送文化进矿区,听闫利说正在对副井绞车电控系统进行技术更新,由原先的切电阻变速改为变频变速,这项技术更新每年可节约电耗500000kwh。时隔不久,又对矿上的空气压缩机进行了技术改造,此项可节约电耗300000kwh。仅此两项,就节约近1000000kwh的电耗量,义海公司打造绿色矿山的决心之大,于此可见一斑。

尽管处于荒漠之中,方圆百余里没有人家,四围莽莽苍苍,混混沌沌,大煤沟井工矿外边即是荒野,但矿井中抽出来的废水,并没有就近或随处排放,而是抽排至地面的人工湖中,经沉淀净化之后,用于矿区的降尘和绿化,实现了利废用新,减少了地下水的使用量。

煤矸石是大煤沟矿的主要废固物,它的来源是井工矿和露天矿。对井工矿产生的煤矸石,大部分直接用于回填采空区了,最大限度减少向地面的排放量,这样,也最大限度地减少了对地面地表的破坏。极少部分排放至地面的煤矸石,与露天矿产生的煤矸石一起,全都使用在矿区的路基铺垫上,利用率达到100%,实现了废固物零的排放。

还有矿上的锅炉,定期进行检修,使燃料充分得到燃烧,以提高原煤的利用率,降低粉尘、温室气体和有害气体的排放。

义海公司更是注重职工生活与工作环境的改良与优化。大煤沟矿安排专人定期对矿区及矿区周边实施喷水降尘,筑建防风围墙,减少因荒漠风沙引起的尘埃及煤粉对周围空气和土壤的污染。木里煤矿更是先后投资 7000 余万元,对矿区环形供电线路进行了改造,告别了柴油机发电的时代,兴建了工业废水处理站和生活污水处理站,在矿区设置了垃圾箱,减少了废气废料对环境的污染;在露天储煤厂建起了挡风抑尘墙,有效防止了煤尘的污染;硬化了矿生活区的路面,购置十几辆洒水车,用于附近公路及矿区的防尘降尘;等等。

2012 年 12 月,义海公司总投资 1.3 亿元,为木里煤矿购进两台最先进的西门子公司生产的高原型变频挖掘机。这种挖掘机俗称电铲,它能将电能转化为机械能,消除了燃油设备工作时所排放的尾气,在世界最高的露天煤矿做到了零污染、零排放,节能环保,实现了绿色发展。

加上文章开头所说的绿化工作与后来木里、大煤沟两矿"花房"的建设,义海人在戈壁荒漠中创造了一个又一个绿色开采矿山的奇迹。

在义海人那里,只要是有利于绿色矿山建设,困难再大,也要迎着困难上。企业与自然和谐相处,健康发展,绿水青山,是义海人戈壁荒漠中的绿色理想。一个美好的中国梦。

在雪山上种草

2016 年 8 月 23 日下午,正在青海视察的习近平总书记来到青海省环保厅,通过远程摄像视频,察看了海拔四千二百米木里山上义海公司的植草复绿情况。

视频里,蓝天白云之下,是一望无际绿色的草甸,一畦一畦的,而且绿、红、紫、黄杂陈,五彩缤纷,十分的美丽。这是义海公司历经七八年努力的成果。

对木里山植草复绿这一成果,习总书记给予了肯定。

事后,青海省环保厅的同志与义海人谈起这件事,还不禁说道:"习总书记来我们环保厅,都是因为义海草种得好。"

而之前,这里却是难以入目的座座渣山和采煤后没有回填的废弃矿坑。有人曾拍摄系列照片发至网络上,其破坏程度让人触目惊心。

木里山是个聚宝盆,是青海省最大的煤炭生产基地。正如前文所说的那样,这里的煤炭具有储量大、埋藏浅、煤层厚、煤质优的特点,尤其是义海公司天峻义海露天矿在经历了创业、摸索、付出和成功之后,"木里煤"的名字被叫响,煤价一路攀升,木里山成了黑金的天堂、财富的源泉。财富的巨大魅力吸引了一批又一批前来淘宝的人,他们通过各种渠道前来这里投资、开矿。七八年的时间里,前后进驻了十一家企业。

然而,抱着过分追求财富的心理而来,必会造成对大自然疯狂的攫取,一些私有企业主违规违法开采、过度开采已成常事,一时之间,木里山上喧嚣起来,机器轰鸣,尘土飞扬。冷酷而又贪婪的挖掘机瞬间刨开了冰封亿万年的冻土层。高高堆砌的渣山与深深凹陷下去的矿坑成了草原上不协调的音符。

贪婪让往昔的木里山变得满目疮痍,静谧而和谐的自然生态遭到破坏,扬起的尘埃玷污了青绿的草甸,大片大片被掀起的草皮让地表蓄水能力大大减弱。一批批野生动物迁徙逃离这里,曾经的动物乐园再难寻觅动物的踪迹。

蔡文杰是第一批来到木里山的义海人。第一次登上木里山的那一幕极为深刻地印在了他的脑海里:大美的草地上,常有野驴、旱獭、黄羊、赤狐、棕熊等动物出没,碰见奇怪装束的义海人,它们并不显得惊慌,只是竖起耳朵好奇地打量着他们。那时义海人住的是帐篷,晚上睡觉都是脚朝向门口,而且不脱靴子,怕的是夜半有野狼闯进来。

还有一件事让蔡文杰不能忘怀,那个时候,每到他们蹲在帐篷外吃饭时,有一只黄白相间的小狐狸就会跑过来蹭吃蹭喝,成了大家共同的"朋友",成了义海人中的一员。

后来,这只小狐狸从大家的视野中消失了。

蔡文杰说:"就像《聊斋志异》的狐仙,与人间的缘分尽了。"

狐仙消失了,野驴、旱獭、黄羊等也跟着消失了,木里山成了资源掠夺者的狂欢场。在这之前,木里山下的木里镇只有一千多的人口,资源掠夺战打响之后,最繁盛的时候流动人口一度达到了七八万之巨,通往各矿区的街道两旁一下子冒出了许多的饭店、旅馆和商铺,其繁华程度已俨然超过天峻县城数倍。

矿区内更是热闹非凡,震耳欲聋的爆破声此起彼伏,车辆轰鸣,噪声不绝于耳,扬起的尘土和煤屑随风肆虐。有牧民说:"路是黑的,草是黑的,牛羊身上也是黑的。"也有人做过统计,每家煤矿门口,每天都有二三百辆大卡车排长队等候拉煤。

任何疯狂终将走向毁灭,狂欢也必有谢幕的一刻。2014 年 8 月,木里山生态环境遭严重破坏事件被媒体披露,立即引起社会各界广

和救助的狐狸留个影

泛关注，党中央、国务院高度重视，习近平总书记曾四次做出重要批示，要保护好黄河源头的生态环境。青海省委、省政府迅速出台了《木里煤田综合整治工作实施方案》，责令矿区的所有企业停产治理整改，限期恢复木里山的生态环境。

恢复木里山的生态环境，主要任务有下列三项：治理渣山、整治边坡和植草复绿。前两项工作，因义海公司是国有大企业，一向操作规范，倒不存在什么问题，重点要做的，就是植草复绿工作。

其实,早在 2009 年,依照绿色发展的企业理念,义海公司就已经着手这项工作。马树声曾多次在公司的调度会上强调,在煤矿剥采过程中,要求员工把剥下来的草皮码放整齐,以备植被修复时使用。为此,还把内地跃进煤矿绿化队的司小勋调到木里矿,负责此项工作,但效果甚微。

当地的牧民对义海公司在木里山上种草也不抱乐观态度:"冬季漫长,高寒缺氧,种棵草比养个孩子都难,而且从古至今,还不曾听说有谁干过这样的事。"

但是,义海人把种草当作一种责任和担当,从未停止过对这项工作的探索。

2012 年初,义海公司木里煤矿携手中国矿业大学共同开展了高原草籽种植实验和高原泥胶喷浆种草实验等两项工作。到这一年

渣山治理现场一角

底,除第二项实验项目部分环节尚需进一步改进外,这两项工作都取得了良好效果。2013 年,义海公司投资 2000 多万元开始进行植草试种,当年的出苗率每平方米竟然达到了 2500 多株,成活率超过 80%。

"高度 2 厘米,发芽率 85%"

中国环境科学院的专家在木里矿区看到这一成果后,也不禁赞叹道:"别说是在雪域高原,就是在内地矿区也不容易办到。"这让大家感到欣喜,仿佛看到了黎明前的曙光。

然而,当专家听到种草的成本每平方米已经达到 53 元时,赞叹转变为叹息:"这么高的成本,大面积推广栽种可是不容易啊!"

2015 年前后,正是国际煤炭市场极度低迷时期,钢铁、煤炭等资源型企业持续亏损,河南能源化工集团同样陷入这场严峻的市场旋涡之中。在经济如此困难的情况下,依然拨付 650 万元专项资金,用于木里矿区的环境治理。义煤公司则从下属的园林单位抽调园艺师组建了技术团队,赶赴木里山支援。

每一分钱都来之不易,节约成本成为当务之急。

要想把成本降下来,义海公司班子听取专家建议,在四个方面做了大量工作:降低渣山坡度。采取梯田的原理,削坡整形,将渣山的坡度从原来的 70 度降到 35 度以下。减少雨水的冲刷。在渣山的坡顶修挡水堰,坡面修排水沟,坡底修引水渠。培育的草籽一时满足不了需要,就组织园艺师和富有经验的职工从多种草籽中反复筛选出五种,解决了草籽来源的问题。土壤板结硬化,就自己派人到 180 公里外的地方去买土,然后再按 1∶4 的比例掺拌牛羊粪,使土壤适宜草籽的生长。

在雪山上种草,时间更是个绕不过去的问题。这里的播种与生长期只有两个多月,主要是 6 月和 7 月,错过这两个月,种下去的草籽也许永远没有钻出土壤的那一天了。

因此,得紧紧抓住这两个月进行播种。

为把植草复绿的准备工作做细做扎实,2015 年除夕,义海公司的党员干部集中在会议室里,就开始谋划这件事。

一转眼,6 月到了。

木里山的 6 月,可以说是冰与火的交融。如果天上有阴云飘来,落下来的一准就是雪花;而晴朗的天气,强烈的太阳光线能令冰层生烟。在这样的环境里种草,落雪的时候能把人的手脚冻僵,阳光高照的时候则又能把人裸露的皮肤晒焦。

然而，在恶劣的自然环境面前，义海人没有退缩，不仅赶在最佳播种期内完成了当年137万平方米的植草复绿任务，而且成功将成本由原来的每平方米53元降至25.3元。

2016年7月，义海人播种的希望有了结果，光秃秃的渣山上被一层如烟似雾的嫩绿所笼罩。义煤农艺队增援义海的技术人员杜五营站在渣山坡上，看着刚刚钻出土层的小草，不禁惊呼："第一次发现这些嫩弱的草芽竟是那么的美！"

过了两个月，由环保部、国土资源部、农业部等七部委组成的专家检查组来到木里山，这时的渣山，已经是绿意盎然了。专家们惊叹道："义海人创造了奇迹！"很快，义海公司经批准复工了，也是木里矿区唯一被批准复工的企业。

不仅如此，义海公司在木里山的植草复绿工作被国务院七部委

天峻义海职工查看出苗情况

的专家誉为"木里经验",开始在青海全省推广。

又是几年过去了。义海公司在木里矿区环境治理方面的资金投入已经达到两个多亿,累计渣山治理、边坡整治和植草复绿近三百万平方米,做到了全覆盖、零空白。

有一天早晨,人们惊奇地发现,当年的那只小狐狸又回来了,而且还带来了同伴。

一个省委书记的两道试题与三个副省长的掌声

有一次在去深圳的飞机上,谈及义海公司的发展,马树声由衷地说:"这里面有两个密不可分:一个是与当时党和国家制定的西部大开发政策密不可分;另一个是与青海各级党委、政府的支持关爱密不可分。"时间好像是 5 月初,但深圳已经热不可耐。

也的确如此,青海省的主要领导好像还没有谁没到过义海的,至少也都和义海有过这样或那样的接触,为义海的企业发展解决过或大或小、或棘手或复杂的问题。也由此可以看出,任何一家企业的发展,无论是国有的还是私营的,都不是企业独家所能够完成的。

当然,这里面是复杂的,绝非三言两语所能够说得清楚。

言归正传。

马树声刚到义海公司的时候,大煤沟矿接连发生地震。2008 年11 月,大煤沟矿 6.4 级地震刚刚发生以后,时任青海省委书记、省人大常委会主任的强卫,省长宋秀岩就走进大煤沟矿,对全体员工进行慰问,解决实际问题。强卫书记还走进矿调度室,拿起桌上电话,拉家常一般,和井下作业的矿工进行了亲切的通话,让矿上的员工感到了关怀力量的巨大。

在义海人的记忆中,每当这家来自河南的企业遇到了挫折,或陷入了困境,青海省各级党委、政府就是他们坚强的后盾。2014年初,因为国际煤炭市场的极度萧条,再加上停工停产进行环境整治所带来的压力,义海公司的企业经营遇到了关隘。能否冲破这道难关,关系着义海生存发展大计。

2014年5月5日,时任青海省省长的郝鹏带领相关厅局的负责人走进木里山,来到义海公司天峻义海矿工当中。郝省长这次来的目的很明确,就是为企业排忧解难的。他说:"企业困难了,政府就应该想办法解决,帮助企业渡过难关。"交谈中,他得知目前有三个主要问题困扰着企业的发展:证照办理,税费过重与煤炭滞销。除证照办理有其历史原因外,其他两个问题现场办公,当即进行了答复:一是让木里煤业集团与义海公司加强沟通,实行产销对接;二是要求税务部门根据国家政策,减免相关税负项目。

骆玉林是青海省委常委、常务副省长,还兼着柴达木经济循环开发区主任,因此,他到过义海公司天峻义海的次数最多。2015年6月3日,骆玉林再一次来到了义海公司天峻义海,也就是原来的木里煤矿。这是他第五次走进义海公司了。他这次来,是专题调研义海公司边坡治理及植草复绿进展情况。这一年,河南能源和义煤公司为天峻义海拨付边坡整治资金7955万元,植草复绿资金6700万元。尽管任务艰巨,义海公司的边坡治理和植草复绿工作仍取得阶段性成果。他用"四个非常"表达了这次之行的感受:非常高兴,非常兴奋,非常满意,非常振奋。并说这是他近两年到木里矿区调研最高兴

郝鹏省长(右一)视察义海

的一次,相信在 7 月份的国家环保验收中,一定能打胜这场生态环境保卫战。

对企业的支持和关爱,不仅仅体现在工作上,也体现在生活中。2011 年 11 月,因为天峻义海纳入河南大有公司上市一事,马树声去拜会时任青海省省长的骆惠宁。等谈过工作,骆惠宁笑着对马树声说:"你不仅是个企业家,听说还是个书法家,我这里恰好有一刀宣纸,等会儿让工作人员给你搬下去。"

停了一停,骆惠宁又说:"这可不是白给,回来要写一幅书法作品给我。"神色之间充满了亲和力。

因为青海德令哈与河南义马之间相距太过遥远，每年春节，义海公司两矿都要留守一部分职工，不能回故乡与亲人团聚。每年的这个时候，海西州与德令哈市的领导都会走进矿山进行慰问，给远离家乡的员工带去亲人般的温暖。

义海员工在心底记住了他们的名字，也早把他们当作了亲人。

在工作与生活的交往中，有时会发生一些很有趣的事情，很有意思的事情，很传奇的事情，在义海人之间，在他们的朋友与亲戚中相互传递，慢慢就演绎为很生活化很生动又很接地气的故事，留下一段又一段的佳话。

接下来要说一个故事。

2016 年 4 月 5 日，青海省政府在西宁召开了祁连山自然保护区和木里矿区生态环境综合整治工作领导小组扩大会议。会上，时任义海公司有限责任公司董事长、党委书记的侯留月做了发言。

这时，全国两会刚刚胜利闭幕。木里矿区作为黄河重要支流大通河的发源地，三江源的主要组成部分，生态环境极为重要。习近平总书记对木里矿区的环境治理曾做过多次批示，这次两会期间，在参加青海代表团讨论时指出，"生态环境没有替代品，用之不觉，失之难存"，因此要求"像保护眼睛一样保护生态环境，像对待生命一样对待生态环境"。

2014 年 8 月以来，义海公司按照青海省委、省政府的部署，认真贯彻落实习近平总书记对木里矿区环境治理的批示精神，先后投入资金 1.1 亿元，动用机械设备 13100 台（次）、人员 13600 人（次），治理渣山 146 万平方米，复绿渣山和矿区道路两侧边坡 137 万平方米，完成采坑边坡治理工程 790 万立方米,采坑回填工程量 850 万立方米,规范收窄矿区道路 7.7 千米。

发言的最后,侯留月表态说:"作为一家国有煤炭企业,我们要坚决贯彻习近平总书记关于加强木里矿区生态文明建设的系列讲话和批示精神,充分认识开展木里矿区生态环境治理的重要性、必要性和紧迫性,讲政治、顾大局、不含糊、不动摇,完成 2016 年回填采坑 900 万立方米的任务,并加大投资,对剩余的 80 万平方米渣山进行全部复绿,达到零空白、全绿化覆盖,向青海省委、省政府交上一份满意的答卷。"

话音刚落,青海省委常委、常务副省长张光荣,副省长严金海、王黎明带头鼓起掌来。这掌声是对劳动者的尊重,是对干事创业者的尊重。

对劳动者和创业者的尊重,是社会文明乃至人类文明最大的进步。

再说一个故事。

这个故事如今已在义海人当中传扬开去,每个人都耳熟能详。

2017 年 7 月 24 日,时任青海省委书记、省人大常委会主任的王国生到河南能源天峻义海视察工作。在实地察看了边坡治理与植草复绿情况后,他朝不远处站立的张占村招了招手。

这时的张占村,已经是义海公司天峻义海的副总经理了。

"我出两道题考考你,怎么样?"王书记微笑着。

面对省委书记的问话,张占村看上去有点拘谨,脸涨得通红。后来,他对人说:"第一次与这么高级别的领导对话,心里有些紧张。"人一紧张就容易出差错,果然,在回答王国生书记的第一个考题时,张占村就出了差错。

青海省委书记王国生（左三）一行到天峻义海视察工作

第一道考题，王国生问的是习近平总书记论述生态环境时的名言是什么？本应回答："绿水青山就是金山银山。"张占村一紧张，却回答成了："只要绿水青山，不要金山银山。"

但是，在回答王国生书记的第二道考题时，张占村的成绩绝对是优异的。这是一道数学题。

王国生问："义海三年购买了69吨高原耐寒草种，一吨种子多少钱？69吨草种是怎么算出来的？"

张占村显得镇静多了，此刻他消除了紧张，回答也就顺畅起来，"一公斤草籽是25元，一吨则是25000元。为确保草籽出苗率合乎标准，达到规定的密度，在播撒草籽时，我们做到了每平方米不少于24克，累计治理渣山和复绿护坡289万平方米，共需播撒草籽69.36

吨。"

王国生书记满意地笑了。

"理想"和第二次创业

2009年,刚到义海不久的马树声即提出个构想,用十年时间将义海公司打造成一个"千万吨矿区,百亿元义海"的高原煤炭基地。

中间经历了市场的风云变幻,曾几度让这个雄心勃勃的年轻企业陷入困境,销售雪封,连年亏损,尤其是中间因为环保问题,义海公司遭遇了停产整治的磨炼。然而,困难总被雨打风吹去,经过凤凰涅槃的义海公司,注定要迎来一个新的发展机遇。

2017年1月10日,段新伟受组织委派,出任义海公司董事长、党委书记,天峻义海董事长。认识段新伟,是通过马树声的介绍。那天,我在开封北土街9号的《大观》杂志社内,正饶有兴味地欣赏冯杰刚刚画好的一幅画,忽然,电话铃声响了起来。

电话是马树声打来的:"如有时间,近日来西宁一趟。"

他正在西宁,估计要停留一阵子。马树声虽然从义海公司回到了义煤公司,任公司副总会计师,但因在青海各界有着丰富的人脉资源,分工的时候,依然让他协调义海的工作。

这次让我去西宁,是因为段新伟向他问起了这部反映义海高原创业的长篇报告文学写得怎么样了。关于这个话题,中间出现过一段曲折。写这部长篇报告文学的缘起,是李中超在河南能源做宣传部部长时的动议。后因中超工作变动,这个动议一度搁浅。

到西宁后，很自然地，认识了段新伟。

段新伟看上去要比他的实际年龄年轻许多，显得干练而有朝气。其实，段新伟算是一个真正的老义海人了，2003年大煤沟井工矿修建，他是分管这项工作的副矿长，只是过了不长时间，因为组织的安排，他离开了高原。

在义海公司西宁办事处，段新伟说："每一个义海人都是一个传奇，都值得写一写，尤其是天峻义海的七个女工，被称为木里山上的'七朵格桑花'，更值得大书一笔。"于是，便有了前面的那个章节：《骆驼刺与格桑花》。

因为2003年义海公司尚在创业的初期，对段新伟来说，那一段难以忘怀的艰苦岁月，应是他在义海的第一次创业，如今重返高原，再次走进义海，则是名副其实的第二次创业。

说起来也事有巧合，在2017年1月13日河南能源化工集团召开的二届一次职工代表大会上，时任董事长的马富国提出了二次创业的口号，并明确指出，二次创业就是再创二次辉煌，是深化改革的必走之路，除此，别无选择。

河南能源重组成立于2008年，是河南省第一大国有企业。因其创下了连续五年安全高效的奇迹，挺进了世界500强企业，极大提升了河南企业的地位和形象，铸造了河南能源辉煌的历史。

然而，随着我国经济发展进入新常态，加上市场的原因，更是因为管理层思想出现固化，适应形势慢，调整转型慢，改革推进慢等客观因素，河南能源发展连年受阻，尤其是2016年，遭遇到了前所未有的困难。因此，提出"第二次创业"的口号，以激励河南能源三十六万余名职工的士气。

当时义海公司的形势和所面临的境况，几乎与河南能源如出一辙。

段新伟新年之初，走马上任后，摆在他面前的，有三大难题。

第一大难题是如何保护木里矿区植草复绿的成果。木里矿区的环境治理是一项硬的政治任务，也是党和国家对三江源生态保护的战略部署。虽然2016年9月天峻义海的边坡整治与植草复绿工作已经通过了国家七部委的联合验收，天峻义海也已恢复生产，但高原的气候变幻莫测，一场意外足可以令多年的心血化为泡影，保护已取得的成果依然是一项艰巨的任务。

第二大难题是逆势扭亏问题。2016年，义海公司煤炭形势最为严峻的一年已经过去了，但国内的煤炭市场依然不容乐观。亏损多年的大煤沟矿于过去的一年终于扭亏为盈，新的一年能否继续保持增盈既是一种巨大的压力也是一个未知数。因为一次的扭亏也许是一个奇迹，而不是市场的必然。孰是孰非，需要再三验证。

第三大难题就是煤炭的销售了。这是三大难题中第一位的难题。2016年的煤炭销售可以说是一路下滑，煤炭用户急剧减少，据销售部门透露，原有的三十多家用户已经锐减至十余家。2017年，如果煤炭用户继续减少，销售工作将是雪上加霜。

这些问题，无疑都在考量着刚刚上任的段新伟，一如当年大煤沟的地震考量马树声一样。

2017年3月30日，义海公司二届一次职代会和2017年工作会议召开，这是段新伟到青海后，所参加的义海公司的第一个大会。在这次会议上，段新伟提出了一个新的构想，用三年时间，将义海公司打造成千万吨煤炭基地；并与河南能源同步，号召公司干部职工，在高原进行"二次创业",铸造义海公司新的辉煌。

这一构想重新点燃了义海公司广大干部职工的激情,与 2009 年马树声所提出的打造"千万吨矿区,百亿元义海"的构想完成了历史性的对接,也使得"二次创业"有了理论依据和实践着落。

同时,义海公司高原"二次创业"与三年打造千万吨煤炭基地的提出,得到了河南能源化工集团和义煤公司高层的认可与支持,2017 年 5 月 19 日,河南能源总经理刘银志、副总经理李永久、义煤公司副总经理冯少卿远赴德令哈,会晤海西州主要领导,洽谈木里矿区深度合作的有关事项,为义海的"二次创业"助力。

紧接着,河南能源党委做出了《关于开展向义海公司学习活动的决定》,下发所属企业。

好的消息接踵而来。2017 年 8 月 23 日,中办调研组进驻木里矿区,对这里的环境整治开展"回头看"检查,义海的环境整治工作令他们满意,认为,如果环境整治都能达到义海的标准,木里矿区的产能可提升到 3800 万吨。这无疑是义海打造千万吨煤炭基地的先决条件,缺少了这个条件,一切都是空中楼阁。

2018 年 12 月 7 日,青海省委书记王建军偕同省委副书记、省长刘宁,省委常委、常务副省长王予波,省委常委、副省长于丛乐一行来到义海公司天峻义海矿区进行调研。王建军书记此行有两个目的,一是察看义海公司在木里矿区的植草复绿情况,二是为企业的发展排忧解难。

因为是冬天,渣坡上的草已变成紫色,但也别有韵致。

王建军说:"作为国有企业,义海公司有担当,在保护生态的前提下,实现了绿色发展和可持续性发展,这一做法和经验值得推广。"并

省委书记王建军(右四)到天峻义海调研

指出,政府要切实为企业的发展提供帮助,做好调研,青海绝不会以牺牲环境为代价去换取一时的经济发展,但像义海公司这样讲政治、有担当、重环保的国有企业,如果技术可行,安全有保证,我们要给予大力支持。

义海人实现"理想"的条件已经成熟。

段新伟信心十足地说:"一年打基础,二年聚能量,实现义海人'高原绿色矿业'的愿景目标,已经是触手可及。"

义海人有理由相信,用不了多长时间,最美的高原矿山就会在雪域高原上实现了。

义海人的胸襟与生态文明的序曲

确切地说,中国生态文明是从 2007 年党的十七大的胜利召开奏响的序曲。与漫长的农业文明相交,现在应依然属于这一序曲阶段。

在此之前,中国已经走过了三个文明阶段:原始文明、农业文明和工业文明。由工业文明转入生态文明阶段,是人类历史发展的必然。近些年来,党和国家对生态文明建设越发重视。

党的十八大以来,习近平总书记在不同的场合反复强调"绿水青山就是金山银山"理论,明确指出,"绝不能以牺牲生态环境为代价换取经济的一时发展",这是站在人类文明的高度所发出的英明论断。

党的十九大对生态文明建设又提出了新思路、新要求。

在这样一个大的背景下,义海人必然做出选择。作为一家煤炭企业,义海公司是典型的工业文明的产物,从某种意义上说,它与生态文明是矛盾的。这种选择,对义海人来说是残酷的,同时,也能体现出义海人的眼光、胸襟和情怀。

从 2014 年起，习总书记先后四次对木里矿区的生态问题做出重要批示。2016 年 8 月，习总书记又亲临青海视察，在视频中观看了义海公司木里矿区的"回填复绿"工程后，做出重要指示，"尊重自然、顺应自然、保护自然"，指明了青海生态文明建设的方向。

紧接着，青海省委、省政府出台一系列文件，对木里矿区进行停产整顿。义海公司木里矿区的天峻义海自然也在整顿之列。前文已经说过，义海公司历届班子都有一个"绿色矿山"的理想，始终坚持"开发中保护，保护中开发"的原则，在落实文件精神上自然走在了前列。从 2014 年到 2016 年，三年时间里投于"治理渣山，整治边坡和植草复绿"上的费用多达 2.13 亿元，出动人员 18600 人（次），投入机械设备 17100 台（次），累计植草复绿 289.94 万平方米。投入可谓巨大，体现了义海人环境整治方面的决心坚不可摧。

2017 年，段新伟来到义海后，更是加大了生态环境保护方面的投入力度，到 2019 年 11 月，三年的资金投入连年翻番。至此，义海公司在天峻义海木里矿区用于环境综合整治的资金总数已突破 11 亿元，累计复绿 339.26 万平方米，回填采坑总量超过 5400 万立方米。被誉为"义海模式"和"木里经验"，在青海省全面推广。2018 年 12 月，天峻义海高寒煤矿排土场基地植被恢复工程被中国煤炭建设协会、煤炭工业建设质量监督总站评为煤炭行业优质工程"双年奖"。

为了木里矿区的生态，段新伟有个原则，哪怕再细微的环节都不能放过。木里矿区常年大风肆虐，大风一起，储煤场内煤屑狂舞，看上去储煤场上空似有乌云在翻滚。2017 年 8 月，段新伟了解情况后，当即拍板，投资 5500 万元，在两个储煤场建设了挡风抑尘墙，并对矿区的装煤点、破碎点、大小煤堆采取了自动喷淋降尘装置和防尘网覆盖措施,有效地降低了煤尘对矿区环境的污染。

针对高原冬季干燥的特性,露天采场的蒸发量奇大,扬尘厉害,义海公司又投资 428 万元,配备大小洒水车 19 台,专门用于洒水降尘。煤尘之外,在生产中还会产生大量的固废和危废品,如废矿物油就是其中一种。这种东西对生态环境的危害百度查询可知。为了妥善处理这些固、危废品,义海公司专门建立了库房,并且与相关专业部门签订了危废处理协议,对固、危废品进行无害化处理。段新伟上任的当年,就处理废矿物油等 50 余吨。

矿区生活用水同样是个虽小却不容忽略的问题。2013 年,义海公司曾投资 2520 万元,在木里矿开工修建了两座处理站。一座用来处理生活污水,可日处理 50 立方米。另一座处理采坑涌水,可日处理 500 立方米。到了 2019 年,义海公司又追加投资 1200 万元,将前一座处理站扩至日处理 400 立方米,且进行了技术革新,采用了高效旋流多级净化工艺,处理后的水质达到国家标准要求,可用来喷洒矿区道路或采坑降尘。

对于一家露天煤炭生产企业来说,机电环保可谓重中之重,它是生产及经营的源头,对周边生态环境的影响无须赘言。因此,从源头上减轻对生态环境的污染,抓好这一环节至关重要。2019 年,为最大限度地减少碳排放量,义海公司投资 700 余万元,将原有的两台用于矿区生活生产供暖的 DZL4-1.25-AII 型燃煤蒸汽锅炉拆除,改造安装成 WDZ1440 型承压电热水锅炉。木里矿区职工澡堂原是用机械化蒸汽锅炉供热,也于此同时被改装成了电磁蒸汽锅炉。

段新伟常说:"要给大自然多留下修复的空间,让子孙后代拥有天蓝、地绿、水净的美好家园。"为了木里矿区的生态文明建设，义海做出了不遗余力的付出，正是这种努力和付出，木里矿区的生态环境发生了明显的改善。木里矿区去年发生了一件这样的事情。木里矿的关确才让是木里山山脚下的牧民，来矿上干劳务工已经好几年了，一个月下来也能挣个几千块钱。眼看着木里矿区的生态环境日益向好，四周的草原也越来越肥美，不禁又勾起了他回家养牛的欲望。于是，他果断辞掉了木里矿的工作，回家重新当起了"牛倌"。经过一年多的发展，关确才让的牛群由最初的不足百头，已经增长到了五百多头，"牛倌"一跃成为"牛司令"。说起养牛的事，关确才让如数家珍，并对义海人充满感激，他说："是义海的'植草复绿'工程给了我重操旧业的自信。夏天放牛，我可以去远一些的草场；而到了冬天，木里矿那300余万平方米的复绿草场，就成了我放牧的最佳去处。"

这是义海公司这些年加大投资、花大力气进行生态文明建设的最好成果，展现了义海人博大的胸襟。